CW01628349

Ich kenne dein Geheimnis

WEITERE TITEL VON RUTH HEALD

IN DEUTSCHER SPRACHE

Ich kenne dein Geheimnis

Die Hochzeitsfeier

IN ENGLISCHER SPRACHE

My Husband's Affair

The Party on Laurel Street

The Nanny

The New Girl

The Wedding

I Know Your Secret

The Woman Upstairs

The Mother's Mistake

27: *Six Friends, One Year*

RUTH HEALD

Ich kenne dein Geheimnis

Übersetzt von Nina Bader

bookouture

Die Originalausgabe erschien 2020 unter dem Titel
„I Know Your Secret“
bei Storyfire Ltd. trading as Bookouture.

Deutsche Erstausgabe herausgegeben von Bookouture, 2024
1. Auflage Juni 2024

Ein Imprint von Storyfire Ltd.
Carmelite House
50 Victoria Embankment
London EC4Y 0DZ

deutschland.bookouture.com

Copyright der Originalausgabe © Ruth Heald, 2020
Copyright der deutschsprachigen Ausgabe © Nina Bader, 2024

Ruth Heald hat ihr Recht geltend gemacht, als Autorin dieses Buches genannt zu werden.

Alle Rechte vorbehalten.
Diese Veröffentlichung darf ohne vorherige schriftliche Genehmigung der Herausgeber weder ganz noch auszugsweise in irgendeiner Form oder mit irgendwelchen Mitteln (elektronisch, mechanisch, durch Fotokopie oder Aufzeichnung oder auf andere Weise) reproduziert, in einem Datenabrufsystem gespeichert oder weitergegeben werden.

ISBN: 978-1-83525-878-1
eBook ISBN: 978-1-83525-877-4

Dieses Buch ist ein belletristisches Werk. Namen, Charaktere, Unternehmen, Organisationen, Orte und Ereignisse, die nicht eindeutig zum Gemeingut gehören, sind entweder frei von der Autorin erfunden oder werden fiktiv verwendet. Jede Ähnlichkeit mit tatsächlichen lebenden oder toten Personen oder mit tatsächlichen Ereignissen oder Orten ist völlig zufällig.

PROLOG

Das Feuer brach auf der Bettdecke aus. Eine Kerze auf dem ordentlich gemachten Bett sengte ein schwarzes Loch in den weißen Bettbezug und fraß sich durch die Synthetikfasern des Oberbetts. Das Loch vergrößerte sich, und als sich das Material entzündete, breitete sich das Feuer im Zimmer rasch aus. Sie sah, wie die Flammen in Richtung des roten Kleides züngelten, das an der Schranktür hing, und es in einem wütenden Aufflackern verschlangen, bevor sie das Holz dahinter attackierten. Die Flammen leckten an den Wänden, Tapetenfetzen kräuselten sich, wurden schwarz und verschwanden dann ganz.

Sie konnte es nicht fassen, wie einfach es war, zu zerstören, wie rasch die Flammen alles vernichteten, was sie berührten. Ein intensives Aufwallen von Hochstimmung überkam sie. Das war es. Das, was sie brauchte. Das befreiende Gefühl war beglückend.

Sie wusste nicht, wie lange sie dort gestanden hatte. Sie spürte, wie ihre Haut warm wurde, ihr Blut heiß durch ihre Adern strömte und ihre Augen brannten. Sie musste weg. Der Rauch war überall, in ihren Haaren, ihren Lungen. Aber ein

Teil von ihr wollte bleiben, sich gleichfalls von den Flammen verzehren lassen.

Sie lächelte, als sie sich umdrehte, um den Raum zu verlassen, um die Tür zu durchschreiten, bevor der Türrahmen selbst von dem Inferno erfasst wurde. Hinaus aus dem Schlafzimmer ins Wohnzimmer und dann in den Flur, um zu flüchten, bevor ihr die Flammen folgten.

Über das Tosen des Feuers hinweg konnte sie den Alarm des Rauchmelders hören. Langsam dämmerte ihr, was sie angestellt hatte. Sie musste verschwinden, bevor irgendwer auftauchte und sie ausfragte, was sie hier machte. Womöglich Mutmaßungen anstellte, dass sie den Brand gelegt haben könnte.

Als sie das Treppenhaus betrat, meinte sie, noch etwas anderes zu hören. Schreie.

Sie klangen verzweifelt. Kaum menschlich.

Plötzlich war ihr elend zumute, das Gefühl von Macht war schlagartig verflogen.

Es musste etwas anderes sein, was in den Flammen gefangen war, das dieses Geräusch, während es verbrannte, verursachte. Es konnte kein Mensch sein.

Als sie die Treppe erreicht hatte, glaubte sie, den Schatten einer Person wahrzunehmen, die aus dem Fahrstuhl kam. Hatte dieser Jemand sie bemerkt? Sie geriet in Panik, die Konsequenzen ihrer Tat schossen ihr durch den Kopf. Dann rannte sie die Treppe hinunter, nahm zwei Stufen auf einmal und stürzte aus dem Gebäude hinaus auf die Straße.

Die kalte Luft brannte in ihren Lungen; sie blieb stehen, stoßweise atmend lenkte sie ihren Blick nach oben. In dem orangefarbenen Glühen hinter dem Fenster im zweiten Stock stolperte ein Schatten umher.

Es war jemand in der Wohnung.

EINS

BETH

»Ich kann nicht mehr, Beth.«

Ich ziehe meine seifigen Hände aus der Spüle und starre Richard mit einer Tasse in der Hand ungläubig an. »Was?«

Richard verlagert sein Gewicht von einem Fuß auf den anderen. »Es tut mir leid. Ich kann so einfach nicht weitermachen.«

Ich spüre meinen Kiefer, als ich die Zähne heftig zusammenbeiße, während sich mein Griff um die Tasse verstärkt. Ich weiß, dass unsere Beziehung in Schwierigkeiten steckt, aber nicht im Traum hätte ich daran gedacht, dass es so weit kommen würde. »Aber wir haben vereinbart, wir würden versuchen, die Dinge zwischen uns wieder in Ordnung zu bringen. Wir waren beide der Meinung, nicht alles einfach so wegzuwerfen.« Seit seiner Affäre mit einer Frau, die er in einer Bar kennengelernt hatte, versuchen wir, unsere Beziehung wieder zu kitten, versuchen, alles wieder so werden zu lassen, wie es einmal war. Ich habe mich so angestrengt, alles zusammenzuhalten. Wie kann er alles so rücksichtslos in Stücke reißen?

»Beth …«

»Leise«, zische ich, da mir bewusst ist, dass Charlie im

Wohnzimmer Zeichentrickfilme anschaut. Er ist der Grund, dass wir noch zusammen sind. Er ist der Grund, dass ich an der Hoffnung festhalte, mich an die verblassenden Erinnerungen an unsere Liebe klammere. Wenn unser Sohn nicht wäre, hätte ich Richard noch im selben Moment auf die Straße gesetzt, als ich herausgefunden hatte, dass er mich betrog.

»Ich gehe noch heute Abend«, sagt er. Er deutet auf den Esszimmertisch, und ich bemerke hinter einem der Stühle einen Koffer. Er musste ihn heruntergebracht haben, während ich die Küche aufgeräumt habe. Es ist unser bester, der, den wir für unsere Flitterwochen gekauft hatten. Der größte.

»Du hast gepackt? Ohne mir etwas zu sagen?« Das Blut pocht in meinem Kopf, und ich lockere meinen Griff um die Tasse. Sie fällt mir aus der Hand, landet auf dem Boden und zerbricht.

Wir starren beide die Scherben an, aber keiner von uns macht Anstalten, sie aufzufegen.

»Hör zu, ich will keinen Streit«, sagt Richard.

»Du willst keinen Streit?« Meine Stimme zittert.

»Wir können ein andermal reden. Wenn du dich beruhigt hast. Wir werden diese Sache nicht jetzt klären, und wie du sagst, wir sollten nicht streiten, wenn Charlie es vielleicht mitbekommt.«

Ich denke an Charlie im Nebenzimmer, der nicht ahnt, wie sehr sein Leben in diesem Augenblick auf den Kopf gestellt wird. Hitze steigt in meinem Körper auf, und ich grabe die Fingernägel in meine Handflächen. »Wie kannst du ihm das antun?«

Richard kann mir nicht in die Augen sehen. »Unsere Beziehung ist zu Ende. Wir müssen uns beide dieser Tatsache stellen.« Seine Stimme zittert, und einen Moment lang denke ich, er würde vielleicht doch etwas Mitleid verspüren. Ich sehne mich danach, dass er mich in die Arme nimmt und mir versichert, dass alles gut wird.

Stattdessen wendet er sich von mir ab, packt den Griff des Koffers und marschiert aus der Küche. Doch ich bin nicht bereit, das Gespräch zu beenden. »Gehst du zu *ihr*?«, rufe ich ihm mit von Eifersucht gepresst klingender Stimme nach. »Verlässt du mich deswegen? Um mit ihr zusammen zu sein?«

Er antwortet nicht. Mein Puls beschleunigt sich, als ich ihm zur Vordertür folge. Ich höre die letzten Töne der Titelmelodie von Charlies Lieblingsshow aus dem Wohnzimmer und lege eine Hand gegen die Wand, um mich abzustützen.

»Gehst du zu ihr?«, wiederhole ich. Meine Kiefermuskeln spannen sich an, und meine Augen brennen, sosehr bemühe ich mich, die Tränen zurückzuhalten.

»Natürlich nicht«, erwidert er ungeduldig.

»Ich glaube dir nicht.«

»Ich gehe nicht zu ihr. Ich treffe mich nicht mehr mit ihr. Das habe ich dir doch so oft gesagt.«

Ich bin nicht sicher, was ich glauben soll. Wenn ich die Fotos von den beiden nicht entdeckt hätte, hätte ich nie von seiner Affäre erfahren. Wie kann ich ihm jetzt vertrauen?

»Wo gehst du dann hin?«

»Ich habe mir nicht weit von hier eine Wohnung gemietet. Keine Sorge, Charlie wird mich da problemlos besuchen können.«

»Du hast schon alles geplant?« Ich stelle mir vor, wie er alleine auf Wohnungssuche ging, als Single, der eine Wohnung, eine Junggesellenbude sucht und mit Maklern spricht. Während ich fieberhaft über Möglichkeiten nachgrübelte, unsere Beziehung zu retten.

Ich umklammere Halt suchend das Treppengeländer. Egal was Richard sagt, es war seine Affäre, die das Ende unserer Ehe eingeläutet hat. »Ich kann es nicht fassen, dass es so weit gekommen ist. Sie hat es geschafft, uns auseinanderzubringen.«

»Nein Beth, es liegt nicht an ihr. Sondern an dir. Ich kann nicht mehr mit dir zusammenleben, mit deinem Misstrauen.

Wir hätten eine Zukunft haben können, wenn du nur auf mich gehört, wenn du mir geglaubt hättest, als ich dir versicherte, die Affäre sei vorbei.«

Ich komme mir vor, als hätte er mich geschlagen. Eine Welle der Erschöpfung schlägt über mir zusammen. Es ist ihm gelungen, alles zu verdrehen und mir die Schuld zu geben.

»Bleibst du wenigstens noch zum Abendessen mit Charlie?«, bitte ich ihn in dem verzweifelten Versuch, ihn noch etwas länger hier festzuhalten. Richard, Charlie und ich haben immer zusammen zu Abend gegessen, egal was war. Nachdem ich von seiner Affäre wusste, verliefen die Mahlzeiten weitgehend schweigend; Dinge, über die wir in Gegenwart unseres Sohnes nicht sprechen konnten, hingen schwer in der Luft. Ich nahm an, wenn wir einfach vorgeben würden, alles wäre ganz normal, wenn wir unsere Alltagsroutine beibehielten, würden wir am Ende wieder dorthin gelangen, wo wir früher waren.

»Ich halte es für das Beste, wenn wir einen klaren Schlussstrich ziehen.«

Ich empfinde brennende Scham darüber, dass ich immer noch nicht genug für ihn bin, obwohl ich mich mit seiner Affäre abgefunden habe.

»Ich werde jetzt gehen«, verkündet er.

Ich blicke auf die Uhr an der Wand. Heute Abend erwarte ich Klienten. Neue Klienten. Und jetzt werde ich alles alleine bewältigen müssen: Charlie das Essen machen, ihn baden, ihn ins Bett bringen. Alles, bevor sie kommen und erwarten, eine ruhige und ausgeglichene Therapeutin vorzufinden.

Richard bückt sich, um den Koffer hochzuheben. »Ich will das alles heute Abend noch auspacken.« Dann öffnet er unsere Haustür, tritt auf die Vorortstraße hinaus und verlässt mein Leben.

Ich stelle Charlie Fischstäbchen und Pommes vor ihn auf den Tisch, und seine Augen leuchten auf.

»Mein Lieblingsessen«, strahlt er glücklich, als er anfängt, alles klein zu schneiden. Mein Herz zieht sich zusammen. Mit seinen vier Jahren kann man ihm so leicht eine Freude machen.

Ich setze mich neben ihn und widme mich meinem Essen. Der Fisch schmeckt nach nichts, ich ertränke ihn in Ketchup und sehe dann zu, wie mein Sohn dasselbe tut. Mit seinen dunklen Locken und den langen Wimpern ist er Richards Ebenbild. Er ist erst vier, sieht aber älter aus. Seine langen Beine baumeln unter dem Tisch.

»Dad sagt, ich soll nicht so viel Ketchup essen«, erklärt er, als er die Flasche zusammendrückt.

»Nun, Dad ist nicht hier.«

Charlie blickt zu mir auf, und einen Moment lang denke ich, er wird gleich fragen, wo sein Vater ist. Mein Magen krampft sich vor böser Vorahnung zusammen, doch stattdessen drückt er die Flasche noch einmal, und die Fischstäbchen verschwinden fast unter einem Ketchupsee.

Das Haus ist still, nur die Straßengeräusche sind durch unsere Doppelglasfenster gedämpft zu hören. Der Verkehrsstrom bewegt sich die ein paar Straßen entfernte Hauptstraße hinunter, dann erklingt helles Lachen und ebbt wieder ab, als eine Gruppe von Schulkindern wahrscheinlich auf dem Weg zum Park am Haus vorbeikommt. Ich habe mich hier immer sicher gefühlt, behütet von dem ständigen Lärm des Londoner Vororts und dem Wissen, dass immer jemand in der Nähe ist.

Charlie schlingt sein Essen hinunter, während ich es auf meinem Teller herumschiebe. Wie soll ich ihm sagen, dass sein Vater uns verlassen hat, dass er jetzt irgendwo anders wohnt? Wie kann ich es erklären, sodass es den geringstmöglichen Schaden anrichtet? Ich erinnere mich an die Scheidung meiner Eltern und daran, wie überzeugt ich davon war, dass es meine Schuld war. Ich möchte nicht, dass er genauso empfindet.

»Wie war es in der Schule?«, frage ich in dem Versuch, einen Anschein von Normalität aufrechtzuerhalten. Für gewöhnlich frage ich ihn das auf dem Nachhauseweg, aber heute war ich von den Spannungen zwischen Richard und mir so eingenommen, dass ich es vergessen hatte.

»Es war okay.«

»Nur okay?« Er hält den Blick gesenkt. Ich greife über den Tisch hinweg und berühre seinen Arm. Er zieht ihn weg. Ein Teil von mir wünscht, ich hätte nicht gefragt, sondern einfach nur seine kindliche Freude über die Fischstäbchen genossen.

Er ist jetzt verstummt, nervös schwingen seine Beine unter dem Tisch vor und zurück. Ich frage mich, ob er sich Sorgen macht, weil Richard nicht da ist oder ob in der Schule irgendetwas passiert ist. Am Anfang des Halbjahres hatte er ein paar Schwierigkeiten mit einigen anderen Kindern, aber bisher nahm ich an, das wäre geklärt.

Ich schaue auf meine Uhr. Fünfundvierzig Minuten, bis meine neuen Klienten kommen. Ich muss mich beeilen.

Rasch lasse ich Charlies Bad ein, dabei wünsche ich mir die ganze Zeit, Richard wäre hier, um mir zu helfen. Obwohl mir nicht viel Zeit bleibt, lasse ich Charlie mit seinem grünen Boot spielen und mich mit seinem Spielzeugkraken nass spritzen. Als ich den kleinen Körper meines Sohnes einseife, wird mir klar, dass dies der erste Tag des Rests meines Lebens ist. Von jetzt an werden meine Abende jeden Tag so aussehen. Ich werde niemanden haben, der mich unterstützt. Keine Atempause werde ich haben. Und wenn Charlie im Bett liegt, werde ich einsame Abende vor dem Fernseher verbringen. Ich wickle meinen Sohn in sein Handtuch, drücke ihn fest an mich, atme seinen Duft und den angenehmen Geruch seiner Badeessenz ein.

»Ich habe dich lieb«, sage ich.

»Ich hab dich auch lieb, Mummy.« Ich wische mir mit der Rückseite seines Handtuchs eine Träne ab, bevor er sie sieht.

In seinem Schlafzimmer lese ich ihm seine Lieblingsgeschichte von einem Dinosaurier vor, der Angst vor der Dunkelheit hat, und gebe ihm danach einen Gutenachtkuss. Er schlingt seine Ärmchen um meinen Hals und küsst mich auf die Wange.

»Sei nicht traurig, Mummy«, sagt er. »Morgen ist alles besser.«

Er wiederholt die Worte, die ich ihm wieder und wieder vorgesagt habe, wenn er weinte, weil er sich in der Schule nicht eingewöhnen konnte. Ich dachte, es wäre mir gelungen, mir meine Traurigkeit nicht anmerken zu lassen, aber mein lieber kleiner Junge kann sie spüren. Ich sehe die kleine Furche auf seiner Stirn, die scharfsichtigen Augen, und ich kann es nicht ertragen, dass mein Vierjähriger das Gefühl hat, mich trösten zu müssen, obwohl ich doch diejenige sein sollte, die ihm Sicherheit vermittelt.

»Ich bin nicht traurig«, beharre ich, als ich ihm einen weiteren Kuss gebe. Dann schalte ich schnell das Licht aus und flüchte zum Treppenabsatz, wo ich meinen Tränen freien Lauf lasse.

Erst nach zehn Minuten schaffe ich es, aufzuhören zu weinen und in das Zimmer im vorderen Teil des Hauses zu gehen, wo ich meine Beratungssitzungen abhalte. Ich muss mich beruhigen, bevor meine Klienten kommen. Danielle und Peter. Ein Paar, das sich zu einer Eheberatung bei mir angemeldet hat. Wenn ich nicht so verzweifelt wäre, würde ich über die Ironie lachen.

Stattdessen spule ich meine übliche Routine ab, um mich zu fokussieren, bevor sie kommen. Ich zünde die Kerze auf dem Couchtisch an und schließe die Augen. Der beruhigende Duft von Lavendel erfüllt den Raum und reinigt die Luft. Ich muss meinen Kopf freibekommen. Ich bin so wütend auf Richard, weil er mich und unseren Sohn einfach so verlassen hat. Wie kann ich eine Eheberatung durchführen, wenn meine eigene

Beziehung gerade in die Brüche gegangen ist? Aber es ist zu spät, um den Termin abzusagen.

Ich denke an meinen kleinen Jungen alleine in seinem Zimmer. Er schien heute Abend nicht er selbst zu sein, und ich weiß, dass er sich Sorgen um mich macht. Was, wenn er aufwacht und mich braucht? Normalerweise wäre Richard zu Hause, um nach ihm zu sehen. Aber wenn nur ich im Haus bin, wer wird dann zu ihm gehen, wenn er ruft? Ich werde die Tür angelehnt lassen müssen.

Eine Welle von Nervosität droht mich zu überwältigen, alle meine Ängste brodeln in mir hoch. Ich denke an das Paar, das zu mir kommt. Vor einem Ersttermin mit neuen Klienten bin ich immer nervös. Bevor ich ihnen die Tür öffne, habe ich keine Ahnung, wer sie sind. Es könnte jeder X-Beliebige sein.

Ich schlage mein Notizbuch bei der Seite auf, wo ich nach dem Telefongespräch mit Danielle ein paar Gedanken hingekritzelt habe. Danielle Brown. Ihr Mann heißt Peter Brown. Ich greife zu meinem Smartphone und gebe ihre Namen bei Google ein. Ich weiß, dass ich das nicht tun sollte, aber ich kann mir nicht helfen. Bei Facebook gibt es eine lange Liste von Peter Browns. Ich ergänze die Suche um *London*, aber die Liste wird auch nicht viel kürzer. Sie ist seitenlang. Ich scrolle die Peter Browns durch, als es an der Tür klingelt und ich zusammenzucke.

Schnell spähe ich noch in Charlies Zimmer, um mich zu vergewissern, dass er schläft, um dann die Treppe hinunterzustürmen, ehe es erneut klingelt.

»Hallo«, sage ich und ringe mir ein Lächeln ab, als ich die Tür öffne und zum Schutz vor dem kalten Luftstoß, der von draußen hereinweht, die Arme um mich schlinge. »Sie müssen …« Ich höre, wie meine Stimme stockt, als ich Danielle überrascht anstarre.

ZWEI

DANIELLE

Beth schaut zweimal hin, nachdem sie die Tür geöffnet hat, ihr Mund bleibt vor Überraschung offen stehen und ihre Augen werden groß. Mein Pulsschlag beschleunigt sich, ich weiche zurück und überlege, ob ich kehrtmachen und gehen, die Eheberatung und mich selbst wiederzufinden vergessen sollte. Aber dann sehe ich, dass ihr Blick auf meine Wange gerichtet ist, und ich begreife, dass sie sich so verhält wie jeder andere, wenn er mich zum ersten Mal sieht. Sie registrieren die schlimmen Narben in meinem Gesicht und tun dann so, als hätten sie die Male nicht bemerkt.

Ich hole tief Luft, strecke die Hand aus und stelle mich vor. »Ich bin Danielle«, sage ich mit eingeübtem Selbstbewusstsein, das ich nicht empfinde. Ich habe den ganzen Tag damit verbracht, den Mut aufzubringen, hierherzukommen, zu Beths Zuhause, und die ersten Schritte zu wagen, um mich meiner Vergangenheit zu stellen.

»Beth«, erwidert sie mit einem freundlichen Lächeln, nimmt meine Hand und schüttelt sie fest. »Kommen Sie herein.« Ihr Rock weht hinter ihr her, als ich ihr in ihr Haus folge. Sie kann nicht weit über vierzig sein, wirkt aber in ihrer hellblauen Bluse und dem mit Blumen bedruckten Rock älter. Ich komme direkt von der Arbeit und bin daher formell gekleidet. Unter meinem schicken Mantel trage ich einen Bleistiftrock und ein blütenweißes Shirt, aber ich habe meine Kostümjacke im Büro gelassen und sie mit einem grauen Kaschmircardigan ausgetauscht, ehe ich gegangen bin. Beths lockige braune Haare haben einen natürlichen Schwung, ganz anders als meine glatten halblangen, die flach am Kopf anliegen, egal wie sehr ich mich auch bemühe, sie zu stylen.

Sie bleibt im Flur stehen. Die durch die Haustür hereingewehte kalte Luft erfüllt den Flur. Es sieht aus, als hätte sie versucht, aufzuräumen, aber nicht genug Zeit dazu gehabt. In der Ecke neben einem Stuhlregal stapelt sich ein Haufen Schuhe, und ein Wust von Post, Päckchen und Spielsachen türmt sich auf einem kleinen Tisch neben einer geschlossenen Tür.

»Sie sind wegen einer Eheberatung hier«, sagt sie freundlich. Ihre Stimme klingt beruhigend melodisch, und ich ahne, wie leicht man in ihren Bannkreis geraten und ihr sofort alles erzählen könnte.

»Ja«, nicke ich.

Ich bemerke die Haarbürste, die nachlässig auf dem Schuhregal unter einem Handspiegel liegt, als würde sie vergessen, sich die Haare zu bürsten, wenn sie nicht daläge.

»Am Telefon haben Sie Ihren Mann erwähnt. Ist er unterwegs?«

»Nein.« Ich blicke zu Boden, betrachte den getrockneten Matsch auf der Matte in ihrem Flur. Es ist Tage her, seit es geregnet hat, der Schmutz muss schon eine Weile dort kleben. »Er hat es heute nicht geschafft. Ich hoffe, dass er nächstes Mal mitkommt.«

»Kein Problem.« Sie legt mir in einer fast mütterlichen Geste die Hand auf die Schulter. Mein Körper verkrampft sich, und ich kämpfe gegen den Drang an, ihre Hand abzuschütteln. »Lassen Sie mich Ihren Mantel nehmen, und dann können wir nach oben gehen. Wie war die Fahrt hierher? Haben Sie einen weiten Weg?«

»Nein. Ich kenne die Gegend.« Ich war früh hergekommen und habe eine halbe Stunde im Auto gesessen, das Haus angestarrt und mich gefragt, ob ich den Mut für die vor mir liegende Therapie aufbringen würde.

Mir ist übel, als ich ihr durch den Flur zur Treppe folge. Dort sehe ich Kindergummistiefel neben einem blauen Roller. Kreidemarkierungen an der Wand. Die Türen der oberen Räume sind geschlossen, und ich verspüre das Bedürfnis, sie aufzustoßen und einen Blick auf das Leben dahinter zu werfen.

Sie führt mich zu einem kleinen, gemütlichen Zimmer auf der Vorderseite des Hauses. Hängeregale voller Selbsthilfebücher bilden einen Akzent an den blassgrünen Wänden. Ich mustere die Buchrücken und frage mich, ob irgendwelche davon gelesen wurden oder sie nur Showzwecken dienen. In der Nähe der Tür gibt es ein Sofa, gegenüber davon einen Sessel und einen Schreibtisch. Auf einem Couchtisch in der Mitte des Raums steht eine Schachtel Papiertaschentücher neben einer Kerze, deren warme Flamme leicht flackert. Ich hole tief Atem, nehme den Lavendelduft in mich auf, der in der Luft hängt. Es gibt keine Möglichkeit, sich zu verstecken. Ein Teil von mir möchte schnurstracks wieder hinausrennen.

»Beim ersten Mal ist es immer schwer«, sagt Beth, die meine Gedanken scheinbar liest, »den Mut aufzubringen, hierherzukommen.«

Ich nicke. »Danke.«

»Setzen Sie sich.« Beth deutet auf das Sofa. »Es ist bequemer, als es aussieht.«

Ich lasse mich auf das Sofa sinken und rutsche, kerzengerade aufgerichtet, an den Rand.

Beth nimmt auf dem Sessel gegenüber Platz. Ihr langer fließender Rock weht hoch und senkt sich wieder.

Wir sehen uns eine Sekunde lang an, ich lächle nervös.

»Also, Danielle, haben Sie schon einmal eine Beratung in Anspruch genommen?«

»Ja ...«, gebe ich zu, »vor langer Zeit.«

»Vor langer Zeit?«

Ich will jetzt nicht darüber reden. Ich bin noch nicht so weit. »Es hat nicht sehr viel genützt«, sage ich.

Sie wartet darauf, dass ich weiterspreche, aber ich starre entschlossen auf die Bücher hinter ihr.

»Na gut. Ich finde es hilfreich, ein bisschen über die Therapie zu sprechen, bevor wir anfangen, damit Sie darüber informiert sind, wozu diese Sitzungen da sind und wofür nicht.«

Ich nicke.

»Als Therapeutin bin ich das Sprachrohr für meine Klienten; ich helfe ihnen, ihre innere Stimme zu hören. Ich bin nicht hier, um Sie anzuleiten oder Ihnen darzulegen, was Sie tun sollen. Meine Aufgabe ist es, Ihnen zu helfen, herauszufinden, was *Sie* wollen.«

Ihre Stimme flutet über mich hinweg, eine Stimme, die der meiner Mutter so ähnelt. Ich schließe einen Moment lang die Augen, erinnere mich. Aber ich kann nicht dorthin zurückgehen. Noch nicht.

»Okay.«

»Alle Sitzungen sind vertraulich, aber unter extremen Umständen, wenn ich beispielsweise befürchte, jemand könnte in Gefahr sein, wäre es gestattet, von dieser Regel abzuweichen.«

Ich runzle die Stirn. Ich nahm an, alles, was ich ihr erzählen würde, bliebe unter uns. Darauf möchte ich mich verlassen können. »Wie meinen Sie das?«, frage ich. »Was für eine Art von Gefahr?«

»Wenn ich denken würde, Sie könnten eventuell sich selbst oder anderen Schaden zufügen, dann müsste ich handeln.«

»Okay«, sage ich. »Was meinen Sie mit handeln?«

»Das würde von der Situation abhängen, aber wenn jemand in Gefahr wäre, müsste ich Maßnahmen ergreifen und es weitergeben.«

Ich starre zu Boden; ich denke darüber nach, was ich mitteilen kann und was nicht. Wie viel kann ich ihr anvertrauen, ohne Konsequenzen fürchten zu müssen?

»Woran denken Sie?«, fragt Beth.

»Ich denke nur über das nach, was Sie gesagt haben«, erwidere ich vorsichtig. »Ich bin Anwältin, vermutlich möchte ich in allen Einzelheiten wissen, wie die Dinge funktionieren.«

»Nun, wenn Sie sonst noch etwas wissen wollen, dann können Sie fragen. Jetzt oder jederzeit später.«

»Danke.«

Sie lächelt warm. »So, wenn Sie bereit sind, schildern Sie mir doch, was Sie heute hierhergeführt hat?«

»Es geht um meine Ehe.« Ich lege die Hände auf die Narben auf meinem Gesicht, ertaste die gezackten Ränder.

»Ihre Ehe?«

»Es tut mir leid, dass Peter nicht auch hier ist. Ich hatte wirklich gehofft, er würde kommen. Er sagte, er stecke bis über beide Ohren in Arbeit ...« Ich zögere, blicke zu ihr auf. »Wäre es besser, wenn ich an einem anderen Tag wiederkomme? Wenn er dabei ist?«

Sie sieht mich direkt an, weicht meinem Blick nicht aus. »Wäre Ihnen das lieber?«

Ich schüttle den Kopf. »Nein.« Ich will anfangen.

»Sie wirken ängstlich.«

»Das bin ich vermutlich auch.« Es macht mich nervös, hier mit ihr in diesem Raum zu sein, von ihr ständig beobachtet zu werden. Analysiert zu werden. Plötzlich fällt mir auf, dass die Tür nur angelehnt ist.

Beths Blick folgt meinem. »Da draußen ist niemand sonst«, sagt sie. »Außer meinem Sohn, aber der schläft.« Sie lächelt. Ich stelle mir einen unschuldigen kleinen Jungen in seinem Bett vor. Mein Herz schmerzt.

»Können wir sie trotzdem schließen?« Ich bin so angespannt, dass ich anscheinend keinen klaren Gedanken fassen kann.

Ich sehe, dass Beth zögert, aber dann geht sie zur Tür, späht auf den Flur hinaus und schließt sie dann behutsam. Dabei bemerke ich einen Ketchupfleck am Ellbogen ihrer Bluse, so trocken und hart wie ein alter Blutspritzer. Sie setzt sich wieder.

»Sie sagten, Sie wären wegen Ihrer Ehe hier …«

»Ja … es kommt mir so vor, als würde sie auseinanderbrechen. Wir sehen uns kaum noch. Wir arbeiten beide so viel.«

»Sie sind Anwältin, sagten Sie?«

»Ja, ich arbeite für eine Gemeinschaftskanzlei und nebenbei noch ehrenamtlich.« Ich spüre, wie ich mich allmählich entspanne. Über juristische Dinge zu sprechen fällt mir leicht.

»Sie leisten ehrenamtliche Arbeit?«

»Das ist das, was mir am meisten Spaß macht. Ich bin für eine Kanzlei tätig, die mittellosen Menschen hilft, gegen Fehlurteile Berufung einzulegen. Ich habe Jura studiert, weil ich anderen Menschen helfen wollte, aber in meinem Hauptjob stehe ich Firmen bei, keinen Menschen.«

»Es macht Ihnen Freude, Menschen zur Seite zu stehen?«

»Ja. Ich dachte tatsächlich schon eine Weile daran, selbst Therapeutin zu werden – als ich es wirklich gehasst habe, Anwältin zu sein. Aber mir wurde klar, dass ich nicht unbedingt einen ganz anderen Weg einschlagen muss. Ich kann mich ebenso für Mandanten einsetzen, indem ich unentgeltlich ihre Fälle übernehme, und auf diese Art und Weise kann ich etwas zurückgeben. Im Moment vertrete ich einen Sozialarbeiter, der wegen Körperverletzung verurteilt wurde, weil er einen Patienten abwehrte, der ihn angriff. Wir glauben, er hätte nie verurteilt werden dürfen.«

Sie nickt ermutigend.

»Ich möchte den Menschen helfen, die es am nötigsten brauchen, den verwundbarsten. Ohne Hilfe hätten sie es wirklich schwer.«

»Ich kann sehen, dass Sie mit Leib und Seele dabei sind. Ihr Gesicht hellt sich auf, wenn Sie darüber sprechen.«

Ich nicke. »Es ist das, was mir Halt gibt, was bewirkt, dass ich mich vollständig fühle. Ohne das ... weiß ich nicht wirklich, ob ich glücklich wäre.« Meine Stimme bricht leicht, und ich fühle mich schutzlos, als würde ich mehr preisgeben als beabsichtigt.

»Ohne Ihren Job wären Sie nicht glücklich?«

»Ich weiß es nicht. Manchmal ... manchmal kommt es mir so vor, als hätte ich mein Leben perfekt geplant. Und alles ist gut für mich gelaufen. Nach außen hin habe ich den perfekten Job, das perfekte Leben, aber innerlich fühle ich mich leer. Als würde in meinem Inneren etwas fehlen. Als wäre mein ganzes Leben nur Fassade.« Ich blicke nervös zu ihr hoch und zupfe an meinen Haaren herum.

Sie nickt. »Aber was empfinden Sie für Peter?«

Ich dränge die Emotionen zurück, die in mir aufwallen, wenn ich an meinen Mann denke. Ich erinnere mich, wie ich mich direkt zu ihm hingezogen fühlte, als ich ihn kennenlernte, wie sehr ich jede Sekunde mit ihm zusammen sein wollte. Ich erinnere mich an unseren wunderschönen Hochzeitstag, der zwar von dem Kummer getrübt wurde, dass keiner meiner Eltern dabei sein konnte, aber die Freude, für immer mit ihm verbunden zu sein und mir auszumalen, eine Familie mit ihm zu gründen, überwog.

Vor ein paar Monaten änderte sich alles, als Peter um eine Atempause von unserer Beziehung bat. Damals hatten wir viel gestritten, trotzdem war ich am Boden zerstört. Glücklicherweise haben wir diese Trennungsphase überwunden, aber jetzt scheinen wir getrennte Leben zu führen, wie zwei Fremde, die im selben Haus wohnen.

DREI

BETH

Danielle starrt auf die graue Fläche neben ihr auf dem Sofa, auf den Platz, wo Peter sitzen sollte. Sie braucht eine Weile, um sich zu sammeln, steckt ihre glatten blonden Haare hinter die Ohren zurück und streicht ihren dunkelblauen Bleistiftrock glatt, bevor sie antwortet.

»Ich bin froh, dass ich Peter geheiratet habe, aber ... wir sehen uns wegen der Arbeit kaum. Er ist auch Anwalt. Manchmal sind wir von unseren Jobs so in Anspruch genommen, dass wir uns tagelang nicht zu Gesicht bekommen. Ich wünsche mir die Verbindung zurück, die am Anfang zwischen uns bestand. Ich möchte unsere Ehe retten, und ich dachte, er würde das auch wollen. Aber er ist nicht hier, nicht wahr?«

»Warum konnte er es denn heute nicht schaffen?«, frage ich behutsam.

Sie schweigt, blickt nur die Wand hinter mir an. Ich beobachte sie genau, während sie spricht, nehme ihre Bewegungen wahr, die Momente, in denen ihr Atem schneller geht und sich wieder beruhigt, ihr nervöses Herumtrommeln auf dem Sofa. Jetzt bin ich froh, dass es zu kurzfristig war, die Sitzung heute

Abend abzusagen. Ich stelle jetzt schon fest, wie sehr Danielle diesen Raum zum Reden braucht, wie sehr ich ihr helfen kann.

»Er ist bei der Arbeit«, sagt sie, dabei wickelt sie eine Haarsträhne um ihren Finger. »Wie ich schon sagte, zurzeit sehen wir uns kaum. Ich glaube, er geht mir aus dem Weg.«

»Er geht Ihnen aus dem Weg?«

»Ja. Weil er kein Baby mehr will. Er hat mir versprochen, dass wir schon bald nach unserer Hochzeit anfangen, es zu versuchen, aber ich glaube, er hat seine Meinung geändert. Aber warum?« Sie sieht mich so verzweifelt an, als könnte ich die Antwort kennen. Tränen sammeln sich in ihren Augenwinkeln.

Ich halte ihr die Taschentücher hin, und sie schnieft und nimmt sich eins.

»Das kann ich nicht für Sie beantworten«, sage ich. »Ich kann Sie nur unterstützen, die Antwort selbst zu finden.«

»Er sagt, es ist, weil ich leicht wütend werde. Und eifersüchtig. Aber er arbeitet entweder immer oder geht mit Freunden bis spätabends etwas trinken. Kein Wunder, dass ich eifersüchtig werde, wenn ich ihn nie sehe. Ich arbeite auch oft lange, aber ich möchte, dass wir versuchen, trotzdem Zeit für uns zu finden.«

Sie verstummt eine Weile, und ich hüte mich, sie aus ihren Gedanken zu reißen. Ich frage mich, ob sie annimmt, er hätte eine Affäre, oder ob ich einfach so mit dem beschäftigt bin, was mit Richard passiert ist, dass ich voreilige Schlüsse ziehe. Bei der Erinnerung, wie unvernünftig er war, erstarre ich förmlich und umklammere die Lehnen meines Sessels.

»Meinen Sie, er betrügt mich vielleicht?«, fragt sie endlich.

Ich würde es nicht wissen, denke ich. Ich wusste es ja nicht einmal von Richard. »Das ist eine Frage, die ich nicht beantworten kann.«

»Aber Sie haben doch schon viele Ehepaare erlebt, oder? Sie müssen doch eine Ahnung haben.« Ich zucke zusammen.

Ihre Worte versetzen mir einen Stich. Bei Richard hatte ich keine Ahnung, bis ich die Fotos gesehen habe.

Sie legt die Hand an den Kopf, und der Ärmel ihres modischen grauen Cardigans rutscht leicht nach oben. Ich erhasche einen Blick auf einen dunklen Fleck an ihrem Handgelenk. Sie sieht, wo ich hinschaue, und zieht den Ärmel rasch wieder herunter. Ich frage mich, ob sie außer im Gesicht auch auf anderen Körperteilen Narben hat oder ob dies eine andere Verletzung ist.

»Wie kommen Sie darauf, dass er Sie betrügen könnte?«

»Es ist nur so ein Gefühl. Wir haben uns vor einiger Zeit für eine Weile getrennt. Es sollte nur eine Pause voneinander sein. Der Vorschlag kam von ihm, und ich habe mich gefragt, ob er daher rührte, dass er eine andere Frau kennengelernt hat. Doch dann kam er zu mir zurück. Wir hatten während dieser Trennungszeit beide etwas mit anderen, aber es war nicht dasselbe. Wir kamen zu dem Schluss, dass die Trennung ein Fehler war, dass wir füreinander bestimmt sind. Als wir wieder zusammenkamen, waren wir ganz verrückt nacheinander. Aber das hat nicht lange angehalten. Der Arbeitsalltag hat uns schnell wieder eingefangen, sodass wir uns jetzt nur noch selten sehen. Ich grüble immerzu darüber nach, ob er wirklich arbeitet oder ob er eine andere hat.« Sie schlingt die Arme um sich, so als würde es sie trösten.

»Sind Sie vorher schon einmal betrogen worden? Wenn das der Fall ist, könnte es Ihr Urteilsvermögen trüben und Sie Dinge sehen lassen, die gar nicht da sind.«

»Ja«, erwidert sie ruhig, dabei starrt sie zu Boden. »Vor Jahren hatte ich eine Beziehung mit jemandem, der ständig fremdgegangen ist. Er hat mich ständig angebrüllt und mir alles Mögliche vorgeworfen. Ich konnte ihm nichts recht machen.« Sie blickt auf, sieht mir in die Augen und sucht nach Verständnis. Ich nicke, schiebe meinen Sessel etwas näher zu ihr und verringere den Abstand zwischen uns. Am liebsten hätte ich die

Hand nach ihr ausgestreckt und sie getröstet. Als ich jünger war, war ich genau wie sie, habe Männer gedatet, die mich weder geliebt noch respektiert haben.

»Was mir Sorgen macht ... nun, ich möchte ein Kind. Peter will noch nicht einmal darüber sprechen. Schon vor langer Zeit war es mein Wunsch, es zu versuchen. Als wir dann wieder zueinander fanden, nahm ich an, wir könnten zumindest ein Gespräch darüber führen. Aber er will nicht mal mehr die Idee in Betracht ziehen. In letzter Zeit sind immer mehr meiner Freundinnen schwanger geworden, und jedes Mal habe ich mich gefragt, warum ich nicht an ihrer Stelle sein kann. Warum Peter kein Interesse mehr daran hat.«

»Das muss schwer sein.« Ich sehe sie eindringlich an. Als ich mit Charlie schwanger geworden bin, kam das überraschend. Richard und ich hatten noch nicht einmal erwogen, eine Familie zu gründen. Aber nachdem wir Zeit hatten, uns daran zu gewöhnen, haben wir uns beide über die Neuigkeit gefreut.

»So schwer ...« Ihre Stimme bricht.

»Er will nicht mit Ihnen darüber sprechen?«

»Nein. Das Einzige, was er dazu geäußert hat, dass ich keine Zeit für Kinder hätte, weil ich zu viel arbeiten würde. Was lächerlich ist, denn er arbeitet genauso viel. Wir müssten beide kürzertreten.«

Ich nicke.

»Ich wünsche mir schon so lange ein Baby«, sagt Danielle. »Als ich Peter heiratete, dachte ich, bald würden Kinder kommen.« Sie wischt sich eine Träne aus dem Augenwinkel, dabei versucht sie, ihr Make-up nicht zu verschmieren. Ihr Körper ist auf dem Sofa in sich zusammengesunken, und sie wirkt so einsam.

»Ich würde mich ändern, wenn ein Baby da wäre. Wenn ich ein Kind hätte, wäre es der Mittelpunkt meines Universums. Es wäre ganz anders als in meiner eigenen Kindheit.«

Bei dieser Bemerkung spitze ich die Ohren, frage mich, was für eine Kindheit sie hatte und ob das ihren verzweifelten Wunsch nach einem Baby beeinflusst. Ob sie unbewusst versucht, etwas in Ordnung zu bringen, etwas zu korrigieren.

»Okay«, sage ich in der Hoffnung, dass sie fortfährt.

Danielle betrachtet ihre Füße. »Da ist noch etwas. Etwas, was er zu mir sagt. Ich weiß, dass es nicht stimmt, aber es bewirkt, dass ich mich schlecht fühle, es untergräbt mein Selbstbewusstsein.« Sie verlagert ihr Gewicht auf dem Sofa von einer Seite auf die andere.

»Was sagt er denn?« Ich spreche mit weicher Stimme, ermutige sie, sich zu öffnen, mir zu erzählen, was sie so sehr verletzt.

»Er sagt, ich würde keine gute Mutter abgeben.«

Ich widerstehe dem Drang, ihr zu versichern, dass sie natürlich eine gute Mutter sein würde, was ich allerdings nur äußern würde, wäre sie eine Freundin und keine Klientin. So jedoch muss sie selbst zu dieser Erkenntnis gelangen.

»Er sagt, er kenne mich«, fährt sie fort, spricht schneller, als ihre Tränen zu einem Schluchzen werden. »Er sagt, er kenne mich besser als irgendjemand sonst, und deswegen wüsste er genau, dass ich als Mutter versagen würde.«

Ich warte, während sie sich erneut die Augen betupft. »Es tut mir so leid«, murmelt sie. »Ich wollte nicht zusammenbrechen, ich habe nur versucht, alles zusammenzuhalten.« Sie zittert am ganzen Körper.

»Es ist in Ordnung, so zu empfinden«, gebe ich zurück. Angesichts ihres Schmerzes klingen meine Worte unangemessen.

Sie steht plötzlich auf. »Ich glaube, ich muss gehen.«

Danielle verströmt Wellen der Angst, und ich spreche sehr sanft. »Dies ist ein sicherer Ort. Hier können Sie sagen, was immer Sie auch loswerden möchten. Sich fühlen, wie immer Sie sich auch fühlen möchten. Es wird nichts verurteilt.«

Sie zögert eine Sekunde, dann schüttelt sie den Kopf.

»Warum nehmen Sie sich nicht eine Minute Zeit, um sich zu beruhigen?« Ich deute auf das Sofa.

»Kann ich zur Toilette gehen?«, fragt sie. »Um meine Fassung zurückzugewinnen?«

»Warum tun Sie das nicht hier?«

»Ich muss sowieso zur Toilette.« Sie lächelt durch ihre Tränen hindurch, auf einmal etwas ruhiger. »So schlage ich zwei Fliegen mit einer Klappe.«

Ich zögere einen Moment widerstrebend. Nach Charlies Bad fand ich keine Zeit, aufzuräumen. Ich möchte nicht, dass sie sein Badespielzeug sieht, eine Erinnerung, dass ich ein Kind habe und sie nicht. Aber mir fällt keine plausible Ausrede ein.

»Natürlich.« Ich öffne die Tür. »Das Bad ist am Ende des Flurs.«

Ich höre ihre Füße den Flur hinunter an Charlies Zimmer vorbeitappen, dann wird die Badezimmertür hinter ihr geschlossen.

Ich stehe auf und gehe zum Fenster hinüber. Auf der Straße draußen sehe ich in Anzüge gekleidete Pendler, die mit gesenkten Köpfen von der U-Bahn-Station forteilen, und stelle mir vor, dass sie zu ihren Familien zurückkehren. Ein Stich der Eifersucht durchzuckt mich, und ich verschränke die Arme vor meiner Brust, um mich zu trösten. Heute Abend werde ich allein in diesem Haus sein. Kein Richard. Nur Charlie und ich. Plötzlich strömt alles, was heute passiert ist, wieder auf mich ein.

Ich denke an unseren Sohn in seinem Zimmer, ohne dass Richard da ist, um ein Auge auf ihn zu haben. Ich muss nach ihm sehen.

Die Tür zu Charlies Zimmer knarrt, als sie aufgeht, und ich halte den Atem an, hoffe, dass er nicht aufwacht. Er hat sich in sein Bett gekuschelt, seine kleine Brust hebt und senkt sich unter der Decke, sein dunkler Lockenschopf ruht auf dem

Kissen. Die Arme hat er um seinen Schmusepinguin geschlungen, und am Kopfende seines Bettes sind seine anderen Plüschtiere aufgereiht. Er will sich nicht von ihnen trennen, egal wie oft ich andeute, dass er vielleicht zu viele hat. Ich zupfe die Decke um ihn zurecht und wende mich dann zum Gehen. Mein Herz schmerzt, als ich an das Baby denke, das er war, und den Mann, der er werden wird. Meine Verantwortung für ihn, mein Kind, lastet schwer auf mir. Er sieht so friedlich aus, ahnt nicht, welche Zukunft vor ihm liegt und dass der heutige Abend der erste von vielen ohne Vater sein wird.

Ich bücke mich und streichle seine Haare, dann vergrabe ich das Gesicht in seinen Locken. Heute hatte ich keine Zeit, sie zu waschen, und ihnen haftet immer noch der erdige Spielplatzgeruch an, gemischt mit dem Duft seines Badeschaums. Ich bemühe mich, mir seinen Tag vorzustellen: Unterricht, Unterhaltungen und Spiele. Oder auf dem Spielplatz ignoriert zu werden. Ich weiß es einfach nicht. Schon jetzt vertraut er mir weniger an als früher. Er ist nicht mehr ungeduldig, mir zu erzählen, was in der Schule passiert ist, brennt nicht mehr darauf, dass ich alles über seinen Tag höre, sondern möchte es sich nur noch vor dem Fernseher gemütlich machen, wenn er nach Hause kommt. Ich spüre, dass ich jeden Tag ein Stück mehr von ihm verliere. Und so sehr ich mir auch wünsche, ihn für immer an mich zu drücken und ihn als Baby zu behalten, weiß ich doch, dass er erwachsen und von mir unabhängig werden muss. Ich male mir die Zukunft in zehn Jahren aus. Charlie ein Teenager, Richard fort. Ein intensives Gefühl des Verlusts steigt in mir auf, und ich umarme Charlie fester. Wer werde ich dann sein?

»Ich liebe dich«, flüstere ich seinen schlafenden Umrissen zu.

Dann stehe ich auf, um das Zimmer zu verlassen, kann den Blick aber nicht von meinem Sohn losreißen. Dieser Moment erscheint mir so kostbar, und ich möchte ihn behalten, weil ich weiß, dass er nicht ewig andauern kann.

Draußen vor dem Fenster schreit eine Katze, und ich drehe mich um.

In der Tür sehe ich einen Schatten, der mich schweigend beobachtet.

VIER

DANIELLE

Ich beobachte Beth mit ihrem Sohn; ich nehme wahr, wie schwer es ihr fällt, ihn alleine zu lassen. Ich will das alles auch für mich. Ich möchte ein Baby so lieben, wie Beth ganz eindeutig ihr Kind liebt. Ich weiß, dass ich einen intimen Moment störe, aber ich kann mich nicht von der Szene lösen. Ihr Sohn erscheint unter der Bettdecke so klein und zerbrechlich.

Es dauerte eine Zeit lang, bis ich im Bad meine Tränen unter Kontrolle bekam, wo alles von Beths glücklichem Leben mit ihrem Sohn zeugte – ein kleines grünes Boot und ein purpurroter Spielzeugkrake neben der Badewanne und die kleine rote Zahnbürste neben der für einen Erwachsenen auf der Badablage. In dem Moment erschien mir alles so unfair. Dass sie das hat, was ich mir so sehnlich wünsche. Auf dem Rückweg bemerkte ich, dass eine Tür einen Spalt breit geöffnet war, und ich konnte nicht widerstehen, hineinzuspähen.

Beth dreht sich plötzlich um. Ihre Augen werden groß, als sie mich erkennt. Sie bohrt die Hände abwehrend in ihren Körper und weicht zurück. Sie hat nicht gemerkt, dass ich da schon eine Weile stehe.

»Er ist ein schöner Junge«, sage ich rasch.

»Sie werden zu schnell groß.« Sie rückt ein Stofftier auf seinem Bett zurecht, wendet sich dann wieder mir zu und lächelt. »Wie fühlen Sie sich? Bereit, weiterzumachen?«

Zehn Minuten später kommen wir zum Ende, und Beth steht auf, um mich zu entlassen. Sie legt mir eine Hand auf den Arm und sieht mir in die Augen. »Danke, dass Sie heute gekommen sind und so viel preisgegeben haben. Die erste Sitzung ist immer die schwerste.«

Ich nicke und rücke von meinen durcheinanderwirbelnden Gefühlen erschöpft von ihr ab. Normalerweise spreche ich nicht darüber, was ich empfinde, und die Sitzung hat meine Energie komplett aufgesaugt. »Danke.«

»Ich hoffe, ich sehe Sie nächste Woche wieder.«

»Nächstes Mal werde ich Peter dazu bringen, mitzukommen.«

»Das wäre hilfreich. Aber ich glaube, auch wenn er nicht kommen kann, werden Sie die Sitzungen nützlich finden.«

Ich lächle. »Das glaube ich auch.« Ein Teil von mir ist trotz allem traurig, gehen zu müssen. Es gibt noch so viel zu sagen.

»Einigen meiner Klienten hilft es, ein Tagebuch zu führen, wenn sie mit der Beratung beginnen. Die Höhen und Tiefen ihrer Gefühle festzuhalten kann helfen, ihren Problemen auf den Grund zu gehen.«

Ich nicke. »Das kann ich machen.«

Wir verabschieden uns an der Tür, und ich trete in die kalte Luft hinaus und schlinge meinen Schal um mich. Als ich mein Telefon zücke, um ein Uber zu bestellen, sehe ich eine Nachricht von Peter.

Ich bin früher von der Arbeit weggekommen, als ich dachte. Ich hole dich ab. Ich bin um neun Uhr draußen im Wagen.

Scheinwerfer flammen auf der anderen Straßenseite auf, und ich sehe ihn hinter dem Steuer unseres Autos sitzen. Sein Smartphone beleuchtet sein Gesicht.

Ich steige auf der Beifahrerseite ein, und Peter beugt sich zu mir, um mich zu küssen. Ich drehe den Kopf zur Seite. Meine Gedanken überschlagen sich immer noch.

»Wie ist es gelaufen?«, fragt er, als er den Motor startet und das Auto auf die Straße lenkt.

»Okay«, sage ich. Plötzlich beschleichen mich wegen allem, was ich über ihn erzählt habe, Schuldgefühle.

»Glaubst du, es wird dir helfen?«, will er wissen.

Ich zupfe an den langen Ärmeln meines Kaschmircardigans, ziehe sie unter meinem Mantel hervor und genieße das tröstliche Gefühl des weichen Stoffes unter meinen Fingern. Auf diese Frage habe ich noch keine Antwort. »Hoffentlich. Beth – die Therapeutin – ist eine gute Zuhörerin.« Ich hatte nicht geahnt, ihr so schnell so viel zu erzählen. Jetzt überkommen mich aber Zweifel, etwas Falsches gesagt und mich zu sehr geöffnet zu haben.

»Das ist gut. Ich möchte, dass es dir besser geht.« Er greift zum Schaltknüppel, dabei lässt er die Hand einen Moment lang auf meinem Bein liegen.

»Mir fehlt nichts.«

Er seufzt. »Das habe ich nicht gemeint ... ich liebe dich, das weißt du; ich möchte nur, dass du dich glücklicher fühlst.«

»Ich möchte mich auch glücklicher fühlen.« Ich greife in meine Handtasche, und meine Hände schließen sich um das Fläschchen, das ich aus Beths Badschrank genommen habe. Antidepressiva. Ich hatte nicht vorgehabt, sie zu nehmen, ich hatte sie dort entdeckt, als ich in den Schränken nach mehr Toilettenpapier suchte. Sie hatten mich förmlich angestarrt. Zwei volle Fläschchen. Beide waren Beth verschrieben worden. Ich dachte daran, wie Beth im Einklang mit sich selbst nach außen hin wirkt und mich gefragt, ob die Tabletten auch mir helfen könnten. Dann steckte ich sie aus einem Impuls heraus in die Tasche.

Vielleicht würden sie mir guttun. Vielleicht verbessern sie meine Beziehung zu Peter. Vielleicht leisten sie sogar gute Dienste, um die Vergangenheit zu vergessen.

Ich erinnere mich an die Anfänge, als Peter und ich uns kennenlernten. Wir waren versessen auf die Gesellschaft des anderen, wollten stundenlang reden und verbrachten den ganzen Tag im Bett. Aber jetzt besteht zwischen uns eine Distanz, die fast unüberbrückbar erscheint. So geht es seit mindestens einem Jahr.

»Dani?«

»Was?«

»Ich sagte, ich liebe dich.«

»Ich liebe dich auch«, gebe ich automatisch zurück und drehe den Kopf, um die vorbeiziehenden Reihenhäuser anzustarren. Stimmt das tatsächlich, frage ich mich. Zu Beginn unserer Beziehung habe ich ihn geliebt, jeden wachen Moment verbrachte ich damit, an ihn zu denken und mich Fantasien mit ihm hinzugeben. Ich liebte ihn am Tag unserer Hochzeit, daran entsinne ich mich ganz genau. Aber liebe ich ihn jetzt?

FÜNF

BETH

Sowie Danielle gegangen ist, schließe ich die Tür meines Therapieraums ab, gehe ins Wohnzimmer hinunter, setze mich und atme tief durch. Ich fühle mich verunsichert, einfach nur froh, die Sitzung hinter mich gebracht zu haben. Als ich mich zu entspannen versuche, kommen all die Gedanken, die ich in Schach gehalten habe, wieder zurück. Richard hat mich verlassen. Der Mann, den ich liebe, der Mann, von dem ich gedacht habe, mit ihm alt zu werden, will kein Teil meines Lebens mehr sein. Richard hat sich immer um mich gekümmert, aber jetzt gibt es niemanden mehr. Ich werde alleine für Charlie sorgen müssen, ohne dass abends jemand da ist, mit dem ich über den Stress und die Belastungen reden kann, einen Vierjährigen großzuziehen. Ich spüre Panik in mir aufsteigen und versuche sie zu bekämpfen, indem ich mir sage, dass ich es schaffen, dass ich alles zusammenhalten kann.

Ich mache mir eine Tasse Tee und nehme sie mit nach oben, um nach Charlie zu sehen. Mit ihm ist alles in Ordnung, er schläft friedlich. Irgendwo im Haus höre ich das Rauschen eines Rohres, und ich zucke zusammen, schaue hinter mich und erinnere mich daran, dass Danielle vorhin dort stand. Ich denke daran, wie sehr sie sich ein Kind wünscht, und empfinde Mitleid mit ihr. Aber da ist noch eine andere Emotion, ein Anflug von Besorgnis. Vielleicht rührt dieses Gefühl daher, wie Danielle Charlie anschaute. Mir gefiel gar nicht, dass sie, ohne zu fragen, in sein Zimmer kam.

Ich verdränge mein Unbehagen, da mir klar wird, wie irrational es ist. Viele Menschen behaupten, man solle seinen Instinkten trauen, aber mich können sie im Stich lassen. Früher einmal bildete ich mir viel ein, verlor nach und nach die Kontrolle und war überzeugt, dass jemand mir Schaden zufügen wollte. Am Schluss landete ich im Krankenhaus. Heute geht es mir meistens besser, aber ich darf nicht vergessen, meine Tabletten zu nehmen.

Ich überlege, wie ich Danielle helfen kann, und ein warmes Gefühl breitet sich in mir aus. Der Gedanke, dass ich ihr Leben ändern, sie durch eine schwere Zeit unterstützen kann, trägt dazu bei, etwas von dem emotionalen Schmerz zu lindern, der mich durchströmt. Selbst ohne Richard gibt es noch viel, wofür es sich zu leben lohnt. Ich kann mich auf den Job, auf meine Klienten konzentrieren. Wenn mir irgendetwas helfen kann, dies hier durchzustehen, dann das.

Ich nehme meinen Tee mit ins Schlafzimmer, ziehe einen Roman aus dem Bücherregal und blättere darin herum, ohne mich darauf konzentrieren zu können. Gedanken an eine Zukunft ohne Richard gehen mir durch den Kopf. Die Schublade meines Nachttischs lockt mich. Darin sperre ich meinen Kummer weg, die Dinge, an die ich nicht zu denken versuche, während ich mein Alltagsleben bewältige. Glückliche Erinnerungen, Fotos mit lächelnden Gesichtern darauf und Bilder von Charlie sind überall im Haus verstreut. Nur die schmerzhaften Erinnerungen wandern in die Schublade. Momente, vor denen ich mich verstecke, denen ich mich nicht stellen möchte. Als Therapeutin müsste ich mit all meinen eigenen Problemen fertigwerden, aber die Wahrheit lautet, dass einige Dinge unüberwindlich sind.

Nick nimmt den größten Teil der Schublade ein. Fotos und Postkarten, Theaterkarten und Restaurantquittungen. Während meiner Beziehung mit Nick war ich so glücklich wie nie zuvor. Ich lachte und scherzte, als hätte ich keine einzige Sorge auf der Welt. Er half mir, zu erkennen, dass nicht alle Männer so waren wie mein gewalttätiger Ex, dass die Welt ein schöner Ort sein konnte. Er lehrte mich zu leben.

Viel später zog ich mit Richard in dieses Haus. Es liegt in dem Vorort, wo ich damals lebte und wo ich Nick das erste Mal begegnete, aber das habe ich Richard nie erzählt. Ich war damals hochschwanger, und Richard und ich hatten uns für dieses Haus entschieden, weil wir ein gutes Umfeld für unser Baby wollten. Ich brachte meinen Nachttisch mit, als wir einzogen, also waren die Fotos nie weit weg.

Aber jetzt stimmen mich die Bilder nur traurig. Sie erinnern mich an das, was ich einst hatte. Was ich nie zurückbekommen kann.

Bald wurde die Schublade auch zum Verwahrungsort für andere schmerzliche Dinge. Das Namensband vom Krankenhaus, das sie an Charlies kleinem Fuß befestigt hatten, als er auf der Station bleiben musste, weil er nicht trinken wollte und Gewicht verlor. Und die anderen Fotos. Die, die ich mit der Post bekam. Die bewiesen, dass Richard mich betrog.

Ich trinke einen Schluck Tee, dann krame ich in der Schublade ganz unten nach dem Umschlag mit den Fotos. Mein Name ist in einer unordentlichen, hastigen Handschrift auf die Vorderseite gekritzelt, und in der Ecke klebt eine Eilpostmarke mit verschmiertem, unleserlichem Stempel. Es hatte an diesem Tag geregnet, und ich hatte Mühe gehabt, Charlie in seinen Regenmantel zu stecken, um ihn zur Vorschule zu bringen, als der Brief in den Briefkasten geworfen wurde. Ich war spät dran und legte ihn beiseite, aber er ging mir nicht aus dem Kopf, als ich Charlie absetzte. Ich fragte mich, ob er von jemandem aus der Vergangenheit stammte, einem Lehrer von der Schule, wo ich gearbeitet hatte, der mich aufgespürt hatte, oder einem Freund aus meiner Therapeutenausbildung. Als ich wieder nach Hause kam, war ich aufgeregt, brannte darauf, den Inhalt des Umschlags zu sichten. Noch bevor ich mir meine morgendliche Tasse Kaffee kochte, riss ich den Umschlag ungeduldig auf.

Die Fotos fielen falsch herum heraus, einen Moment lang hoffte ich, es wären Fotos von Nick, die jemand auf seinem USB-Stick gefunden hätte. Bilder, die mir ein weiteres Puzzleteil liefern, mir einen weiteren Teil von ihm zurückgeben würden.

Ich drehte die Fotos um. Aber sie zeigten nicht Nick. Sondern Richard. Ich verspürte einen Stich der Enttäuschung.

Und dann sah ich mir das erste Bild genauer an. Richard war nicht alleine. Er ging neben einer Frau, die der Kamera den Rücken zukehrte. Ich erkannte sie nicht. Auf dem nächsten war die Frau immer noch gesichtslos, aber Richard war ganz deutlich zu sehen. Er hielt sie in den Armen.

Mir blieb fast das Herz stehen. War das ein Irrtum? Nicht das, was es zu sein schien?

Ich griff nach dem dritten Foto. Wieder handelte es sich bei dem Mann eindeutig um Richard. Und diesmal hatte die Frau den Kopf zurückgebogen. Eng umschlungen küssten sie sich.

SECHS

DANIELLE

Ich reibe mein Gesicht mit Feuchtigkeitscreme ein, massiere sie langsam in die zerstörten, verbrannten Stellen meiner Haut. Der Arzt hat mich angewiesen, das zweimal täglich zu tun, aber ich mache es oft häufiger. Ich möchte, dass alles so schnell wie möglich heilt, damit ich wieder zu dem Selbst werden kann, das ich vor einem Jahr, vor dem Feuer, war. Dann fülle ich im Bad ein Glas mit Wasser und schlucke eines der Antidepressiva, die ich aus Beths Haus habe mitgehen lassen. Ich werde es brauchen, um den heutigen Tag zu überstehen. Dann trage ich ein leichtes Make-up auf, wobei ich die verbrannte Haut auslasse, und versuche mich im Spiegel anzulächeln, was mir nicht recht gelingen will. Alles, was ich sehen kann, ist der leicht verzerrte Rand meiner Lippe und meine unebene, raue Wange.

»Fertig?«, fragt Peter, der hinter mich tritt.

Ich nicke. Vor einem Jahr hätte ich ihn gefragt, wie ich aussehe. Aber das wage ich jetzt nicht mehr. Manchmal frage ich mich, ob es an meinen Narben gelegen hat, als er eine Beziehungspause vorschlug – weil er es nicht mehr ertragen konnte, mich anzusehen. Neun Monate nach dem Unfall trennten wir uns. Zeit genug, damit die Leute nicht glaubten, es läge an meinen Verletzungen, und er nicht als Mistkerl dastünde. Aber ich überlege immer noch, ob meine Narben nicht der eigentliche Grund waren.

Rasch verdränge ich diese Gedanken. Alles, was zählt, ist, dass wir wieder zusammen sind. Wir gehen die Straße hinunter, und ich nehme seine Hand, spüre die Wärme seiner Finger, die sich mit meinen verflechten. Wir hätten Handschuhe anziehen sollen. Aber ich sehe ohnehin nicht mehr so aus, als wäre ich für die jeweilige Witterung passend eingekleidet. Jetzt trage ich trotz des kalten Windes und des grauen Himmels einen breitkrempigen Hut und eine dunkle Sonnenbrille, um meine empfindliche Haut zu schützen. Ich hasse es, dass es die Aufmerksamkeit auf mich lenkt und bewirkt, dass die Leute mich neugierig anstarren. Und dann sehen sie die Narben und wenden den Blick ab.

Wie jeden Tag, wenn ich zur Arbeit pendle, gehe ich zur U-Bahn-Station. Die Pendler kümmern sich alle um ihre eigenen Angelegenheiten, niemand starrt mich an. Aber an den Wochenenden ist das anders, wenn die Bahn von Touristen und neugierigen Kindern wimmelt. Als ich mit Peter einsteige, zeigen die Kinder auf mich und stellen ihren Eltern Fragen, woraufhin diese erröten und sie ermahnen, still zu sein.

Ich nehme meinen Hut ab, schiebe meine Sonnenbrille auf die Stirn hoch, setze mich und schmiege mich an Peter auf dem Platz neben mir. Er fährt mit den Händen durch meine Haare und küsst mich auf den Scheitel.

»Nervös?«, fragt er.

»Ja«, gebe ich zu. Dies ist das erste gesellschaftliche Ereignis, zu dem wir seit dem Feuer gehen.

»Ich auch«, sagt er, und ich frage mich, warum. Schämt er sich für mich? Für mein jetziges Aussehen?

Ich löse mich von ihm und lenke mich ab, indem ich auf meinem Telefon die Nachrichten lese, bis wir unser Ziel erreichen.

Jessica öffnet mit einem breiten Lächeln die Wohnungstür. Ihr Schwangerschaftsbauch zeichnet sich bereits deutlich ab, und ihr Gesicht glüht. Es verdüstert sich leicht, als sie meine vernarbte Wange sieht, aber sie gewinnt die Fassung rasch wieder.

»Hallo«, sagt sie und streckt die Arme aus, um mich zu umarmen, wobei ihr Bauch im Weg ist, ein zusätzlicher Mensch zwischen uns. Sie küsst mich nicht wie sonst, weil sie es nicht wagt, in die Nähe der Narben zu kommen. Ich fühle mich ausgeschlossen, als ich zusehe, wie sie Peter auf die Wange küsst.

Früher einmal war ich selbstbewusst, aber jetzt fühle ich mich gehemmt. Ein Teil von mir wünscht, wir wären nicht hier und ich könnte stattdessen das ganze Wochenende damit verbringen, an dem Berufungsantrag meines Mandanten zu arbeiten.

»Ich bin so froh, dass du es einrichten konntest«, meint sie.

»Ich würde mir das um keinen Preis entgehen lassen.« Ich lächle und überreiche ihr mein eingepacktes Geschenk: ein Paar winzige blaue Stiefelchen und ein Strampler mit dem bunten Bild eines Spielplatzes, komplett mit Klettergerüst, Rutsche und Schaukel. Dabei verspüre ich ein Gefühl von Sehnsucht, den Wunsch, ich hätte die Sachen für mein eigenes Baby gekauft. Schuldbewusst verdränge ich den Gedanken. Hier geht es nicht um mich, sondern um Jessica.

»Danke«, sagt sie. »Kommt rein.«

Wir gehen ins Wohnzimmer und bekommen Sekt angeboten. Ich nehme mir ein Glas und trinke einen Schluck.

»Ich habe dich nicht mehr gesehen, seit …«, beginnt Jessica.

»Seit das mit dem Feuer passiert ist«, beende ich den Satz für sie. »Nein, ich war eine ganze Weile im Krankenhaus. Und wir sind nicht viel ausgegangen.«

»Es muss wirklich schrecklich gewesen sein.«

Ich schiele zu Peter, der auf seine Schuhe hinunterstarrt. »Allerdings.«

Sie nickt zu meinem Gesicht. »Und alles heilt gut?«

»Den Umständen entsprechend gut.«

»Prima.« Eine betretene Pause entsteht, dann wechselt sie das Thema. »Deine Haare gefallen mir. Ich hätte nie gedacht, dich mal mit einem blonden Bob zu sehen, aber er steht dir gut.«

»Danke.« Ich hebe eine Hand zu meinen Haaren, entsinne mich an die Zeit, als nichts mehr da war, wo der größte Teil verbrannt war. Sie hatten eine Ewigkeit gebraucht, um nachzuwachsen. Weitere Gäste treffen ein, und ich wende mich ab, stelle aber fest, dass ich trotzdem immer wieder mit Freunden und Bekannten gestelzte Gespräche darüber führen muss, wie schlimm der Unfall war. Mein Gesicht wird heiß, und ich frage mich, warum ich es anscheinend nicht über mich bringe, ihnen anzuvertrauen, was wirklich passiert ist. Mit manchen Leuten sind wir schon seit Jahren befreundet. Wenn Peter nicht dabei wäre, könnte ich ihnen vielleicht die Wahrheit sagen, aber so schaffe ich es irgendwie nicht.

Die Unterhaltung wendet sich bald Babys und Babynamen zu. Jessicas Mutter erzählt mir, wie sehr sie und ihr Mann sich darauf freuen, ein Enkelkind zu haben. Ich nicke höflich und lächle, aber ich kann nicht umhin, die Welt als ungerecht zu empfinden. Wenn ich jetzt schwanger wäre, wären meine Eltern nicht da, um meine Babykugel zu bewundern und ungeduldig auf die Ankunft ihres Enkelkindes zu warten. Ich zwinkere aufsteigende Tränen zurück.

Trotzdem wünsche ich mir immer noch ein Kind. So sehr. Es wäre ein neues Kapitel meines Lebens. Eine neue Familie zu gründen, von vorne anzufangen. Ich würde die Fehler, die meine Eltern gemacht haben, nicht wiederholen.

Die junge Frau neben mir, die ich gerade erst kennengelernt habe, fängt an, mir von ihren Bemühungen mit künstlicher Befruchtung zu berichten.

»Wir werden nicht jünger.« Sie ergreift die Hand ihres Partners. »Aber wir hoffen, dass es dieses Mal klappt.«

Ich weiß. Ich bin jetzt dreißig. Es ist noch nicht zu spät für mich, aber ich muss sicher sein, dass Peter auch Kinder will. Er steht auf der anderen Seite des Raums und unterhält sich mit Julian, dem werdenden Vater. Ich überlege, ob Julians freudige Aufregung Peter zum Umdenken bewegen und er sich doch vorstellen könnte, selbst Vater zu werden.

»Möchtest du Kinder?«, fragt die junge Frau.

Ich nicke. »Ja.« Ich blicke zu Peter hinüber. Ich muss ihn nur überzeugen, dass ich dem allen gewachsen bin. Wenn nötig, kann ich meine Arbeitsstunden reduzieren. Aber ich weiß, dass noch mehr als das dazugehört. Gewöhnlich ignoriere ich seine Aussagen, er würde glauben, ich sei keine gute Mutter und ich müsse lernen, ruhiger zu werden und mein Temperament zu zügeln. Aber in der letzten Zeit verfehlen seine Worte nicht ihre Wirkung auf mich. Vielleicht hat er recht. Vielleicht bin ich einfach nicht dazu geeignet, Mutter zu werden.

SIEBEN

BETH

»Charlie! Zieh jetzt deine Schuhe an!«, rufe ich aus der Küche, als ich verzweifelt versuche, seine Brotdose herzurichten, indem ich Brotscheiben mit Käse belege und einen Apfel und eine kleine Tüte Crisps dazulege. Als ich das erledigt habe, laufe ich die Treppe hoch ins Bad und schlucke ein Antidepressivum mit etwas Wasser aus dem Hahn. Ich stelle die Flasche in den Schrank zurück. Es ist die letzte. Ich war mir sicher, noch mehr zu haben; beim letzten Arztbesuch habe ich mir einen Vorrat für mehrere Monate zugelegt. Aber wann war das? Vielleicht ist es länger her, als ich glaube. Ich werde einen neuen Termin machen müssen.

Als ich in den Flur zurückkomme, hat Charlie immer noch keine Schuhe an und spielt mit einem Dinosaurier, der eigentlich ins Wohnzimmer gehört. Ich fahre mit einer Bürste durch seine Haare, hebe seinen Schuh von der Stelle auf, wo er ihn gestern hingeworfen hat, schnüre ihn auf und fange an, seinen Fuß hineinzuschieben.

»Nein!«, kreischt er und tritt nach mir.

»Charlie, sträub dich bitte nicht. Wir kommen zu spät.«

»Ich will nicht in die Schule.« Ich frage mich, ob die

anderen Jungen ihn wieder schikanieren. Eine gute Mutter würde sich hinsetzen und ergründen, *warum* er nicht hingehen will. Aber ich habe keine Zeit. Ich will nicht, dass die Schulsekretärin die Brauen hochzieht, wenn ich ihn zum zweiten Mal in dieser Woche zu spät in die Liste eintrage.

»Wir gehen zur Schule«, sage ich entschieden. »Ob du willst oder nicht.« Ich packe den Schuh und ziehe ihn ihm an, während er brüllt. Dann den zweiten.

»Ich bin ein großer Junge. Ich kann meine Schuhe selbst anziehen«, murmelt er durch seine Tränen hindurch.

»Ich weiß, dass du das kannst.« Ich streichle seinen Lockenkopf und überlege dabei, wann mein Baby so groß geworden ist. Es kommt mir vor, als wäre es erst gestern gewesen, als ich ihn aus dem Krankenhaus nach Hause gebracht habe.

Ich lege ihm seinen Mantel um die Schultern, ziehe seine Arme durch die Ärmel, schiebe meine Füße in meine Schuhe, öffne die Vordertür, packe seine Hand und ziehe ihn ins Freie. Der Nieselregen weht uns ins Gesicht, als wir die Straße hinunterhasten, ich zwei Schritte vorneweg und ihn antreibend. Mit rotem Gesicht und außer Atem komme ich bei der Schule an, gerade als es klingelt, die einzige Mutter, die keinen Mantel trägt. Charlie lässt meine Hand los und rennt auf seine Freunde beim Eingang zu.

Ich seufze erleichtert und beobachte, wie er glücklich mit den anderen Kindern plaudert. Ich kenne den Grund für seinen Wutanfall an diesem Morgen nicht, aber jetzt, da er in der Schule ist, scheint alles in Ordnung zu sein. Vielleicht belastet ihn der Umstand, dass Richard abwesend ist, mehr als ich zugeben will. Ich nicke den am Tor stehenden Müttern zu und mache dann, dass ich wegkomme, weil mir meine ungekämmten Haare peinlich sind.

Zurück im warmen Haus werde ich ruhiger und mache mir eine Tasse Tee. Nach der hektischen Morgenroutine ohne Richard muss ich mich einen Moment setzen. Alles alleine zu bewältigen ist nicht leicht, und es hat nicht gerade geholfen, dass Charlie die ganze Woche schlechte Laune hatte. Es muss daran liegen, dass er seinen Dad vermisst.

Aber sowie ich mich setze, wird mir klar, dass meine ersten Klienten in zehn Minuten kommen, also stehe ich auf, haste in der Küche herum, um den Frühstückstisch abzuräumen, und schaffe es, ab und zu einen Schluck von meinem Tee zu trinken.

Drei Stunden später, nach zwei Terminen hintereinander, bin ich völlig erschöpft. Zwei Paare hatten eine Eheberatung. Ein übliches Problem bei der Eheberatung sind außereheliche Affären, und normalerweise kann ich beide Seiten sehen und verstehen, dass jede Beziehung ihre eigenen Komplikationen mit sich bringt. Aber seit Richard mich verlassen hat, fällt es mir sehr viel schwerer als sonst, eine neutrale Haltung einzunehmen. Es bereitet mir Mühe, meine Gedanken auszuschalten, die um mein eigenes Leben kreisen. Ich vermisse Richard, vermisse es, nachts im Bett jemanden neben mir zu haben, jemanden, mit dem ich reden und meinen Tag teilen kann. Diese Woche habe ich außer meinen Klienten und Charlie nur die Mums am Schultor gesehen. Ich bin emotional ausgelaugt, und ich habe niemanden zum Reden. Ein Teil von mir ist heute Morgen eifersüchtig auf meine Klienten, weil für sie trotz ihrer Schwierigkeiten noch Hoffnung besteht. Sie kommen immer noch zur Beratung und versuchen, ihre Beziehungen zu retten, wohingegen Richard kaum einen Zweifel daran gelassen hat, dass es für ihn kein Zurück gibt. Ich weiß, dass ich ihn hassen sollte, aber ein großer Teil von mir liebt ihn immer noch und sehnt sich nach seiner Gesellschaft. Ich liebe die Art, wie er mich zum Lachen bringt, die Art, wie er seine eigene Arbeit als Therapeut so ernst nimmt und ihm seine Klienten wirklich am Herzen liegen. Ich begreife nicht, wie er mir gegenüber so herzlos sein und gleichzeitig seine Klienten so einfühlsam behandeln kann.

Eine der Ehefrauen, die heute Morgen eine Sitzung bei mir

hatte, hat eine geradezu kriminologische Untersuchung der Affäre ihres Mannes vorgenommen. Sie kannte jedes Detail von jedem Sex, den er mit seiner Affäre hatte. Das führt mich zu der Überlegung, wieso ich wegen Richards Affäre den Kopf in den Sand gesteckt und einfach seine Erklärung akzeptiert hatte, dass es nur eine flüchtige Sache gewesen sei. Ich hatte nie nach Einzelheiten gefragt. Ich wollte sie nicht wissen.

Jetzt bin ich neugierig, verspüre plötzlich den überwältigenden Drang, zu erfahren, mit wem Richard geschlafen, wer uns auseinandergebracht hat. Er hatte sie in einer Bar kennengelernt, mehr hatte er mir nicht erzählt. Ich gehe nach oben, nehme die Fotos aus der Schublade und betrachte das Bild, auf dem Richard sie küsst. Wie konnte er das tun? Doch egal wie lange ich die Fotos anstarre, ich entdecke keinen weiteren Hinweis darauf, wer die Frau ist. Sie stehen vor den Glasfenstern eines Gebäudes. Es sieht aus, als läge es im Zentrum von London, aber die Architektur ist so geläufig, dass das Gebäude überall stehen könnte.

Mit den Fotos komme ich nicht weiter. Richard hat nur seinen Laptop mitgenommen. Sein Computer hat er bislang nicht abgeholt. Also fahre ich, entschlossen, um nach weiteren Beweisen zu suchen, seinen Computer hoch. Es muss einen Austausch von E-Mails oder Nachrichten in den sozialen Medien zwischen ihnen gegeben haben. Ich versuche, mich in seinen E-Mail-Account zu hacken, grüble wieder und wieder über das Passwort nach, bis ich endlich aufgebe. In den sozialen Medien erreiche ich auch nichts. Ich seufze frustriert, gehe Ordner für Ordner auf seiner Festplatte durch, ohne überhaupt genau zu wissen, wonach ich suche. Während ich damit beschäftigt bin, piepst mein Handy, und ich zucke zusammen. Ein entgangener Anruf und eine Voicemail. Ungläubig starre ich auf die Nummer. Genevieve Price. Die Direktorin der Schule, an der ich ein paar Jahre lang Kunst unterrichtete. Ich hätte ihre Nummer löschen sollen. Warum sollte sie Kontakt mit mir aufnehmen? Ich spüre, dass hinter meinen Augen Kopfschmerzen einsetzen. Das letzte Mal, als ich mit Genevieve gesprochen habe, war sie außer sich vor Wut, weil ich dem Ruf der Schule angeblich geschadet hätte.

Ich greife nach meinem Handy und höre die Nachricht mit angehaltenem Atem ab. Aber ihre Stimme klingt freundlich. Sie ist nach dem Tod ihres Mannes nach London gezogen und möchte sich mit mir treffen. Ich empfinde einen Stich des Mitleids. Sie waren mindestens dreißig Jahre verheiratet und haben zwei erwachsene Kinder. Trotzdem verwundert es mich sehr, dass sie sich mit mir treffen will. Nicht nach allem, was passiert ist.

Ich wende mich wieder dem Computer zu, wobei mir die Nachricht immer noch im Kopf herumspukt, während ich noch ein paar Mal versuche, an Richards E-Mails heranzukommen. Aber ich habe kein Glück.

Ich starre den Bildschirm eine Ewigkeit tief in Gedanken versunken an und erinnere mich an meine Zeit als Lehrerin. Erst als mein Telefon erneut piept und eine Textnachricht von meiner Bank erscheint, die mir mitteilt, dass mein Konto überzogen ist, merke ich, wie spät es ist. Sechzehn Minuten nach drei. Ich bin überfällig, um Charlie abzuholen.

Ich greife nach meinen Schlüsseln und laufe aus dem Haus.

Der Abend ist ein einziger Kampf. Charlie weigert sich, sein Abendbrot zu essen, zu baden oder ins Bett zu gehen. Ich merke ihm an, dass er böse auf mich ist, weil ich ihn so spät abgeholt habe. Ich hatte mich durch Scharen von Eltern hindurchgekämpft, die mit ihren Kindern das Gebäude verließen, und fand ihn allein mit seiner Lehrerin im Klassenzimmer wartend vor. Nach einer Standpauke von ihr, bei der ich mir vorkam, als wäre ich diejenige, die noch zur Schule geht, trotteten wir gemeinsam nach Hause. Charlie sprach kein Wort mit mir.

Ich ärgere mich auch über mich selbst, darüber, mich so darin vertieft zu haben, mehr über Richards Affäre herauszufinden und über die Vergangenheit nachzugrübeln, dass ich darüber die Zeit vergessen habe. Ich schlucke meine Schuldgefühle hinunter und bemühe mich, ruhig zu bleiben, während ich versuche, Charlie zu überreden, nach oben zu gehen, bevor Danielle und Peter kommen. Endlich schaffe ich es, ihn in sein Zimmer zu bringen und ihn dazu zu bewegen, seinen Schlafanzug anzuziehen. Dann lese ich ihm aus seinem Lieblingsbuch über Dinosaurier vor. Davon bekommt er nie genug. Egal wie oft ich es ihm schon vorgelesen habe, er lacht immer an denselben Stellen und will von mir umarmt werden, wenn der T-Rex auftaucht. Ich liebe die Art, wie er mich als Beschützerin betrachtet. Er weiß noch nicht, wie schwach ich in Wirklichkeit bin. Dass ich auch vor vielen Dingen Angst habe. Dass ich zusammenklappen und innerlich zerbrechen kann.

Ich lese das Buch noch zweimal, aber er will einfach nicht einschlafen.

»Noch einmal, Mummy«, fordert er beharrlich.

»Nein, Schatz. Es ist Zeit, zu schlafen.« Er ist müde, und seine Augen fallen bereits zu, die er jedoch immer wieder aufreißt.

»Noch mal!«

Ich streiche über seine dunklen Locken. Danielle und Peter werden jeden Moment hier sein. »Dafür ist heute keine Zeit.« Ich deute auf die Dinosaurieruhr an der Wand, die ich benutze, um ihm beizubringen, die Zeit abzulesen. »Siehst du, der große Zeiger steht auf der Zwölf und der kleine fast auf der Acht. Das heißt, dass es schon lange nach deiner Schlafenszeit ist.« Er soll um halb acht im Bett sein, aber seit Richards Weggang habe ich die Dinge schleifen lassen. Ich weiß, dass es jeden Augenblick an der Tür klingeln wird.

»Ich will noch eine Geschichte.«

Ich schüttle den Kopf und beuge mich über ihn, um seine weiche Wange zu küssen. »Schlaf gut.«

»Mummy, geh nicht.«

Ich empfinde einen Anflug von Schuldbewusstsein, weil ich ihn zu spät von der Schule abgeholt habe. Hatte er befürchtet, ich hätte ihn im Stich gelassen? Dann steigt Wut auf Richard in mir auf. Meinem Sohn wurde der Boden unter den Füßen weggerissen, er hat keine Sicherheit mehr. Das ist alles Richards Schuld. »Ich werde dich nie alleine lassen, das verspreche ich.« Ich lege ihm seinen Stoffpinguin in die Arme. »Pengie wird dir heute Nacht Gesellschaft leisten. Du kannst mit ihm schmusen, wenn du dich einsam fühlst.«

Charlie drückt das weiche Plüschtier fest an sich.

Es klingelt an der Tür, und ich gebe Charlie einen Kuss; ich möchte aber nicht gehen, damit er sich nicht alleine fühlt. Dann gebe ich ihm noch einen Kuss. »Schlaf jetzt«, ermahne ich ihn sanft.

Dann haste ich nach unten und öffne die Tür.

Sobald wir mein Beratungszimmer betreten, erkläre ich, dass ich die Tür angelehnt lassen muss, weil Charlie noch nicht schläft, und Danielle nickt verständnisvoll. Sie wirkt angespannt. Wieder ist Peter nicht mitgekommen.

»Ist Charlie krank?«, fragt sie interessiert, ignoriert das Sofa und geht zum Fenster hinüber.

»Nein«, erwidere ich. »Er ist nur böse, weil ich ihn zu spät von der Schule abgeholt habe.«

Danielle gibt keine Antwort, sondern starrt aus dem Fenster.

»Woran denken Sie?« Ich trete neben sie. Hinter dem Fenster ist es neblig, ich kann die Straße unten kaum sehen. Die bernsteinfarbenen Straßenlaternen durchdringen kaum den Nebel.

Danielle sieht in ihrem perfekt geschnittenen Kostüm sehr elegant aus, aber die Art, wie ihre manikürten Hände das Fensterbrett umklammern, verraten sie. An ihrem Revers steckt eine viktorianische Jadebrosche. Ich erkenne sie, weil ich eine eigene Sammlung davon habe, deren Stücke mir Richard im Lauf der Jahre zum Geburtstag oder zu Weihnachten geschenkt hat. Diese spezielle Art von Brosche ist schwer zu finden und teuer. Bei den Leuten, die sie kaufen, handelt es sich gewöhnlich um Sammler.

»An alles und nichts«, sagt sie. Ein gequältes Stirnrunzeln verzerrt ihre Gesichtszüge, und ich beobachte, wie sich das Narbengewebe spannt und Höcker aufwirft.

»Es war ein Unfall«, platzt sie plötzlich heraus.

»Was?«

»Tut mir leid, aber ich habe gesehen, wie Sie hingeschaut haben, und ich weiß, dass sich die Leute immer Fragen stellen. Wegen meiner Narben.«

»Ich wollte nicht ...«

»Das will nie jemand.«

»Möchten Sie darüber reden?« Vielleicht erwähnt sie die Narben aus einem bestimmten Grund.

»Es war ein Feuer.« Sie zögert. »Es sind Brandwunden dritten Grades.«

Mir wird übel, als Bilder durch meinen Kopf schießen. Flammen, die an Vorhängen hochzüngeln. Und Fenster zerbersten lassen.

Angst ergreift von mir Besitz. Mit einer Hand stütze ich mich an der Wand ab, während ich darum ringe, die Bilder zu verdrängen. Ich fokussiere mich auf den Baum vor dem Fenster. Er muss zurückgeschnitten werden, seine Äste gleichen Tentakeln, die sich auf das Glas zuschlängeln.

»Tut mir leid, das zu hören.« Ich bekomme die Worte kaum heraus, sie sind kaum mehr als ein Flüstern. Ich spüre, wie das Blut aus meinem Kopf weicht, höre das Summen in meinen

Ohren und bin sicher, gleich ohnmächtig zu werden. Langsam lasse ich mich in meinen Sessel sinken.

Danielle wendet sich vom Fenster ab, geht zum Sofa und gibt mir so die Gelegenheit, wieder zu Atem zu kommen.

Sie berührt ihre Wange, fährt mit den Fingern über den gezackten Rand der Narbe und lässt die Mitte aus. »Es war komisch«, sagt sie. »Zuerst habe ich gar nichts gespürt. Die Schmerzen kamen erst später.«

Wir starren beide die brennende Kerze auf dem Schreibtisch an. Ich hatte sie vor Danielles Ankunft angezündet, um die Luft im Raum zu reinigen. Schweigend stehe ich auf und blase sie aus.

Obwohl die Schreibtischlampe brennt und die Kerze nicht viel zusätzliches Licht gespendet hat, scheint es plötzlich zu dunkel im Raum zu sein. Ich muss unbedingt den Bildern Einhalt gebieten, die mir im Kopf herumschwirren. Als ich zu dem Lichtschalter neben der Tür hinüberstolpere, bleibe ich mit meinem Bein am Rand des Sofas hängen und stoße gegen Danielles Ellbogen.

»Sorry«, murmle ich, als ich nach dem Schalter taste. Licht flutet den Raum, und mir wird bewusst, dass es mein gerötetes, erhitztes Gesicht und die Spuren der Tränen, die ich zurückgehalten habe, enthüllt.

Danielle zwinkert heftig.

Ich hole tief Atem. Ich schaffe das. Ich konzentriere mich auf meine Klientin, ich schiebe meine eigene Geschichte beiseite und helfe ihr.

»Sie sagten, es war ein Unfall?«

Ein Gefühlstsunami tobt in mir. *Wenigstens ist sie nicht gestorben*, denke ich. Und dann komme ich mir grausam vor; ich kann mir nicht vorstellen, wie schrecklich es für sie gewesen sein muss.

»Wir haben gegrillt, Peter und ich. Es war vor etwas mehr als einem Jahr.« Sie hält inne und gräbt die Nägel in ihre Handflächen, bevor sie sich zwingt, fortzufahren. »Viele Leute kamen. Freunde, Familienangehörige, Kollegen. Ich hatte alles wochenlang geplant und den ganzen Morgen damit verbracht, alles vorzubereiten. Ich glaube, ein Teil von mir wollte angeben. Die Leute sollten mein perfektes Heim bewundern.« Sie lacht bitter auf. »Das war mir eine Lehre.«

Ich schlucke, als ich mir die Szene vorstelle, mir vorstelle, was als Nächstes passiert. Der Brandgeruch erfüllt meine Nase, als wäre ich wieder vor zwanzig Jahren draußen vor diesem Gebäude. Rasch zwinkere ich alles weg.

Danielle spricht weiter. »Und dann, kurz bevor die Gäste eintreffen sollten, ließ sich der Grill nicht anzünden. Der Wind blies das Feuer immer wieder aus. Peter und ich stritten. Ich hatte alles so sorgfältig geplant, mein Gefühl war, er würde seinen Teil nicht erfüllen. Und dann ... hatte er diese Idee. Im Schuppen war ein Kanister mit Benzin. Für den Rasenmäher.«

Tränen treten ihr in die Augen, und sie kneift sie zu. Ihre Hand wandert noch einmal zu ihrem Gesicht, als hätte sie immer noch Mühe, zu begreifen, was passiert ist. Ich beobachte sie schweigend, spüre ihr dringendes Bedürfnis, ihre Geschichte zu erzählen.

»Er nahm das Benzin und schüttete es auf die Kohlen. Er hatte einfach nicht nachgedacht. Das ganze Ding ist augenblicklich hochgegangen.«

ACHT

DANIELLE

Als ich nach Hause komme, bin ich erschöpft, und die Erinnerungen an das Feuer überschlagen sich in meinem Kopf. Es ist das erste Mal, dass ich wahrhaftig darüber gesprochen, das erste Mal, dass ich mir gestattet habe, mich zu erinnern.

Ich funktioniere mit Autopiloten, als ich das Abendessen zubereite und etwas Wäsche in die Maschine stopfe. Als Peter nach Hause kommt, schaffe ich es so eben, ihn mit einem Lächeln zu begrüßen.

»Hattest du einen guten Tag bei der Arbeit?«, frage ich.

»Hektisch«, antwortet er. »Im Moment ist der Teufel los. Wir haben nicht genug Personal; deshalb versuchen wir, ein paar Praktikanten anzuwerben. Wie war dein Tag?«

»Ich war heute Abend bei der Therapie.« Wahrscheinlich hat er vergessen, dass heute die Sitzung überhaupt stattfand.

Er nickt. »Schön für dich, dass du dir Zeit dafür nimmst.« Er beugt den Kopf über die Pfanne und schnuppert am Curry. »Worüber habt ihr gesprochen?«

»Nicht über viel.«

»Du möchtest nicht darüber reden?«

»Nicht wirklich.« Obwohl ich das Thema eingeläutet habe,

bin ich nicht sicher, ob ich bereit bin, mit ihm über das zu sprechen, was ich Beth erzählt habe. Noch nicht.

Er legt von hinten die Arme um mich, und meine Schultern verkrampfen sich.

»Du musst imstande sein, mir zu vertrauen, Danielle«, sagt er. »Ich bin dein Mann.«

»Ich vertraue dir.« Ich kann spüren, dass sich ein Streit ankündigt, genau wie man die Feuchtigkeit in der Luft spüren kann, wenn ein Sturm aufzieht. Wir verhalten uns bereits so wie meine Eltern, immer auf der Suche nach einer Auseinandersetzung, einem Vorwand, der Wut freien Lauf zu lassen, die unter der Oberfläche unserer Beziehung brodelt. Zum Glück ist unser Haus ein Einzelhaus, daher kann uns niemand auf der anderen Seite der Wand hören.

»Dann erzähl mir von der Therapie. Sag mir, was du ihr anvertraut hast. Denn wenn du noch nicht einmal bereit bist, mit mir zu reden, wie sollen wir da unsere Ehe retten?«

»Wir haben über das Feuer gesprochen.«

Das hierauf folgende Schweigen lastet schwer. Sobald sie meine Verbände im Krankenhaus abgenommen hatten, haben wir das Feuer nie wieder erwähnt. Das ist ein ungeschriebenes Gesetz. Die Worte, die wir uns sagen müssten, die wir uns sagen sollten, bleiben unausgesprochen. Es ist, als wäre es nie passiert. Abgesehen von den Narben in meinem Gesicht. Die Narben, die er nie explizit zur Kenntnis genommen hat. Die Mahnung an das, was wir beide vergessen wollen.

Ich sehe nach dem Curry, während Peter das Besteck holt und den Tisch deckt.

»Ich bin froh, dass du darüber gesprochen hast«, sagt er endlich. »Das brauchtest du.«

»Vielleicht müssen wir beide darüber reden. In der Therapie.«

»Ich glaube, du bist diejenige, die die Therapie braucht. Nicht ich.«

Ich nicke. Wahrscheinlich hat er recht. »Ich glaube, das Feuer hat mich stärker belastet, als mir je bewusst war.« Ich lege eine Hand an mein Gesicht, spüre die harten Ränder des Narbengewebes. »Es hat alles für mich verändert. Mein Aussehen. Mein Selbstbewusstsein.« Eine Träne rinnt an meiner Wange hinunter, und ich wische sie weg.

»Ich kann immer noch nicht glauben, dass es wirklich passiert ist. Das Benzin ... ich weiß nicht, warum ...« In seiner Stimme schwingt immer ein scharfer Unterton mit, an den ich mich im Laufe unserer Beziehung mehr und mehr gewöhnt habe.

»Wir können nicht ändern, was passiert ist«, sage ich. »Wir müssen es akzeptieren.«

»Das habe ich ja versucht. Aber ich verstehe es immer noch nicht.« Er tritt näher zu mir.

Ich weiche zurück, schüttle den Kopf und kämpfe gegen die aufsteigende Panik an, während mir wieder gegenwärtig wird, wie die Flammen mich umzüngelten. Damals fühlte es sich unwirklich an, so als würde es jemand anderem zustoßen, aber jetzt sind meine Gefühle so intensiv, als geschähe es genau in diesem Augenblick.

»Es ist so schwer, darüber zu sprechen oder überhaupt daran zu denken«, gestehe ich.

»Das glaube ich. Es muss schwer sein, zu wissen, dass etwas so Furchtbares zu verhindern gewesen wäre.« Er starrt mich an, seine Augen blicken kalt und unversöhnlich. »Du musst dich unter Kontrolle bekommen«, sagt er ruhig, »oder ich wage nicht daran zu denken, was das nächste Mal passieren wird.«

NEUN

BETH

Nachdem Danielle fort ist, fühle ich mich unbehaglich, ich bin nicht in der Lage, meine eigenen Erinnerungen in Schach zu halten. Ich gehe durch das Haus und vergewissere mich, dass alle Türen und Fenster verschlossen sind. Mit Richard habe ich mich hier immer sicher gefühlt, aber seit er gegangen ist, ist mir meine Verwundbarkeit bewusst. Ich bin mir im Klaren darüber, sollte irgendjemand in das Haus eindringen, ich diejenige bin, die mit dem Eindringling fertigwerden muss. Bevor Richard in mein Leben trat, lebte ich allein in meiner Wohnung, und es hatte Tage gegeben, an denen ich das Haus aus Angst nicht verließ, denn ich war überzeugt, dass mich jemand beobachtete. Zog ein Schatten am Fenster vorbei, meinte ich, jemand würde mich von draußen belauern. Seit Jahren habe ich mich nicht mehr so gefühlt, aber jetzt kehrt die altvertraute Furcht schleichend zurück.

Ich gehe, um nach Charlie zu sehen, ziehe die Bettdecke sachte zurück und registriere, dass seine Brust sich hebt und senkt. Er bewegt sich leicht unter der Decke und murmelt etwas im Schlaf.

»Es ist alles gut«, flüstere ich und streiche über sein Haar.

Er rollt sich von mir weg. »Daddy …«, nuschelt er.

Tränen brennen in meinen Augen. »Er ist gerade nicht hier.« Ich denke daran, dass Richard nie mehr da sein wird, um ihn abends ins Bett zu bringen oder ihn morgens zu wecken. Und ich frage mich auch, ob er in Richards Wohnung ein Zimmer haben wird, ein Leben mit seinem Vater verbringen wird, von dem ich nichts wissen werde. Meine Tränen fließen heftiger, und ich schlage eine Hand vor den Mund. Ich kann es nicht ertragen, dass Charlie leidet. Er ist immer noch mein Baby.

Um mich abzulenken und etwas anderes zu finden, worauf ich mich konzentrieren kann, wandert mein Blick zum Nachttisch. Ich denke an Charlie Lieblingsgeschichte, die ich ihm vor dem Einschlafen vorgelesen habe. Ich will das Buch vom Nachttisch nehmen, weil die vertrauten Worte mich ebenso trösten, so wie ein Schlaflied, wenn ich mich niedergeschlagen fühle. Aber es ist nicht da.

Stattdessen liegt dort ein anderes Buch. Eine alte Ausgabe von ›Thomas-die-kleine-Lokomotive‹-Geschichte. Richard hat sie ihm vorgelesen, als er klein war, und ich empfinde einen Anflug von Wehmut und Bedauern.

Aber wie kommt das Buch hierher? Ich bin sicher, dass ich es nicht dorthin gelegt habe. Vielleicht ist Charlie nachts aufgestanden und hat es aus dem Regal gezogen, um darin zu blättern. Er würde zwar die Worte nicht lesen können, aber er schaut sich gerne die Bilder an. Ich stelle mir vor, wie er hier alleine das Buch betrachtet, und Schuldgefühle steigen in mir auf. Obwohl die Tür angelehnt war, während ich mit Danielle gesprochen habe, habe ich trotzdem nicht mitbekommen, was er hier drinnen gemacht hat. Hätte ich nicht hören müssen, wenn er aufsteht?

Dann schießt mir ein Gedanke durch den Kopf. Danielle. Sie war während unserer ersten Sitzung schon einmal in Charlies Zimmer. Als ich heute den Therapieraum abgeschlossen habe und nach unten gegangen bin, um die Spielsachen wegzuräumen, war sie auf der Toilette, kurz bevor sie gegangen ist. Was, wenn sie gesehen hat, dass Charlie aufgewacht ist und ihm das Buch gegeben hat, um ihn zu beruhigen?

Ich schiebe den Gedanken beiseite. Charlie muss in der Nacht aufgestanden sein. Ich muss mich beruhigen, noch etwas aufräumen und dann ins Bett gehen. Es ist nicht möglich, dass jemand im Zimmer meines Sohns war. Es ist nur meine Angst, die da spricht. Seit Richards Auszug bin ich paranoid. Da ich nur meine eigenen Gedanken als Gesellschaft habe, kommen mir die schlimmsten Befürchtungen in den Sinn. Ich muss mehr ausgehen, neue Leute treffen. Ich habe so viele Freunde verloren, als ich als Lehrerin entlassen wurde, und sie nie wirklich zurückgewonnen. Richard und Charlie haben mich auf Trab gehalten. Jetzt werde ich mich anstrengen müssen, neue Kontakt zu anderen Menschen zu knüpfen. Genau das, was ich oft meinen Klienten rate, wenn sie vereinsamen.

Ich denke an Genevieves Anruf früher am Tag. Wir standen uns sehr nah, während wir zusammenarbeiteten. Vielleicht sollte ich zurückrufen und ein Treffen vereinbaren. Aber dann würden wir doch sicherlich über die Vergangenheit sprechen müssen? Das kann ich nicht. Nicht jetzt. Ich möchte noch nicht einmal darüber nachdenken.

Ich gebe Charlie einen flüchtigen Kuss, eile aus dem Zimmer und gehe nach unten in die Küche. Dort finde ich mein Dankbarkeitstagebuch und greife über die Reihe von Kochbüchern auf dem Fensterbrett hinweg zu der Stelle, wo es horizontal über ihnen liegt. Ich möchte zehn Minuten damit verbringen, zu versuchen, mich auf die guten Dinge in meinem Leben zu konzentrieren. Seit Richards Abwesenheit, habe ich das Tagebuch nicht mehr in die Hand genommen, aber heute Abend habe ich das Gefühl, dass eine Bestandsaufnahme wichtig ist. Ich schreibe immer drei Dinge auf, für die ich dankbar bin, und drei Dinge, die ich erreicht habe. Es hilft mir, eine positive Einstellung zu bewahren, bevor ich schlafen gehe.

Ich will mich gerade an den Esstisch setzen, als ich erstarre. Ich bin sicher, Schritte gehört zu haben. Ist jemand draußen? Ich gehe zum Fenster und blicke auf die dunkle Straße hinter dem Haus hinaus. Abgesehen von dem schwachen Glühen der Straßenlaterne liegt die Straße in Dunkelheit, die geparkten Autos sind nur als verschwommene Umrisse zu erkennen. Rasch ziehe ich die Vorhänge zu und verschanze mich in der Sicherheit und Wärme meines Hauses.

Vielleicht sollte ich die Sicherheitsvorkehrungen verstärken. Eine Außenkamera installieren, dazu eine Alarmanlage und ein Außenlicht. Meine Wohnung hatte ich mit allem ausgestattet, als ich überzeugt war, jemand würde mich beobachten. Aber es stellte sich heraus, dass es überhaupt keinen heimlichen Beobachter gab. Es hatte sich alles nur in meinem Kopf abgespielt.

Trotzdem kann ich nicht anders, als mich zu vergewissern, dass die Fenster im Wohnzimmer und die Vordertür geschlossen und verriegelt sind.

Sowie ich ganz sicher bin, dass alles verschlossen ist, fällt die Anspannung von mir ab, ich setze mich auf meinen hölzernen Esszimmerstuhl, den ich in einem Antiquitätengeschäft gekauft habe, und platziere meine Füße auf den Perserteppich, der einer Großtante von Richard gehörte. Ich bin zu Hause und sicher, umgeben von den Gegenständen, die mein Leben ausmachen und mir Trost schenken, und mit meinem Sohn im oberen Stockwerk.

Ich bin dankbar, in einem Haus zu wohnen, das sicher und warm ist, schreibe ich in das Tagebuch.

Dann starre ich die Worte an und denke darüber nach. Meine Füße sinken in die weichen Fasern des Teppichs, und ich frage mich, ob Richard irgendwann auftauchen wird, um all seine Besitztümer einzufordern und auch den Teppich mitnehmen wird.

Dann spüre ich die Hand, die sich auf meine Schulter legt. Finger drücken sich in meine Haut.

»Hallo, Beth«, sagt jemand leise.

Ehe ich es verhindern kann, entfährt mir ein panikerfüllter Schrei.

ZEHN

DANIELLE

Ich starre Peter fassungslos an. Ich kann nicht glauben, was er gerade geäußert hat, dass er angedeutet hat, das mit dem Feuer könnte erneut passieren, wenn ich es nicht schaffe, mich dauerhaft in der Gewalt zu haben. Aber was, wenn er recht hat? Was, wenn mir etwas Furchtbares zustößt?

Ich muss weg aus dem Haus, weg von ihm. In diesem Augenblick ertrage ich es nicht, in seiner Nähe zu sein.

Ich greife nach meiner Handtasche, reiße die Haustür auf.

»Wo willst du hin?«, ruft Peter.

Ich erwidere nichts und schließe die Tür hinter mir.

Draußen setzt Winterfrost ein. Der Himmel über mir ist klar und wolkenlos, und der Mond spendet ein schwaches Licht. Bei diesen Temperaturen mag ich nirgendwo zu Fuß hingehen. Ich suche in meiner Handtasche nach meinen Autoschlüsseln, schließe meinen Audi-Zweisitzer auf, den ich mir geleistet habe, als ich in der Kanzlei befördert wurde, rutsche auf den Fahrersitz, lasse den Motor an und stelle die Heizung auf die höchste Stufe. Erst trifft mich ein kalter Luftstrahl, aber er wird schnell warm, und ich lege die Finger über die Plastikschlitze. Fröstelnd starre ich mein Haus an. Während meiner

Jahre bei Pflegeeltern habe ich immer davon geträumt, in einem Haus wie diesem zu leben. Ich wollte viel Platz. Ich wollte, dass es sauber und ordentlich und voller Designergegenstände ist. Aber am meisten wollte ich, dass es von Liebe erfüllt ist. Ich wollte einen Ort auf der Welt finden, wo ich geliebt und akzeptiert werde. Anfangs gab Peter mir dieses Gefühl. Unsere Ehe bot mir die Sicherheit, nach der ich mich sehnte. Ich war sicher, wir würden Kinder und eine perfekte Familienidylle haben.

Mir wird klar, dass ich irgendwo hinfahren muss. Ich befestige den Sicherheitsgurt, setze den Blinker und lenke den Wagen aus der Parklücke vor unserem Haus heraus. Dann fahre ich ein paar Meilen, bis ich das Haus erreiche, in dem ich aufgewachsen bin, bevor mich Pflegeeltern aufnahmen. Es ist groß, größer als das Haus, in dem ich jetzt lebe, und sieht nicht viel anders aus als damals. Die Vorhänge im Schlafzimmer sind gegen Jalousien ausgetauscht worden, aber sonst hat sich wenig verändert.

Ich erschauere, als ich zu ihm hochblicke, erinnere mich an meinen Vater. Er hat nonstop gearbeitet, um dieses Haus zu kaufen, und dann starb er und ließ alles zurück. Es war ihm nie vergönnt, sich zur Ruhe zu setzen und den Lebensstil zu genießen, für den er so hart gearbeitet hatte. Es war ihm auch nicht einmal vergönnt, mich aufwachsen zu sehen. Selbst jetzt noch kann ich an manchen Tagen nicht realisieren, dass er fort ist. Der Schmerz lebt tief in mir. Er geht nie weg.

Ich würde alles dafür geben, ihn ein letztes Mal zu umarmen. Ich schließe die Augen und versuche mich zu erinnern, wie er klang, an seine tiefe, tröstliche Stimme. Aber ich kann sie nicht mehr hören, noch nicht einmal mehr in meinem Kopf. Mit fest zusammengekniffenen Augen entsinne ich mich nur an die Auseinandersetzungen meiner Eltern, an ihre in dem zugigen Haus widerhallenden Stimmen. Was auch immer geschehen wird, falls ich ein Kind habe, werde ich ihm eine liebevollere Kindheit bereiten als die, die ich hatte.

ELF

BETH

Ich schreie, mein Puls rast. Mein ganzer Körper spannt sich an, wappnet sich, angegriffen zu werden. Ich habe keine Waffe. Ich bin allein im Haus, nur mit Charlie. Und jemand hat seine Hand auf meiner Schulter.

Ich kann es nicht ertragen, mich umzudrehen, kann es nicht ertragen, mich dem Monster hinter mir zu stellen.

»Beth«, insistiert eine Stimme. »Beth.« Mein Hirn braucht einen Moment, um die Panik niederzukämpfen, und ich brauche einen weiteren, um die Stimme zu erkennen. Richard. Es ist nur Richard.

»Alles in Ordnung?«

»Du hast mich in Panik versetzt«, erwidere ich und drehe mich endlich um, um ihn anzusehen. Ein Funken Hoffnung flammt in mir auf. Hat er seine Meinung geändert? Möchte er zurückkommen?

»Tut mir leid«, sagt er mit einem Stirnrunzeln. »Ich nahm an, du hättest mich hereinkommen hören. Ungefähr vor einer halben Stunde. Ich habe nach dir gerufen. Ich habe nur nach ein paar Kursnotizen in meinem Aktenschrank gesucht.«

»Ich hatte eine Klientin.«

»Oh, ja«, sagt er abwesend. »Ich habe das Licht in deinem Zimmer gesehen, als ich nach oben gegangen bin, um nach Charlie zu sehen. Er war wach. Ich habe ihm eine Geschichte vorgelesen.«

»Warst du das, der das ›Thomas-die-kleine-Lokomotive‹-Buch an seinem Bett liegengelassen hat?«

»Er wollte, dass ich es ihm vorlese.«

Erst bin ich erleichtert, doch dann wallt Wut in mir auf. »Du kannst nicht einfach hier hereinkommen und ihm eine Geschichte vorlesen, ohne mir Bescheid zu sagen. Du hast dir hinter meinem Rücken Zutritt verschafft. Du hättest mich informieren müssen, dass du kommst.«

Er musste gewusst haben, dass er mich erschrecken würde. Er kennt meine Geschichte, er weiß, wie leicht ich in Angst zu versetzen bin.

»Ich bin bisher immer einfach so hereingekommen«, sagt er stirnrunzelnd. »Ich wollte meinen Sohn sehen.«

»Aber wir sind getrennt. Ich dachte, ich wäre alleine, und dann tauchst du plötzlich auf. Kannst du dir vorstellen, welche Angst du mir eingejagt hast?«

»Okay, okay«, erwidert er gereizt. »Tut mir leid. Ich wollte mit dir nur ein paar Dinge besprechen. Wir müssen zum Beispiel die Sorgerechtsfrage klären.«

»Die Sorgerechtsfrage?« Es klingt alles so offiziell. Und dann fällt es mir wie Schuppen von Augen. Niemals wird Richard zurückkommen. Wir werden nie wieder eine Familie sein. Unsere Beziehung ist wirklich vorbei.

»Wir müssen besprechen, wann ich Charlie sehen kann.« Er ist so sachlich, als hätten wir nicht noch vor ein paar Wochen versucht, unsere Beziehung zu retten.

»Ich werde natürlich nicht verhindern, dass du Charlie siehst.« Ich würde unserem Sohn nie seinen Vater vorenthalten. Aber dann zögere ich, weil mir ein neuer entsetzlicher Gedanke kommt. »Du willst aber nicht, dass er bei dir lebt, oder?«

»Nein, nein«, versichert Richard mir hastig. »Er wird hauptsächlich bei dir wohnen. Außerdem ist meine Mietwohnung viel zu klein. Nur ein Schlafzimmer. Das ist auch etwas, worüber ich mit dir reden muss. Du weißt, dass dieses Haus mir gehört.«

»Es ist *unser* Haus.« Nie zweifelte ich daran, wir würden hier gemeinsam alt werden.

»Aber ich habe es bezahlt, nicht wahr?«

Ich starre ihn ungläubig an. »Ist das dein Ernst. Nachdem du mich verlassen hast, kommst du jetzt nur zurück, um Anspruch auf *dein* Haus zu erheben?«

Er legt mir eine Hand auf den Arm, und ich schüttle sie ab.

»Nein. Aber ich habe darüber nachgedacht. Und es erscheint mir idiotisch, dass ich in einer winzigen Wohnung hause, während du hier in diesem großen Haus lebst. Vor allem, weil ich derjenige war, der es bezahlt hat.«

Mein ganzes Leben steckt in diesem Haus. Charlies Schule ist nicht weit weg. Hier empfange ich meine Klienten. Es ist mein Zufluchtsort, seit Richard und ich eingezogen sind. Bis vor Kurzem war ich hier immer glücklich.

»Was versuchst du mir zu sagen? Ich werde dieses Haus behalten, nicht wahr?« Zweifel schleichen sich in meine Stimme. »Ich werde ab jetzt diejenige sein, die sich die meiste Zeit um Charlie kümmert. Und er braucht genug Platz, um herumtoben zu können.«

Richard windet sich. »So einfach ist das nicht. Es steht dir nicht zu, das Haus zu behalten, Beth.«

ZWÖLF

DANIELLE

Ich betrachte mein Gesicht im Spiegel in Beths Gästetoilette. Die Haut um meine Narben ist gerötet, aber ansonsten sehe ich so präsentabel aus, wie es mir dieser Tage möglich ist. Dann wasche ich mir die Hände in dem kleinen Waschbecken und eile hinaus und die Treppe hoch. Ich möchte Beth nicht warten lassen. Es ist eine Woche her, seit ich sie zuletzt gesehen habe, und ich habe viel über die Therapie nachgedacht.

»Bereit anzufangen?«, fragt sie, als ich mich setze.

»Sicher.« Ich nicke. Mir entgeht nicht, dass sie den leeren Platz neben mir auf dem Sofa mustert. »Peter kommt heute nicht«, sage ich. »Er meint, eine Therapie kommt für mich eher infrage als für ihn.«

Sie hebt kaum merklich die Brauen. »Und was meinen Sie?«

»Ich bin seiner Meinung.« Peter hatte nie die Absicht, zu diesen Sitzungen zu kommen. Und ein Teil von mir wollte ihn nie dabeihaben, wollte nie, dass er seine Version der Geschichte erzählt.

Das Schweigen zieht sich in die Länge.

»Was geht Ihnen heute durch den Kopf?«, fragt Beth

schließlich, dabei lächelt sie warm. Eine Sekunde lang denke ich, sie blickt direkt durch mich hindurch, sie kann meine sich überschlagenden Gedanken hören.

»Alles und nichts. Viele Dinge.« Ich ziehe die Ärmel meines Kostüms hinunter, bin mir der Verletzungen darunter bewusst, der Narben, die ich so angestrengt zu verbergen suche.

»Irgendetwas, worüber Sie reden möchten?«

Sie sieht mich an, wartet, als sich Schweigen im Raum breitmacht. Es ist eine Technik, die wir auch im Gerichtssaal anwenden. Nur sehr wenige Leute können ein längeres Schweigen aushalten, ohne zu versuchen, es zu brechen, und dabei geraten sie ins Stolpern, machen Fehler, geben zu viel preis. Doch ich widerstehe dem Drang, etwas zu sagen.

»Letzte Woche haben wir über das Feuer gesprochen«, sagt Beth endlich.

»Ja.« Ich starre auf den cremefarbenen Teppich. »Es war schrecklich ... es noch einmal zu durchleben.«

»Sie äußerten, Peter hätte es versehentlich verursacht.« Ich höre die leichte Betonung, die sie auf »versehentlich« legt, und ich ahne, dass sie bereits anfängt, an der Geschichte zu zweifeln, bereits anfängt, an Peter zu zweifeln.

»Wir haben hinterher darüber gesprochen. Er war froh, dass ich hier darüber geredet habe. Er meint, es würde mir helfen.« Ich erwähne nicht, dass er auch drohte, etwas Furchtbares könnte geschehen, wenn ich nicht vorsichtig bin.

»Aber er wollte heute Abend nicht kommen? Auch darüber reden?«

»Nein. Wie ich schon sagte, er ist der Meinung, ich brauche eine Therapie. Und er hat recht. Ich komme mir vor, als hätte ich einen Teil von mir selbst in dem Feuer verloren, einen Teil meiner Identität. Meine Narben bewirken, dass die Leute mich anders ansehen als früher. Damals habe ich aus meinem Äußeren mein Selbstbewusstsein bezogen, aber jetzt schäme ich mich dafür. Und ich weiß nicht, was übrig geblieben ist. Ich weiß nicht mehr, wer ich bin.« Ich blinzle meine Tränen weg.

Sie sieht mich freundlich an. »Zu sagen, dass Sie nicht wissen, wer Sie sind, ist ein großes Eingeständnis.«

»Ja.« Manchmal habe ich das Gefühl, dass niemand mein wahres Ich kennt, niemand die Leere in mir versteht, noch nicht einmal ich selbst. »Das Feuer ... es hat alles verändert. Die Art, wie ich zu mir stehe. Meine Beziehung mit Peter.«

»Es muss sehr schwierig für Sie beide gewesen sein.«

»Peter hat sich die Schuld gegeben. Er konnte nicht fassen, wie das passiert ist. Wie er einen so unverzeihlichen Fehler machen konnte. Er hat mich ins Krankenhaus begleitet, hat gesehen, was das Feuer mir angetan hat. Er fühlte sich schrecklich.«

»Geben Sie ihm die Schuld?«

»Ich weiß es nicht.« Ich zupfe geistesabwesend an einem Faden an meiner Kostümjacke. »Kurz vor dem Feuer haben wir gestritten.«

Beth blickt mir in die Augen, und ich sehe die Besorgnis in ihrem Gesicht.

»Danach hatte ich Angst«, sage ich leise.

»Angst, dass es wieder passieren würde?«

»Nein, Angst vor Peter.« Ich lasse die Worte zwischen uns in der Luft hängen, außerstande, etwas hinzuzufügen.

»Vor Peter?«

Das Schweigen verstärkt sich. »Ich möchte nicht darüber reden«, sage ich endlich.

Sie wartet einen Moment, forscht in meinem Gesicht. Ich komme mir unter ihrem Blick entblößt vor.

Schließlich spricht sie weiter. »Wir können das Thema ein andermal wieder aufnehmen. Wenn Sie meinen, dazu bereit zu sein.«

Ich nicke, aber ich bezweifle, dass ich je an diesen Punkt komme.

»Vielleicht wäre es stattdessen eine gute Idee, in Ihre Kindheit zurückzugehen, um darüber zu sprechen, wie sich Ihre Vorstellung von Beziehungen gebildet haben.«

Ich spüre, wie sich mein gesamter Körper verkrampft, und der Raum scheint sich zu verkleinern. »Meine Kindheit?«

»Ja. Ich meine, das könnte für Ihre jetzigen Beziehungen von Bedeutung sein. Unser aller Vorstellung von Beziehungen basiert auf unseren Kindheitserfahrungen. Es würde mich interessieren, mehr über Ihre zu hören.« Sie beugt sich zu mir, ihr Blick kreuzt sich mit meinem.

»Meine Kindheit war ... gut.« Ich ringe mir ein halbherziges Lächeln ab.

»Gut?«

»Ich habe sie überstanden.« Ich hole tief Atem und strenge mich an, mein wild hämmerndes Herz zu beruhigen. »Ich bin immer noch da. Kämpfe immer noch. Ich war die größte Zeit meiner Teenagerjahre bei Pflegeeltern. Meine Eltern habe ich verloren.«

Beth lächelt sanft. »Das tut mir leid. Wie alt waren Sie, als das passierte?«

»Fünfzehn.«

Wortlos streckt sie die Hand aus und berührt meine, aber ich ziehe sie weg. Ich kann den Körperkontakt nicht ertragen.

Sie schweigt, wartet darauf, dass ich ihr mehr erzähle.

»Es ist jetzt so lange her«, sage ich.

Sie reicht mir ein Papiertaschentuch. Ich habe gar nicht gemerkt, dass ich weine. Ich denke an meine Eltern, an ihre unglückliche Ehe. Wie sähe alles wohl aus, wenn ich nicht einige Jahre in Pflegefamilien verbracht hätte? Wäre mein Leben völlig anders verlaufen? Würde ich anders über mich selbst denken? Wäre ich glücklicher?

Ich versuche, nicht zu sehr darüber nachzudenken. Nur manchmal, wenn ich alleine bin, stelle ich mir vor, dass ich mit meinem Vater spreche, stelle mir vor, dass ich versuche, die

Dinge zwischen uns wieder in Ordnung zu bringen, mich für meine Teenagerfehler zu entschuldigen. Manchmal vermisse ich ihn so sehr. Es ist wie ein körperlicher Schmerz.

»Was ist passiert?«

»Es war ein Unfall ...«, erwidere ich rasch. »Ein Autounfall.« Ich wende den Blick ab, um ihr nicht in die Augen sehen zu müssen. Wenn sie mich anschaut, könnte sie direkt durch mich hindurchsehen; erkennen, dass alles meine Schuld war. Plötzlich fühlt sich das Sofa unbequem hart an, und ich rutsche auf meinem Platz herum.

»Das muss eine einschneidende Zeit für Sie gewesen sein. Vor allem, weil Sie noch so jung waren.«

Ich spüre, wie sich meine Stacheln aufstellen, die Stacheln, die mich durch eine Reihe von Pflegefamilien gebracht und davon abgehalten haben, über das Geschehene zu sprechen. »Ja.«

Sie schluckt, und ich kann sehen, dass sie Mitleid mit mir hat. Meinen eigenen Schmerz in ihren Augen zu lesen gibt mir den Rest. Die Tränen strömen unaufhaltsam über mein Gesicht.

»Wie war es danach?«, fragt Beth weich. »Nachdem sie gestorben sind?«

»Ziemlich schlimm. Aber ich war immer darauf bedacht, nicht darüber nachzudenken. Stattdessen habe ich mich aufs Lernen für die Schule gestürzt. Obwohl sie tot waren, wollte ich, dass sie stolz auf mich sind. Vor allem meine Mutter.«

Beth nickt.

»Davor haben wir uns immer gestritten. Sie wollte, dass ich mir mit dem Lernen mehr Mühe gebe, aber mir lag zu viel daran, meine Freunde zu beeindrucken – Sie wissen ja, wie Teenager sind. Erst nach ihrem Tod habe ich angefangen, mich auf die Schule zu konzentrieren.«

»Das klingt, als hätten Sie Ihren Schmerz bewältigt, indem Sie sich mit der Arbeit für die Schule abgelenkt haben.«

»Mir blieb nichts anderes übrig. Ich musste weitermachen, als ich von den Pflegefamilien aufgenommen wurde.«

»Sie sind gleich nach dem Tod Ihrer Eltern in Pflegefamilien gekommen?« Ich kann die Überraschung hinter der Frage hören, den Gedanken, dass niemand sonst mich genug geliebt hat, um sich um mich zu kümmern, weder Tanten noch Onkel oder Großeltern oder Freunde. Niemand wollte mich aufnehmen.

»Ja«, bestätige ich. »Meine Verwandten kamen mich besuchen, aber sie wollten nicht, dass ich bei ihnen lebte. Keiner von meinen Tanten und Onkel hatte Kinder, und sie wollten nicht, dass ein Teenager ihr Leben durcheinanderbringt.«

»Das muss hart gewesen sein.«

Ich zucke mit einer erzwungenen Lässigkeit, die ich im Laufe der Jahre perfektioniert habe, die Achseln. »Ich habe überlebt.« Es gab Leute, die hätten helfen können, Leute, denen ich vertraute. Aber sie ließen mich im Stich.

»Sie wirken wütend.« Beth starrt meine Hände an, die sich wie von selbst zu Fäusten geballt haben.

»Das bin ich auch«, erwidere ich schlicht.

Sie nickt, wartet darauf, dass ich weiterspreche.

»Da war noch etwas. Nach ihrem Tod habe ich vieles herausgefunden.« Jetzt sehe ich sie direkt an. »Geheimnisse, die sie vor mir verborgen hielten.«

»Geheimnisse?«

»Ich nehme an, jeder hat Geheimnisse. Dinge, von denen man lieber nicht möchte, dass andere Leute etwas davon wissen. Vielleicht war ich naiv, etwas anderes zu glauben.«

»Ja, man kann sagen, dass viele Leute Dinge geheim halten wollen«, sagt Beth warm. »Der Wunsch, manches für sich zu behalten, ist nur menschlich.«

Ich starre sie an. Was sie äußert, trifft zu. Sie hat ihr eigenes Leben, ihre eigenen Probleme. Ich bin sicher, dass auch sie etwas zu verbergen hat, und mir wird klar, dass ich nicht genug über sie weiß. Ich habe ihr so viel über mein Leben anvertraut, ohne dass sie im Gegenzug etwas aus ihrem erzählt hat.

»Haben Sie Geheimnisse?«, frage ich.

»Hier geht es nicht um mich.« Sie rutscht in ihrem Sessel herum. Ich weiß, dass etwas dahintersteckt, und ich frage mich, was sie nachts wachhält, so wie meine Vergangenheit mir den Schlaf raubt.

»Was haben Sie herausgefunden?«, fragt sie.

Ich zögere, zweifle, ob ich ihr vertrauen kann. Sie wartet.

»Mein Vater hatte eine Affäre«, sage ich schließlich. »Er plante, meine Mutter zu verlassen.«

»Welche Gefühle hat das in Ihnen ausgelöst?«

»Wut, schätze ich. Aber es kam so viel zusammen. Zur selben Zeit habe ich auch getrauert. Außerdem musste ich mich an ein neues Leben bei einer Pflegefamilie gewöhnen. An andere Menschen, an einen anderen Ort. Alles hat sich von einem Moment zum anderen verändert. Es kam mir so vor, als könnte ich nicht wirklich viel empfinden. Ich musste einfach funktionieren.«

»Sie haben es verdrängt?«

»Ja. Aber jetzt kommt alles zurück, und ich bin schon wieder wütend. Und traurig.« Ich blicke zu ihr hoch. Ihre freundlichen Augen begegnen meinen, und ich spüre die in mir brodelnden Gefühle, die überzuquellen drohen.

»Vielleicht gestatten Sie sich jetzt nur, Ihre Gefühle zu verarbeiten.«

Ich wechsle das Thema. »Ich habe seither einen langen Weg zurückgelegt. Jobmäßig. In meinem Fachgebiet stehe ich ganz an der Spitze.«

»Ich bin sicher, Ihre Eltern wären stolz auf Sie«, sagt sie, und wieder beschleicht mich der Eindruck, dass sie mir gegenüber eine fast mütterlich beschützende Haltung einnimmt.

Meine Tränen fließen stärker. »Manchmal glaube ich, meine Schuld, was sie angeht, nie abtragen zu können.«

»Wie meinen Sie das? Haben Sie das Gefühl, ihnen etwas schuldig zu sein?«

»Ein Teil von mir hat mir die Schuld gegeben.«

»Wofür?«

»Für die Art, wie ich sie verloren habe. Es gibt Dinge, von denen ich mir wünschte, ich hätte sie gesagt. Ich wünschte, ich hätte ihnen gesagt, dass ich sie liebe, statt immer nur mit ihnen zu streiten …« Von Emotionen überwältigt breche ich ab.

Beth schaut mich über ihre Brille hinweg an. »Danielle«, sagt sie, »es kommt sehr häufig vor, dass Kinder sich die Schuld an den traumatischen Erlebnissen geben, die sie durchmachen. Sie glauben, wenn sie etwas anders gemacht hätten, hätten sie einen Todesfall, eine Scheidung oder irgendeine andere Tragödie verhindern können. Aber das stimmt nicht. Es ist nicht ihre Schuld.«

Ich wische mir mit einem Papiertuch die Tränen ab, und sie streckt eine Hand aus und berührt mein Knie. Ich zucke zurück.

»Es war nicht Ihre Schuld.«

Ich hole zittrig Atem. »Ich weiß«, sage ich. Und ich weiß es wirklich. Ich habe mir seit Jahren selbst vorgesagt, dass es nicht meine Schuld war.

»Es war ein Unfall«, führt sie weiter aus. »Das haben Sie selbst gesagt. Und bei einem Unfall ist niemand schuldig.«

Aber genau da irrt sie sich. Weil jemand an dem, was meinen Eltern zugestoßen ist, die Schuld trägt. Doch das bin nicht ich.

DREIZEHN

BETH

Als wir die Sitzung beenden, bin ich emotional ausgelaugt. Es war schwer, Danielle über ihre Kindheit sprechen zu hören, trotzdem spüre ich, dass wir Fortschritte gemacht haben. Es ist mir geglückt, sie zu bestärken, das zu verarbeiten, was ihren Eltern widerfahren ist, ihr ein paar Schuldgefühle zu nehmen. Als sie sich anschickt, zu gehen, möchte ich sie in die Arme schließen und ihr versichern, dass alles gut wird. Aber ich halte mich zurück.

»Seien Sie nicht so hart zu sich selbst«, bitte ich im Flur. Sie nickt, zieht ihren Mantel an und schiebt die Hände in die Taschen. »Danke.« Sie lächelt warm.

Das Klingeln eines Telefons zerreißt den Moment. Mein Festnetzanschluss.

»Da gehe ich besser ran.« Ich gehe ins Arbeitszimmer, doch das Telefon steckt nicht in der Ladestation. Ich höre es in der Nähe klingeln, kann es aber nicht finden. Der Schreibtisch ist mit Papieren und Schachteln mit Krimskrams übersät, die ich hierher abgelegt habe, damit sie nicht im Weg sind. Endlich entdecke ich es im Bücherregal.

Ich melde mich. »Hallo?«

Aber ich bin zu spät. Der Anrufer hat eingehängt.

Ich gehe in den Flur zurück und sehe Danielle, die ihren Mantel eng um sich geschlungen hat, mit ihrem schweren Rucksack auf dem Rücken, die gerade nach der Türklinke greift.

»Wir sehen uns nächste Woche«, ruft sie mir zu, als sie ins Freie tritt.

Aus dem Wohnzimmer kann ich das Geräusch des Fernsehers hören. Charlie hat sich heute Abend strikt geweigert, ins Bett zu gehen, also habe ich ihn in seinen Schlafanzug gesteckt und ihm unter der Bedingung, dass er sich während meiner Sitzung mucksmäuschenstill verhält, erlaubt, aufzubleiben und *Paw Patrol* zu schauen. Als ich ihn unter einer Decke zusammengerollt auf dem Sofa zurückgelassen habe, schlief er schon fast. Mir graut davor, ihn zu wecken und vor dem anschließenden unvermeidlichen Wutanfall.

Ich stoße die Tür zum Wohnzimmer auf. »Zeit fürs Bett«, sage ich sanft und gehe zum Sofa hinüber.

Aber er ist nicht da.

»Charlie?« Meine Augen wandern durch den Raum.

Vielleicht versteckt er sich. Das hat er immer getan, als er gerade laufen konnte und nicht ins Bett wollte. Ich schaue hinter dem Sofa und hinter den Vorhängen nach.

»Charlie?«

Im Wohnzimmer ist er nicht.

»Charlie!«, rufe ich. Vielleicht war er so müde, dass er selbst ins Bett gegangen ist. Ich laufe die Treppe hoch in sein Zimmer und ziehe die Decke von seinem Bett. Auch da ist er nicht.

Ich jage durch das Haus, überprüfe die Küche, mein Schlafzimmer und den Hauswirtschaftsraum. Ich schaue sogar in meinem Therapieraum nach, falls er hineingegangen ist, während ich unten war. Niemand dort.

Ich renne wieder nach unten und blicke mich erneut im Wohnzimmer um. Kein Zeichen von Charlie.

Der Garten. Er muss im Garten sein.

Panik steigt in mir auf und mein Herz hämmert. Was, wenn er dort auch nicht ist? Was, wenn jemand ihn mitgenommen hat? Ich denke an die lange Auseinandersetzung, die wir wegen seiner Schlafenszeit führten, bevor ich schließlich aufgab und ihn auf dem Sofa parkte. Was, wenn er weggelaufen ist? Schuldbewusst denke ich daran, wie vertieft ich in Danielles Geschichte war, so sehr, dass mir nicht einmal einfiel, nach ihm zu sehen.

Unser Garten ist lang. Im hinteren Teil stehen eine Schaukel und ein Klettergerüst, das Richard an einem Samstagnachmittag aufgebaut hat, aber ich kann beides im Dunkeln nicht erkennen.

Ich mache mir nicht die Mühe, Schuhe anzuziehen. Das taufeuchte Gras durchweicht meine Socken. Adrenalin durchströmt meine Adern, sodass ich die bitterkalte Nachtluft kaum spüre. Irgendwo in einer Seitenstraße jault eine Sirene, und mein Magen krampft sich zur Antwort zusammen.

»Charlie!«, rufe ich jetzt schon verzweifelter. »Ich bin nicht böse auf dich. Komm einfach raus.«

Im hinteren Teil des Gartens heben sich nun die Schaukel und das Klettergerüst schattenhaft vom Nachthimmel ab. Meine Augen schießen hin und her. Hier ist er auch nicht. Außer dem Verkehr auf der Umgehungsstraße ein paar Straßen weiter ist nichts zu hören.

Mit wild klopfendem Herzen renne ich ins Haus zurück und greife nach meinem Smartphone. Ich will Richard anrufen, doch dann frage ich mich, ob ich nicht zuerst die Polizei verständigen sollte. Mir ist mein Kind abhandengekommen. Wie konnte das passieren?

Wieder durchströmen mich Schuldgefühle. Ich habe nicht auf Charlie aufgepasst, sondern gearbeitet. Was wird Richard sagen? Was wird die Polizei sagen?

In meinem Kopf geht alles durcheinander, aber ich

schlucke meine Bedenken hinunter und drücke die Wahltaste. Richards Handy klingelt und klingelt, aber er geht nicht ran.

Dann klingelt es an der Tür, und ich zucke zusammen.

Ist das Charlie? Mein Herz macht einen Satz.

Mit dem ans Ohr geklemmten Handy öffne ich die Tür.

Zuerst sehe ich Danielle. Sie muss etwas vergessen haben. »Das ist kein günstiger Zeitpunkt«, sage ich rasch. Doch dann sehe ich, wer hinter ihr steht. Charlie. Erleichterung durchflutet mich.

Ich beende den Anruf und schlinge die Arme um ihn. Er trägt seinen Schlafanzug, sein kleiner Körper zittert in meinen Armen, und seine Tränen hinterlassen einen nassen Fleck auf der Schulter meines Pullovers. Ich drücke ihn an mich, um ihn zu wärmen, ergreife seine eiskalten Händchen und reibe seine Finger zwischen meinen. Mein armer Junge. Wie konnte ich das zulassen?

»Vielen, vielen Dank«, sage ich zu Danielle. Mein Herz platzt fast vor Dankbarkeit. Was wäre ihm passiert, wenn sie nicht da gewesen wäre?

»Er war draußen auf der Straße. Es war so unheimlich, Beth. Beinahe wäre er von einem Auto angefahren worden.«

»O mein Gott«, entfährt es mir. »Charlie.« Ich drücke ihn noch fester. »Warum bist du hinausgelaufen?«

»Ich habe nach Daddy gesucht.« Er kann mir nicht in die Augen sehen und anscheinend auch nicht aufhören zu zittern. Er muss einen Schock haben.

Ich blicke zu Danielle hoch. »Was ist passiert?«

»Als ich aus dem Haus kam, sah ich ihn zwischen zwei geparkten Autos hervortreten. Er wollte die Straße überqueren, hat aber das Auto nicht kommen sehen. Ich habe ihn zurückgerissen. Es war so knapp, Beth. Das hat mir einen mächtigen Schrecken eingejagt.« Danielle sieht aus, als wäre sie selbst den Tränen nah.

Ich umarme Charlie fester, und er vergräbt den Kopf an

meiner Brust. »Alles gut«, sage ich. »Jetzt bin ich hier. Alles wird gut.«

»Wie bist du aus dem Haus gekommen?«, frage ich dann mehr an mich gerichtet als an Charlie. Jedes mögliche Szenario schießt mir durch den Kopf. Hatte ich die Tür nur angelehnt, als ich Danielle hereinließ? Hatte er es geschafft, die Tür selbst zu öffnen? Das hatte er bisher noch nie gemacht.

»Hat niemand auf ihn aufgepasst?«, fragt Danielle sanft, aber ich meine, einen anklagenden Unterton aus ihrer Stimme herauszuhören.

»Ich war im Haus – ich dachte, unten wäre alles in Ordnung mit ihm.« Jetzt zittere ich auch und kann kaum fassen, was geschehen ist. Ich umarme meinen Sohn fest, bringe es nicht über mich, ihn loszulassen. Scham wallt in mir auf. Ich hätte ihn nicht unbeaufsichtigt lassen sollen.

»Ich gehe jetzt besser«, sagt Danielle. »Kommen Sie klar?«

Ich nicke stumm, und sie zögert unschlüssig.

»Ich sehe Sie dann nächste Woche«, bringe ich heraus.

Sie lächelt, dann dreht sie sich um und geht wortlos den Weg hinunter.

VIERZEHN

DANIELLE

Ich ziehe mich sorgfältig an, dabei rast mein Herz vor Nervosität. Meine Hände zittern, als ich die Ohrringe anstecke, die meine Mutter mir zum zwölften Geburtstag geschenkt hat, und kombiniere sie mit einer Halskette, die ich mir selbst gekauft habe, als ich mein Anwaltsexamen bestanden hatte. Ich betrachte mich im Spiegel der Bürotoilette, starre die schlimmen Narben auf meinem Gesicht an. Darunter sehe ich meiner Mutter so ähnlich. Als ich mir in die Augen blicke, schaut mich ihre Entschlossenheit an. Als ich ein Teenager war, stritten wir viel, und das werde ich immer bereuen. Aber trotzdem glaubte ich immer, wir beide könnten alles gemeinsam durchstehen.

Niemand weiß, wo ich heute hinwill. Peter nimmt an, ich wäre bei der Arbeit, und meinen Kollegen habe ich erzählt, ich hätte einen Krankenhaustermin. Wieder und wieder studiere ich die Karte. Ich werde zwei Busse nehmen müssen, um zur anderen Seite der Stadt zu gelangen. Ich wollte nicht in einem teuren Auto aufkreuzen, das wäre zu auffällig. Niemand in meinem neuen Leben weiß irgendetwas über mein altes, und niemand würde den Grund für diesen

Ausflug verstehen, würde nachvollziehen können, warum ich das tun muss.

Der erste Bus wimmelt von Pendlern, aber im zweiten Bus sind die Fahrgäste anders. Zuerst sind es Mütter mit Buggys, die sie in die für Kinderwagen vorgesehene Fläche hineinzwängen und wieder herauszerren. Dann ältere Menschen mit Gehstöcken und Einkaufstrolleys. Sowie wir die Stadtmitte hinter uns lassen, steigt einer nach dem anderen aus, bis nur noch wenig von uns übrig bleiben. Ein Mann sitzt ganz hinten, der im Rhythmus der Musik aus seinen Kopfhörern mit den Fingern trommelt, eine ältere Frau sitzt auf einem Platz ganz vorn. Und ich. Ich schaue aus dem Fenster auf die vorbeiziehende Szenerie. Eine Siedlung mit Bungalows. Ein Park. Ein Kinderspielplatz. Eine Reihe kleiner Geschäfte, ein Zeitungsladen, eine chemische Reinigung, ein Café.

Ich fühle mich elend, unsicher, ob ich nicht besser umkehren sollte. Mein Leben ist genauso, wie ich es will. Ich habe alles – einen Job, der mir Spaß macht, eine ehrenamtliche Aufgabe, mit der ich etwas bewirken kann. Ein ruhiges, ordentliches Heim. Einen Mann. Warum kehre ich hierhin zurück? Sollte die Vergangenheit nicht da bleiben, wo sie hingehört?

Aber umkehren kann ich nicht, nicht mehr. Wenn ich sie nicht besuche, dieses Gespräch nicht führe, dann wird sie kommen und mich finden, das weiß ich. Und was mache ich dann? Wie soll ich meine Abwesenheit während dieser ganzen Zeit erklären? Wie soll ich erklären, dass ich alles vergessen wollte, und um das zu erreichen, auch sie vergessen musste? Ich ging davon aus, Peter zu heiraten und meinen Namen zu ändern bedeutete, dass ich nicht länger dieses Mädchen, Sophie Loughton, wäre. Das Mädchen, dessen Name sofort erkannt wird. Das Mädchen, das Journalisten auch nach all diesen Jahren noch aufzuspüren versuchen.

Ich blicke ängstlich auf mein Handy, verfolge den Punkt des GPS, der sich meinem Ziel nähert. Ich möchte kehrtmachen, aber ich kann nicht. Nicht so einfach. Das ist ein weiterer Grund, weshalb ich nicht mein Auto genommen habe. Damit ich meine Meinung nicht ändern und direkt wieder zurückfahren kann.

Wir nähern uns jetzt dem Ziel. Hinter dem Fenster sehe ich die hohen Ziegelmauern mit dem Stacheldraht darauf. Das Gefängnis gibt es seit viktorianischen Zeiten, und unzählige Insassen müssen gekommen und gegangen sein.

Mit hämmerndem Herzen steige ich aus dem Bus. Die Besuchszeit beginnt in fünfundvierzig Minuten, eine halbe Stunde davon schlage ich tot, indem ich außerhalb des Gefängnisses umherlaufe und an all die Menschen denke, die dort eingesperrt sind. Wie endlos es ihnen vorkommen muss, die Tage zu zählen, bis sie entlassen werden. Ich kann es mir nicht vorstellen.

Ich weiß nicht, wie sie zurechtgekommen ist, wie sie einen Tag nach dem anderen in Gefangenschaft durchgestanden hat. Sie mochte immer die schönsten Dinge des Lebens. Sie hatte alles. Doch jetzt hat sie gar nichts mehr. Sie hat niemanden mehr außer mir.

Ich gehe fünfzehn Minuten zu früh zum Haupttor, ich weiß, dass ich mich zuerst in die Liste eingetragen muss, dann nach Details gefragt und durchsucht werde. Ich erschauere, als ich mich den großen Toren nähere und dann durch die einfache Holztür auf der rechten Seite gehe.

»Hi«, sage ich zu dem Mann am Empfangstisch. »Ich bin zur Besuchszeit hier.« Meine Stimme bebt, als meine Zuversicht schwindet.

»Setzen Sie sich«, sagt er.

Nach und nach werden die Stühle um mich herum besetzt, dann werden wir nacheinander durchgewinkt, um durchsucht zu werden.

Als ich den Raum betrete, kann ich die Reihen von Gefangenen hinter Tischen sitzen sehen. Einige blicken ängstlich auf, halten nach ihren Besuchern Ausschau, während andere an ihren Nägeln herumzupfen oder sich lässig auf ihren Stühlen lümmeln. Sie tragen Alltagskleidung: Jeans, Pullover, Blusen, Sweatshirts. Würden sie sich nicht hinter Gittern befinden, würden sie wie ganz normale Frauen aussehen. Nichts an ihnen sticht irgendwie hervor. Ich bemerke eine Bewegung in der mittleren Reihe, ein zaghaftes Winken. Unsere Blicke kreuzen sich, und ein Lächeln breitet sich auf ihrem Gesicht aus.

Die Schuhe des Wärters quietschen auf dem polierten Boden, als er mich zu ihr führt. Ich spüre, wie mir die Tränen in die Augen treten, als sie nach mir greift, um mich zu umarmen. Der Wärter hüstelt, und wir lösen uns voneinander und setzen uns.

Ich sehe sie an. Ihre Augen sind ein Spiegelbild meiner eigenen.

»Hi, Mum«, sage ich.

FÜNFZEHN

BETH

Es ist Richards freier Nachmittag, und ich habe ihn eingeladen, damit er Charlie sehen kann und wir reden können. Ich weiß, wie sehr Charlie seinen Dad vermisst, und ich muss mit Richard über das Haus sprechen. Es kommt gar nicht infrage, dass ich zulasse, dass er mein Heim einfach so verkauft.

Bevor er eintrifft, schaue ich mich im Wohnzimmer um und versuche es, mit seinen Augen zu sehen. Ich hatte keine Zeit aufzuräumen; ich habe mir solche Sorgen gemacht, weil Charlie gestern beinahe von einem Auto angefahren worden wäre. Immer wieder habe ich ihn sanft gedrängt, mit mir darüber zu reden, aber er will mir nichts erzählen. Er sitzt in der Ecke des Zimmers, völlig vertieft im Spiel mit seiner Spielzeugeisenbahn, die er über die Gleise rollen lässt.

Während er beschäftigt ist, nutze ich die Zeit, Ordnung zu schaffen, suche seine Spielsachen zusammen und verstaue sie im Schrank. Richard wird über die Unordnung entsetzt sein, über die Bücher und das Spielzeug, Dinge, die sich zu ständig wachsenden Haufen an einer Seite des Wohnzimmers auftürmen. Aber abgesehen davon, hat sich nichts wirklich verändert. Ein Profifoto von uns, auf dem wir uns glücklich in die Augen sehen, nimmt noch immer den Ehrenplatz inmitten all der anderen Familienfotos auf dem Sideboard ein. Das geht so nicht. Ich gehe hinüber und lege das Bild in die Schublade des Sideboards. Zwischen den anderen gerahmten Bildern befindet sich auch ein Familienfoto von uns, windzerzaust am Strand der Südküste, blinzelnd und glücklich, mit sonnenverbrannten Wangen. Rücksichtslos greife ich es mir und lasse es ebenfalls in der Schublade verschwinden. Dann arrangiere ich die restlichen Bilder neu, aber das Sideboard kommt mir trotzdem leer vor.

Ich betrachte die übrigen Fotos: Charlie und ich vor einem Landhaus, Charlie in seiner Schuluniform, er an seinem ersten Geburtstag. Dann begreife ich. Ein Mensch fehlt. Der wichtigste Mensch, den es in meinem Leben gegeben hat, der, den ich immer noch jeden Tag vermisse. Nick.

Ich stürme nach oben, hole sein Bild aus der Nachttischschublade und schaue einen Moment lang in seine eindringlich blickenden Augen, bevor ich es nach unten bringe und zu den anderen stelle. Ich muss ihn nicht mehr verstecken. Ich kann zu unserer Liebe stehen und mich an all die guten Zeiten erinnern, die wir miteinander hatten.

Charlie spielt immer noch glücklich in seiner Ecke. Ich fixiere das Bild, entsinne mich, wie dieses besondere Lächeln für mich reserviert war, wie viel wir einander bedeuteten. Er schien immer so viel älter als ich, so viel weiser zu sein, aber wenn ich das Foto betrachte, wirkt er jung. Er muss so alt gewesen sein wie ich jetzt, als es aufgenommen wurde. Ich habe weitergelebt und er nicht. Es erscheint mir so unfair.

Während Richard und ich hier gemeinsam lebten, pflegte ich zu warten, bis er weg war, bevor ich Nicks Foto heimlich hervorholte. Dann sprach ich mit Nick über meine Beziehung mit Richard, erzählte ihm von Charlie, erzählte ihm, was wir taten und wie mein Leben jetzt aussah. Wie ich es wieder aufgebaut hatte und dass ich als Therapeutin arbeitete. Ich weiß, dass Nick stolz auf mich wäre. Er sagte immer, er bewundere mich dafür, wie sehr ich mich für andere einsetze.

Das Klopfen an der Tür schreckt mich auf, und Charlie rennt sofort hin, erreicht die Haustür zuerst.

Ich öffne sie, und Charlie wirft sich in Richards Arme. »Daddy«, ruft er und schlingt die Arme um ihn.

»Richard«, sage ich und stehe dann unbeholfen da, unsicher, wie ich ihn begrüßen soll.

»Beth. Kann ich hereinkommen?«

Ich zucke zusammen. Es ist so, als wäre er ein Fremder. »Natürlich«, sage ich.

Er folgt mir ins Wohnzimmer, während Charlie ihm aufgeregt von seinem Tag in der Schule berichtet, ihm weit mehr erzählt, als ich aus ihm herausbekommen konnte. Richard stellt alle richtigen Fragen.

»Möchtest du etwas trinken?«

»Ich hole mir ein Wasser.« Ich sehe zu, wie er in die Küche geht und den Wasserhahn aufdreht. Es kommt mir bereits seltsam vor, ihn hier zu sehen. Ich habe mich wohl bereits daran gewöhnt, dass er nicht mehr hier lebt, denn jetzt wirkt er hier fehl am Platz.

»Warum gehst du nicht in das andere Zimmer und guckst *Paw Patrol?*«, schlage ich Charlie vor.

»Ich will Daddy sehen!« Ich denke an gestern, wie er auf die Straße hinausgelaufen ist, um Richard zu suchen. Er muss sich verzweifelt wünschen, ihn bei sich zu haben.

»Du kannst Daddy sehen, nachdem er und ich uns kurz unterhalten haben«, sage ich zu Charlie.

»Ich will mit Daddy spielen ... jetzt!«

Ich seufze. »Ich könnte dir einen Apfelsaft holen. Du kannst ihn im Wohnzimmer trinken.« Charlies Gesicht hellt sich auf, als ich das Getränk hole und den Strohhalm hineinstecke.

Richard sieht mich an und wendet sich dann wieder an

unseren Sohn. »Wie wäre es, wenn ich mitkomme und dir den Fernseher einschalte? Dann spreche ich mit deiner Mum und bin ruckzuck wieder da, um mit dir zu spielen.«

Charlie nickt, und es stimmt mich traurig, wie dankbar er für das bisschen Aufmerksamkeit ist.

Als Richard zurückkommt, setzt er sich an den Esstisch und ich mich neben ihn.

»So …«, beginne ich. »Wie ist es dir ergangen?«

»Gut«, nickt er. »Mir ist es gut ergangen.«

»Mit deinen Klienten ist alles okay?«

»Alles bestens.« Eine Pause tritt ein, und ich denke, dass er mich vielleicht nach meinem Leben oder sogar nach Charlie fragt, aber er kommt direkt zur Sache. »Wir müssen über Geld reden.«

Ich nicke. »Allerdings. Und es kommt nicht infrage, dass du das Haus verkaufst.« Ich sehe ihm in die Augen, und er zuckt zusammen.

»Ich weiß, dass es schwierig für dich werden wird, aber es geht nicht anders. Ich kann nicht die Hypothek für das Haus *und* die Miete für meine Wohnung bezahlen.«

»Ich habe ein paar Erkundigungen eingeholt. Ich habe einen materiellen Eigentumsanspruch auf das Haus. Das heißt, dass ich berechtigt bin, hier zu wohnen.«

»Hast du einen Anwalt konsultiert?«, fragt er.

»Noch nicht.« Bislang habe ich alles nur online recherchiert, aber ich muss Richard begreiflich machen, dass es mir ernst ist. Ich werde keinesfalls aus diesem Haus ausziehen, und es wäre mir lieber, wir würden uns gütlich einigen, aber ich bin nur allzu bereit, einen Anwalt einzuschalten, wenn es sein muss.

Er lächelt schief. »Ich sehe nicht ein, ewig in einer winzigen Wohnung zu wohnen, weil ich für dieses Haus zahlen muss.«

»Ist die Hypothek das Problem?«, frage ich. Ich habe unsere Bankauszüge studiert und versucht, herauszufinden, ob ich es mir leisten kann, mehr zu der Hypothek beizutragen, damit Richard das Haus nicht verkaufen muss.

»Nun ja, sie ist ein Teil davon. Wenn ich die Hypothek nicht zahlen müsste, könnte ich etwas Größeres mieten. Aber auf lange Sicht möchte ich den Gegenwert des Hauses, um irgendwo ein anderes zu kaufen.«

»Gut. Ich habe alles durchgerechnet, und ich denke, ich kann die Hypothek aufbringen, wenn ich mehr Klienten annehme. Ich kann dir die Kalkulation zeigen, wenn du willst.« Ich hasse das Zittern in meiner Stimme, die Art, wie ich mich ihm immer unterlegen fühle. Richard war mein Tutor, als wir uns kennenlernten, deshalb kam mir unsere Beziehung immer unausgewogen vor. Ich habe stets zu ihm aufgeblickt.

»Wo willst du denn mehr Klienten einschieben?«

»Tagsüber und abends. Ich habe tagsüber noch ein paar Zeitfenster offen, und wenn du ein paar Abende pro Woche auf Charlie aufpasst, könnte ich da auch mehr Termine vergeben. Im Moment muss ich warten, bis er im Bett ist.« Aber seit Charlie gestern Abend aus dem Haus entwischt ist, habe ich mich gefragt, ob es überhaupt sicher ist, Klienten zu empfangen, nachdem er ins Bett gegangen ist. Ich muss darauf achten, die Tür immer zwei Mal abzuschließen, damit er nicht aus dem Haus weglaufen kann.

Er runzelt die Stirn. »Darüber wollte ich auch mit dir sprechen. Ich würde Charlie gern mehr sehen. Er fehlt mir. Ich würde am Samstag gern den Tag mit ihm verbringen. Ich dachte, ich könnte mit ihm zu dem neuen Spielzeugladen gehen, der ein Stück die Straße hoch eröffnet hat.«

»Samstag?« Ich möchte am Wochenende nicht auf Charlie verzichten. Ich habe mich auf einen faulen Morgen gefreut, an dem ich mich nicht abhetzen muss, Charlie mal nicht für die Schule fertigmachen und ihn anschreien muss, er möge doch endlich seine Schuhe anziehen. Ich sehe nicht ein, warum ich die ganze Arbeit mache und mich um ihn kümmere, wenn er müde ist, Hunger hat oder ins Bett gebracht werden muss, und für Richard die schönen Momente am Wochenende reserviert sind.

»Es wäre hilfreicher, wenn du ihn einen Abend nimmst. Ihn von der Schule abholst.«

»Du weißt, dass ich da arbeite.«

»Du könntest ihn an deinem freien Nachmittag zu dir nehmen. Oder du könntest ihn nach der Arbeit hier abholen und er übernachtet dann bei dir. Oder herkommen und hier auf ihn aufpassen, während ich arbeite.« Das würde mein Problem lösen, dass Charlie unbeaufsichtigt ist, während ich arbeite. Wenigstens eine Zeit lang. »Wenn es funktioniert, könntest du das jede Woche tun.« Ich lächle ihn an.

»Ich bin nicht sicher, ob mir das passt.«

»Warum nicht? Hast du andere Pläne?«

»Nein, aber …«

»Wir haben einen Sohn, Richard. Er ist unsere gemeinsame Verantwortung.«

»Ich schätze, ich könnte es einrichten.«

»Und da ist noch der Sicherheitsaspekt. Ich lasse ihn nicht gern alleine. Charlie hat schon versucht, sich aus dem Haus zu schleichen, während ich eine Sitzung mit einem Klienten hatte.« Gewissensbisse halten mich davon ab, ihm zu berichten, dass es Charlie gelungen ist, dass ich nicht weiß, wie lange er alleine da draußen herumgeirrt ist, nur in seinem Schlafanzug, und dass er fast überfahren worden wäre. Ich will nicht, dass Richard sich einbildet, ich käme nicht allein zurecht.

»Warum hat er versucht, das Haus zu verlassen?«

»Er hat dich gesucht. Er vermisst dich.« Mir tut mein Sohn so leid, und ich bin wütend auf Richard, weil er gegangen ist. »Dann kommst du also nächste Woche einen Abend her, wenn ich arbeite?«

»Okay, ich checke meinen Terminkalender und sage dir Bescheid. Wir können es versuchen und sehen, wie es klappt.«

»Danke, Richard.«

»Gut. Ich gehe jetzt zu Charlie.«

Ich folge ihm ins Wohnzimmer, wo Charlie auf dem Sofa sitzt und beschämt aussieht. Er ist über und über mit Apfelsaft bekleckert, seine Kleider und seine Haut sind klebrig.

»Charlie«, schimpfe ich. »Was ist passiert?«

»Ich habe ihn verschüttet.« Ich frage mich, ob er es absichtlich getan hat, um die Aufmerksamkeit seines Dads zu erregen.

»Du klebst.« Ich greife nach den Babyfeuchttüchern, weiß aber schon, dass sie nicht ausreichen werden.

»Ich kann ihn baden, wenn du möchtest. Ihn gründlich saubermachen«, sagt Richard.

»Gute Idee.«

Richard trägt Charlie nach oben ins Bad, und bald erfüllt Lachen das Haus. Ich stelle mir vor, wie Richard ihn kitzelt, und schlucke den Kloß in meiner Kehle hinunter, als ich versuche, mich zu erinnern, wann ich Charlie das letzte Mal so lachen gehört habe. Ich hasse es, darüber nachzudenken, wie viel Charlie in den letzten paar Wochen ohne seinen Vater verpasst hat.

Stattdessen fahre ich mit dem Aufräumen fort, das ich erledigt haben wollte, bevor Richard kam.

Mein Handy klingelt, als ich alles an seinen Platz zurückstelle, und ich melde mich geistesabwesend.

»Hallo?«

»Beth. Ich bin so froh, dass ich dich erreiche. Hier ist Genevieve.«

»Oh, hallo.« Ich erinnere mich, dass Genevieve, die Direktorin der Schule, an der ich als Lehrerin beschäftigt war, vor ein paar Wochen angerufen hat. Es kommt mir vor, als würde sie sich aus einem anderen Leben melden.

»Hi ... ich habe vor einer Weile eine Nachricht hinterlassen. Hast du sie nicht bekommen?«

»Doch. Tut mir leid, dass ich nicht zurückgerufen habe. Ich

hatte so viel zu tun.« Ich hatte sie nicht zurückgerufen, weil ich mich nicht mit meiner Vergangenheit befassen wollte, damit, dass sie mich als Lehrerin entlassen hatte. »Das mit deinem Mann tut mir so leid«, füge ich rasch hinzu, weil mir einfällt, dass er vor Kurzem gestorben ist.

»Danke. Ich bin jetzt aus unserem alten Haus ausgezogen, nach London ... und, nun ja, ich kenne nicht viele Leute. Ich dachte, du möchtest dich vielleicht mit mir treffen. Auf einen Kaffee oder so.«

»Ich ...« Ich weiß absolut nicht, was ich sagen soll. Ich nahm an, sie wollte mich nie wiedersehen.

»Oder bist du vielleicht zu beschäftigt, wie du gesagt hast? Es kommt mir so vor, als hätte in dieser Stadt jeder unwahrscheinlich viel zu tun. Wenn man bedenkt, wie viele Leute es in London gibt, ist es erstaunlich schwierig, welche kennenzulernen.«

Will sie mich deswegen treffen? Weil sie einsam ist?

»Ich bin nicht zu beschäftigt.« Ich empfinde einen Stich des Mitleids mit ihr. »Es ist nur ...« Weiß sie nicht mehr, wie ekelhaft sie zu mir war, als wir zuletzt Kontakt miteinander hatten? Zu dem Zeitpunkt ging ich davon aus, wir wären Freundinnen. Ich hatte ihr vertraut.

»Ich weiß, dass wir nicht im Guten auseinandergegangen sind«, erwidert sie. »Aber damals ging es nicht anders. Ich musste dich entlassen. Mir blieb keine andere Wahl. Aber das ist alles Schnee von gestern.«

Ich runzle die Stirn. Ich dachte, sie könnte mich nicht mehr ertragen, sie würde mich für eine schlechte Lehrerin halten, die ihren Posten missbraucht hätte. Ist es möglich, dass das alles gar nicht so schwarz-weiß war?

Ich erinnere mich, wie gut wir uns verstanden hatten. Wie wir die Vision teilten, dass die seelische Fürsorge ebenso wichtig war wie gute Bildung. Ich würde sie gern treffen. Es ist nicht so, dass ich viele neue Freunde gefunden habe, seit ich den Lehrerberuf aufgegeben habe.

»Okay«, sage ich. »Gehen wir Kaffee trinken.«

»Prima«, erwidert sie atemlos. »Ich schicke dir ein paar Terminvorschläge.«

»Gut.«

»Schönen Tag noch.« Sie hängt ein, und ich starre das Telefon überrascht an und bin darüber erfreut, wie das Gespräch verlaufen ist. Nach dem, was passiert ist, hätte ich niemals damit gerechnet, je wieder von ihr zu hören.

Oben lässt Richard das Bad für Charlie ein. Ich hole den Staubsauger und sauge durch das Wohnzimmer. Als ich ihn ausschalte, höre ich Richard nach mir rufen.

»Beth!«

Ich runzle verärgert die Stirn. Kann er Charlie nicht ohne meine Hilfe baden?

Ich gehe zum Fuß der Treppe und rufe hoch: »Was ist?«

»Hast du das hier gesehen?«

Ich steige neugierig die Treppe hoch und gehe ins Bad.

»Sieh dir das an.« Richard zeigt auf Charlies Oberarm, und ich sehe eine Anzahl blauer und lila verfärbter Flecken. Fast wie Fingerabdrücke.

Kopfschüttelnd schaue ich genauer hin. »Charlie, wie ist das passiert?«

»Ich weiß nicht«, sagt er und starrt in das Badewasser.

Richard dreht sich zu mir. »Du musst besser auf ihn aufpassen. Wie kommt es, dass du nichts davon weißt? Du bist schließlich seine Mutter.«

SECHZEHN

DANIELLE

Meine Mutter wirkt zerbrechlich, ihr Lächeln breitet sich auf ihrem fahlen Gesicht aus. Zehn Jahre im Gefängnis waren nicht freundlich zu ihr gewesen. Sie hat etwas von ihrer Weichheit verloren, ist dünn und spröde geworden. Und alt. Sie sieht viel älter aus als Mitte fünfzig.

Ich kämpfe mit den Tränen, weil ich an all die gemeinsamen Momente denke, die wir verpasst haben. Den Tag, als ich mit der Schule fertig war. Meinen Universitätsabschluss an der juristischen Fakultät. Ich habe ihr immer nur Fotos zeigen können.

»Es ist lange her«, sage ich und fühle mich sogleich schuldig. Ein Jahr liegt mein letzter Besuch zurück. Ich hätte sie besuchen sollen. Wirklich. Aber ich kann diesen Ort nicht ertragen. Kann es nicht ertragen, sie hier drinnen und leiden zu sehen. Ich erinnere mich, wie geschockt ich war, als sie festgenommen wurde. Ich wusste, dass sie es nicht getan hatte. Sie konnte es nicht getan haben.

»Dein Gesicht.« Sie greift über den Tisch, um mein Kinn anzuheben und meine Wange zu betrachten. »Was ist passiert?«

»Nichts Schlimmes.« Ich mache mich los und lehne mich auf meinem Stuhl zurück. »Ein Unfall.«

»Sieht aus wie eine Brandwunde.« Sie lächelt grimmig. »Passend zu meinen.« Sie schiebt den Ärmel hoch, und ich sehe die Narben, die an ihrem linken Arm hochlaufen.

»Ich bin gefallen. Dabei habe ich mir das Gesicht aufgescheuert. Ich war so mit der Arbeit beschäftigt, dass ich es nicht richtig behandelt habe, deshalb ist es schlecht verheilt.«

»Ich kann sehen, dass es eine Brandwunde ist, Sophie. Aber du bist eine so gute Lügnerin, dass ich dir fast geglaubt hätte.«

Ich habe ihr immer noch nicht gesagt, dass ich meinen Namen geändert habe. Ich weiß nicht, wie sie reagieren würde.

Zwischen uns herrscht Schweigen, und ich starre die Uhr an der Wand an, verfolge den Sekundenzeiger die Zeit runterzählen. Haben wir uns wirklich nichts zu sagen?

»Mir gefallen deine Haare«, sagt sie. »Blond steht dir.«

»Danke.« Das Schweigen zieht sich hin. Ich hätte über Gesprächsthemen nachdenken sollen, bevor ich hergekommen bin.

»Ich komme bald raus«, sagt sie plötzlich.

»Das sind gute Neuigkeiten.«

»Ja, ich denke schon.« Ich kann die Frage in ihren Augen lesen. Wo wird sie hingehen? Unser Familienheim wurde schon vor langer Zeit verkauft, um ihre Prozesskosten zu bezahlen.

Ich strecke die Hand aus, um ihre zu berühren. »Es tut mir leid, dass du so lange hier drin warst.«

»Das macht nichts. Nichts davon zählt. Dir muss nichts leidtun. Ich kann mir nicht vorstellen, wie es ist, mich hier besuchen zu müssen, während andere Leute deines Alters bei ihren Müttern zum Sonntagsessen vorbeikommen. Es ist nicht fair, dass es für dich so anders ist.«

Ich nicke. Es ist ja nicht so, als ob ich sie oft besucht hätte. »Das können wir machen, wenn du draußen bist. Sonntags zum

Mittagessen ausgehen.« Die Worte hängen zwischen uns in der Luft, als würde keiner von uns sie ganz glauben.

Sie ringt sich ein halbherziges Lächeln ab. »Es ist jetzt gerade so schwer, sich das vorzustellen. Es war eine so lange Zeit. Ich hoffe, ich kann die Mutter werden, die du brauchst. Ich würde gerne wieder für dich kochen, mich als Teil einer Familie fühlen.« Sie sieht mich hoffnungsvoll an.

Will sie bei mir wohnen? Ich weiß nicht, ob ich das möchte. Ich weiß, dass sie mich liebt, aber ich kann nicht umhin, mich daran zu erinnern, wie launisch sie sein konnte. Eine Minute himmelhoch jauchzend, die nächste zu Tode betrübt.

»Ich kann es kaum erwarten«, sage ich, bemühe mich, überzeugend zu klingen.

Ihre Stimme schwankt, als sie die nächsten Worte ausspricht. »Ich weiß, dass du mich nicht brauchst, Sophie. Ich weiß, dass du eine lange Zeit ohne mich zurechtkommen musstest – seit deiner Jugend. Du bist erfolgreich, und ich bin so stolz auf dich. Aber ich hoffe, du kannst in deinem Leben einen Platz für mich finden. Ich bin deine Mutter, und ich habe dich vermisst. Alles, wovon ich all die Jahre, die ich eingesperrt war, geträumt habe, ist, mir dir zusammen zu sein.«

Ich nicke. Ich würde von mir gerne dasselbe behaupten, aber die Wahrheit lautet, dass ich nie davon geträumt habe, mit ihr zusammen zu sein. Ich habe nur versucht, zu vergessen, dass sie hier drin ist, und mein Leben weiterzuleben.

»Du trägst die Ohrringe, die ich dir geschenkt habe.«

»Ja.« Ich hebe die Hände, um meine Ohren zu berühren.

»Sie stehen dir gut.«

»Danke.«

Ich sehe Tränen in ihren Augen. »Du bist erwachsen geworden.« Sie streichelt meinen Arm, und ich muss an mich halten, um nicht zurückzuzucken. Ihre Liebe erscheint mir erdrückend, nachdem ich so lange darauf verzichten musste.

»Jetzt dauert es nicht mehr lange«, sage ich, weil mir nichts anderes einfällt.

»Es wird anders sein, nicht wahr?«, fragt sie. »Wenn ich draußen bin. Ohne deinen Vater.«

Jetzt treten auch mir die Tränen in die Augen. Wir werden eine Zweierfamilie sein, ich und Mum. Ich empfinde einen Anflug von Schuld, das altvertraute Gefühl kriecht in mir hoch.

»Du musst dir keine Vorwürfe machen«, fährt sie fort. »Du warst nur ein Kind. Nichts von alledem war deine Schuld.«

SIEBZEHN

BETH

Trotz der Winterkälte strömt helles Sonnenlicht von einem wolkenlosen Himmel, als ich losgehe, um Charlie von der Schule abzuholen. In den letzten Wochen hat es kaum einen Tag ohne Regen gegeben, und ich bin dankbar für die Wärme der Sonne auf meinem Gesicht. Ich denke an Nick, daran, dass er die Sonne nie wieder spüren wird. Als er starb, konnte ich keine Freude mehr an irgendetwas empfinden. Ich ging kaum aus, traf selten Freunde. Alles, woran ich damals denken konnte, war, wie unfair es war, dass er nicht mehr an meiner Seite war, um mit mir das Leben zu genießen. Am Ende verließ ich die Gegend, fand weit weg einen Job an der Schule, an der Genevieve die Direktorin war, und versuchte, mein Leben wieder in den Griff zu bekommen.

Ich lächle Charlie an, als ich ihn auf dem Spielplatz entdecke. Er kommt direkt auf mich zu. Mir fällt auf, dass er heute nicht mit seinen Freunden zusammen spielt, und ich überlege, ob das mit seinen blauen Flecken zusammenhängt. Ich habe mit seiner Lehrerin gesprochen und sie gefragt, ob er von anderen schikaniert wird, und sie versprach mir, die Augen offenzuhalten.

»Wie war es heute in der Schule?«, frage ich.

»Gut.« Auf dem Weg nach Hause spricht er trotz zahlloser fruchtloser Versuche, herauszubekommen, was er heute gemacht hat, kein weiteres Wort mehr mit mir. Ich bin sicher, dass etwas nicht stimmt.

Wir sind noch nicht lange zu Hause, als Richard eintrifft. Charlie rennt ihm in die Arme, sobald die Tür aufgeht. Mir bricht es fast das Herz. Er vermisst seinen Vater so. Und wider besseres Wissen vermisse ich ihn auch. Er hat mich furchtbar behandelt, aber scheinbar kann ich meine Liebe zu ihm nicht ausschalten, sosehr ich es auch möchte.

»Ich lasse euch zwei alleine, ihr habt euch bestimmt viel zu erzählen.« Ich zwinge mich, mich abzuwenden. Richard ist hier, um mir mit Charlie zu helfen, während ich etwas Bürokram erledige und die Therapiesitzung mit Danielle abhalte. Ich gebe Charlie einen schnellen Kuss auf die Wange. »Für sein Abendessen ist etwas Pasta im Schrank und Gemüse im Kühlschrank«, sage ich zu Richard.

Oben schließe ich die Tür meines Therapieraums und zünde die Kerze an. Ich starre in die warme Flamme, der Lavendelduft erfüllt den Raum und beruhigt mich. Ich bin nervös. Es gab eine Zeit, da hatte ich Angst vor Kerzen, vor ihrem zerstörerischen Potenzial. Aber Richard half mir, meine Furcht zu überwinden. Ich schlucke meine Gefühle hinunter, verdränge den Gedanken, wie sehr er mir fehlt. Ich hasse es, nachts alleine zu schlafen. Das Haus ist still ohne das tröstliche Geräusch seines Atems. Ich vermisse die Wärme seines Körpers neben meinem, seine Arme, die sich um mich legen, die Art, wie er mir immer zuhört, wenn ich niedergeschlagen bin, und meine Ängste vertreibt. Nick war genauso. Er wusste genau, was er sagen musste, damit ich mich besser fühlte. Als ich Richard kennenlernte, dachte ich, dass ich vielleicht über Nick hinwegkommen könnte, aber in Wahrheit habe ich das nie getan.

Meine Gedanken wenden sich Danielle zu. Ich versetze

mich zurück, als sie nach der letzten Sitzung fortgestürmt ist, nachdem sie Charlie draußen gefunden hat, und er fast überfahren worden wäre. Ich wollte ihr die ganze Woche lang eine Mail schicken, um ihr zu darzulegen, dass ich nicht nachvollziehen kann, wie Charlie das Haus verlassen konnte, und um ihr zu versichern, dass so etwas zuvor nie vorgekommen ist. Aber ich habe es nicht getan, weil mir bewusst war, dass ich überreagiere.

Ich nutze die Zeit, um Bürokram aufzuarbeiten, meine Website upzudaten, um bekanntzugeben, dass ich jetzt abends häufiger verfügbar bin, und eine Anzeige für meine Dienste in den Schulnewsletter zu setzen. Wenn ich nur genug neue Klienten gewinnen kann, sollte ich, so meine Berechnungen, in der Lage sein, die Hypothek zu bezahlen, und Richard sollte mich noch ein bisschen länger im Haus wohnen lassen. Ich zermartere mir den Kopf darüber, wo ich sonst noch inserieren könnte. Ich könnte Richard dazu bringen, in der Uni eine Anzeige aufzuhängen. Er lehrt dort, wenn er nicht seine eigenen Klienten berät. Dort haben wir uns kennengelernt. Ich google die Universität und scrolle durch die Website, um herauszufinden, ob man Anzeigen online schalten kann. Ich bin auf einer Seite, die sich der Verwaltungsarbeit der Uni widmet, als ich das Foto sehe. Es zeigt die Außenseite des Hauptblocks. Das Universitätsgebäude ist verglast und kaum von vielen anderen Gebäuden in London zu unterscheiden. Auf dem Bild stehen fröhlich plaudernde Studenten mit Lehrbüchern in den Armen beieinander. Aber es ist das, was hinter ihnen zu sehen ist, was mich interessiert. Der Springbrunnen. Seine Lage vor dem Gebäude. Ich erkenne ihn.

Unten kann ich Richard und Charlie lachen hören. Ich gehe ins Schlafzimmer, hole die Fotos von Richard und seiner Geliebten aus dem Nachttisch und nehme sie mit in den Therapieraum. Dort betrachte ich das erste Bild von Richard und der blonden Frau, die der Kamera den Rücken zukehrt, im

Gespräch. Da ist er. Derselbe Springbrunnen. Dieses Foto wurde draußen vor der Universität aufgenommen.

Ich schlucke. Richard muss sich mit ihr getroffen haben, nachdem er mit dem Unterricht fertig war. Bei der Vorstellung, wie unverfroren es von ihm war, die Universität als Treffpunkt zu wählen, wo die beiden so viele Leute, die er kennt, hätten sehen können, wird mir schlecht. Ich frage mich, wie oft sie abends zum Essen verabredet waren, während ich zu Hause war und auf Charlie aufpasste.

Mir kommt ein Gedanke. Was wenn die Frau eine Studentin war, so wie ich damals? Wut wallt in mir auf. Nachdem Charlie geboren war, erfuhr ich, dass ich keineswegs die erste Studentin war, mit der Richard geschlafen hatte – es hatte viele vor mir gegeben. Aber mir hatte er erzählt, er hätte die Frau in einer Bar kennengelernt. Hatte er mich angelogen?

Es klingelt an der Tür, und ich stopfe die Fotos hastig in meine Schreibtischschublade und laufe nach unten, um Danielle einzulassen.

»Hi«, sagt sie, als sie über die Schwelle tritt. Sie wirkt besorgt, als wir schweigend, ohne den üblichen Small Talk, die Treppe hochgehen.

»Noch mal vielen Dank, dass Sie letzte Woche Charlie gefunden haben«, platze ich heraus, sobald wir uns setzen. »Ich bin Ihnen ja so dankbar.«

»Alles Mögliche hätte passieren können«, sagt Danielle ruhig. »Wenn ich nicht da gewesen wäre ...« Sie erschaudert. »Er wäre von diesem Auto überfahren worden, Beth.«

Ich schlucke die Galle hinunter, die mir in die Kehle steigt. Ich kann allein schon die Vorstellung nicht ertragen. »Ich ...« Aber ich habe keine Erklärung, keine Entschuldigung.

»Ich habe einmal an einem Fall gearbeitet, eine Frau hatte ihre Kinder vernachlässigt. Es war herzzerreißend. Sie hatte die Kinder weder anständig ernährt noch regelmäßig gebadet. Und bei jedem Wetter hatte sie die Kleinen draußen spielen lassen.«

Ich weiß nicht, warum sie das erwähnt. Will sie damit sagen, dass ich nachlässig bin? »Ich weiß wirklich nicht, wie Charlie nach draußen gekommen ist.«

Ihre Miene wird weicher, und sie lächelt mitfühlend. »Wie geht es ihm nach der ganzen Tortur? Ist er in Ordnung?«

»Er hat nicht wirklich darüber gesprochen.« Ich wünschte, er würde mit mir reden, aber er gesteht mir einzig, dass er hinausgegangen ist, weil er seinen Daddy sehen wollte.

»Armer Junge. Ich bin sicher, er kommt darüber hinweg.«

Ich nicke, ich will unbedingt das Thema wechseln. »Gut, wollen wir anfangen?«

Danielle blickt zu Boden. »Ja. Ich wollte mit Ihnen über Peter sprechen. Ich beginne, meine Beziehung mit ihm infrage zu stellen. Ob sie für uns beide richtig ist.«

»Hat Sie etwas Bestimmtes dazu gebracht?«

»Vermutlich haben mich diese Sitzungen dazu gebracht, darüber nachzudenken, was ich wirklich für ihn empfinde. Ich fühle mich wie in einer Falle gefangen. Wir streiten oft. Aber alle Paare streiten, oder nicht …?«

Ich spüre, dass sie noch mehr sagen will, aber Mühe hat, die richtigen Worte zu finden. Ich warte, hoffe, dass sie zuerst sprechen wird, ohne dass ich eine direkte Frage stellen muss. Ich starre die geschlossenen Vorhänge an, während sich Schweigen breitmacht. Im Kopf zähle ich die Schläge der tickenden Uhr, die in dem stillen Raum zu hören ist, und lausche auf andere Geräusche im Haus – Richard, der herumläuft, Charlie, der sich unten regt. Aber nichts passiert.

Sie blickt mich an, sieht mir in die Augen. »Manchmal … habe ich ein bisschen Angst vor ihm.« Sie zupft an den Ärmeln ihres Shirts, und ich entsinne mich der Verletzungen, die ich letzte Woche an ihren Handgelenken gesehen habe. Ich vermutete, es wären Narben von dem Feuer, aber könnten die Narben eine andere Ursache haben? Etwas, was mit Peter zu tun hat?

»Angst?« Ich beuge mich näher zu ihr; ich wünschte, sie würde mir anvertrauen, was auch immer ihr auf der Seele liegt.

»Ich weiß nicht. Es ist nur ein Gefühl.«

Ich werde im Umgang mit ihr doch direkter werden müssen. Zwar glaube ich zu wissen, was sie andeutet, aber ich muss Gewissheit haben. »Wenn Sie sagen, Sie streiten, wie meinen Sie das? Nur Worte oder physische Auseinandersetzungen?«

»Hauptsächlich Worte.«

Ich rufe mir ins Gedächtnis, als sie mir in der letzten Sitzung ihren Streit mit Peter schilderte. Hatte er wegen dieser Meinungsverschiedenheit das Benzin auf den Grill geschüttet? Als eine Art von Strafe?

Sie starrt erneut zu Boden. Die Tränen fließen.

»Danielle.« Ich lehne mich vor. »Wenn Sie glauben, dass Sie irgendwie in Gefahr schweben, verlangt es meine Sorgfaltspflicht, dass ich das melde. Hat er Sie jemals verletzt?«

Sie runzelt die Stirn, als würde sie darüber nachdenken, was sie sagen, wie viel sie mir anvertrauen soll. »Nein«, erwidert sie leise. »Er hat mir nie etwas getan.«

Ich bin sicher, dass sie lügt. »Aber Sie haben Angst vor ihm?«

»Schon, aber ich glaube nicht, dass es an ihm liegt. Ich glaube, ich habe diese Angst wegen meiner Vergangenheit. Nach der Zeit in den Pflegefamilien hatte ich es nicht leicht. Ich schätze, ich suchte nach Liebe, nach jemandem, der sich um mich kümmert. Und ich geriet an den falschen Mann. Er hat mich betrogen und geschlagen. Seit damals habe ich, nun ja, ein bisschen Angst vor Männern im Allgemeinen.«

Ich nicke, empfinde Mitleid mit ihr. Bevor ich Nick kennenlernte, hatte ich auch einen Partner, der mich schlug. Nick hat mich im wahrsten Sinne des Wortes gerettet, mir das Gefühl gegeben, ein echter Mensch zu sein, der seiner Liebe wert war. Doch dann verlor ich ihn und erneut zerbrach ich innerlich.

»Ich glaube ...«, sagt Danielle, »ich glaube, der Umstand, dass ich meine Beziehung mit Peter hinterfrage ... es bringt alles zurück. Ich habe Angst, dass sein Temperament irgendwann explodiert. Deshalb schleiche ich immer auf Zehenspitzen um ihn herum und versuche, ihn nicht zu verärgern.«

Ich seufze; ich spüre, wie sich eine mächtige Welle von Traurigkeit in mir aufbaut. Keiner von uns entkommt seiner Vergangenheit. Danielle ist genau wie ich, leidet noch immer unter Männern, die ihr vor Jahren wehgetan haben. Unsere früheren Beziehungen formen uns, und wir stellen fest, dass wir das Muster unbewusst wiederholen und uns wieder und wieder auf dieselben zerstörerischen Partnerschaften einlassen.

Ich wische mir eine Träne aus dem Augenwinkel. Ich kann ihr helfen, aus diesem Verhaltensmuster auszubrechen. Deswegen bin ich Therapeutin geworden. Um Menschen wie ihr zur Seite zu stehen.

»Ich glaube nicht, dass Peter ein Baby will«, sagt Danielle. »Nicht wirklich.«

»Haben Sie noch einmal mit ihm darüber gesprochen?«

»In der letzten Zeit nicht. Ich habe zu viel Angst, das Thema zur Sprache zu bringen. Angst vor dem, was er sagen könnte. Wenn er kein Kind will, dann bin ich nicht sicher, ob ich mit ihm zusammenbleiben will.«

Ich kann die Gefühle hören, die sie unterdrückt. Ihre Stimme klingt erstickt. »Ein Baby ist sehr wichtig für Sie«, stelle ich fest, beuge mich zu ihr und höre aufmerksam zu.

»Ich denke immer wieder an andere Männer, die ich in der Vergangenheit kennengelernt habe, andere, mit denen ich hätte zusammenkommen können. Ich liebe Peter, aber ich beginne mich zu fragen, ob ich mit jemand anderem nicht besser dran wäre. Und ich hasse mich dafür, dass ich so denke, daran denke, alles zu beenden und mein Ehegelübde zu brechen.«

»Mit jemand anderem?«

»Abgesehen von Peter hat es niemanden gegeben, der mir wirklich wichtig war. Es gab einen Mann, mit dem ich eine Affäre hatte, als Peter und ich vorübergehend getrennt waren, aber er war auch nicht der Richtige.«

»Okay …«

Sie lächelt, das erste echte Lächeln, von dem ich meine, es bei ihr gesehen zu haben. »Er sagte immer, ich würde ihn an Reese Witherspoon erinnern. Nicht äußerlich. Ganz offensichtlich sehe ich ihr mit meinen Narben und den kurzen Haaren überhaupt nicht ähnlich. Er sagte, meine Energie würde ihn an sie erinnern. Meine Lebenslust.«

Richard pflegte etwas Ähnliches über mich zu sagen. Er sagte, mein Lächeln erinnere ihn an Kate Winslet. Ich ähnle ihr überhaupt nicht, aber es gefiel mir, wie er unser Lächeln verglich, dass er mir schmeichelte, wir beide würden einen Raum erhellen, wenn wir lächelten. Ich meinte, das war einzigartig an Richard – die Art und Weise, wie er mir Komplimente machte, ohne oberflächlich zu klingen. Aber das muss es häufiger geben, als ich annahm.

Sie lacht. »Ich bin auf das Kompliment hereingefallen, aber er wollte mich vermutlich nur ins Bett kriegen.«

Mir steigt die Röte ins Gesicht. Ich hatte Richards Worte für romantisch gehalten.

»Er war nicht der Richtige für mich«, fährt Danielle fort. »Am Ende ging er mir auf die Nerven. Aber ich vermute, die Tatsache, dass ich überhaupt über Exfreunde nachdenke, bedeutet, dass die Beziehung mit Peter vielleicht nicht so gut funktioniert, wie ich immer angenommen habe.«

Ich vergegenwärtige mir, dass Peter über sie urteilte, sie würde keine gute Mutter abgeben und dass er Benzin auf den Grill gegossen hat. Vieles an dieser Beziehung klingt falsch.

Sie sieht mich direkt an. »Was würden Sie tun, wenn Sie an

meiner Stelle wären? Ich fühle mich, als säße ich in einer Falle. Was würden Sie tun?«

Ich schüttle den Kopf. »Das kann ich nicht beantworten«, antworte ich, kann dabei aber den Gedanken nicht beiseiteschieben, wie gefangen ich mich in meinem eigenen Leben fühle, seit Richard gegangen ist. »Ich bin nur dazu da, Ihnen zu helfen, sich über Ihre Gefühle klarzuwerden. Herauszufinden, was Sie wollen. Die Entscheidungen kann ich nicht für Sie treffen.«

Sie wirkt deprimiert. »Ich brauche jemanden, der mir hilft, eine Lösung zu finden.«

»Ich kann Sie weiter dabei unterstützen«, sage ich. »Sie wissen, dass Sie hier, in diesem Raum, über alles sprechen können.«

»Ich weiß, dass Sie mich verstehen. Sie sind alleinerziehend, nicht wahr?«

Ich nicke verwirrt.

»Deswegen ist Charlie auch alleine auf die Straße gelaufen, oder? Während unserer Sitzung.«

Ich spüre, wie sich mein ganzer Körper anspannt.

»Oh, es tut mir leid, dass ich so neugierig bin«, sagt sie, als sie meinen Gesichtsausdruck bemerkt. »Als ich in Ihrem Bad war, sah ich nur eine Erwachsenenzahnbürste. Und daraus zog ich den Schluss, Sie müssten allein leben. Ich wollte Sie seitdem immer fragen, aber es kam mir nie passend vor.«

»Oh«, mache ich. »Nun ja, ich bin alleinerziehend.«

Sie nickt. »Ich hätte nicht fragen sollen. Es geht mich nichts an. Es stört mich nur manchmal, dass Sie so viel über mich wissen und ich nichts über Sie.« Ihre Augen bohren sich in meine. »Es macht mich neugierig, wer Sie wirklich sind.«

ACHTZEHN

DANIELLE

Als Peter von der Arbeit nach Hause kommt, sitze ich im Wohnzimmer an meinem Laptop. Wegen der Berufungsklage meines Mandanten, den ich ehrenamtlich vertrete, habe ich immer noch Berge von Papierkram zu erledigen, aber ich hatte mich entschieden, die Arbeit mit nach Hause zu nehmen, um in Peters Nähe zu sein. Diese Woche habe ich ihn kaum gesehen, und nach meiner letzten Therapiesitzung habe ich den Mut zu einer Aussprache mit ihm gefasst. Es gibt viel, worüber wir reden müssen. Ich muss wissen, wo wir mit unserer Beziehung stehen. Was er wirklich darüber denkt, Kinder mit mir zu haben. Und jetzt, da meine Mutter bald aus dem Gefängnis kommt, werde ich ihm auch die Wahrheit über sie erzählen müssen. Er kennt die Version, wir wären zerstritten, weil sie nicht klarkam und mich in Pflegefamilien gegeben hat. Ich habe ihm vorgegaukelt, sie würde im Ausland leben, in Schweden, und dass ich nie vorhatte, sie wieder zu einem Teil meines Lebens zu machen. Aber jetzt wird sie aus dem Gefängnis entlassen. Und möchte bei uns einziehen. Ich werde ihm die Wahrheit gestehen müssen.

Obwohl ich einen Haufen Arbeit zu bewältigen habe, war

ich den ganzen Abend kaum imstande, mich zu konzentrieren. Ich stelle mir ständig vor, wie meine Mutter hier mit mir und Peter lebt, aber ich kann mir das Szenario einfach nicht ausmalen. Doch sie hat sonst nirgendwo einen Ort, wo sie hingehen könnte. Außerdem möchte ich wieder eine Beziehung zu ihr aufbauen. Sie hat all diese Jahre im Gefängnis verbracht. Ich bin ihre Tochter. Das Mindeste, was ich ihr schulde, ist Mitgefühl.

Als Peter um zehn Uhr abends kommt, bin ich erschöpft. Ich habe mich in der letzten Zeit nicht wohlgefühlt, offenbar haben mich der Stress um unsere Beziehung und die unmittelbar bevorstehende Entlassung meiner Mutter völlig ausgelaugt. Ich habe das Bedürfnis, mich am liebsten zusammenzurollen und eine Woche zu schlafen.

Als Peter zur Tür hereinkommt, wirft er sich neben mir auf das Sofa.

»Hast du schon gegessen?«, frage ich.

»Hab mir im Büro was geholt. Und du?«

»Nein. Ich dachte, du würdest früher kommen und wir könnten uns etwas zum Mitnehmen holen.« Es ist nicht seine Schuld, aber ich bin wütend. Es ist typisch für die Probleme in unserer gesamten Beziehung. Wir arbeiten beide so hart, dass wir fast Fremde geworden sind. Und wenn wir zusammen sind, kommen wir nicht zueinander.

»Tut mir leid. Ich wurde aufgehalten. Sieht sowieso so aus, als wärst du beschäftigt.« Er nimmt das große Orla-Kiely-Kissen von einem Sofa und legt es auf das andere.

»Leg es nicht dahin. Dieses Kissen gehört auf das andere Sofa.« Ich greife danach und bringe es zu dem grünen Sofa zurück, für das ich es gekauft habe.

Peter schüttelt den Kopf. »Genau das meine ich.«

»Sorry? Was meinst du?«

»Du kannst nicht entspannen. Alles muss immer seine

Richtigkeit haben. Ich weiß wirklich nicht, wie du mit einem Baby zurechtkommen würdest.«

»Was?« Ich spüre, wie Ärger in mir zu brodeln beginnt. Ich weiß, dass er unrecht hat.

»Schau dich doch an. Du willst alles so haben … einfach perfekt. Ein Baby würde alles durcheinanderbringen.«

»Nein, das würde es nicht. Wir müssten ein paar Zugeständnisse machen, aber für mich wäre das in Ordnung.«

»Wir müssten viele Zugeständnisse machen. Du würdest deine Arbeitsstunden reduzieren müssen. Ich wahrscheinlich auch. Und du müsstest Mutterschaftsurlaub nehmen, um Zeit für das Baby zu haben.«

»Das weiß ich. Du könntest ebenfalls Vaterschaftsurlaub nehmen.«

»Das wäre in meinem Job schwierig.«

»Nicht schwieriger als für mich. Wir sind beide Anwälte.«

»Du bist diejenige, die unbedingt ein Baby haben will, Dani. Du musst die Opfer bringen.«

Ich funkle ihn finster an. »Wir haben immer gesagt, wenn wir verheiratet sind, wollen wir Kinder haben.«

Er nickt. »Ja. Haben wir. Aber damals habe ich das nicht richtig durchdacht. Meine Karriere hat sich entwickelt. Das will ich nicht gefährden. Als wir darüber gesprochen haben, war es nur eine Idee, eine Fantasie. Seitdem hat uns die Realität eingeholt. Viele meiner Freunde haben mittlerweile Kinder. Und das verändert wirklich das ganze Leben. Ich bin nicht sicher, ob es das ist, was ich will.«

»Du kannst nicht einfach so deine Meinung ändern. Ich … ich habe dich in dem Glauben geheiratet, dass wir Kinder haben würden.«

Peter seufzt. »Ich versuche nur, ehrlich zu sein. Die Dinge haben sich geändert.«

»Welche Dinge?«

»Das Barbecue, das Feuer. Ich … ich bin nicht sicher, dass

wir dazu geschaffen sind, Eltern zu sein. Ich will mich auf meine Karriere konzentrieren, und ich weiß nicht recht, ob Mutterschaft das Richtige für dich wäre. Dein unbeherrschtes Temperament ...«

»Das ist doch Unsinn. Du hast beschlossen, dass du keine Kinder willst, und jetzt argumentierst so, um mir alles in die Schuhe zu schieben.«

»Du weißt, dass das nicht stimmt. Seit wir verheiratet sind ... nun, wir haben uns erst richtig kennengelernt, nicht wahr? Ich habe gesehen, dass du nicht so perfekt bist, wie du gerne rüberkommen möchtest.«

»Das ist niemand. Jeder hat gelegentlich einen schlechten Tag und gelegentlich schlechte Laune.«

»Davon rede ich nicht, das weißt du genau.«

Ich sehe ihn böse an, spüre die Wut, die sich in mir aufbaut. Ich muss das Haus verlassen, bevor diese Wut explodiert und ihm beweist, dass er recht hat.

Ich stürme nach draußen, steige ins Auto und fahre los, Meilen und Meilen durch die dunklen Straßen, bis ich mich auf der doppelspurigen Schnellstraße nach London hinein wiederfinde und die Reihenhäuser an mir vorbeiziehen. Ich muss nachdenken, alles verarbeiten, was Peter geäußert hat. Es ist nicht so, dass es überraschend für mich kommt. Ich ahnte bereits, dass er seine Meinung in der Kinderfrage geändert hat. Es erscheint mir nur so unvernünftig. Ich bin mit ganzem Herzen in diese Ehe gegangen. Ich erinnere mich an den Anfang, als ich mich verliebt und mich verzweifelt danach gesehnt habe, ihn ständig zu sehen und seine Stimme zu hören. Ich fühlte mich magisch von ihm angezogen, konnte ihn nicht in Ruhe lassen. Damals arbeiteten wir im selben Büro, und ich überlegte mir ständig neue Vorwände, um hoch in die Etage zu gehen, wo er sein Büro hatte, nur um ihn kurz zu sehen. Wir nahmen uns Zeit, gestohlene Momente zur Mittagszeit. Jetzt bekommen wir uns kaum noch zu Gesicht.

Ich war mir sicher, er wäre der einzig wahre Mann für mich. Ich konnte mein Glück kaum fassen. Ich hatte unser gemeinsames Leben perfekt geplant. Aber jetzt behauptet er, er wolle keine Kinder. Ich bin dreißig. Ich weiß, dass ich noch viel Zeit habe, ihn zu überzeugen, aber was, wenn mir das nicht gelingt? Was, wenn er ständig »vielleicht« sagt, aber nichts passiert?

Plötzlich droht mich alles zu überwältigen. Als müsste ich schnellstmöglich eine Entscheidung treffen. Ich habe die Statistiken gelesen. Ab fünfunddreißig soll die Fruchtbarkeitskurve steil abfallen. Und ich will drei Kinder. Wenn Peter nicht der Richtige für mich ist, bleibt mir nicht viel Zeit, um den Mann zu finden, mit dem ich Kinder haben kann.

Einen Moment lang erwäge ich, bei Peter zu bleiben und mit ihm glücklich bis ans Ende unserer Tage zu leben, auch wenn ich auf Kinder verzichten muss. Aber ich kann es mir nicht vorstellen. Mit meinem Leben ist alles in Ordnung, doch manchmal kommt es mir so vor, als würde ich darauf warten, dass etwas geschieht. Tief in meinem Inneren gibt es einen Teil von mir, der sich leer und unerfüllt anfühlt. Ich weiß, dass Kinder mich glücklich machen würden, dass sie der fehlende Teil von mir sind. Aber wenn Peter Kinder ablehnt, dann kann ich nicht erkennen, wie er in mein Bild passt. Ich kämpfe gegen die Tränen an. Ich liebe Peter und sehne mich nach einer Zukunft mit ihm. Aber ich kann mir eine Zukunft ohne Kinder nicht vorstellen. Wenn er sicher ist, dass er keine will, dann werde ich mich entscheiden müssen.

Peter. Oder die Kinder, die ich mir so sehr wünsche.

NEUNZEHN

BETH

Die Schaukel fliegt höher und höher, und Charlie streckt die Füße gen Himmel. Es ist ein frischer Samstagmorgen, und es sind nur ein paar Dads mit ihren Kids im Park, weil sie mit der Kinderbetreuung an der Reihe sind. Sie unterhalten sich unbeholfen miteinander, während ihre Kinder toben und schreien und spielen.

Es ist lange her, seit ich mit Charlie hier war. Während der Woche bin ich so damit beschäftigt, mit Klienten Sitzungen abzuhalten und mich um Charlie zu kümmern, dass ich Mühe habe, mit der Hausarbeit und dem Bürokram hinterherzukommen. Damit verbringe ich dann gewöhnlich die Samstagvormittage, während Charlie fernsieht. Aber heute habe ich den Nachmittag frei, um alles Liegengebliebene zu erledigen. Richard geht mit Charlie zu dem neuen Spielzeugladen, und dann bleibt Charlie das erste Mal über Nacht in Richards Wohnung und schläft auf einem Feldbett.

Er ist ganz aufgeregt, bei seinem Dad übernachten zu dürfen, und hat nicht aufgehört, davon zu plappern. Ich bin froh, dass er sich an unsere Trennung so gut gewöhnt hat, aber der Gedanke, dass er mich nicht vermissen wird, tut weh. Ich war noch nie über Nacht von ihm getrennt und weiß nicht, wie ich es ohne ihn aushalte.

Charlie springt von der Schaukel, steuert auf das Klettergerüst zu und klettert selbstbewusst daran hoch. Ich erinnere mich an die Tage, als er laufen lernte, ich seine Hand hielt, als er im Park herumwatschelte, und ihm half, die Stufen zur Rutsche hochzusteigen. Er braucht mich jetzt nicht mehr, und ich komme mir wie ein überflüssiger Zuschauer vor. Ein Teil seiner Kindheit ist bereits vorüber, und dafür bin ich noch ganz und gar nicht bereit.

»Schau mir zu, Mum!«, ruft er von ganz oben.

Ich lächle zu ihm hoch und winke. »Gut gemacht! Du bist ganz weit oben.«

»Mach ein Foto von mir.«

Ich frage mich, warum er ein Bild von etwas will, das er schon so oft zuvor getan hat, aber ich zücke wie gewünscht mein Smartphone und schieße das Foto.

Als er nach unten klettert, denke ich an die blauen Flecken auf seinem Arm. Kann er sich die einfach nur beim Spielen geholt haben? Er sagt, er wisse nicht, woher sie stammen, und seine Lehrerin hat keine Anzeichen feststellen können, dass er körperlich angegangen wird.

Er ist jetzt unten und greift nach meinem Handy.

»Kann ich es sehen?«, fragt er.

Ich zeige ihm das Foto, woraufhin sich ein Grinsen auf seinem Gesicht ausbreitet. »Kann ich es Dad zeigen, wenn er kommt?«

Mein Herz wird schwer. Darum ging es also.

»Natürlich«, sage ich. Ich strecke die Hand aus, um seinen Arm zu berühren, aber er rennt schon zu der großen Rutsche auf der anderen Seite des Spielplatzes.

Als ich ihm folge, denke ich an den heutigen Nachmittag, den er bei seinem Vater verbringen wird. An einem neuen Ort, in einer Wohnung, die ich nie gesehen habe, einem Teil von

Richards Leben, den ich nicht kenne. Richard hat sich bereit erklärt, diese Wohnung noch etwas länger zu behalten, um mir Zeit einzuräumen, neue Klienten zu finden, damit ich die Hypothek auf unserem Haus aufbringen kann. Wenn es mir gelingt, neue Kunden zu gewinnen, kann ich zumindest noch eine Zeit lang bleiben. Ich weiß, dass ich auf lange Sicht ausziehen muss, weil Richard das Geld aus dem Verkauf benötigt, um sich etwas Eigenes zu kaufen. Aber darüber denke ich jetzt nicht nach. Im Moment möchte ich nur etwas Beständigkeit und Stabilität für Charlie. Ich muss dringend mehr Klienten auftreiben. Heute Nachmittag, wenn allein bin, beabsichtige ich, jeden Therapeuten, den ich kenne, zu mailen und zu fragen, ob sie von irgendwelchen Klienten wissen, für die sie selbst keine freien Termine mehr haben.

Ich stelle mir den vor mir liegenden Abend vor. Freizeit, wenigstens das. Oft habe ich mir inständig Zeit gewünscht, um vielleicht ein Buch zu lesen oder fernzusehen. Aber jetzt, da sich der Wunsch bewahrheitet, reizt es mich nicht mehr, sondern es fühlt sich so an, als würde ich allein darauf warten, dass mein Sohn zurückkommt.

Wir verlassen den Park und gehen nach Hause, um zu Mittag zu essen und Charlies Sachen für die Übernachtung bei Richard zu packen. Er zittert förmlich vor Aufregung, als wir seinen Schlafanzug, seine Zahnbürste und den Plüschpinguin verstauen, den er immer mit ins Bett nimmt, seit er ein Baby war. Ich muss Richard erinnern, dass er nicht vergessen darf, ihn auf jeden Fall wieder mitzubringen. Charlie kann ohne ihn nicht schlafen.

Richard taucht auf, als ich Charlie gerade helfe, ein letztes Spielzeug in seinen kleinen Koffer zu packen, und dann sehe ich vom Fenster aus zu, wie mein Mann meinen Sohn zum Auto führt und sie davonfahren. Als sie fort sind, hole ich die Liste mit den Kontakten meiner Kollegen heraus, setze mich mit jedem Einzelnen per Mail in Verbindung und schicke eine sorgfältig formulierte, persönliche Anfrage, ob sie mir irgendwelche potenziellen Klienten vermitteln können.

Als ich damit fertig bin, nehme ich Nicks Foto vom Sideboard. Ich vermisse ihn so. Ich war mir immer sicher, dass er der einzig richtige Mann für mich war, mein Seelengefährte. Als ich ihn verlor, war ich am Boden zerstört. Ich stellte auf jeder freien Fläche meiner Wohnung Fotos von ihm auf, sodass ich immer von Erinnerungen umgeben war, die mich anlächelten. Erst als ich zusammenbrach und im Krankenhaus landete, begann ich zu erkennen, wie ungesund es war, in der Vergangenheit steckenzubleiben. Ich fing an, mein Leben Stück für Stück wieder aufzubauen, und verstaute die Überreste meiner Zeit mit Nick sorgfältig in meiner Nachttischschublade. Aber nun liegt mein Leben erneut in Trümmern, und es ist Nick, bei dem ich Trost suche. Es fühlt sich gut an, sein Foto offen aufzustellen. Ich stehe zu einem wichtigen Teil meiner Vergangenheit.

Im Laufe der Zeit sind meine Erinnerungen an ihn verblasst. Das Gefühl seiner Lippen, die meine Wange streifen, seine Kraft, wenn er auf mir liegt, die Verbundenheit miteinander, die wir empfanden. Seine beruhigende Stimme. Manchmal kommen mir die Erinnerungen so vor, als wäre alles erst gestern gewesen, aber wenn ich versuche, ins Detail zu gehen, nehmen sie die Sepiatönung alter Fotos an, und je genauer ich hinzuschauen versuche, desto verschwommener werden sie.

Ich blicke mich im Haus um, sehe den Abwasch, das Staubwischen und Staubsaugen, all die Arbeiten, die erledigt werden müssten. Ohne Charlie ist es so still hier, und diese Stille überwältigt mich. Ich beschließe, die Hausarbeit liegen zu lassen, nehme vom Regal ein Buch, das ich schon seit Ewigkeiten lesen will, und mache es mir mit einem Glas Wein auf dem Sofa bequem. Es erscheint mir etwas dekadent, so früh am Nachmittag schon zu trinken, aber warum nicht? Ich habe selten genug Gelegenheit dazu.

Ich habe erst ein paar Seiten gelesen, als mein Handy klingelt. Ich bin dankbar für die Unterbrechung, denn ich kann mich nicht konzentrieren, weil ich meinen kleinen Kerl so sehr vermisse.

Es ist Danielle. Ich zögere, bevor ich mich melde. Normalerweise würde ich am Wochenende keine Anrufe von Klienten entgegennehmen. Sie hat mich noch nie angerufen, und mir fällt sofort ihre Angst vor Peter ein. Besorgnis durchzuckt mich, als ich ans Handy gehe.

»Hallo?«

»Beth … Beth … ich bin es.« Vor lauter Tränen bringt sie die Worte kaum heraus, und ich bin plötzlich auf der Hut, befürchte, ihr könnte etwas zugestoßen sein.

»Alles in Ordnung bei Ihnen?«

»Nein … ich …« Ihr Schluchzen wird lauter. »Ich … ich habe es vermasselt. Ich wollte Peter auffordern, zu gehen, ihm sagen, dass es vorbei ist … aber ich habe Angst … davor, was er mit mir machen könnte.«

»Hat er Sie bedroht? Soll ich die Polizei rufen?«

»Nein, er hat nichts getan, noch nicht. Aber er wird bald zu Hause sein. Er ist wütend. Ich habe ihm einen Text geschickt, um ihm zu sagen, dass ich seine Sachen gepackt habe.«

»Okay.« Meine Gedanken überschlagen sich. Besorgnis um sie treibt mich um. Nach dem zu urteilen, was sie mir berichtet hat, besitzt Peter ein hitziges Temperament und kann unberechenbar sein. Außerdem gibt es vielleicht noch andere Dinge, die sie mir verschwiegen hat. Es könnte alles noch viel schlimmer sein.

»Ich kann es nicht rückgängig machen. Er weiß, was ich vorhabe. Ich war mir so sicher, ich wäre so tapfer, würde endlich akzeptieren, dass die Beziehung nicht in Ordnung ist, endlich handeln. Aber ich habe die ganze Sache wirklich vermurkst. Meine Freundin wollte herkommen, damit jemand da ist, falls er einen Wutanfall bekommt, aber ihre Mutter ist gerade ins Krankenhaus eingeliefert worden, daher musste sie dorthin fahren und sich um sie kümmern.« Ihr Schluchzen ist jetzt noch lauter, die Worte tränenerstickt. »Ich weiß nicht, was ich tun soll.«

Es tut mir in der Seele weh, das zu hören. Ich habe keine Wahl, ich kann sie in dieser Situation nicht alleine lassen. »Ich komme rüber, sobald ich kann.«

Danielle lebt in einem Einfamilienhaus am Ende einer Sackgasse mit Neubauten und Mehrfamilienhäusern. Ihr Haus ist einschüchternd groß, mit rosenbewachsenen Hauswänden und einer himmelblauen Vordertür. Es gibt eine Fußmatte mit der Aufschrift »Welcome« und einem sorgfältig gepflegten Garten, wie die Kinderfantasie eines Hauses, das Bild eines perfekten Heims aus den Märchenbüchern, aus denen ich Charlie vorlese.

Ich hätte nicht herkommen sollen. Es ist ein Überschreiten professioneller Grenzen, ein Verstoß gegen den Ethikkodex von Therapeuten. Ich überlege, kehrtzumachen, meinen Supervisor, den ich gelegentlich hinzuziehe, oder einen Kollegen anzurufen. Aber ich weiß, dass Danielle jetzt meine Hilfe braucht. Sie könnte in Gefahr schweben, und das ist wichtiger als alle Verhaltensvorschriften. Ein Knoten bildet sich in meinem Magen, als ich zur Tür hochgehe und einen Moment zögere. Ist Peter schon da?

Ich klopfe zaghaft an die Tür.

Als Danielle öffnet, ist ihr Gesicht tränenüberströmt. Sie ist leger in Jeans und T-Shirt gekleidet. Im hellen Licht des Flures scheinen ihre Narben deutlicher hervorzutreten. »Hallo«, sagt sie leise. »Es tut mir so leid, Sie gestört zu haben. Danke, dass Sie gekommen sind. Peter ist noch nicht zu Hause, Gott sei Dank. Bitte kommen Sie herein.«

Sie deutet auf vier große Koffer neben der Tür. »Ich habe

seine Sachen zusammengepackt. Ich warte nur darauf, dass er zurückkommt.«

Ich starre auf die Koffer und frage mich, was eine so drastische Aktion ausgelöst hat. Hoffentlich hat er ihr nicht schon etwas angetan.

»Sind Sie okay?«, frage ich, obwohl ich sehen kann, dass das nicht der Fall ist.

»Ich halte die Ohren steif«, sagt sie. »Stehe es durch.«

Als ich in den Flur trete, bemerke ich die einzelne weiße Orchidee in einem hübschen Umtopf auf dem Fensterbrett und die elegante, nicht von Kinderkreide verunzierte Tapete. Alle Fotos an den Wänden zeigen sie und Peter: ihre Hochzeit, ihre Flitterwochen, Urlaub in der Sonne. Das abgelichtete Paar entspricht nicht Danielles Beschreibung ihrer Beziehung, aber andererseits – wessen glückliche Pärchenfotos spiegeln schon die Höhen und Tiefen einer Beziehung wider? Meine Klienten zeigen mir die dunkle Seite ihrer scheinbar intakten Partnerschaften.

Danielle folgt meinem Blick. »Ich dachte, wir hätten alles geklärt und wären uns einig, als Peter mir den Antrag machte«, sagt sie. »Ich habe nicht damit gerechnet, dass es so enden würde.«

»Damit rechnet niemand. Menschen geben sich das Jawort in gutem Glauben.«

»Ich habe eine Flasche Wein aufgemacht.« Danielle wirkt leicht verlegen. »Um mir Mut für Peters Rückkehr anzutrinken. Möchten Sie auch welchen?«

Ich denke an mein Glas Wein zu Hause, daran, dass ich es stehen gelassen habe, um hierher zu kommen, dass dies die einzige Gelegenheit ist, da ich keine Verantwortung für Charlie habe. Mein einziger freier Nachmittag. »Ich nehme ein halbes Glas.«

Sie lächelt und gießt mir ein ganzes Glas ein. Ich erhebe

keine Einwände, unterdrücke die Schuldgefühle, die in mir aufsteigen. »Wann kommt Peter zurück?«, frage ich.

Sie blickt auf ihre Uhr. »Ungefähr in einer Viertelstunde, wenn er um die Zeit gegangen ist, die er mir mitgeteilt hat.« Sie tigert auf und ab.

Ich stehe da und trinke meinen Wein.

»Wo ist denn Ihr Sohn heute Abend?«

»Bei seinem Vater.«

»Das muss hart sein«, sagt sie, und ich nicke, fühle mich unwohl.

Eine halbe Stunde gezwungener Unterhaltung später habe ich mein Glas geleert, und Danielle hat mir nachgeschenkt, aber Peter ist immer noch nicht da. Wir sprechen über unsere Beziehungen und das, was wir bedauern, und es ist angenehm, dass zur Abwechslung einmal jemand mir zuhört. Aber ich versuche, nicht zu viel preiszugeben. Danielle ist immer noch meine Klientin.

Sie checkt ihr Handy. »O mein Gott, er hat mir eine Nachricht geschickt.«

»Was sagt er?«

»Dass er heute Nacht nicht nach Hause kommt. Er bleibt bei einem Freund.«

»Das sind gute Neuigkeiten, nicht?« Ich lächle. »Er hat akzeptiert, dass Sie sich von ihm trennen.«

»Vermutlich.«

»Dann gehe ich jetzt besser«, sage ich, obwohl der Gedanke an mein leeres Haus nichts Verlockendes hat.

Ich stehe auf, fühle mich vom Wein ein wenig benommen. Ich habe gar nicht so viel getrunken, aber ich fühle mich trotzdem unwohl. In diesem Zustand sollte ich nicht fahren.

»Sind Sie okay?«, fragt Danielle.

»Alles gut.« Ich lächle. »Ich bin nur ein bisschen beschwipst.«

»Sie können zum Abendessen bleiben, wenn Sie möchten.«

»Nein, schon in Ordnung. Ich muss nur warten, bis ich ein bisschen nüchterner bin, damit ich fahren kann. Oder ich nehme ein Taxi nach Hause, das ist wahrscheinlich das Beste.«

»Wenn Sie sowieso mit dem Taxi nach Hause fahren, warum trinken Sie dann nicht noch ein Glas mit mir?«

Ich denke an mein großes, leeres Haus. Stelle mir vor, wie ich alleine auf dem Sofa sitze, während sich der ganze Abend endlos vor mir erstreckt, denke an Charlie und Richard, die ohne mich zusammen Spaß haben.

Ein weiteres Glas Wein mit Danielle kann nicht schaden. »Dann nur zu«, sage ich.

ZWANZIG

DANIELLE

Beth sitzt auf dem Sofa und schnarcht leise vor sich hin. Ich habe sie überredet, noch ein paar Gläser zu trinken, und sie schien sich zu entspannen. Sie ist gesprächiger, wenn sie trinkt, und ich bin froh, sie näher kennenzulernen, ihre Vertraute zu sein, so wie sie meine ist. Ich nehme das leere Weinglas vom Couchtisch, gehe zur Spüle und wasche es gründlich ab, bevor ich es auf das Abtropfbrett stelle.

Dann rufe ich ein Taxi und wecke sie, als es eintrifft.

»Was?«, sagt sie benommen. »Bin ich eingeschlafen? Das tut mir so leid.« Sie nuschelt die Worte und taumelt, als sie vom Sofa aufsteht.

»Kommen Sie«, sage ich. »Bringen wir Sie nach Hause.«

Ich nehme ihren Arm. »Was ist passiert?«, fragt sie.

»Sie haben nur ein bisschen zu viel getrunken, das ist alles.«

Sie wird rot. »Das tut mir leid.«

»Muss es nicht. Das passiert uns allen mal.« Ich führe sie in den Flur, helfe ihr in ihren Mantel, nehme ihre Tasche und begleite sie in die kalte Luft hinaus. Die Nacht ist eisig, und wir frösteln beide, als wir langsam auf das mit laufendem Motor wartende Taxi zugehen, dessen Scheinwerfer in die leere

Straße leuchten. Beth braucht meine Hilfe, und ich halte sie am Arm fest, als sie die Auffahrt hinunter auf das Auto zustolpert.

»Morgen früh könnte es Ihnen nicht so gut gehen«, sage ich.

Der Fahrer beobachtet mich, als ich sie in den Wagen verfrachte. »Sie hatte ein Glas zu viel«, erkläre ich.

»Ihr wird doch nicht schlecht, oder?«

»Nein, aber ich komme mit, um sie sicher abzusetzen. Wenn ihr schlecht wird, mache ich alles sauber.«

Er grunzt und fährt dann mit uns in die Nacht hinaus.

EINUNDZWANZIG

BETH

Als ich die Augen aufschlage, fällt grelles Tageslicht durch die nicht zugezogenen Fenster. Ich starre die Fenster verständnislos an. Warum bin ich nicht in meinem Schlafzimmer? Wie spät ist es? Es dauert einen Moment, bis ich die roten Vorhänge und die cremeweiß gestrichenen Wände erkenne. Irgendwann einmal hatte ich mir den Kopf über den genauen Farbton zerbrochen. Ich bin zu Hause. Auf dem Sofa in meinem Wohnzimmer.

Mein Herz hämmert, als ich plötzlich von Panik überwältigt werde. Wo ist Charlie? Aber dann fällt es mir wieder ein. Er ist bei Richard. Hat vermutlich eine tolle Zeit. Mein Verstand ist benebelt und arbeitet langsam, als ich zum gestrigen Abend zurückgehe. Alles ist verschwommen. Ich weiß noch, dass ich zu Danielle gefahren bin und ein paar Gläser Wein mit ihr getrunken habe. Und dann?

Ich versuche mich, in eine bequemere Position zu rollen. Mein Nacken schmerzt, und mein Körper fühlt sich schwer und schmutzig an. Mein Mund ist trocken, mein Magen rumort, und unter meiner Kleidung schwitze ich Alkohol aus. Ich stoße die Decke weg, um mich abzukühlen. Es ist eine alte Decke, die oben im Flurschrank aufbewahrt wird. Bin ich nach oben gegangen, um sie zu holen, und habe sie dann zum Schlafen mit ins Wohnzimmer runtergetragen? Das ergibt keinen Sinn.

Erinnerungsfetzen flammen auf. Ich wurde in ein Taxi verfrachtet. Versuchte, mich zu konzentrieren, als die Stadt draußen am Fenster vorbeizog. Fühlte mich überwältigend müde. Stolperte den Flur entlang, spürte die kalte Wand unter meiner Handfläche, als ich mit dem Reißverschluss meiner Stiefeletten kämpfte. Kippte vorneüber, als ich sie gewaltsam abstreifte. Der Wasserhahn in der Küche bespritzte mich, als ich ihn zu weit aufdrehte. Dann saß ich auf dem Küchenfußboden und leerte ein ganzes Glas Wasser mit zwei Schlucken.

Ich erhebe mich vorsichtig vom Sofa. Mein Fuß stößt gegen etwas Hartes, das geräuschvoll über den Holzfußboden rollt. Ich starre ungläubig darauf hinunter. Eine leere Wodkaflasche. Es ist die aus dem Küchenschrank. Richard hat sie vor Jahren auf dem Rückweg von einem Wochenende in Spanien im Duty-free-Shop gekauft. Danach hatten wir sie geöffnet, aber schnell weggestellt. Ich trinke normalerweise keinen Schnaps, mein Hals brennt davon. Aber neben mir auf dem Couchtisch steht ein einzelnes Glas mit einem Fingerbreit klarer Flüssigkeit. Wasser? Oder Wodka? Ich hebe es zu meinem Gesicht, schnuppere und würge. Eindeutig Wodka. Ich kann das alles doch nicht getrunken haben, oder? Was ist passiert?

Bei jedem zaghaften Schritt durch mein Wohnzimmer pocht mein Kopf. Ich schleppe mich ins Bett, um noch ein bisschen zu schlafen, aber ich finde keine bequeme Lage, drehe das Kissen wieder und wieder, um eine Stelle zu finden, die sich nicht ganz so klumpig anfühlt. Ich denke an Danielle. Ich kann sie jetzt nicht mehr als Klientin behalten. Ich habe alles komplett vermasselt; ich habe eine Grenze überschritten, indem ich mit ihr getrunken habe. Mein Gesicht brennt vor Scham, als ich mir vorstelle, was ich ihr vielleicht alles erzählt habe, als ich betrunken war. Übelkeit steigt in mir auf, ich liege bewegungslos, um mich nicht übergeben zu müssen.

Ich werde ihr eine Nachricht schicken und ihr mitteilen müssen, dass ich nicht länger ihre Therapeutin sein kann. Ich suche auf meinem Nachttisch nach meinem Handy, doch dann wird mir klar, dass es in meiner Handtasche sein muss. Keine Ahnung, wo ich die liegen gelassen habe, als ich nach Hause gekommen bin. Ich gebe auf und falle in einen unruhigen Schlaf.

Ein Klopfen an der Tür weckt mich. Lautes, intensives Hämmern. Ich rolle mich herum, ziehe mir das Kissen über den Kopf und überlege, ob ich es ignorieren kann.

»Beth! Beth!«

O Gott. Es ist Richard. Er bringt Charlie zurück.

Ich greife nach einer Bürste, ziehe sie durch meine Haare und laufe dann nach unten. Zum Glück trage ich immer noch meine Sachen von gestern.

Ich öffne die Tür und blinzle in das gleißende Sonnenlicht.

»Hi, Beth«, sagt Richard, als er durch die Tür tritt.

»Charlie!« Ich strecke die Arme nach meinem Sohn aus. »Wie war es? Hattest du eine schöne Zeit?« Es kostet mich enorme Energie, strahlend zu lächeln.

Charlie umarmt mich widerstrebend. »Du stinkst, Mum.«

Ich blicke zu Richard hoch und lächle entschuldigend. Er starrt mich an. »Wo warst du gestern Abend?«

»Oh, äh ... aus ... mit einer Freundin.«

»Wir haben versucht, dich anzurufen. Charlie war völlig durcheinander. Er wollte nach Hause.«

»Oh, Charlie.« Ich kauere mich hin, sodass ich auf Augenhöhe mit ihm bin, und zerzause seine Haare. »Ich habe dich auch vermisst. Geht es dir gut?«

Er löst sich achselzuckend von mir und schaltet den kleinen Fernseher in der Küche ein. Ich bin zu erschöpft, um es ihm zu verbieten.

»Er war ziemlich schlecht gelaunt. Ich glaube, er hat Angst bekommen, als wir dich nicht erreichen konnten. Am Ende habe ich beschlossen, ihn zurückzubringen. Ich dachte, er wäre bei dir besser aufgehoben. Aber als ich geklopft habe, kam keine Reaktion.«

»Tut mir leid«, sage ich. »Ich hätte mein Telefon checken sollen. Ich war aus.«

Richard blickt zu Boden. »Also hast du jemanden kennengelernt.«

»Nein, es war nur eine Freundin.«

»Ich nehme an, es geht mich ohnehin nichts an.«

»Nein, allerdings nicht.«

Plötzlich verschwimmt alles vor meinen Augen. »Beth, ist alles in Ordnung?«

»Mir geht es gut«, beharre ich. Aber ich stolpere und fasse nach der Wand, um mich abzustützen.

Richard nimmt meinen Arm und führt mich ins Wohnzimmer.

Auf der Schwelle bleibt er stehen.

Ich sehe, was er sieht.

Das Sofa, auf dem ich geschlafen habe. Die leere Wodkaflasche auf dem Boden.

ZWEIUNDZWANZIG

DANIELLE

Am Sonntag wache ich in einem leeren Haus auf. Gestern Abend habe ich mich ausgelaugt gefühlt, emotional ausgehöhlt, aber heute Morgen geht es mir überraschend gut. Ich bin von neuem Schwung erfüllt. Ich befürchtete, ich würde Peters warmen Körper neben mir im Bett vermissen und nicht schlafen können. Doch so war es nicht. Das Haus kam mir ohne ihn friedlich vor.

Es ist noch früh, und ich kann nicht wieder einschlafen, also gehe ich die Straße hoch zur Bäckerei und kaufe mir ein Pain au chocolat. Nach der gestrigen Nacht verdiene ich es. Ich denke an Beth, wie schlecht es ihr nach dem Wein ging, wie ich mich um sie kümmern musste. Hoffentlich fühlt sie sich heute Morgen besser.

Ich esse das Gebäck im Gehen und genieße die Wintersonne. Tagsüber müssen die Narben auf meinem Gesicht immer durch meinen breitkrempigen Hut vor der Sonne geschützt werden, aber es tut gut, die helle Sonne sich im Winterfrost widerspiegeln zu sehen. Ich laufe und laufe, versuche, den Kopf klarzubekommen. Nach fünfundvierzig Minuten finde ich mich in der Straße wieder, die ich einst so gut kannte, der Straße, in der ich aufgewachsen bin. Unbewusst muss ich gewusst haben, wo ich hingehe, aber es ist trotzdem eine Überraschung, hinter der Eisenbahnbrücke links abzubiegen und auf dem vertrauten Bürgersteig zu stehen. Ich gehe an den großen Reihenhäusern vorbei, an denen ich jahrelang jeden Tag auf meinem Schulweg vorbeikam. Ich kenne jeden Laternenpfahl, jeden Stromkasten. Ich erinnere mich, wie ich sonntags an der Hand meiner Mutter zur Kirche ging und die Bäume am Straßenrand zählte. Der Duft nach Gewürzen ergreift von meinen Sinnen Besitz, als ich an dem indischen Restaurant vorbeigehe. Weiter die Straße entlang, bei dem Fish-und-Chips-Laden, gibt es eine hüfthohe Mauer, auf der ich balancierte, als ich klein war, die Arme ausstreckte, um das Gleichgewicht zu halten, bis mich mein Vater auffing, wenn ich das Ende erreichte und hinuntersprang.

Ich male mir das Aussehen meines Vater aus, wenn er noch am Leben wäre. Es ist schwer, ihn sich älter vorzustellen. Er hat sich immer so gut in Form gehalten. Mit grauen Haaren oder Falten kann ich mir von ihm kaum ein Bild machen. Ich wünschte, er wäre jetzt hier, würde in dem Haus warten, in dem ich aufgewachsen bin, um mich wieder daheim willkommen zu heißen. Er würde die Tür öffnen und mich umarmen. Ich wünschte, ich wäre vor seinem Tod netter zu ihm gewesen. Ich wünschte, ich hätte ihm gesagt, dass ich ihn liebe. Aber ich war zu sehr damit beschäftigt gewesen, mit ihm und Mum zu streiten.

Jahre später ging ich als Teenager diese Straßen auf dem Weg zur U-Bahn-Station entlang, um nach London zu fahren oder um im hiesigen Park abzuhängen. Ich verbrachte damals nicht viel Zeit mit meinen Eltern, aber ich erinnere mich an die Mahlzeiten in verkrampfter Atmosphäre in Restaurants, um Geburtstag zu feiern, und an die gelegentlichen Familienausflüge ins Kino. Was werde ich mit meiner Mutter anfangen, wenn sie aus dem Gefängnis entlassen wird? Werden wir zum

Essen ausgehen? Werden wir die Art von Beziehung haben, die uns erlaubt, stundenlang zu reden? Irgendwie kann ich mir das nicht vorstellen. Zwischen uns ist so vieles ungesagt geblieben. Und es fehlen so viele Jahre. Es gab keine Chance, die Risse zu kitten. Bis jetzt nicht. Vielleicht wird es möglich sein, noch einmal von vorne anzufangen. Ich habe dem Bewährungshelfer mitgeteilt, dass sie zu mir ziehen kann.

Als ich den Park erreiche, mache ich Halt und gehe hinein. Ich setze mich auf eine Bank in der Nähe des Spielplatzes, lausche dem Rufen, Lachen und Weinen und beobachte die seufzenden und sich beklagenden Eltern. Sie wissen nicht, wie glücklich sie sein könnten. Ich wäre so gerne an ihrer Stelle, würde eine kleine Hand in meiner halten und ein Kind auf der Schaukel anschubsen, damit es höher und höher fliegt. Als ich mir Beth mit Charlie hier vorstelle, empfinde ich einen Stich der Eifersucht.

Tränen brennen in meinen Augen, und ich berühre meinen Bauch. Vielleicht schaue ich in meine eigene Zukunft, aber es kommt mir eher so vor, als würde ich in die Vergangenheit blicken.

Der Spielplatz ist saniert worden, seit ich ein Kind war, aber es ist noch gegenwärtig, wie ich die Rutsche herunterrutschte, während meine Mutter mit ausgebreiteten Armen unten stand, bereit, mich aufzufangen. Ich spüre noch den Aufprall, als ich vom Klettergerüst fiel und mir beide Knie aufschürfte, und das Brennen der Babyfeuchttücher, als meine Mutter die Wunde vom Schmutz säuberte. Später rauchte ich auf einer Bank zwischen den Bäumen meine erste Zigarette und traf mich mit meinem ersten Freund.

Ich verlasse den Park und gehe zu dem Ort, zu dem ich von Anfang an wollte, dem Haus, in dem ich aufgewachsen bin. Ich bin wieder da. Von dem gegenüberliegenden Bürgersteig aus habe ich einen guten Blick auf das Fenster meines Kinderzimmers, wo ich sang, lachte und weinte, wo meine Mutter mir Geschichten vorlas und wo ich den wüsten Auseinandersetzungen meiner Eltern lauschte, als ich eigentlich schlafen sollte. Jetzt wird von mir dort keine Spur mehr sein. Meine Kindheit endete, als mein Vater starb.

Ich bin ganz in der Nähe von Beths Haus und überlege, hinzugehen, um nachzusehen, ob sie in Ordnung ist. Gestern Abend tat sie mir leid. Sie war so verletzlich. Aber ich entscheide mich dagegen – ich bin sicher, sie muss einfach nur ihren Rausch ausschlafen. Außerdem wartet so viel Arbeit auf mich, und ich möchte den gesamten Nachmittag dazu verwenden, die Akten für den Berufungsprozess durchzugehen. Die Wochenenden sind meine einzige Gelegenheit, meine ehrenamtliche Arbeit zu erledigen, und es ist so wichtig, dass ich sie gut mache. Mein Mandant hat in Notwehr gehandelt und hätte nie verurteilt werden dürfen. Ich bin entschlossen, ihn in der Revision herauszupauken.

Aber erst muss ich noch etwas anderes erledigen. Ich kann es nicht länger vor mir herschieben. Zu den Läden am Ende der Straße gehört immer noch die familiengeführte Apotheke, die schon existierte, als ich ein Kind war. Ich stehe eine halbe Ewigkeit vor der Auslage, nehme eine Packung nach der anderen in die Hand, lese das Kleingedruckte und überprüfe die Genauigkeitsstatistik. Ich möchte um jeden Preis einen Fehler vermeiden. Schließlich entscheide ich mich mit wild klopfendem Herzen für den teuersten Schwangerschaftstest und gehe damit zur Kasse.

DREIUNDZWANZIG
BETH

Ich überlege gerade, was ich Charlie zum Abendessen vorsetzen soll, als ich jemanden an der Vordertür höre. Einen Moment lang erwäge ich, nicht hinzugehen. Ich habe mich auf einen ruhigen Abend gefreut, und ich möchte nicht gestört werden. Doch dann fällt mir der Schraubenzieher ein, den ich bestellt habe, um eine Schranktür im Flur zu reparieren. Vielleicht ist das die Lieferung. Ich gehe zur Tür.

Richard.

Ich starre ihn verwirrt an und dann fällt mir wieder ein, dass er hier ist, um sich um Charlie zu kümmern, während ich die Sitzung mit Danielle abhalte. Aber ich habe ihre Sitzung abgesagt. Ich habe ihr eine telefonische Nachricht hinterlassen und erklärt, dass ich nicht mehr als ihre Therapeutin tätig sein kann. Ich habe eine Grenze überschritten, indem ich mich mit ihr betrunken habe, und es wäre unangemessen, sie weiterhin professionell zu behandeln. Ich hoffe, dass sie mich versteht. Ich habe nicht erwähnt, dass gegen mich ermittelt und mir meine Lizenz entzogen werden könnte, weil ich sie besucht und mit ihr zusammen einen Drink genommen habe. Sie hat mich nicht zurückgerufen, obwohl ich sie darum bat, und plötzlich kommt mir der Gedanke, dass ich vielleicht nichts von ihr gehört habe, weil etwas Schlimmes passiert ist, als Peter zurückkam. Ein schuldbewusster Schauer überläuft mich. Ich hätte mir mehr Mühe geben sollen, mich mit ihr in Verbindung zu setzen.

Richard nickt, als ich erkläre, dass ich heute Abend keine Klienten habe. »Ich kann trotzdem bleiben«, sagt er. »Dir mit Charlie helfen.« Er hält eine Papiertüte hoch. »Ich habe uns etwas vom Deli mitgebracht.« Ich denke an die Reste, die es bei mir zum Abendessen geben sollte.

»Klingt gut«, sage ich.

Nachdem wir alle gegessen haben und Richard Charlie ins Bett gebracht hat, setzen Richard und ich uns ins Wohnzimmer.

»Was ist denn nun mit deiner Klientin passiert?«, fragt er.

Ich bin drauf und dran, etwas zu erfinden, ändere aber im letzten Moment meine Meinung. Richard ist selbst Therapeut, und er versteht mich besser als irgendjemand sonst. »Ich habe versucht, ihr zu helfen. Sie rief mich in Tränen aufgelöst an. Sie hat ihren Mann hinausgeworfen und dachte, er würde ihr etwas antun. Also ging ich zu ihr …«

Richard seufzt. »Du hättest wissen müssen, dass das keine gute Idee war. Du bist ihre Therapeutin, nicht ihre Freundin.«

»Sie hatte niemanden sonst. Und sie hatte Angst.«

»Du warst schon immer so entschlossen, das Richtige zu tun.«

»Ich war so dumm.«

Er legt seine Hand auf meine. »Du hast es getan, weil du dich kümmern wolltest.«

»Meinst du, ich sollte es melden? Dem Vorstand sagen, dass ich einen Fehler gemacht habe?«

Er sieht mir in die Augen. »Nein, tu das nicht. Sie könnten eine Strafe verhängen. Du hast einen Fehler gemacht, aber letztendlich einer Klientin geholfen, nicht wahr? War sie dankbar für dein Eingreifen?«

Ich nicke. »So sah es ganz klar aus, als ich hinkam. Aber ihr

Mann kam am Ende gar nicht nach Hause, also brauchte sie mich überhaupt nicht.«

Aber ich kann mich nicht an den gesamten Abend erinnern. Nur bringe ich es nicht über mich, Richard das zu erzählen. Er hat am Samstagmorgen die Wodkaflasche gesehen, weiß aber nicht, dass ich an diesem Tag bei Danielle war.

Richard tätschelt gönnerhaft meine Hand. »Na ja, es klingt, als hätte sich doch alles zum Besten gewendet.«

»Vermutlich. Allerdings habe ich eine Klientin verloren.« Ausgerechnet zu der Zeit, wo ich mehr Geld verdienen muss.

»Wie kommst du damit voran, mehr Klienten zu finden? Die Hypothek ist diese Woche fällig.«

»Es ist zu früh, Richard. Ich habe Anzeigen geschaltet und mich wegen Empfehlungen an Kollegen gewandt, aber bis jetzt hat sich noch nichts ergeben.«

»Du hast also keine neuen Klienten?«

Ich schüttle den Kopf. »Es braucht Zeit, um meine Praxis auszubauen.«

»Das stimmt, Beth. Ich habe Jahre für den Aufbau meiner Praxis gebraucht. Und ich hatte meine Lehrtätigkeit, um mein Einkommen aufzustocken. Im Vergleich dazu fängst du gerade erst an.«

»Ich weiß.« Seit ich angefangen habe zu inserieren, hatte ich nur eine Anfrage, und diese Klienten haben wegen der zu hohen Kosten abgesagt. Und jetzt habe ich auch noch Danielle als Klientin verloren.

»Ich habe nicht damit gerechnet, dass du in der Lage sein würdest, die Hypothek zu bezahlen. Und bei all dem Stress, den du gerade hast, ist es vielleicht keine gute Idee, jetzt noch weitere Klienten anzunehmen.«

Ich weiß, dass er an die leere Wodkaflasche neben dem Sofa anspielt. Die, von der ich mich gar nicht erinnern kann, sie getrunken zu haben.

»So gestresst bin ich gar nicht«, sage ich. Allerdings sehe ich keine weitere Möglichkeit, die Akquise zu beschleunigen, um meinen Klientenpool in Kürze aufzustocken.

»Okay. Tja, sieh nur zu, dass du auf deine mentale Gesundheit achtest. Du weißt, wie verletzlich du bist.«

Ich nicke.

»Hast du je herausgefunden, wie Charlie zu diesen blauen Flecken gekommen ist?«

»Nein. Er erzählt mir nichts.«

»Ich werde versuchen, etwas aus ihm herauszubekommen, wenn wir ein bisschen Zeit miteinander verbringen.«

»Danke.«

Richard steht auf, und ich sehe, wie er die Reihe von Fotos auf dem Sideboard eingehend betrachtet. Er geht hinüber und nimmt eins in die Hand. Mir bleibt das Herz stehen. Es ist das Bild von Nick. Ich möchte es Richard entreißen, ihn daran hindern, es zu berühren. Es ist alles, was mir von ihm geblieben ist.

»Warum hast du das hier aufgestellt?«, fragt er.

»Warum sollte ich nicht?«

Er seufzt. »Du weißt, dass das nicht gut für dich ist. In der Vergangenheit festzuhängen.«

»Stell es zurück«, sage ich und reiße es ihm förmlich aus der Hand.

»Beth.« Er legt mir die Hand auf die Schulter, und ich schüttle sie ab. »Hast du deswegen in dieser Nacht getrunken? Hast du an Nick gedacht?«

»Nein, ich ...« Aber ich kann es nicht erklären. Ich kann mich noch nicht einmal erinnern.

»Du versinkst in Trauer, wenn du an ihn denkst. Als du meine Studentin warst, habe ich wirklich geglaubt, du wärst darüber hinweg. Ich ging davon aus, du hättest mit all dem abgeschlossen, bevor du dich als Therapeutin qualifiziert hast.«

»Ich glaube nicht, dass ich je über Nick hinwegkommen werde«, erwidere ich leise.

»Seit ich die leere Flasche gesehen habe, mache ich mir Sorgen um dich.«

»Mir geht es gut, Richard.«

»Trinkst du auch, wenn du dich um Charlie kümmerst?«

»Nein, natürlich nicht. Es war mein freier Abend. Es ist nicht weiter verwunderlich, dass ich da ein bisschen über die Stränge schlage, oder? Schließlich habe ich nicht jeden Tag Gelegenheit dazu.«

»Nein, vermutlich nicht. Du bist okay, nicht? Nimmst immer noch deine Antidepressiva?«

»Es geht dich nichts an, aber ja, das tue ich.«

»Vergiss nicht, ich kenne dich, Beth. Ich weiß, wie du früher warst. Als du von Nick regelrecht besessen warst. Als du mit seinem Tod nicht fertig geworden bist. Es war ungesund.«

»Ich wünschte, er würde noch leben«, sage ich ruhig. »Vielleicht wäre ich dann jetzt immer noch mit ihm zusammen.«

Er seufzt. »Und wir hätten uns nie kennengelernt? Unsere Beziehung war kein Fehler, wir haben uns nur auseinandergelebt.«

Ich lache bitter auf. Er hat aus unserer Trennung eine nette kleine Geschichte gemacht, ein unglückliches, aber unausweichliches Ereignis.

»Wir haben uns nicht auseinandergelebt! Du hast mich betrogen!«

»Ich glaube nicht, dass das unser Problem war. Nur ein Symptom, dass zwischen uns nicht alles gestimmt hat.«

»Heb dir deine Therapeutensprüche für deine Klienten auf.«

»Gehst du selbst zu einem Therapeuten, Beth? Vielleicht solltest du darüber nachdenken. Es ist eine schwierige Zeit für dich.« Seine Stimme klingt so sanft, als wäre ich eine sich unbehaglich fühlende Klientin.

»Deinetwegen!« Jetzt schreie ich und fühle mich schuldig, als ich an Charlie oben denke. »Es ist deinetwegen schwierig.

Weil du gegangen bist. Und außerdem komme ich gut klar. Charlie und ich kommen auch ohne dich zurecht. Tatsächlich glaube ich, dass wir beide glücklicher sind, wenn du nicht hier bist und uns hinunterziehst.«

Er nickt. Meine Worte prallen von ihm ab, als wären sie vollkommen bedeutungslos. Er nimmt mich nicht ernst; er weiß, dass er mich verletzt hat. Aber es scheint ihm gleichgültig zu sein.

Ich stelle das Bild zurück, rücke es so, dass es eine perfekte Reihe mit den anderen bildet. »Nick war der eine und einzige Mann für mich«, sage ich. »Das habe ich dir gesagt, als ich dich kennengelernt habe. Du hast mich überzeugt, dass du ihn ersetzen könntest. Aber das, was mich mit Nick verband, war etwas Besonderes. Niemand kann ihn ersetzen.«

Es ist mir unmöglich, seinen Gesichtsausdruck zu deuten. Ich meine Eifersucht zu erkennen, was ich mir gewünscht hätte, aber dann realisiere ich, dass er nur Mitleid empfindet.

»Ich mache mir Sorgen um dich«, sagt er. »Das war einer der Gründe, warum es mir so schwerfiel, dich zu verlassen. Weil ich fürchtete, du könntest daran zerbrechen.«

»Wie meinst du das?«, gebe ich ärgerlich zurück. Hat er schon länger darüber nachgedacht, mich zu verlassen?

»Obwohl nichts mehr zwischen uns stimmte, obwohl ich wusste, dass es kein Zurück gibt, hatte ich Angst davor, was mit dir passieren würde, wenn ich gehe. Du bist zusammengebrochen, als du Nick verloren hast, und meine große Sorge war, du könntest wieder zusammenbrechen, wenn du mich verlierst.«

»Vergleich dich nicht mit Nick. Du bist absolut nicht wie er. Er hätte mir das nie angetan. Und außerdem kann ich auf mich selbst aufpassen.«

»Gut zu hören, Beth. Weil ich nicht länger auf dich aufpassen kann. Ich muss nach vorne schauen.«

»Ich brauche dich nicht, um auf mich achtzugeben.« Ich versuche mit gleichmütiger Stimme zu sprechen.

Er wirkt erleichtert. »Ich bin so froh, dass du dich jetzt gut fühlst. Seit Samstag bin ich beunruhigt. Ich weiß, wie tief du ins Dunkel trudeln kannst. Ich möchte nicht, dass du wieder in der psychiatrischen Klinik landest.«

Richard geht, und ich schließe die Tür zwei Mal hinter ihm ab. Ich will keinesfalls das Risiko eingehen, dass Charlie noch einmal wegläuft. Das wäre ein weiterer Grund für Richard, zu mutmaßen, dass ich nicht zurechtkomme. Als es zehn Minuten später an der Tür klingelt, bin ich von dem, was Richard gesagt hat, immer noch erschüttert und möchte nicht öffnen, aber ich weiß, dass Charlie vielleicht aufwacht, wenn es noch mal klingelt. Wahrscheinlich ist es ohnehin nur Richard, der zurückkommt, weil er etwas vergessen hat.

Ich stürze zur Tür. Auf der anderen Seite der Milchglasscheibe kann ich zwei Gestalten ausmachen. Ich zögere einen Moment.

Ich erwäge, die Tür nicht zu öffnen. Es ist dunkel, ich bin allein im Haus, und ich weiß nicht, wer draußen steht. Aber wer immer es auch ist, er hat gesehen, dass ich da bin. Also bücke ich mich, um das untere Schloss mit meinem Schlüssel aufzuschließen. Dann öffne ich die Tür einen Spalt breit. Mein Mund bleibt offen stehen.

Es ist Danielle. Und neben ihr steht der Mann von ihren Hochzeitsfotos. Peter.

VIERUNDZWANZIG

DANIELLE

Beth braucht ewig, um für unsere Beratungssitzung die Tür zu öffnen. Ich bemerke, wie sie stutzt, als sie Peter sieht. Nach dem Wochenende muss sie überrascht sein. Ich beeile mich, ihr alles zu erklären.

»Ich dachte, ich bringe Peter diesmal mit, damit wir gemeinsam an der Beziehung arbeiten können. Am Wochenende hätten wir uns beinahe getrennt, aber wir haben beschlossen, die Dinge wieder ins Lot zu bringen.«

Beth starrt mich sprachlos an. »Ich habe nicht mit Ihnen gerechnet. Mit keinem von Ihnen. Haben Sie meine Nachricht nicht bekommen?«

Ich fröstle, als ein kalter Windstoß mir die Haare ins Gesicht bläst. »Was für eine Nachricht?«

»Ich habe Ihnen eine Nachricht auf Band gesprochen und gesagt, dass wir nicht weitermachen können.«

»Ich habe nichts bekommen. Warum können wir nicht weitermachen?« Ich muss weiter diese Sitzungen besuchen, vor allem jetzt. Ich spüre Peters Hand in meiner, eine vereinte Front.

»Ich hatte das Gefühl, wir haben eine zu große Nähe aufgebaut.« Sie richtet ihren Blick auf Peter, und ich frage mich, ob sie nun ausplaudert, dass sie zu mir nach Hause gekommen ist, um mir zu helfen, mich von ihm zu trennen. Ich kann nur beten, dass sie es nicht tut.

»Ist das nicht gut?«, frage ich. »Dass wir uns wieder verstehen?«

»Ja, sicher. Aber dennoch glaube ich, dass ich eine Grenze überschritten habe.«

Ich lächle. »Sie haben nur gezeigt, dass Sie nicht gleichgültig sind.« Ich versuche dieses Gespräch zu beenden und wage nicht, Peter anzusehen.

Sie scheint erleichtert. Dann nickt sie. »Gut, wenn Sie gern weitermachen möchten, dann können wir nach oben gehen.«

Oben angelangt, setzen Peter und ich uns auf das Sofa gegenüber von Beth, und ich fange an, mich zu entspannen. Peter wirkt verkrampft, betrachtet argwöhnisch die Schachtel mit den Papiertaschentüchern und die Kerze auf dem Tisch.

Er wendet sich mir zu. »Hier kommst du also jede Woche hin?«

Ich nicke. »Ich finde es wirklich nützlich, die Dinge durchzusprechen.«

»Ich bin froh, dass du diese Gelegenheit nutzt. Ich glaube, es hilft dir.«

»Ich weiß, dass es so ist.« Ich sehe Beth an, die Peter eindringlich mustert und versucht, ihn einzuschätzen. Er muss netter erscheinen, als sie erwartet hat. Er kann sehr charmant sein.

»Freut mich, das zu hören.« Sie macht es sich in ihrem Sessel bequem. »Und es ist schön, Sie endlich kennenzulernen, Peter. Sie sind zum ersten Mal hier. Darf ich fragen, warum heute Abend? Was führt Sie heute her?«

»Tja«, sagt er. »Die letzte Zeit war für uns schwierig. Wir standen kurz vor der Trennung, als …«

»Wir haben Neuigkeiten«, unterbreche ich, brenne darauf, es Beth mitzuteilen. »Ich bin schwanger.«

Verschiedene Gefühlsregungen huschen über ihr Gesicht. Schreck, dann Verwirrung. Sie blickt von mir zu Peter und wieder zu mir. Mir wird klar, dass sie nicht sicher ist, ob das eine gute oder schlechte Neuigkeit ist. Ich runzle die Stirn. Sie weiß, wie sehr ich mir ein Baby wünsche. Wie kann die Nachricht anders als gut sein?

»Wir sind überglücklich.« Ich nehme Peters Hand und drücke sie fest. »Wir können es buchstäblich nicht erwarten.« Laut den Büchern, die ich verschlungen habe, ist es noch zu früh, um innerlich zu glühen, trotzdem fühle ich mich von Wärme, Licht und Liebe erfüllt. Alles in der Welt kommt mir richtig vor.

»Es ist schön, Sie so glücklich zu sehen«, sagt Beth mit einem aufrichtigen Lächeln. Ich strahle zurück. Dann wendet sie sich an Peter. »Das ist eine bedeutende Neuigkeit für Sie beide. Und wie stehen Sie dazu, Peter?«

»Ich …« Er zögert, und ich drücke seine Hand fester. »Nun, ich denke, wir müssen darüber reden. Weil wir letztens so kurz vor der Trennung standen. Und wie Danielle sagt, sie hat sogar am Wochenende noch überlegt, ob sie die Beziehung beenden soll. Ich bin einfach nicht sicher, dass ein Baby alles ändern wird.«

Ich schüttle den Kopf. »Aber die Schwangerschaft erklärt, warum ich am Wochenende so durcheinander war. Die Hormone müssen schuld gewesen sein, dass ich mich so unvernünftig benommen habe. Jetzt ist alles anders. So viele unserer Auseinandersetzungen drehten sich um die Frage, ob wir ein Kind bekommen wollen oder nicht, und jetzt bin ich schwanger. Also, ist der Hauptgrund für unsere Streitigkeiten kein Thema mehr.«

»Das würde ich nicht sagen«, widerspricht Peter.

»Wie meinen Sie das?«, fragt Beth.

»Nun, ich glaube nicht, dass sich unsere Probleme in Luft auflösen, nur weil wir ein Baby haben werden. Ich fürchte eher, dass sie sich verschlimmern werden.«

Ich funkle ihn an, wünschte, ich hätte ihn nicht mitgebracht. Wünschte, er würde nicht all diese Dinge zu Beth sagen.

»Auf welche Probleme beziehen Sie sich? Ich habe in den letzten Wochen manche Dinge aus Danielles Sicht gehört, aber ich würde auch gerne wissen, wie Sie dazu stehen.«

Zorn brodelt in mir. Ich war der Ansicht, Beth läge etwas an mir; ich meinte, sie wäre auf meiner Seite. Aber jetzt hört sie Peter zu, möchte wissen, was er zu sagen hat. Ich fühle mich, als würde ich die Kontrolle verlieren.

»Danielle verliert leicht die Beherrschung«, sagt Peter. »Und ich denke, sie muss das in den Griff zu kriegen, bevor wir ein Kind haben.«

»Ich bin nicht unbeherrscht.« Ich bemühe mich, es leise und weich auszusprechen, aber es kommt trotzdem lauter und wütender heraus als beabsichtigt. Ich zwinge mich, ganz still zu sitzen und meine Hände daran zu hindern, sich zu Fäusten zu ballen.

»Doch«, beharrt Peter. »Das weißt du selbst. Und deswegen habe ich gezögert, zuzustimmen, ein Baby zu bekommen. Du weißt das. Du weißt, dass ich nicht glaube, dass wir schon dafür bereit sind.«

»Aber das müssen wir jetzt sein«, bemerke ich. »Weil ich schwanger bin.«

Peter seufzt. »Ich habe keine Ahnung, wie du schwanger werden konntest. Ich nahm an, du nimmst die Pille.«

»Sie muss nicht gewirkt haben. Sie ist nie zu hundert Prozent sicher. Vielleicht habe ich auch ein paar Mal vergessen, sie zu nehmen. Ich war beruflich so eingespannt.«

»Wie konntest du so etwas vergessen?«

»Ich weiß es nicht. Es tut mir leid. Aber das ist ja jetzt auch egal. Alles, was zählt, ist, dass ich schwanger bin und wir jetzt ein Baby bekommen. Das können wir nicht ändern.«

Peter runzelt die Stirn. Ich hatte erwartet, dass er sich, wenn ich erst einmal schwanger bin, genauso auf das Baby freuen würde wie ich, aber er reagiert ganz und gar nicht so.

»Wir sind erst seit ein paar Monaten wieder zusammen. Wir haben vereinbart, wir würden mit einem Kind noch warten. Und jetzt ...«

»Und jetzt ist es früher passiert, als wir geplant haben. Es ist Schicksal ... als hätte es die ganze Zeit einen Plan für uns gegeben.«

»Das sehe ich anders. Ich denke, du wolltest ein Baby und hast das absichtlich herbeigeführt. Du bekommst doch immer, was du willst.«

Ich kann mein Lächeln nicht verbergen. In dem Punkt hat er recht. »Aber es war ein Unfall.«

»Das behauptest du. Rund um dich herum scheinen eine Menge ›Unfälle‹ zu passieren. So wie du ›zufällig‹ vergessen hast, die Pille zu nehmen.«

»Ich habe es nicht absichtlich getan.«

»Na gut.«

»Hör zu. Wir können uns glücklich schätzen. Wir bekommen ein Baby. Vielen Leuten ist das nie vergönnt.«

»Aber wir hatten darüber gesprochen und beschlossen, noch zu warten.«

»Die Dinge haben sich geändert.«

Peter sieht mich direkt an. »Was, wenn ich nicht will, dass sie sich ändern? Was, wenn ich das Baby nicht will?«

FÜNFUNDZWANZIG

BETH

Obwohl ich in aller Eile aus dem Haus gestürmt bin, liefere ich Charlie zu spät in der Schule ab und muss ins Sekretariat gehen, um ihn in die Liste einzutragen.

»Das dritte Mal in diesem Monat«, sagt die Frau am Empfang. »Sehen Sie zu, dass das nicht noch einmal vorkommt.«

»Das werde ich.« Ohne Richards Hilfe ist es schwieriger, Charlie fertigzumachen, und ständig ich vergesse etwas. Ich komme mir vor, als würde ich gerade eben noch alles zusammenhalten können, als würde ich Charlie im Stich lassen. Letzte Woche rief mich die Schule an, weil er seine Brotdose nicht dabeihatte. Ich weiß nicht, wie ich die vergessen konnte, doch dann entdecke ich sie fertig gefüllt auf der Küchentheke. Ich hatte sie einfach dort liegengelassen. Meinem nächsten Klienten musste ich absagen, um Charlie die Brotdose zu bringen, verpasste aber trotzdem die Frühstückspause und wurde von Schuldgefühlen geplagt, als ich mir vorstellte, wie er als Einziger wartete, während die Lehrer herumliefen und versuchten, etwas zu essen für ihn aufzutreiben. Noch einmal darf mir das nicht passieren.

Als ich die Schule verlasse, gehe ich zur U-Bahn-Haltestelle. Ich treffe mich mit Genevieve auf einen Kaffee. Die morgendliche Rushhour neigt sich zwar dem Ende zu, trotzdem ist die Bahn noch überfüllt. Ich dränge mich an die Tür, versuche, den Körperkontakt zu anderen Fahrgästen zu minimieren, und ich denke an Danielle. Sie pendelt jeden Morgen ins Zentrum. Ich frage mich, ob sie wohl jetzt, da sie schwanger ist, einen dieser »Baby an Bord«-Buttons trägt und einen Sitzplatz angeboten bekommt. Ich erinnere mich, wie elend ich mich fühlte, als ich mit Charlie schwanger war, an die ständige Übelkeit und den Schwindel. Danielles Schwangerschaft war fast so ein Schock wie meine eigene. Normalerweise bilde ich mir etwas darauf ein, das Verhalten meiner Klienten vorhersagen zu können, aber das hatte ich nicht kommen sehen.

Es war interessant, Peter endlich begegnet zu sein. Nach allem, was Danielle über ihn berichtet hat, hatte ich mir einen manipulativen, unvernünftigen Menschen vorgestellt. Er war sehr direkt, fast schon grausam, als er ihr sagte, er sei nicht sicher, ob er das Baby wolle. Trotzdem hatte ich das Gefühl, er würde nichts anderes tun, als offen und ehrlich zu sprechen. Er wollte ihre Probleme angehen. Ich kann nicht umhin zuzugeben, dass sein Auftreten nicht zu dem passte, wie Danielle ihn beschrieben hatte. Er wirkte so normal.

Ich frage mich, wie sie sich wegen des Babys entscheiden. Meine eigene Schwangerschaft kam unerwartet, aber nachdem wir uns an die Vorstellung gewöhnt hatten, freuten Richard und ich uns. Richard machte mir sogar einen Heiratsantrag, den ich allerdings ablehnte. Ich vermisste Nick immer noch, und obwohl ich mit Richard glücklich war, wünschte sich ein Teil von mir eine Zukunft mit Nick. Solange ich so empfand, konnte ich Richard nicht heiraten.

Wir organisierten eine kleine Tauffeier für Charlie. Damals war die Verbindung zu meinen Freunden abgebrochen. Wegen meiner Entlassung aus dem Schuldienst und meines Zusammenbruchs war die Scham zu groß gewesen. Also nahmen nur Richards Familie und ein paar seiner Freunde teil, die sich bereit erklärt hatten, Charlies Paten zu sein. Es gab einmal eine Zeit, da hätte ich Genevieve zur Taufe eingeladen; sie wäre vielleicht sogar eine gute Patin geworden. Sie hatte sich um mich gekümmert, als ich meine Stelle an der Schule antrat; sie nahm mich unter ihre Fittiche und wurde für mich ein bisschen wie eine Mutter. Wir wurden gute Freundinnen, obwohl sie als Direktorin meine Chefin war. Aber unsere Freundschaft endete abrupt, als die Ermittlungen wegen meines Fehlverhaltens aufgenommen wurden. Bei unserem letzten Gespräch feuerte sie mich. Ich verdränge die Erinnerung. Ich möchte jetzt nicht daran denken.

Ich bin nervös, als ich das Café betrete, das sie ausgesucht hat, dabei frage ich mich, warum sie wieder Kontakt zu mir aufgenommen hat, ob sie immer noch wütend auf mich ist, weil ich dem Ruf ihrer Schule geschadet habe.

Das Café wimmelt von Touristen, aber schnell entdecke ich sie an einem kleinen Tisch in der Ecke. Ihre feuerroten Haare, ihr Markenzeichen, sind jetzt grau und sie trägt ein schickes aquamarinblaues Etuikleid mit einem passenden Seidenschal um den Hals. Sie sieht so anders aus, so gar nicht mehr wie die Frau, die die anderen Lehrer fürchteten. Ich muss ihr auch verändert vorkommen.

Sie steht mit einem breiten Lächeln auf, um mich zu begrüßen, und einen Moment lang erinnere ich mich an die guten Zeiten, als wir stundenlang zu reden pflegten.

»Hi.« Ich lächle zurück. »Wie ist es dir ergangen?«

»Alles gut. Ich bin älter und faltiger, aber ansonsten ganz die Alte. Zwei Enkel inzwischen. Sie machen mich fix und fertig, aber ich würde es nicht anders haben wollen. Und wie geht es dir?«

»Auch gut«, sage ich. Mir wird klar, dass sie nichts von all dem weiß, was passiert ist, seit ich ihre Schule verließ. Nichts von meiner Beziehung mit Richard oder von Charlie. »Ich habe selbst ein Kind.«

»Oh, es freut mich, das zu hören. Du konntest immer so gut mit Kindern umgehen. Die geborene Lehrerin.« Sie wird rot, und ich zucke zusammen. Sie war es, die meine Karriere als Lehrerin beendet hat.

»Ich hole mir etwas zu trinken«, sage ich. »Möchtest du auch was?«

»Ich habe schon meinen Morgenkaffee.«

»Okay.«

In der Schlange an der Theke versuche ich, meinen Kopf klarzubekommen. Sie benimmt sich, als wäre nichts zwischen uns vorgefallen, als hätte sie mich nie gefeuert und mich nie komplett aus ihrem Leben gestrichen.

Ich gehe zum Tisch zurück und setze mich. »Es hat mir so leidgetan, das mit Nathan zu hören«, sage ich, als ich mich an ihren Mann erinnere, und strecke die Hand aus, um sie sacht am Arm zu berühren.

Sie blickt zu Boden. »Er war lange krank, also war damit zu rechnen, aber es war trotzdem hart.«

»Das glaube ich.« Ich spüre, wie mir Tränen in die Augen treten. Genevieve und Nathan waren über dreißig Jahre verheiratet. Ich kann mir nicht vorstellen, wie es für sie gewesen sein muss, als er starb.

»Ja ... aber du warst auch schon an diesem Punkt, nicht wahr? Ich weiß noch, wie du über Nick gesprochen hast. Wie sehr du ihn nach seinem Tod vermisst hast. Damals habe ich das nicht verstanden.«

»Ich vermisse ihn immer noch.«

»Du hast das alles durchgemacht, als du an der Schule angefangen hast, oder?«

Ich nicke. Ich hatte so darum gekämpft, alles zusammenzuhalten, nachdem ich Nick verloren hatte, deshalb hatte ich so hart gearbeitet, wie ich nur konnte, und versucht, meine ganze Kraft in meine Lehrtätigkeit zu legen.

»Glaubst du, das hat zu deinen Fehlern beigetragen?«

Also das ist es, worüber sie letztendlich mit mir reden möchte. Ich bin nicht sicher, ob ich mich ihrem Urteil stellen kann.

»Der Kaffee hier ist gut«, sage ich.

Sie sieht mir in die Augen und holt tief Atem. »Ich wollte dir sagen, dass es mir leidtut, was dir zugestoßen ist. Du warst eine gute Lehrerin. Eine der besten. Du hast die Schüler verstanden. Ich wollte nicht, dass alles so kommt, wie es gekommen ist.«

Ich starre in meine Kaffeetasse. Ihre Worte sind eine Erleichterung für mich. »Ich dachte, du würdest mich hassen. Ich habe mich so geschämt, als ich meinen Job verlor.«

Sie berührt meine Hand. »Ich war natürlich wütend, als das passierte. Aber selbst zu der Zeit wusste ich, dass du immer das Herz am rechten Fleck hast.«

Ich denke daran, wie viel ihre Worte mir bedeutet hätten, wenn sie sie damals ausgesprochen hätte. »Warum hast du mir das nicht damals gesagt?«

»Ich konnte nicht. Ich musste die Einzelheiten der Ermittlung vertraulich behandeln. Ich konnte keine Beziehung irgendeiner Art zu dir aufrechterhalten. Nicht in meiner Position. Unterrichten war mein Lebensinhalt.«

Ich nicke. »Und meiner. Aber du hast zugelassen, dass ich auf der Strecke bleibe.«

»Du irrst dich. Ich war mir sicher, du könntest noch einmal von vorne anfangen, irgendetwas anderes machen. Ich war am Boden zerstört, als ich erfuhr, was danach mit dir passiert ist. Dein Zusammenbruch. Deine Zeit im Krankenhaus. Ich hätte dich so gerne besucht, hätte dir gerne geholfen. Aber du weißt, dass ich das nicht konnte. Ich musste um der Schule willen die Verbindung abbrechen.«

Meine einzigen Freunde waren zu der Zeit die anderen Lehrer an der Schule gewesen. Als gegen mich ermittelt wurde, konnten auch sie nicht mehr den Kontakt zu mir aufrechterhalten. »Du wusstest, dass ich keine nahen Familienangehörigen habe und kurz zuvor Nick verloren hatte. Ich hatte niemanden, der sich um mich kümmerte. Die ganze Zeit alleine mit meinen Gedanken zu verbringen hat mich wahnsinnig gemacht. Ich habe sogar angefangen, mir einzubilden, jemand würde mich verfolgen. Aber das spielte sich alles nur in meinem Kopf ab.«

Ich hatte keinen Grund, morgens aufzustehen, weil ich nichts zu tun hatte, und ich entwickelte langsam Wahnvorstellungen, glaubte, jemand wäre hinter mir her. Nach einer Weile hörte ich auf, aus dem Haus zu gehen. Am Ende bekam ich Panikattacken, selbst als mir Essen geliefert wurde und ich auf den Lieferboten losging. Hin- und hergerissen zwischen der Angst, angegriffen zu werden, und der Furcht, irgendwann jemanden zu verletzen, lieferte ich mich selbst ins Krankenhaus ein, wo sie meine Wahnvorstellungen behandelten und mich zu der Einsicht brachten, dass sie nicht real waren. Bei der Erinnerung zucke ich zusammen. Ich war damals so durcheinander und so verängstigt.

»Es tut mir leid. Deswegen wollte ich mich mit dir treffen. Jetzt, da ich im Ruhestand bin, bin ich nicht mehr an die Schule gebunden. Ich muss mich nicht mehr von dir fernhalten. Ich hoffe, wir können vielleicht wieder Freundinnen sein.«

»Ich bin mir nicht sicher«, gebe ich zurück. Sie hat mich verletzt, mich mir selbst überlassen. Aber inzwischen ist so viel Zeit vergangen, und ich brauche eine Freundin. Nach allem, was passiert war, brachte ich anderen Menschen nur Misstrauen entgegen, verließ mich allein auf Richard und schloss keine eigenen Freundschaften. »Aber vielleicht können wir uns noch mal treffen«, lenke ich schließlich ein.

»Das wäre schön. Du siehst wirklich gut aus. Du bist aufgeblüht. Ich freue mich so, das zu sehen.«

»Danke. Ich bin jetzt Therapeutin.«

»Oh, das ist fantastisch. Ich kann mir vorstellen, dass du eine ausgezeichnete Therapeutin abgibst. Du konntest den Kids schon immer so gut zuhören. Du hast ihnen wirklich geholfen. Vor allem denen, die zu kämpfen hatten.«

Eine Stunde später verabschieden wir uns, und ich fühle mich erleichtert, als wäre meine Vergangenheit endlich begraben. Ich hatte mich wegen der Art, wie meine Lehrerkarriere zu Ende ging, so schuldig gefühlt, aber Genevieve hatte die ganze Zeit gewusst, dass mir die Kinder am Herzen lagen, dass ich eine gute Lehrerin war. Ich denke an meine Befürchtungen, die ich kürzlich um meine Therapeutenlizenz hatte, Furcht vor neuen Ermittlungen, nur weil ich Danielle privat getroffen hatte. Vielleicht ist das Paranoia. Schließlich bin ich überzeugt, das Richtige getan zu haben, indem ich versuchte, Danielle mit Peter zu helfen.

Als ich nach Hause komme, bin ich guter Stimmung. Ich nehme meinen Schlüssel aus der Handtasche und schließe die Tür auf. Als sie aufschwingt, bleibe ich wie angewurzelt stehen. Ich höre Stimmen. Männerstimmen. Im Haus.

Plötzlich wird mir bewusst, wie verwundbar ich bin. Ich bin völlig auf mich alleine gestellt. Mein Herz rast. Was, wenn ich Einbrecher überrasche? Was, wenn sie sich bedroht fühlen und mich angreifen?

Ich schleiche ins Haus und packe einen Regenschirm als provisorische Waffe. Dann schließe ich die Tür und verzichte darauf, Hallo zu rufen.

Die Stimmen werden lauter. Sie klingen ungezwungen, fast unbeschwert. Ich höre, wie vom Wetter gesprochen wird, der Möglichkeit, dass es vielleicht schneien könnte.

Richard. Eine der Stimmen gehört Richard. Ich stoße zittrig den Atem aus.

Dann lege ich den Schirm weg. »Hallo?«, rufe ich.

Richard kommt mit raschen Schritten auf mich zu. »Oh, Beth, hi. Ich habe dich noch nicht erwartet.«

Ein Mann taucht neben ihm auf. »Dave«, stellt er sich vor und streckt mir die Hand hin. »Freut mich, Sie kennenzulernen.« Er reicht mir eine Karte, und ich überfliege sie. Dave Richards. Immobilienmakler.

»Meine Ex, Beth«, sagt Richard. Seine Worte treffen mich. *Ex.* Mehr bin ich jetzt nicht mehr für ihn.

»Was tut er hier?«, frage ich.

Richard wirkt verlegen. »Er schätzt den Wert des Hauses.«

»Warum?«

Er seufzt. »Ich wollte mit dir darüber reden, aber ich weiß, dass die letzte Zeit für dich hart war, also wollte ich warten, bis ich in der Sache ein bisschen weiter bin ... ich habe ein Haus gefunden, das ich kaufen will, und ich habe schon ein Angebot gemacht. Also muss ich zusehen, dass ich dieses Haus verkaufe. Du wirst Vorbereitungen treffen müssen, Beth. Du musst ausziehen.«

SECHSUNDZWANZIG

DANIELLE

Ich stehe meinen vormittäglichen Yogakurs durch, kämpfe gegen Übelkeit und Schuldbewusstsein an. An diesem Morgen hätte ich an dem Berufungsprozess meines Mandanten arbeiten sollen, aber stattdessen habe ich verschlafen. Und mich dann zum Yoga geschleppt, weil ich dachte, dadurch würde ich mich besser fühlen, aber ich wünschte, ich hätte mir die Mühe gespart. Am liebsten würde ich mich auf die Matte legen und dösen, statt die Dehnübungen zu machen.

Als ich nach Hause komme, sitzt Peter auf dem Sofa und schaut sich ein Rugbyspiel an. Ich habe vor, mich in mein Arbeitszimmer zurückzuziehen und die liegen gebliebene Arbeit aufzuholen, aber erst muss ich mit ihm sprechen. Seit der Therapiesitzung mit Beth haben wir uns kaum gesehen. Ich habe das Gefühl, dass er mir aus dem Weg geht, dafür sorgt, dass wir nie gleichzeitig im selben Raum sind. Wenn ich das Essen koche, verzieht er sich ins Wohnzimmer. Wenn ich es mir im Wohnzimmer bequem mache, um spätabends noch fernzusehen, beschließt er, in der Waschküche seine Hemden zu bügeln. Er will nicht über das Baby sprechen, will mit dem

Thema nicht konfrontiert werden. Aber wir müssen darüber reden.

»Möchtest du etwas trinken?«, frage ich. Plötzlich scheue ich davor zurück, ein so schwieriges Gespräch zu eröffnen.

Er grunzt, hört nicht zu.

»Möchtest du ein Bier?« Ich hoffe, der Alkohol bessert seine Laune. Er ist seit Tagen mürrisch.

»Ja, okay.«

Ich gieße ihm das Bier ein und stelle es vor ihn hin.

»Wir müssen reden«, sage ich.

»Hm ...« Peter starrt unverwandt auf den Fernseher.

»Wir müssen Pläne wegen des Babys machen.« Ich nehme die Schärfe in meiner Stimme wahr, meinen Ärger über ihn, obwohl ich verzweifelt versuche, mich zu zügeln. In der letzten Zeit war ich ziemlich neben der Spur, und ich brause wegen der kleinsten Kleinigkeit auf.

»Können wir nicht nach dem Spiel darüber reden?«

»Wie lange dauert es noch?«

»Eine Stunde.« Er stellt den Apparat lauter.

Ich rücke näher an ihn heran, nehme ihm die Fernbedienung aus der Hand und schalte den Fernseher aus. »Peter, es gibt viel, was wir besprechen müssen.«

»Lass das! Wie wäre es, wenn wir während der Halbzeit reden?« Er greift nach der Fernbedienung und schaltet den Fernseher wieder ein.

Ich seufze. »Okay.«

Ich hole meinen Laptop und öffne den die Berufung betreffenden Ordner. Aber ich kann mich nicht konzentrieren. Nicht, wenn das notwendige Gespräch mit Peter drohend über mir hängt. Stattdessen scrolle ich durch die sozialen Medien. Eine Anzeige für eine Babymesse im Zentrum von London ploppt auf, und ich male mir aus, wie ich zufrieden an Reihen von Buggys und Bettchen, Spielzeug und Babysachen entlangschlendere. Ich frage mich, ob Peter mich begleiten würde. Ich frage mich, ob sein Ausbruch bei Beth nur ein Zeichen strapazierter Nerven war oder ob mehr dahintersteckt. Das muss ich herausfinden.

Sobald zur Halbzeit gepfiffen wird, greife ich nach der Fernbedienung und schalte den Fernseher aus.

»Was ist denn los?«, fragt er.

»Du weißt genau, was los ist. Das, was du über das Baby gesagt hast. Dass du nicht sicher bist, ob du es wirklich willst.«

Er seufzt. »Das kann für dich doch keine Überraschung sein. Ich habe immer gesagt, dass ich mir in diesem Punkt nicht sicher bin. Dass du erst einmal deine Probleme in den Griff bekommen sollst. Vor ein paar Monaten waren wir noch getrennt.« Er sieht mich an, hält meinem Blick stand.

»Aber wir sind wieder zusammengekommen. Weil wir wollten, dass es zwischen uns wieder funktioniert. Und jetzt bin ich schwanger, und alles ist anders geworden.«

»Wenn wir das Baby behalten, wird alles anders werden. Wenn nicht, dann nicht.«

»Wie kannst du so etwas sagen? Wir behalten es!« Ich lege eine Hand schützend auf meinen Bauch, bin geschockt, dass er diese Möglichkeit überhaupt in Erwägung zieht.

Er lacht. »Weißt du überhaupt, ob das Baby von mir ist?«

Mir wird übel. »Natürlich ist es von dir.«

»Es stammt aus der Zeit unserer Trennung.«

»Es ist dein Kind.«

»Woher weißt du das?«

»Peter, sei nicht so. Ich weiß es einfach. Es muss von dir sein. Ich … ich habe mich zusätzlich geschützt, als wir getrennt waren. Und das Timing kommt hin.«

»So? Du wolltest ein Baby, und du bekommst ein Baby. Ich bin nicht sicher, dass das etwas mit mir zu tun hat.«

Er greift nach der Fernbedienung und schaltet das Rugbyspiel wieder ein.

»Tu nicht so, als wäre ich nicht da!«, kreische ich, entreiße ihm die Fernbedienung, verliere komplett die Fassung. »Wir müssen darüber reden.«

Er blickt noch nicht einmal auf. Seine Augen kleben am Bildschirm.

Ich sehe das Bierglas auf dem Tisch, stelle mir vor, wie ich den Inhalt über ihm auskippe. Nur um ihn aufzuwecken, ihn dazu zu bringen, sich mit mir zu befassen, mit mir zu sprechen. Ich bin schwanger, und ich kann das nicht alleine bewältigen.

»Es geht hier nicht nur um dich«, schreie ich. Mir gefällt der Klang meiner Stimme nicht, aber ich scheine mich nicht beruhigen zu können. »Es geht noch nicht einmal um mich. Sondern um unser Baby. Wir müssen das tun, was für das Kind das Beste ist.« Es fühlt sich für mich schon wie ein richtiger Mensch an, ein kleiner Junge oder ein kleines Mädchen, den ich auf der Schaukel im Park anschubse und schon so innig liebe, ohne den ich mir eine Zukunft nicht vorstellen kann.

»Da ist noch gar kein Baby«, sagt Peter sanft. »Nur ein Haufen Zellen.«

Ich bin so wütend, dass ich kaum aus den Augen schauen oder klar denken kann. Ohne richtig zu realisieren, was ich tue, greife ich nach seinem Glas und hebe es hoch, sodass das Bier darin kreist und über den Rand schwappt. Dann werfe ich es an die Wand. Glasscherben fliegen durch den Raum, und helle Flüssigkeit rieselt an unserer sorgfältig ausgesuchten Wandfarbe hinunter.

SIEBENUNDZWANZIG

BETH

Die ganze Woche habe ich hin und her überlegt, ob ich die Therapie mit Danielle und Peter fortsetzen soll. Letzte Woche war ich überrumpelt und habe zugelassen, dass die Sitzung stattfindet, aber seitdem frage ich mich, ob das richtig war. Ich habe beim ethischen Rahmenwerk, das Freundschaften zwischen Klienten und Therapeuten ausdrücklich verbietet, Rat gesucht. Aber Danielle und ich sind keine Freundinnen. Ich habe nur getan, was nötig war, um ihr zu helfen, als sie sich in einer heiklen Situation befand. Ich habe auch über das nachgedacht, was Genevieve beim Kaffee gesagt hat – dass ich einigen der Kids wirklich geholfen habe, vor allem denen, die zu kämpfen hatten. Ich bin überzeugt, ich kann Danielle ebenfalls helfen. Es ist doch gewiss meine Pflicht, es zu versuchen, insbesondere jetzt, wo sie ein Kind erwartet.

Als wir im Beratungszimmer Platz nehmen, werden meine Augen magisch von Danielles Brosche angezogen, dem viktorianischen Design aus Jade, das zu ihren zarten Ohrringen passt. Sie hat sie schon einmal zuvor getragen. Ich erinnere mich daran, weil es die Art von Schmuck ist, die Richard mir in dem kleinen Antiquitätengeschäft zu kaufen pflegte, wo er so gerne stöbert.

»Mir gefällt Ihre Brosche«, sage ich.

»Danke. Ich war heute bei Gericht. Hatte keine Zeit, mich umzuziehen.« Sie sieht in ihrem Kostüm sehr professionell aus, aber die Narben in ihrem Gesicht heben sich immer noch auffällig von der Haut ab. Sie müssen das Erste sein, was jeder sofort bei ihr registriert. Ich kann kaum erahnen, wie sie sich dabei fühlt.

Ich lächle Danielle an und bemerke dann Peters überheblichen Gesichtsausdruck, die Art, wie er sich auf dem Sofa lümmelt. Ich stelle auch fest, dass Danielles Augen in Tränen schwimmen. »So, sollen wir dann anfangen? Wie sind die Dinge diese Woche gelaufen?«

»Nicht gut.« Danielle hält die Tränen zurück. »Nein, ganz schrecklich.« Sie wendet sich an Peter. »Ich möchte dem Baby zuliebe darauf hinarbeiten, dass es zwischen uns funktioniert, aber es kommt mir so vor, als ob Peter einfach kein Interesse daran hat. Als ob er sich aus unserer Beziehung schon verabschiedet hat.«

Peter starrt den Teppich an. »Ich sehe einfach nicht, dass es funktionieren wird. Es kann nur böse enden.«

»Böse enden?«

»Ich glaube nicht, dass Danielle und ich es schaffen werden, unsere Beziehung zu retten. Und ich mache mir Sorgen wegen des Babys. Ich denke nicht, dass wir bereit für ein Kind sind. Ich glaube nicht, dass wir das je sein werden. Es soll eben nicht sein.«

Danielles Gesicht ist tränennass. »Wie kannst du so etwas sagen? Wie kannst du es noch nicht einmal versuchen wollen?«

Peter seufzt. »Du weißt, warum.«

»Glaubst du das immer noch?«

Ich mustere sie eindringlich, weiß nicht recht, was zwischen ihnen vor sich geht, welches Teil des Puzzles mir fehlt.

»Ich bin ganz sicher«, sagt Peter.

»Natürlich ist es deins.« Sie legt den Arm schützend um ihren Bauch, und der Groschen fällt. Meine Gedanken überschlagen sich, als ich mich zu erinnern versuche, was Danielle über andere Beziehungen erzählt hat. Ich entsinne mich, dass sie erwähnt hat, Peter betrogen zu haben, während sie sich vorübergehend getrennt hatten, dass sie sich mit einem anderen getroffen hatte. Ich hatte den Eindruck, die Trennung läge schon eine Weile zurück. Nicht so kurze Zeit, dass Danielle von einem anderen Mann schwanger sein könnte.

»Vielleicht sollten wir auf Nummer sicher gehen. Einen DNA-Test machen lassen«, meint Peter.

»Okay, okay. Was immer du willst. Was immer ich tun muss, um dir zu beweisen, dass ich die Wahrheit sage.«

Peter runzelt die Stirn. »Ich kann nicht das Kind eines anderen Mannes großziehen.«

»Es ist ja nicht so, als hätte ich dich betrogen. Wir hatten uns getrennt. Und du hast auch mit anderen Frauen geschlafen«, fährt Danielle fort. Sie wendet sich an mich. »Finden Sie nicht auch, dass das ein klassisches Beispiel dafür ist, mit zweierlei Maß zu messen?«

Ich kann nicht Partei ergreifen. »Ich denke, Sie müssen das durchsprechen, herausfinden, was Sie beide wollen.«

»Ich bin nicht derjenige, der schwanger ist«, sagt Peter. »Ich bin wirklich nicht sicher, ob das Ganze etwas mit mir zu tun hat.« Ich spüre den Schlag, als hätte er die Worte zu mir gesagt, nicht zu Danielle.

»Es braucht zwei, um schwanger zu werden.«

Peter schnaubt höhnisch. »Ja, dich und ihn. Bist du zu mir zurückgekommen, weil er dich fallen gelassen hat? War das der Grund?«

Danielle lacht. »Nein, natürlich nicht. Ich wollte mit dir zusammen sein. Das habe ich dir immer wieder versichert, nicht wahr?« Sie sieht mich bestätigungsheischend an, aber ich bleibe stumm.

Sie wendet sich flehend an Peter. »Wirklich, mit jemand anderem zusammen zu sein hat mich davon überzeugt, dass du der Richtige für mich bist.«

»Du mochtest ihn, nicht? Du sagtest, er hätte dich regelrecht umgehauen. Dir so zugehört, wie ich es nie getan habe.«

»Das habe ich nur gesagt, um dich eifersüchtig zu machen.« Sie wendet sich wieder mir zu. »Er spricht von dem Mann, von dem ich Ihnen erzählt habe. Ich habe ihn während der Trennung von Peter gedatet. Er sagte, ich hätte die Energie von Reese Witherspoon und das Lächeln von Kate Winslet. Ein echter Charmeur.«

Ich erstarre. Ich rufe mir ins Gedächtnis, als sie etwas über Reese Witherspoons Energie sagte. Aber Kate Winslets Lächeln? Das war genau das Kompliment, das Richard immer mir machte.

Danielle blickt mich direkt an. »Am Ende ist er mir auf die Nerven gegangen. Und er benahm sich, als wäre er mir überlegen, redete von Büchern und Theateraufführungen, als hätte nur er das Recht, sich eine Meinung darüber zu bilden. So ging das immer weiter. Die ganze Sache war ein Fehler.«

Der Mann klingt genau wie Richard. Ist es möglich, dass sie diejenige war, mit der er die Affäre hatte? Nein, sage ich mir. Es gibt haufenweise Männer, die Frauen unter den Tisch reden. Und Kate Winslet ist eine bekannte Schauspielerin. Ich starre die Brosche an, die sie trägt und die denen so ähnelt, die Richard mir geschenkt hat. Mein Herz macht einen Satz in meiner Brust.

ACHTUNDZWANZIG

DANIELLE

Sowie ich aufstehe, übergebe ich mich in die Toilette. Es ist zu einem vertrauten Teil meiner Morgenroutine geworden, und obwohl ich mich hundsmiserabel fühle, verleiht der Gedanke an das in mir wachsende Baby eine tiefe innere Befriedigung. Ich habe gelesen, Morgenübelkeit ist ein Zeichen dafür, dass das Baby sich gut entwickelt.

Ich finde Peter unten, wo er in seinem Anzug am Frühstückstisch sitzt, Radio 4 hört und auf seinem Smartphone die Nachrichten liest.

Er sieht mich an, registriert meinen Morgenmantel. »Musst du dich immer noch übergeben?«, fragt er.

»Ja.«

»Gehst du heute nicht zur Arbeit?«

»Nein, ich habe einen Termin bei der Hebamme, schon vergessen?« Ich runzle die Stirn. Ich musste mir eine Ausrede einfallen lassen, um mich krank zu melden, und ich habe ein schlechtes Gewissen, weil Arbeit liegen bleibt. Ich werde das später aufholen müssen, was bedeutet, dass ich weniger Zeit für meine ehrenamtliche Arbeit an dem Berufungsverfahren habe.

»Ach ja. Viel Glück.«

»Bist du sicher, dass du nicht mitkommen willst?«

»Ich kann nicht. Wir haben die Partnerversammlung wegen des Falls von geistigem Eigentum.«

»Na gut.« Seit unserer letzten Sitzung mit Beth ist er mir aus dem Weg gegangen. Ich weiß, dass er immer noch daran zweifelt, dass das Kind von ihm ist.

»Wir müssen irgendwann mal ausführlich darüber reden.«

»Ich weiß«, seufzt er. »Heute Abend?«

»Ja, klar. Heute müsste ich den errechneten Geburtstermin bestätigt bekommen.« Dann sollte ich imstande sein, zu beweisen, dass das Baby von Peter ist.

»Prima.«

»Und vergiss nicht, dass meine Mutter kommt?« Ich hatte letzte Woche endlich den Mut aufgebracht, es ihm mitzuteilen, hatte jedoch die Geschichte erfunden, dass ich plötzlich den Wunsch hätte, mich mit ihr zu versöhnen. Ich konnte mich nicht überwinden, ihm zu gestehen, dass sie aus dem Gefängnis entlassen wird. All die Jahre hatte ich ihn angelogen und ihm weisgemacht, dass wir zerstritten wären, weil sie einen Zusammenbruch gehabt und mich deshalb zu Pflegeeltern gegeben hätte.

Peter seufzt. »Bist du sicher, dass das bei allem, was momentan abläuft, eine gute Idee ist?«

»Sie unternimmt die lange Reise von Schweden hierher.« Noch eine Lüge. »Ich habe ihr versprochen, dass sie bei uns bleiben kann.«

»Ich habe kein Problem damit, dass sie bei uns bleibt. Es ist nur, dass ... na ja, unsere Beziehung ist im Moment kompliziert. Und ich bin nicht sicher, ob es der richtige Zeitpunkt ist, eine andere Person ins Haus zu bringen. Vor allem nicht deine Mutter, die du seit Jahren nicht gesehen hast.«

»Es ist mir wichtig, den Kontakt zu ihr wiederherzustellen. Jetzt, wo das Baby unterwegs ist, scheint mir das die Chance für einen Neuanfang zu sein.« Ich versicherte ihr, dass sie bei mir leben kann. Es gibt kein Zurück. Sie weiß nicht, wo sie sonst hinsollte.

»Okay.« Peter steht auf und streicht mir in einer seltenen Anwandlung von Zärtlichkeit über die Haare. »Wenn du sicher bist. Es liegt bei dir. Aber ich weiß, dass sie dich in der Vergangenheit verletzt hat. Du hast es gehasst, bei Pflegefamilien zu leben. Es wird nicht leicht für dich werden, mit ihr in einem Haus zu wohnen.«

»Ich komme schon damit klar«, sage ich. Aber er hat recht, sie nach all diesen Jahren in meiner Nähe zu haben wird schwierig werden.

»Okay. Wenn du sicher bist, dann wird es nicht schlecht sein, sie endlich kennenzulernen, schätze ich. Wann geht ihr Flug?«

»In drei Tagen.«

»Wie lange bleibt sie?«

»Ich weiß es nicht, aber bestimmt eine ganze Weile. Ich glaube nicht, dass sie hierzulande jemanden kennt. Sie war seit Jahren nicht mehr hier.«

Peter hebt seine Aktentasche hoch. »Gut. Ich muss los. Viel Glück bei deinem Termin.« Er zögert einen Moment, dann beugt er sich zu mir und küsst mich auf den Scheitel. »Ich hoffe, dass alles gut geht.«

Ich sitze auf dem unbequemen Plastikstuhl und warte darauf, dass mein Name aufgerufen wird. Als ich mich im Wartezimmer umblicke, sehe ich die glücklichen Paare; Frauen, die sitzen, während ihre Männer hinter ihnen stehen und deren Hände beruhigend auf den Schultern ihrer Frauen liegen. Das könnten Peter und ich sein, wenn die Dinge anders stünden.

Ich zücke mein Smartphone, um meine beruflichen E-Mails zu checken, und google dann schweren Herzens, wie man eine gute alleinerziehende Mutter wird. Wenn Peter sich entscheidet, nicht bei mir zu bleiben, gibt es eine ganze Reihe von Rollenmodellen. Ich bin sicher, dass ich das schaffe. Aber dann denke ich an meinen Job. Wie soll ich den und ein Kind alleine bewältigen?

»Danielle Brown.« Der Klang meines aufgerufenen Namens reißt mich aus meinen Gedanken.

Ich lächle, als ich auf die Hebamme zugehe.

»Hi«, sagt sie. »Kommen Sie herein.«

Sie arbeitet einen detaillierten Fragebogen über meine und Peters Gesundheit und unseren familiären medizinischen Hintergrund ab. Von den Fragen über meine Familiengeschichte kann ich keine beantworten. In den letzten fünfzehn Jahren gab es niemanden, den ich hätte fragen können. Sie will wissen, ob es in meiner Beziehung irgendwelche häusliche Gewalt gibt, was ich verneine. Es ist zu heiß in dem Sprechzimmer, und meine Handflächen sind schweißnass. Ich will nur wissen, ob das Baby von Peter ist. »Können Sie mir sagen, wann ich das Kind empfangen habe?«

Sie lächelt über den Rand ihrer Brille hinweg. »Das können wir gemeinsam herausfinden. Wann war Ihre letzte Periode?«

»Vor über einem Jahr. Ich hatte keine Periode mehr, seit ich die Minipille nehme.«

Sie runzelt die Stirn. »Tja, das macht es sehr schwierig, die Schwangerschaft zu datieren. Haben Sie selbst irgendeine Ahnung, wann Sie schwanger geworden sind? Haben Sie die Pille mal vergessen?«

»Ja, ein paar Mal. Vor ungefähr zwei Monaten, glaube ich. Ich habe eine schwere Zeit durchgemacht und einfach nicht daran gedacht, sie zu nehmen.«

»Okay. Dann wird es wahrscheinlich da passiert sein. Aber wir wollen das überprüfen.«

»Gut.«

»Können Sie aufstehen, damit ich Ihren Bauch abtasten kann?«

Ich tue, was sie sagt. »Das ist eine schlimme Verletzung«, stellt sie beiläufig fest.

»Sorry?«

»Ihr Gesicht.«

»Oh.« Die Bemerkung überrumpelt mich. Einen Moment lang hatte ich meine Narben ganz vergessen. Ich spüre, wie Hitze in meinem Körper aufsteigt, weil ich mich schäme.

»Es sind Brandwunden. Ein Unfall.« Die Haut verdunkelt und verdickt sich jetzt, die Narben werden ein Teil meines Teints.

»Sie heilen gut.«

Ich nicke und weiß nicht, was ich dazu sagen soll.

»Achtung, kalte Hände«, warnt sie, als sie sie auf meine Haut legt. Sie drückt hart zu, und ich zucke zusammen.

»Hat das wehgetan?«

»Es war nur unangenehm.«

Sie lässt die Hände über mich gleiten, drückt und tastet, dann lächelt sie mich an. »Okay, Sie können sich wieder hinlegen.«

»Können Sie sagen, wie weit ich bin?« Ich muss es wissen. Ich muss Peter versichern, dass das Baby von ihm ist.

Sie schüttelt den Kopf. »Nein. Sie müssen einen Ultraschall machen lassen. Nur für den Fall, dass die Schwangerschaft weiter fortgeschritten ist, als Sie glauben.«

NEUNUNDZWANZIG

BETH

Ich sitze meiner Supervisorin Grace gegenüber. Es fühlt sich gut an, auf dem Sofa in ihrem Therapieraum zu sitzen und diejenige zu sein, die Rat sucht, zur Abwechslung einmal jemanden zu haben, der mir zuhört. Ich treffe mich jeden Monat mit ihr, aber die letzte Sitzung hat nicht stattgefunden, weil sie mit einem Virus im Bett lag. Vor unserer heutigen Begegnung hatte ich ihr eine Mail geschickt, um ihr mitzuteilen, dass Richard und ich uns getrennt haben.

»Wie geht es dir?«, fragt sie warm.

»Es ging mir schon besser.«

»Wie kommst du ohne Richard zurecht?«

»Ganz gut.« Ich möchte nicht über die Einsamkeit sprechen, die mich nachts einhüllt, und über die Ängste, die ich zu entwickeln begonnen habe, die dreifache Kontrolle, ob die Türen abgeschlossen sind, bevor ich schlafen gehe.

»Wie gleichst du den Stress mit deinen Klienten aus? Es kann für Therapeuten schwierig werden, wenn sie eigene Probleme haben. Es macht es schwerer, die der Klienten von den eigenen zu trennen.«

»Ich möchte mit dir über eine meiner Klientinnen sprechen.« Ich hole tief Atem, begreife, wie unwahrscheinlich das klingt, was ich gleich sagen werde. »Ich glaube, sie könnte die Frau sein, mit der Richard eine Affäre hatte.« Tränen brennen in meinen Augen.

Ich habe die Fotos von Richard und seiner Geliebten, die ich mit der Post bekommen habe, in meiner Handtasche mitgebracht. Ich habe sie gründlich studiert. Die Frau auf den Bildern hat kurze blonde Haare. Ein bisschen kürzer als Danielles … aber plötzlich war es offensichtlich. Auch wenn ich ihr Gesicht nicht erkennen konnte, wusste ich es einfach. Danielles Haare sind seitdem ein bisschen gewachsen. Aber für mich gibt es keinen Zweifel mehr. Bei der Frau auf den Fotos handelt es sich um Danielle.

Grace schiebt mir die Schachtel mit den Papiertüchern hin. »Du glaubst, Richard hatte eine Affäre mit deiner Klientin?«, fragt sie sanft.

»Ja. Nicht während sie meine Klientin war. Vorher.«

»Ich bin etwas durcheinander. Richard hat die Affäre also zugegeben?«

»Er hat gesagt, dass er mich betrogen hat, aber nicht, mit wem.«

»Wie kommst du darauf, dass sie es ist?«

Ich seufze. »Sie versucht, die Ehe mit ihrem Mann zu retten. Vor ein paar Monaten, als sie vorübergehend getrennt waren, hatten sie beide andere Beziehungen. Sie hatte etwas mit einem Mann, der genau wie Richard klang.«

»*Genau* wie er?«

Ich höre den Zweifel in ihrer Stimme. »Er hat denselben Vergleich benutzt wie Richard, als er ihr gesagt hat, sie hätte ein Lächeln wie Kate Winslet. Und er hat sie auf genau die Art, wie Richard es mit anderen Leuten macht, mit Gerede über Bücher und Theater zugepflastert.« Jetzt, wo ich es laut sage, klingt es ziemlich vage.

Grace mustert mich eindringlich.

»Und die Brosche ... sie trägt diese Jadebrosche. Es ist ein sehr seltenes Modell. Richard sammelt sie. Früher hat er mir ebensolche Geschenke gemacht. Und sie hat genauso eine.«

Ich schlucke, ich bin nicht sicher, ob ich es über mich bringe, den Rest zu erzählen. Das, was alles so viel schlimmer macht. Ich zwinge mich dazu. »Und jetzt ist sie schwanger.« Der ganze Horror dieser Tatsache trifft mich erneut wie ein Schlag in den Magen. Dass Richard ein Baby mit einer anderen Frau und Charlie ein Halbgeschwisterchen bekommt. Ich greife nach den Papiertüchern und betupfe meine Augen.

»Das Baby ...«, fahre ich fort, nicht imstande, Grace in die Augen zu sehen. »Ihr Mann glaubt, es ist nicht von ihm. Es könnte von einem anderen Mann sein. Von Richard.«

»Ihr Mann sagt, es könnte von Richard sein?«

»Nein. Er weiß nicht, mit wem sie eine Affäre hatte. Er keine Ahnung, dass sie mit meinem Lebensgefährten im Bett war.«

»Okay. Also weißt du nicht sicher, ob das Kind von Richard ist. Noch nicht einmal, ob sie eine Affäre mit ihm hatte?« Plötzlich verunsichert, sinke ich tiefer in das Sofa.

»Nein«, sage ich. Bislang habe ich nicht den Mut aufgebracht, Richard damit zu konfrontieren. Mein Verstand gleicht einem Pendel, das von einem Extrem ins andere schwingt. In einem Moment bin ich verunsichert, ob er mit Danielle geschlafen hat, im nächsten verliere ich meine Überzeugung und frage mich, ob ich mir die ganze Sache nur einbilde. Ich möchte vor ihm nicht wie eine Idiotin dastehen, ihm keinen Grund geben, zu glauben, ich würde nicht klarkommen.

»Wenn das stimmt, Beth ...«, Grace zögert, sorgfältig wählt sie ihre Worte, »... wenn das stimmt, dann wirst du nicht mehr auf professioneller Ebene mit ihr zu tun haben können. Es käme zu einem Interessenskonflikt.«

Ich nicke. Ich bin mir selbst nicht sicher, ob ich es fertigbringe, Danielle gegenüberzusitzen und ihr Ratschläge zu ihrer

Ehe zu erteilen, wenn sie für das Scheitern meiner Beziehung verantwortlich ist.

»Sie war der Grund dafür, dass Richard gegangen ist«, sage ich.

Grace zieht die Brauen hoch. »Ist sie mit ihrem Mann nicht wegen einer Eheberatung bei dir?«

»Das ist sie. Aber Richard hätte mich nicht verlassen, wenn sie nicht gewesen wäre. Seine Affäre ... ich glaube, sie hat dazu geführt, dass er sich unglücklich fühlte und dann zu der Schlussfolgerung kam, dass es sich nicht lohnt, unsere Beziehung zu retten.« Meine Tränen fließen jetzt stärker. Ich vermisse Richard so sehr. Ich wollte es noch einmal versuchen, ihm eine zweite Chance geben. Er war es, der alles beenden wollte.

Mir kommt aus heiterem Himmel ein Gedanke. »Glaubst du, Danielle wusste, dass Richard und ich ein Paar waren, als sie mit der Therapie begann?«

»Wie meinst du das?«

»Sie begann mit der Therapie, nicht lange nachdem ich herausgefunden hatte, dass Richard eine Geliebte hat. Vielleicht wusste sie, dass ich seine Lebensgefährtin war. Deshalb hat sie mich aufgesucht.«

»Warum sollte sie das tun?«

»Ich weiß es nicht.« Ich durchforste mein Gedächtnis, rekapituliere jede Sitzung, suche nach irgendwelchen Hinweisen. Aber mir fällt nichts ein, was darauf hindeutet, dass sie bereits wusste, wer ich war.

»Ich denke, du musst mit Richard sprechen. Und dann weitersehen.«

»Du meinst also, ich habe recht? Dass sie etwas miteinander hatten?«

»Ich weiß es nicht. Die Beweise, die du hast, den Kate-Winslet-Vergleich, das oberlehrerhafte Gerede, die Brosche ... es erscheint in mancher Hinsicht verdächtig. Aber es könnte sich auch um Zufälle handeln. Wenn du mich fragst, wirst du nie die Wahrheit erfahren.«

»Okay«, sage ich. Ich bin mir sowieso nicht sicher, ob ich die Wahrheit hören will. Danielle könnte Richards Baby erwarten. Wenn das stimmt, weiß ich nicht, ob ich damit fertigwerde.

Plötzlich erinnere ich mich an die Fotos in meiner Tasche. »Da ist noch etwas«, rufe ich triumphierend. »Ich habe Fotos von den beiden.«

Ich nehme die Bilder heraus und lege sie auf den Tisch.

»Was ist das?«, fragt Grace.

»Das sind Fotos, die ich mit der Post bekommen habe, die, die mir jemand anonym geschickt hat, um mir zu beweisen, dass Richard eine Affäre hat. Das ist sie.« Ich zeige mit dem Finger auf Danielles Kopf auf dem Foto. »Genau hier. Das ist Danielle.«

Grace beugt sich über die Fotos und betrachtet sie. Besonders eindringlich starrt sie auf das Foto, auf das ich deute, das von ihr und Richard vor der Universität.

Dann blickt sie zu mir auf. »Die zeigen alle nur den Hinterkopf von irgendjemandem«, sagt sie weich.

»Ich weiß. Aber ich erkenne sie.«

Grace berührt meine Hand. »Es tut mir leid, aber auf diesen Fotos könnte niemand jemanden erkennen. Wirklich niemand.«

»Aber sie ist es«, beharre ich. »Ihre Haare sind jetzt etwas länger, aber es ist genau diese Blondschattierung.«

Grace blickt auf die Uhr an der Wand. »Beth, unsere Sitzung ist bald zu Ende. Ich würde gerne deinen Gefühlen in dieser Sache tiefer auf den Grund gehen. Vielleicht sollten wir so bald wie möglich einen Termin für ein weiteres Gespräch vereinbaren?«

Ich runzle die Stirn. Grace und ich sehen uns einmal im Monat. So ist es immer gewesen. »Warum?«, frage ich.

»Ich mache mir Sorgen um dich. Du weißt, als deine Supervisorin besteht meine Rolle darin, dir zu helfen, deine Fälle zu bewältigen und die Probleme zu besprechen, die du mit deinen Klienten hast. Und ich denke, dass in diesem Fall dein eigenes Leben deine Urteilskraft über Danielle trübt.«

»Wie meinst du das?«

»Du suchst nach jemandem, dem du die Schuld für den Bruch mit Richard geben kannst. Und du glaubst, es könnte deine Klientin sein, mit der er dich betrogen hat. Aber vieles ergibt einfach keinen Sinn. Zum Beispiel, warum sie dich als Therapeutin ausgesucht haben sollte, um ihre eigene Ehe zu retten, wenn sie mit deinem Lebensgefährten geschlafen hat?«

»Ich weiß es nicht.«

»Und hast du irgendwelche Beweise dafür, dass sich Richard und Danielle überhaupt getroffen haben? Abgesehen von den Fotos?«

Ich schüttle den Kopf. »Nein.«

»Also, musst du dich fragen, warum du dich so auf Danielle fixierst. Ob es wirklich um sie geht oder um dich. Ich bin der Meinung, du hast Mühe, den Umstand zu verarbeiten, dass du Richard verloren hast, und du suchst nach jemandem, den du dafür verantwortlich machen kannst. Danielle ist einfach zufällig da.«

DREISSIG

DANIELLE

Peter hat eingewilligt, zu meinem Ultraschall mit mir ins Krankenhaus zu kommen. Er hat mit seinem Boss gesprochen und erzählt, er hätte einen wichtigen Arzttermin, sodass er in letzter Minute freibekommen hat. Ich bin so froh, dass dieser Termin für ihn Priorität hat, und ich spüre, wie ein Funke von Hoffnung in mir erwacht. Findet er sich mit dem Gedanken an ein Baby ab? Ich weiß nicht, was ich tun werde, wenn ich es alleine großziehen muss. Meine Mutter wird dann zwar mit mir leben, aber ich weiß nicht, wie sehr ich sie einbeziehen möchte.

In der letzten Zeit schlafe ich kaum, komme nicht zur Ruhe und kann den in meinem Kopf herumwirbelnden Gedanken keinen Einhalt gebieten. Und jedes Mal, wenn ich mich herumwälze, überkommt mich eine neue Übelkeitswelle. Und dass es bei der Arbeit zurzeit hektisch zugeht, hilft auch nicht gerade. Ich habe Mühe, mit dem Tempo mitzuhalten. Ich fühle mich, als hätte ich eine Dauergrippe, aber ich traue mich nicht, auf der Arbeit von dem Baby zu erzählen. Ich habe mitbekommen, wie Frauen, die Kinder erwarteten, unter dem Vorwand, Personal abbauen zu müssen, aus der Kanzlei gedrängt wurden, der wahre Grund jedoch darin lag, dass sie nicht mehr jeden

Tag bis spätabends arbeiten konnten. Ich zweifle nicht daran, dass ich, sobald ich den Partnern der Kanzlei die Wahrheit sage, allmählich kaltgestellt werde. Mir machen schon die ganzen Fehlzeiten wegen Mutterschaftsvorsorgeterminen Sorgen.

Ich greife nach Peters Hand, als wir im Wartesaal der Klinik sitzen. Ich hoffe wirklich, dass er mir beisteht. Und ich bete, dass das Baby von ihm ist. Es muss so sein. Ich war mit dem anderen Mann so vorsichtig.

Ich beobachte die anderen Frauen, die nacheinander zum Ultraschall aufgerufen werden. Einige von ihnen halten sich den Rücken, als sie ins Sprechzimmer gehen, kämpfen mit der Last ihrer Babybäuche. Ich berühre meinen Bauch, der noch keine Anzeichen einer Rundung zeigt. Es ist schwer zu glauben, dass wirklich ein Baby in mir wächst. Nur die ständige Übelkeit erinnert mich daran, dass ich schwanger bin. Aber schon in ein paar Monaten werde ich so aussehen wie diese Frauen.

Ich werde aufgerufen, und Peter und ich gehen in das kleine Sprechzimmer. Die Sonografin lächelt, als ich auf die Liege klettere. Als sie meinen Bauch mit kaltem Gel einreibt, greift Peter nach meiner Hand und drückt sie fest. Es fühlt sich gut an, ihn bei mir zu haben. Der Tastkopf berührt meinen Bauch, und die Frau drückt fester auf, als ich erwartet habe.

Auf dem Bildschirm rauscht es, aber kein Bild erscheint, alles bleibt dunkel. Die Sonografin fährt fort, den Tastkopf zu bewegen, drückt ihn noch fester. Ich empfinde einen Anflug von Angst. Was, wenn gar kein Baby da ist? Endlich findet sie etwas. Eine weiße Linie flackert auf. Und dann weitere. Unser Baby.

»Da ist es«, sagt sie lächelnd.

»Wow.« Peter starrt den Bildschirm an. Und ich kann sehen, dass er seine Zweifel vollkommen vergessen hat.

»Können Sie sagen, wann es empfangen wurde?«, frage ich rasch.

»Lassen Sie mich ein paar Tests und Messungen vornehmen, dann kann ich es genauer sagen.«

Peter und ich sehen schweigend zu, während sie arbeitet, starren unverwandt auf den Bildschirm. Ich spüre, wie Peter meine Hand fest drückt. Ich kann kaum glauben, dass das alles real ist. Mein Baby. Auf dem Bildschirm. Es wächst in mir.

»Okay«, sagt die Sonografin. »Das sieht nach einem gesunden Baby aus. Herzlichen Glückwunsch. Ich kann Ihnen zwar nicht das genaue Datum der Empfängnis geben, aber aufgrund der Messungen würde ich sagen, dass der Fötus neun Wochen alt ist. Sie müssen zwei Wochen abziehen, um das Datum zu errechnen, also müssen Sie vor sieben Wochen schwanger geworden sein.«

Ich lächle Peter an. Ich sehe, dass er denkt, was ich denke, weil er nicht anders kann, als zurückzustrahlen. Das Baby wurde gezeugt, direkt nachdem wir wieder zusammengekommen sind.

EINUNDDREISSIG

BETH

Ich sitze mit meinem Laptop auf dem Sofa und suche bei auf einer Internetplattform nach Häusern. Charlie verbringt die heutige Nacht bei seinem Vater. Als Richard vorbeikam, um ihn abzuholen, hätte ich ihn fast nach Danielle gefragt, aber irgendetwas hielt mich davon ab. Ich muss daran denken, was Grace sagte, ich suche nur nach jemandem, dem ich die Schuld geben kann. Kann das stimmen? Ist das alles nur in meinem Kopf? Ich blicke zu dem Foto von Nick auf dem Sideboard und wünschte, er wäre hier und ich könnte mit ihm alles besprechen. Er hat die Dinge immer so klar gesehen, mir immer den besten Rat gegeben.

Ich schaue mir mehr Häuser an. Dabei geht mir durch den Kopf, wie hart ich den letzten Monat gearbeitet und versucht habe, neue Klienten zu finden, Anzeigen geschaltet und meine Website aufgepeppt habe. Aber es reicht nicht. Es ist mir nicht gelungen, neue Klienten an Land zu ziehen, und Richard hat keinen Zweifel daran gelassen, dass er das Haus verkaufen wird. Ich habe mich eingehender über materielle Eigentumsansprüche informiert, und ich gedenke dafür zu sorgen, dass ich einen gerechten Anteil vom Erlös für das Haus bekomme, aber in der Zwischenzeit muss ich einen neuen Wohnort finden. Richard sagt, er will das Geld aus dem Hausverkauf nutzen, um etwas Eigenes zu kaufen. Etwas Größeres, wo er genug Platz hat.

Genug Platz wofür? Ein Baby? Danielles Baby?

Nein, das kann nicht stimmen. Ich bin einfach nur paranoid, ziehe voreilige Schlussfolgerungen, wie Grace gesagt hat. Es gibt sicherlich auch andere Männer, die ihre Partnerinnen mit Kate Winslet vergleichen oder Frauen in Grund und Boden reden. Aber die Brosche …

Zwei Stufen auf einmal nehmend, gehe ich nach oben und hole mein Schmuckkästchen. Ich habe die Broschen, die Richard mir geschenkt hat, immer für besondere Gelegenheiten aufgehoben, weswegen sie die meiste Zeit nicht zum Vorschein kommen. Jetzt nehme ich eine heraus und drehe sie in der Hand. Sie ist nicht mit der von Danielle identisch, ihr aber ähnlich genug. Diese Art von Jadebroschen ist ausgesprochen ungewöhnlich. Richard hat immer eigens danach gesucht, in kleinen Antiquitätenläden, und sich gefreut, wenn er eine entdeckte. Es kann kein Zufall sein.

Mir ist noch präsent, wie ich Danielle vom ersten Moment an mochte, wie sehr ich ihre Empathie für ihre Mandanten, die sie ehrenamtlich vertritt, bewunderte, ihre Entschlossenheit, für die zu kämpfen, die keine Lobby haben. Sie erinnerte mich an mich selbst, meine Gründe dafür, mich zur Therapeutin ausbilden zu lassen. Sie hatte gesagt, sie hätte überlegt, auch diesen Weg einzuschlagen. Es ist mir noch sehr gegenwärtig, wie Richard und ich uns nach Abschluss meines Kurses in einem Pub verabredeten. Ich war nicht die einzige Studentin, mit der er so zusammenkam, sobald der Kurs beendet und er nicht mehr ihr Lehrer war. Und mir kommen die Bilder in den Sinn, die mir jemand zugeschickt hat, die ihn mit der Frau draußen vor der Universität zeigen. Danielle hätte leicht eine seiner Studentinnen sein können.

Ich lege die Brosche zurück, gehe ins Arbeitszimmer und öffne den Aktenschrank, in dem Richard die Unterlagen für seinen Unterricht aufbewahrt. Ich hatte noch nie zuvor das Bedürfnis verspürt, hineinzuschauen, und stelle zu meiner Freude fest, dass er nicht abgeschlossen ist. Ich durchsuche die oberste Schublade, finde aber nur gedruckte PowerPoint-Vorlagen mit Anmerkungen in seiner kleinen, ordentlichen Handschrift.

Die zweite Schublade ist nach den verschiedenen Kursen sortiert, die er abhält. Für jeden Kurs gibt es eine Liste der teilnehmenden Studenten. Ich gehe eine nach der anderen durch, lese die aufgeführten unbekannten Namen. Nach zehn Minuten habe ich den von Danielle gefunden. Ich umklammere den Papierbogen und starre geschockt darauf. Meine Handflächen werden feucht. Sie besuchte einen Kurs über »Karriere als Berater«. Ich blicke auf das Datum. Das war vor zwei Monaten.

Alles ergibt einen Sinn. Danielle nahm an einem von Richards Kursen teil. Wahrscheinlich ging er nach Abschluss des Kurses mit allen Teilnehmern in den Pub, so wie Richard es immer mit seinen Studenten zu tun pflegt. Zu dem Zeitpunkt muss ihre Affäre begonnen haben.

Jetzt hege ich nicht die geringsten Zweifel mehr. Danielle hatte mit Richard eine Affäre. Sie ist der Grund dafür, dass meine Beziehung in die Brüche gegangen ist. Und jetzt erwartet sie vielleicht sein Baby.

Als ich wieder am Computer sitze, scrolle ich im Internet erneut durch die Listen von Mietangeboten. In meiner Straße ist ein Haus aufgeführt, aber die Miete ist weit höher, als ich es mir leisten kann. Ich brauche ein Haus mit einem Zimmer für Charlie, einem für mich und einem zur Ausübung meiner Therapeutentätigkeit. Ohne einen Praxisraum kann ich nicht arbeiten. Aber die Häuser mit drei Schlafzimmern übersteigen mein Budget bei Weitem. Auch die mit nur zwei Schlafzimmern hier in der Gegend.

Ich fluche. Hätte Richard mich nicht betrogen, wäre ich jetzt nicht in dieser Lage. Das ist alles Danielles Schuld. Wie kann sie es wagen, hierher zu kommen und mich um Hilfe wegen ihrer Ehe zu bitten, wenn sie meine Beziehung zerstört hat? Weiß sie wirklich nicht, wer ich bin? Richard und ich haben verschiedene Nachnamen, es ist also möglich. Aber mir kommt der Zufall trotzdem zu groß vor. Was will sie von mir?

Ich erinnere mich an den Abend, an dem ich zu ihrem Haus gefahren bin. Ich hatte nicht den Eindruck gehabt, dass sie etwas verbirgt. Andererseits ist es merkwürdig, dass sie nach ihrem panischen Anruf, als für sie feststand, Peter zu verlassen, auf einmal beschlossen hatte, sich doch nicht zu trennen. Wegen des Babys?

Ich verlege meine Suche auf die Gegend, wo Danielle wohnt, und wähle »Preis egal«. Ich weiß, dass ich es mir nie leisten könnte, dort zu leben. Es werden unzählige große Häuser mit riesigen Gärten und Doppelgaragen angeboten. Eines befindet sich auch in Danielles Straße.

Ich starre es einen Moment lang an. Dann denke ich nach. Ich werde Danielles Therapiesitzungen canceln müssen. Ich will, dass sie weiß, warum, dass ich ihr absage, weil sie mit meinem Lebensgefährten geschlafen hat, während er in einer festen Beziehung mit mir lebte. Ich sollte zu ihr nach Hause fahren und sie in Peters Gegenwart damit konfrontieren. Ihm sagen, dass sie mit Richard geschlafen hat und dass das Baby von ihm sein könnte. Ich will sie so verletzen, wie sie mich verletzt hat.

Als ich bei ihr ankomme, parke ich vor ihrem Haus und schaue zu ihm hoch. Wut brodelt in mir. Sie hat ihr großes Haus und ihre Karriere, und wegen ihr stehe ich im Begriff, alles zu verlieren. Richard ist schon weg, und mein Haus wird folgen. Ich werde mir nichts leisten können, was groß genug ist, um einen Therapieraum einzurichten. Mein berufliches Leben wird somit ebenfalls den Bach runtergehen. Ich hasse sie. Sie hat mein Leben zerstört.

In ihrem Wohnzimmer brennt Licht, aber drinnen rührt sich nichts. Ich frage mich, ob sie beide zu Hause sind. Während ich so dasitze, biegt ein Auto in die Straße ein. Ich ducke mich, als die Scheinwerferlichter über mich hinwegschwenken, ich wäre außerstande, mir einen guten Grund für meine Anwesenheit hier auszudenken. Ein Mann steigt aus und winkt mir zu, und ich schaffe es, schwach zurückzuwinken. Er muss mich für eine Nachbarin halten.

Ich steige aus dem Auto und gehe auf Danielles Haus zu. Mein Magen zieht sich vor Nervosität zusammen. Ich habe mir nicht zurechtgelegt, was ich sagen will. Ich muss mich vergewissern, dass beide da sind, damit Peter alles mit anhört. Ich gehe um die Ecke des Hauses herum. Die Jalousien sind oben, und ich kann sie durch die Terrassentür sehen. Danielle sitzt mit einem Glas Wasser an der Insel in der Mitte ihrer Küche an ihrem Laptop. Peter kommt herein, sie neigt den Kopf zur Seite, um sich küssen zu lassen. Ich grabe die Nägel in meine Handflächen; ich missgönne ihr diesen Moment des Glücks, da sie mir mein Glück gestohlen hat. Plötzlich scheint sie meinen Blick zu spüren. Sie löst sich von Peter und dreht sich zum Fenster. Ich springe instinktiv zur Seite und ducke mich hinter einen Gartenstuhl.

Während ich diese Szene häuslicher Zweisamkeit beobachte, grüble ich über eine bevorstehende Konfrontation nach. Was wird passieren, wenn ich an ihre Tür klopfe und sie beschuldige, mit Richard geschlafen zu haben? Wird sie es einfach abstreiten?

Ich habe das alles nicht richtig durchdacht. Ich bin nicht mehr sicher, ob es eine gute Idee ist, und es ist völlig ungewiss, wie sie oder Peter reagieren werden. Sowie ich mit ihr gesprochen habe, ist der Moment vorüber. Wenn Peter mir nicht glaubt, wird sie ihr Leben einfach weiterleben wie bisher. Es war ein Fehler, hierher zu kommen.

Plötzlich kommt mir eine Erkenntnis. Ich muss gar nicht Danielle zu Hause aufsuchen, um sie zu verletzen. Schließlich kommt sie jede Woche zu mir in die Therapiestunde, sitzt mir gegenüber und vertraut mir ihre Geheimnisse an. Ich kann ihr Selbstbewusstsein untergraben, ihre Worte verdrehen, um ihr wehzutun. Ich kann sie von innen her kaputtmachen.

Ich beobachte wie Peter lächelt, als er die Hand ausstreckt, um Danielles Bauch zu berühren, und verspüre eine Welle der Bitterkeit. Sie verdient kein Glück. Ich fahre fort, die beiden zu beobachten, bis Danielle zu der breiten Schiebetür geht, die zum Garten führt. Einen Moment lang scheint ihr Blick auf mir zu ruhen, sich fast mit meinem zu kreuzen. Aber das ist nur Einbildung. Die dunkle Nacht verbirgt mich. Sie ist diejenige, die von den Strahlern in der Küche beleuchtet und zur Zielscheibe wird. Ich bin in Sicherheit.

ZWEIUNDDREISSIG

DANIELLE

Meine Mutter kommt heute aus dem Gefängnis. Ich beschäftige mich damit, das Haus herzurichten, staube die Oberseite der Türen und die Fußleisten ab und putze alle Ecken und Winkel. Ich weiß, dass dieses Heim nicht mit dem mithalten kann, in dem ich aufgewachsen bin, mit seinem weitläufigen Garten und den großen Schlafzimmern, aber ich hoffe, sie wird trotzdem angetan davon sein.

Ich stelle alle Fotografien von mir und Mum, die ich retten konnte, auf den Kaminsims und füge eines von Dad hinzu, dabei muss ich die Tränen zurückhalten, als ich an all das denke, was ich verloren habe. Ich weiß nicht, ob sie sich an ihn erinnern möchte oder ob es zu schmerzlich ist. Auf allen Fotos strahlen wir in die Kamera, aber meine Kindheit war nicht immer so. Bei der Erinnerung runzle ich die Stirn und versuche sie beiseitezuschieben. Ich sollte mich heute glücklich fühlen, aber mein Magen krampft sich vor Angst zusammen. Ich habe keine Ahnung, wie die zukünftige Beziehung zu meiner Mutter aussieht. Alles wird sich ändern. Ich lege eine Hand auf meinen Bauch und frage mich, wann er beginnen wird, sich zu runden, eine sichtbare Babykugel zu bilden.

Bevor ich das Haus verlasse, betrachte ich mich im Spiegel. Mein Kleid ist ein bisschen zu eng, zeigt ein bisschen zu viel Dekolleté. Mir fällt ein, wie meine Mutter mich einmal kritisierte, als ich vierzehn war, weil sie fand, mein Top wäre für den Pub zu tief ausgeschnitten. Damals war ich wütend, aber vermutlich wollte sie nur auf mich aufpassen.

Als ich in meinem Zweisitzer mit Softtop zum Gefängnis fahre, denke ich daran, wie ich jeden über meine Mum angelogen habe. Den meisten meiner Freunde erzählte ich, sie sei tot. Ich wollte nicht, dass sie herausfanden, dass sie im Gefängnis war, und es hielt sie davon ab, zu viele Fragen zu stellen. Jetzt, da sie wieder in meinem Leben treten wird, bereitet es mir Sorgen, dass ich sie keinem von ihnen vorstellen kann, ohne zuzugeben, dass ich gelogen habe. Zum Glück habe ich Peter die Geschichte aufgetischt, wir wären nur zerstritten und sie würde in Schweden leben. Aber wie lange werden wir beide diese Lebenslüge aufrechterhalten können? Wie lange wird es dauern, bis er herausbekommt, wer sie wirklich ist? Peter gewöhnt sich gerade an den Gedanken, ein Baby zu haben. Ich will nicht die Bombe platzen lassen, dass ich ihm jahrelang die Wahrheit verschwiegen habe.

Es ist schwierig, einen Parkplatz zu finden, aber ich bin eine Stunde zu früh dran, also bleibt mir reichlich Zeit. Am Ende parke ich in einer Seitenstraße mit baufälligen Reihenhäusern. Ich frische mein Make-up auf und überprüfe mein Gesicht im Spiegel meiner Puderdose. Ich bin fünfzehn Jahre älter als zu dem Zeitpunkt, als Mum und ich zum letzten Mal außerhalb des Gefängnisses zusammen waren. Ich habe ein ganzes Leben gelebt, von dem sie nur Bruchstücke kennt, die ich ihr während meiner Besuche erzählt habe. Ich weiß auch nicht mehr wirklich, wer sie ist. Wir sind praktisch Fremde.

Als ich langsam auf das Gefängnis zugehe, bleiben meine Absätze auf dem unebenen Pflaster hängen. Ich komme an einer weggeworfenen alten Matratze in einer Auffahrt und einem verrosteten Auto vor einer Garage vorbei. Als ich vor dem Tor stehe, fühle ich mich klein und verloren wie ein Kind. Wie der Teenager, der ich war, als meine Mutter eingesperrt wurde. Nach und nach bildet sich eine kleine Menschenmenge. Jeder behält das Tor im Auge, wartet ungeduldig darauf, dass jemand herauskommt.

Endlich taucht meine Mutter auf, in Jeans und einem voluminösen schwarzen Mantel, mit einer über die Schulter geschlungenen Reisetasche. »Sophie.« Sie stellt die Tasche ab und legt die Arme um mich. Ich versinke in ihrer Umarmung. Es drückt alles aus, von dem ich nicht wusste, dass ich es vermisst habe, und Tränen der Erleichterung laufen mir über das Gesicht. Aber meine Mutter fühlt sich nicht mehr so an, wie ich es in Erinnerung habe. Ihre Knochen zeichnen sich unter ihren Kleidern ab; sie besteht nur aus Ecken und Kanten. Ihr fettiges Haar streift mein Gesicht. Ich suche nach dem Duft von Chanel No. 5, schnuppere aber nur künstlichen Rosengeruch, der überhaupt nicht zu ihr zu passen scheint.

»Du weißt nicht, wie viel Zeit ich damit verbracht habe, mir das vorzustellen«, seufzt meine Mutter. »Meine eigene Tochter zu umarmen.«

Meine Emotionen überwältigen mich, und ich fange an zu schluchzen. Ich versuche mich von ihr loszumachen, mich von all diesen Gefühlen zu lösen, aber sie umfasst mich nur fester.

»Ich liebe dich«, sagt sie. »Ich liebe dich so sehr. Du wirst immer meine Tochter sein, egal was passiert.«

Ich kann vor lauter Tränen nicht sprechen.

Sie lockert ihren Griff leicht und sieht mich an. Vor meinen Augen verschwimmt alles, aber ich kann mein eigenes Gesicht sehen, zwanzig Jahre älter, das mich anschaut. Wir sind gleich groß, haben die gleichen kurzen blonden Haare. Sie hat vor ein paar Jahren angefangen, ihre zu färben, als sich ihre Zeit im Gefängnis dem Ende zuneigte.

Sie wirkt so dünn und zerbrechlich in meinen Armen.

»Du hast abgenommen«, stelle ich fest.

»Denk an all die Jahre, die ich bei den Weight Watchers war. Wer hätte gedacht, dass eine Gefängnisdiät die Antwort ist?«

Schweigend gehen wir nebeneinander zum Auto. Mum bleibt ständig stehen, um Dinge zu berühren: eine Ziegelmauer, einen Laternenpfahl, einen Stromkasten. »Ich kann nicht glauben, dass ich draußen bin«, flüstert sie. Sie starrt ein Gänseblümchen an, das zwischen Betonpflastersteinen wächst. »Erstaunlich, nicht«, meint sie. »Wie Dinge einen Weg finden, zu überleben und weiterzuwachsen, egal wie die Umstände sind. Ein bisschen wie du, Sophie. Du hast trotz schlechter Aussichten Erfolg gehabt.«

Als wir mein Auto erreichen, klappe ich das Softtop zurück. Ich bin bereit, schnellstmöglich von hier wegzufahren, das Gefängnis für immer hinter mir zu lassen. Dann denke ich an das Baby, das in mir wächst. An die Zukunft. Ich habe keine Ahnung, wie meine Mutter reagieren wird, wenn ich es ihr mitteile.

»In einer Minute wirst du den Wind in deinen Haaren spüren. Du wirst es lieben.«

Sie lächelt. »Wir sind beide ein Team, nicht wahr?«

»Das waren wir immer, Mum.«

»Du weißt, dass sich dein Vater immer ein Sportcabrio gewünscht hat. Er würde dieses hier lieben.« Ich schlucke meine Traurigkeit hinunter. Ich werde nicht zulassen, dass ich jetzt an meinen Vater denke; ich werde nicht zulassen, diese toxische Mischung von Emotionen zu spüren, die in mir aufkommt, wenn ich mich an seinen Tod erinnere.

»Ich vermisse ihn immer noch«, fährt sie fort. »Wenn wir doch nur die Dinge wieder hätten in Ordnung bringen können.«

Auch darüber werde ich nicht nachdenken. Nicht jetzt. Alles hätte so anders sein können.

Ich lasse den Motor an und fahre los. Meine Mutter spricht weiter, aber der Wind weht die Worte weg.

Für einen Mittagsimbiss halten wir an einer Tankstelle an. Käse-und-Schinken-Paninis in einem Starbucks an der Straße. Sie schlingt ihres zusammen mit einer heißen Schokolade hinunter und beobachtet die Leute, die kommen und gehen, als wären sie Aliens.

»Niemand ohne Handy in der Hand«, bemerkt sie, und ich blicke von meinem auf. Ich habe gerade meine beruflichen E-Mails gecheckt. Schuldbewusst lege ich mein Smartphone weg.

Dann hole ich tief Atem und rutsche unbehaglich auf meinem Platz herum. Ich muss es ihr sagen, bevor sie Peter kennenlernt. »Es hat Veränderungen in meinem Leben gegeben.«

»Wirklich?«

»Die Leute kennen mich jetzt als Danielle. Danielle Brown.«

»Oh, ich verstehe«, erwidert sie. »Wegen des Prozesses?«

»Ja. Und du weißt, dass mir mein zweiter Vorname sowieso immer besser gefallen hat als Sophie. Es schien mir ein guter Zeitpunkt zu sein, ihn zu ändern.«

»Und dein Nachname?«

»Ich habe geheiratet.«

Jetzt hat sie Tränen in den Augen. »Du hast geheiratet? Wann?«

»Vor vier Jahren.«

»Warum hast du mir nichts erzählt?«

»Ich wusste nicht, wie. Ich wusste, dass du nicht zur Hochzeit kommen konntest. Es hätte dich nur aufgeregt.« Mum hatte vor Schuldgefühlen geweint und geweint, als sie meine Abschlussfeier verpasste. Deshalb fühlte ich mich außerstande, ihr zu mitzuteilen, dass ich heirate. Es hätte ihr das Herz gebrochen.

Jetzt strömen ihr die Tränen über das Gesicht. »Aber dann war ja niemand von der Seite unserer Familie da. Niemand, der zu dir gehört.«

»Es war eine kleine Hochzeit. Wir hatten viele Freunde da.« Ich erinnere mich, wie wir Angehörige von Peters Familie bitten mussten, sich auf »meine« Seite des Ganges zu setzen, damit sie nicht leer blieb. Ich hatte meine Tanten und Onkel nicht eingeladen. Seit ich bei Pflegeeltern untergebracht war, hatte ich kaum mit ihnen gesprochen, und ich weiß noch, wie unendlich traurig ich war, als ich den Gang entlangschritt, ohne dass jemand von meiner Familie da war, um mein Glück mitzuerleben.

»Es tut mir so leid, dass ich nicht dabei war.«

»Keine Sorge, Mum. Es war ein glücklicher Tag.« Es war einer der glücklichsten Tage meines Lebens, aber es war niemand anwesend, der mich seit meiner Geburt kannte, kein Brautvater, der eine Rede darüber hielt, wie ich als kleines Mädchen war. Ich hatte meinen Vater so intensiv vermisst, dass ich ein Engegefühl in der Brust verspürt hatte und kaum den ersten Schritt den Gang hinunter tun konnte.

Ich erwäge, Mum jetzt von dem Baby zu erzählen, aber dann blicke ich in ihr tränenüberströmtes Gesicht und begreife, dass es nicht der richtige Zeitpunkt ist. Es reicht, dass sie meine Hochzeit verdauen muss.

»Und wie ist er? Dein Mann?«

Ich weiß nicht, was ich darauf antworten soll. Wie beschreibt man einer anderen Person den Menschen, den man liebt? All die kleinen Teile von Peter, die ihn zusammengenommen so besonders machen. »Du wirst ihn bald kennenlernen.«

»Ich kann es kaum erwarten, die Hochzeitsfotos zu sehen.«

»Ich zeige sie dir, Mum. Alle.«

»Ich freue mich so darauf.« Sie greift über den Tisch hinweg nach meiner Hand. »Ich weiß, es kommt vier Jahre zu spät, aber herzlichen Glückwunsch. Ich werde dir ein Hochzeitsgeschenk kaufen müssen.«

»Das musst du nicht.« Ich blinzle die Tränen weg. Als wir heirateten, kauften Peters Eltern uns alles, was wir für unser neues Heim brauchten, aber dessen ungeachtet hatte ich immer das Gefühl, mir würde etwas fehlen. Da war eine Leere in mir, bis mir klar wurde, dass ich noch nicht einmal ein symbolisches Geschenk von jemandem von der Seite meiner Familie bekommen hatte.

»Ich möchte es aber.«

»Mum ...« Ich zögere, überlege, wie ich mich jetzt am besten ausdrücke. »Peter weiß nichts von dir ... nun ja, er weiß es schon, aber er weiß nicht, dass du im Gefängnis warst. Er glaubt, wir wären zerstritten.« Schuldgefühle überfluten mich, und ich kann sie nicht ansehen.

»Er denkt, wir wären zerstritten?« Mum wirkt am Boden zerstört. »Aber du weißt, dass ich nie etwas tun würde, was dich verletzt.«

»Ich weiß. Ich schätze, es war ... mir peinlich, ihm zu gestehen, dass du im Gefängnis warst.«

Sie nickt. »Ich verstehe. Aber jetzt bin ich hier, und ich kann es nicht erwarten, ihn kennenzulernen.«

»Ich habe ihm erzählt, du hättest im Ausland gelebt.«

»Sehr braun bin ich ja nicht, oder?«, sagt sie lächelnd.

»Ich sagte, du würdest in Schweden leben.«

»Warum Schweden?«

»Ich weiß nicht. Es war das erste Land, das mir einfiel.«

»Und was soll ich da gemacht haben?«

»Ich erzählte, du hättest einen neuen Mann und eine neue Familie.«

»Sophie!« Sie wirkt untröstlich. »Du weißt genau, dass ich das nie tun würde. Du bist meine einzige Familie.«

»Ich musste mir irgendetwas ausdenken. Um zu erklären, warum ich zu Pflegeeltern kam. Warum du nicht da warst. Warum Peter dich nie kennenlernen konnte. Kannst du da mitspielen?«

Sie nickt traurig. »Natürlich. Du weißt, dass ich alles für dich tun würde.«

DREIUNDDREISSIG

BETH

Charlie kuschelt sich auf dem Sofa in meine Arme, und ich drücke ihn an mich. Weil er sich krank fühlte, ist er heute nicht in der Schule gewesen, und ich habe meinen Klienten abgesagt. Ich vermute, eine Grippe ist bei ihm im Anzug, er ist so lethargisch. Ich bin froh, den Tag damit verbracht zu haben, ihn einfach nur zu halten, Kinderfernsehen zu schauen und mein Denken abzuschalten. Zum Glück hat er beim Abendessen ein paar Bissen heruntergebracht und sitzt jetzt wieder mit mir auf dem Sofa. Die Kälte draußen vor dem Fenster ist ausgesperrt. Charlie trägt immer noch seinen Bademantel, und die Wärme seines Körpers tröstet mich so, wie meine Umarmung ihn tröstet.

Ich fühle mich erschöpft und besiegt. Erschöpft davon, mich die meiste Zeit allein um Charlie kümmern zu müssen und von all dem zusätzlichen Marketing, um neue Klienten zu akquirieren. Besiegt wegen Richard und Danielle und des Umstands, dass ich hier bald werde ausziehen müssen. Ich kämpfe gegen meine jetzigen Lebensumstände an, so hart ich kann, scheine aber den Kopf nicht über Wasser halten zu können.

Ich fahre mit den Fingern durch Charlies Locken und denke an die blauen Flecken auf seinem Arm. Egal wie oft ich danach frage, er verschließt sich wie eine Auster, wird reizbar und entzieht sich meinen Umarmungen. In der letzten Zeit war er nicht er selbst, stiller und in sich gekehrter als sonst.

Ich drücke ihn fester an mich, als ich mir ausmale, was auf ihn zukommt. Ein Umzug. Möglicherweise ein Halbgeschwisterchen. Ich frage mich, wie er damit klarkommen wird. Als ich auf ihn hinunterblicke, sehe ich, dass er in meinen Armen eingeschlafen ist. Seine Brust hebt und senkt sich sanft. Ich rutsche vom Sofa und ziehe vorsichtig die Decke über ihn. Dann fange ich an, mich leise im Zimmer zu bewegen und aufzuräumen. Nick grinst mich von seinem Bild auf dem Sideboard an, und ich nehme es hinunter, um es anzusehen. Ich frage mich, was er jetzt von mir denken würde, jetzt, da mein Leben zerbricht.

Ich entsinne mich, wie ich ihm meine Ängste schilderte. Ich sprach mit ihm über meinen Ex, der mich schlug und mir einredete, ich wäre wertlos, und ich vertraute ihm an, dass die anderen Lehrer an der Schule fanden, ich würde eine zu große Nähe zu den Kids aufbauen und keine angemessene professionelle Distanz wahren. Er hörte mir zu, nahm mich dann in die Arme, und seine gütigen Augen blickten in meine.

Wir haben uns in der hiesigen Squashgruppe kennengelernt. Ich fühlte mich in dem vorstädtischen London voller Paare und Coffeeshops und Leuten, die auf der Straße noch nicht einmal Hallo sagten, einsam und fing mit dem Squash an, um neue Menschen zu treffen. Nick nahm mich unter seine Fittiche, brachte mir bei, den Schläger korrekt zu halten, und warf mir geduldig den Ball zu, damit ich die Schläge üben konnte. Einmal brach ich in Tränen aus. Mein Freund war an diesem Morgen sauer gewesen, weil ich zu lange unter der Dusche geblieben war. Er hatte mich geschlagen, nicht hart, aber hart genug. Zu dem Zeitpunkt glaubte ich, es vielleicht verdient zu haben. Statt zu spielen, standen Nick und ich nur auf dem Platz und redeten. Danach lud er mich in den örtlichen Pub ein, spendierte mir ein Glas Wein und brachte mich dazu, zu lachen und alles zu vergessen. Er machte mir deutlich, niemand solle mich so behandeln dürfen. Dass er mir helfen würde, meinen Freund zu verlassen und eine Wohnung zu finden. Nachdem ich mich getrennt hatte, dauerte es nicht lange, bis Nick und ich ein Paar waren. Es war eine stürmische Romanze. Belebend und berauschend. Er gab mir das Gefühl, etwas Besonderes zu sein. Seitdem habe ich mich nie mehr so gefühlt.

Ich schenke mir etwas Wein ein und proste dem Bild zu, dann stelle ich es auf das Sideboard zurück. Danach sinke ich neben Charlie auf das Sofa. Eine halbe Stunde später schläft er immer noch tief und fest, und ich habe ein zweites großes Glas Wein geleert. Ich beschließe, ihn nach oben zu tragen und ins Bett zu bringen. Ich lege ihn behutsam ins Bett und ziehe die Decke über ihn. Seine Spielsachen sind vom Bett gefallen und darunter gerollt. Ich hebe den Pinguin auf, den er bereits als Baby hatte. Plötzlich fällt mein Blick auf etwas anderes. Ein weißes Plastikfläschchen. Meine Tabletten. Es ist weit unter das Bett gerollt. Wie ist es dorthin gekommen?

Charlie ist immer neugierig, wenn er mitbekommt, dass ich meine Tabletten schlucke, aber er kann das Badezimmerschränkchen nicht erreichen. Ich gehe ins Bad und sehe mich um. Wie ist er an den Schrank herangekommen? Es ergibt keinen Sinn.

Dann fällt mein Blick auf Charlies blaue Trittleiter in der Ecke des Raums. Er benutzt sie jeden Abend, um in die Wanne hinein und aus ihr herauszusteigen und um das Waschbecken zu erreichen. Von Schuldgefühlen überwältigt hole ich tief Luft. Er muss die Trittleiter benutzt haben, um auf den Wannenrand zu klettern und an den Schrank heranzukommen.

Wenigstens hat die Tablettenflasche einen kindersicheren Verschluss. Gott sei Dank. Er hätte sie niemals aufbekommen.

Zurück in Charlies Zimmer lege ich mich auf den Bauch, um unter das Bett zu greifen. Ich habe Kopfschmerzen und fühle mich gestresst. Für heute Abend muss ich mit dem Trinken aufhören und etwas essen. Ich taste unter dem Bett herum, bis ich die Medikamentenflasche zu fassen bekommen. Als ich sie packe, fällt der Deckel ab. Sie war offen. Ich schlucke. Das kann doch nicht sein. Wie sollte er sie aufbekommen haben? Könnte er ein paar Tabletten genommen haben? Voller Entsetzen starre ich die Flasche an.

VIERUNDDREISSIG

DANIELLE

Als wir aus dem Auto steigen, verharrt meine Mutter, um zu dem Haus hochzublicken.

»Es ist sehr hübsch, Soph ... Danielle.«

Ihr Gesicht ist tränenüberströmt, und ich strecke die Hand nach ihr aus. Sie lehnt sich gegen mich, und ich lege zaghaft einen Arm um sie. Sie riecht ungewohnt, ein muffiger Geruch, den das Rosenwassershampoo nicht gänzlich abdeckt. »Danke«, sagt sie.

Wir stehen nebeneinander zitternd in der Kälte und starren das Haus an. Plötzlich kommt es mir fremd vor, als würde es mir gar nicht gehören.

Ich frage mich, ob meine Mutter dasselbe denkt wie ich. Dass alles an diesem Moment falsch ist. Es ist die falsche Zeit, fünfzehn Jahre zu spät, und das falsche Haus. Alles wurde uns genommen. Wir werden die Jahre nie zurückbekommen, nie wieder wie früher Mutter und Tochter sein.

Ich rufe mir die Zeit ins Gedächtnis, als wir alle zusammen waren, meine Mutter, mein Vater und ich. Seine Abwesenheit hängt schwer zwischen uns. Ich frage mich, ob sie sich ebenso schuldig fühlt wie ich, dass wir am Leben sind und er nicht.

Als Mum und ich vor all diesen Jahren unser Elternhaus verließen, war uns nicht bewusst gewesen, dass es das letzte Mal war. Es hatte keinen Moment wie diesen gegeben, um innezuhalten und alles in sich aufzunehmen. Ich denke an all die Dinge, die ich verloren habe: die Möbel, meine Spielsachen, Familienfotos, Postkarten von Familienausflügen. Alles, was mir Trost spendete. Nur wenige Sachen hatte ich mitnehmen können, als ich in eine Pflegefamilie kam, und später leiteten meine Tanten den Verkauf des Hauses in die Wege, um Mums Anwaltskosten zu aufzubringen. Mum musste dem Verkauf zugestimmt haben, da ihr das Haus gehörte, aber niemand kam auf die Idee, mich zu fragen. Ich habe erst später erfahren, dass es verkauft worden war. Jemand musste es ausgeräumt haben, sich mein Teenagerzimmer vorgenommen und meine Bücher, meine Kleider und mein Make-up, die Poster an den Wänden und Fotos von Freunden und Familienangehörigen weggeworfen haben. Man hatte mir meine Erinnerungen gestohlen.

Ich bemerke Licht im Wohnzimmer. Peter ist zu Hause. Genauso hatte ich es geplant, aber jetzt betrachte ich meine Mutter in ihren unmodernen Kleidern, der die Tränen über das Gesicht rinnen, und ich zweifle, ob der heutige Abend der richtige Zeitpunkt ist, sie einander vorzustellen. Aber welche Wahl bleibt mir denn?

Meine Mutter ist schweigsam, als hätte sie Angst. »Lass uns hineingehen.« Ich nehme sie am Arm und führe sie zum Haus. Dann krame ich nach meinem Schlüssel und stoße die Tür auf. »Hi«, rufe ich laut.

Peter taucht im Flur auf.

»Hi, ich bin Virginia«, sagt meine Mutter mit schwankender Stimme.

»Hi, schön, dich kennenzulernen.« Er legt die Arme um sie. Ich sehe, wie sie unwillkürlich zusammenzuckt und ein Anflug von Furcht in ihren Augen aufflackert. Was hat das Gefängnis aus ihr gemacht?

»Soll ich deinen Koffer aus dem Auto holen?«, fragt Peter.

Ich denke an die in die gefängniseigene Reisetasche gestopften spärlichen Habseligkeiten meiner Mutter. Peter glaubt, ich hätte sie vom Flughafen abgeholt.

»Nein, danke.« Ich spüre, dass mein Gesicht zu brennen beginnt. »Ich bringe ihn später rein.«

Mum bückt sich unbeholfen, um ihre Schuhe auszuziehen.

»Möchtest du etwas trinken?«, fragt Peter. Er legt sein bestes Benehmen an den Tag, weil er meine Mutter beeindrucken will. In mir keimt Hoffnung für unsere Beziehung, für unsere gemeinsame Zukunft auf. Ich berühre leicht meinen Bauch und denke an das Baby.

»Einen Kaffee, bitte.« Meine Mutter lächelt.

»Klar. Kommt gleich. Was ist mit dir, Dani?«

»Für mich nichts.« Ich wende mich an meine Mutter. »Möchtest du den Rest des Hauses sehen?« Ich will ihr zeigen, was ich erreicht habe, wie ich es geschafft habe, Erfolg zu haben, obwohl sie abwesend war. Trotz allem.

»Ich glaube, ich möchte mich einfach nur setzen.« Sie sieht blass aus, die Augen sind groß, und ich erkenne, dass diese ganze neue Erfahrung sie vollkommen überwältigten muss. »Und dann vielleicht eine Dusche«, sagt sie hoffnungsvoll.

Peter kommt mit dem Kaffee, den sie dankbar entgegennimmt. »Langer Flug?«, fragt er. »Du musst müde sein.«

»Ja …«, erwidert sie unbestimmt.

Schweigen macht sich breit, als sie ihren Kaffee trinkt.

»Möchtest du etwas essen? Ich könnte dir ein Sandwich machen, wenn du willst.«

»Nein, danke. Wir haben unterwegs eine Mittagspause eingelegt.«

»Was machst du denn so in Schweden?«

Sie blickt mich unsicher an. »Oh, dies und das. Ich beschäftige mich immer mit irgendetwas.«

»Richtig.« Peter beugt sich vor, wartet auf mehr.

Meine Mutter starrt blicklos in die Ferne, als suche sie nach einer Inspiration für dieses Gespräch. Ich sehe, dass sie unsere Hochzeitsfotos auf dem Kaminsims anschaut.

»Wie habt ihr beide euch denn kennengelernt?«, fragt sie.

»Bei der Arbeit, vor ungefähr sechs Jahren.«

»Wo habt ihr geheiratet?«

Ich entspanne mich, als sie eine Frage nach der anderen über unsere Hochzeit stellt. Ich antworte, erzähle ihr vom Standesamt, meinem Kleid, dem kleinen Empfang, den wir im Pub hatten. Dann nehme ich unser Hochzeitsalbum vom Regal, zeige ihr die Fotos, versuche mir vorzustellen, sie wäre dabei gewesen und dies wäre nur ein ganz gewöhnlicher Mutter-Tochter-Moment und wir nur den gemeinsamen Tag Revue passieren lassen. Als sie mein Kleid bewundert, schließe ich die Augen und tue so, als wäre alles völlig normal.

Peter schlägt vor, dass er zum Laden geht, um uns etwas zum Abendessen zu besorgen. Ich wende mich an Mum, um sie zu fragen, was sie möchte. Früher liebte sie indisches Essen. Freitagabends, wenn Dad nicht da war, haben wir uns etwas zum Mitnehmen geholt. Er war an den Wochenenden oft weg, richtete die Wohnung her, die meine Eltern im Zentrum von London besaßen und die mir gehören sollte, wenn ich mit der Universität fertig wäre.

»Du kannst alles haben, was du willst«, sage ich zu Mum und mutmaße, dass die Essensauswahl im Gefängnis begrenzt gewesen sein muss. Aber meine Worte klingen gönnerhaft.

»Demnach gibt es in Schweden nichts Anständiges zu essen?«, scherzt Peter.

Mum lächelt dünn. »Nicht so viel, wie man denken sollte. Nicht viel Lamm. Meinst du, du könntest Lammkoteletts zum Abendessen holen?«

Peter nickt. »Sicher. Ich werde auch noch eine schöne Flasche Wein mitbringen.«

Nachdem er gegangen ist, hole ich ein paar frische Handtücher aus dem Schrank und gebe sie Mum, damit sie duschen kann. Sie steht einen Moment nur da, atmet den Duft ein und genießt es, wie weich sie sich anfühlen. »Sie sind herrlich«, sagt sie, und ich rufe mir ins Bewusstsein, auf wie viel sie im Gefängnis verzichten musste. Eine Welle von Mitleid durchströmt mich.

»Ich hole deine Tasche aus dem Auto und bringe sie in dein Zimmer.« Ich zeige auf das Gästezimmer mit der sauberen weißen Bettwäsche und dem Blick auf den Garten.

Sie nickt, geht mit den Handtüchern ins Bad und schließt die Tür ab. Ich höre, dass sie sofort das Wasser aufdreht. Sie scheint unbedingt allein sein zu wollen. Ich spüre, wie sich ein Gefühl von Unbehagen in meiner Magengrube breitmacht. Ich habe sie in all den Jahren so vermisst, aber jetzt, da sie wieder da ist, ist es überwältigend.

Als meine Mutter eine halbe Stunde später wieder herunterkommt, bemerke ich, dass ihre Haare immer noch nass und ungekämmt sind. »Willst du dir eine Haarbürste ausleihen?«, frage ich.

»Ja, bitte. Es tut mir leid, dass ich dich um alles bitten muss. Ich sehe zu, dass ich das so bald wie möglich ändere. Ich suche mir einen Job und zahle Miete.«

»Das hat keine Eile«, erwidere ich verlegen und bin mir unserer vertauschten Rollen bewusst. Sie hat mir so gefehlt, aber jetzt kommt es mir so vor, als wäre ich ihre Mutter.

Wir gehen gemeinsam nach oben, und Mum bürstet sich vor dem Spiegel die Haare.

»Ich weiß noch, dass ich immer deine Haare gekämmt habe, als du klein warst«, sagt Mum wehmütig. Ich denke zurück, erinnere mich an das Gefühl der Bürste, als sie sie durch meine wirren Haare gezogen hat. Einmal habe ich, als sie nicht hinschaute, ihren Lippenstift benutzt und ihre Schuhe angezogen und so getan, als wäre ich erwachsen. Ein Anflug von

Nostalgie überkommt mich, Sehnsucht nach der Vergangenheit, als alles noch einfach war.

»Glaubst du, dass du einmal Kinder haben wirst? Mit Peter?«, fragt sie plötzlich.

Ich lächle in mich hinein, denke an das Leben, das bereits in mir wächst, Zellen, die sich vermehren, Gliedmaßen, die sich bilden. »Hoffentlich.«

»Ich fand es manchmal schwierig. Mich um dich zu kümmern konnte sehr anstrengend sein, vor allem, als du ein Teenager warst und wir ständig aneinandergeraten sind. Es tut mir leid, wenn ich gelegentlich die Beherrschung verloren habe. Aber ich habe dich immer geliebt. Von ganzem Herzen.«

»Schon gut.« Ich kämpfe mit den Tränen. »Ich liebe dich auch.« Ich hätte nie gedacht, dass sie sich dafür entschuldigen würde, wie sie damals war, und mein Herz schmerzt vor Dankbarkeit. Wir hätten dieses Gespräch schon vor Jahren führen sollen. Aber unsere Beziehung ist wegen ihrer Zeit im Gefängnis verkümmert.

»Kinder können deine Geduld auf die Probe stellen, das ist alles. Ich schätze, du wirst das irgendwann selbst herausfinden.«

»Ich bin sicher, dass ich es gut schaffen werde, Mum.«

Sie steht auf und gibt mir die Bürste zurück. »Achte nur darauf, dass du vorher mit dir im Reinen bist«, sagt sie. »Du musst dich deiner Vergangenheit stellen, bevor du bereit für ein Kind bist.«

FÜNFUNDDREISSIG

BETH

Ich krieche mit pochendem Herzen unter dem Bett hervor und starre das Tablettenfläschchen in meiner Hand an. Es ist definitiv meines. Mein Name steht auf dem Etikett. Es befinden sich keine Tabletten mehr in der Flasche. Ich strenge mich an, nachvollzuziehen, wie viele gestern noch übrig waren. Ich habe nicht die leiseste Ahnung. Mein Kopf fühlt sich benebelt an.

Hat Charlie sie genommen? Mein Herz schlägt noch schneller. Was, wenn er deswegen müde und krank ist? Was habe ich getan?

»Charlie!« Ich rüttle ihn wach, und er sieht mich verwirrt an. »Charlie, hast du meine Tabletten aus dem Bad genommen? Hast du welche gegessen?«

Er hebt leicht den Kopf und starrt mich benommen an, dann lässt er den Kopf wieder auf das Kissen fallen.

»Charlie – antworte mir! Hast du irgendwelche dieser Pillen genommen?«

Er schüttelt den Kopf, dann schläft er wieder ein.

Ich tigere auf und ab. Er war den ganzen Tag krank. Erschöpft und schläfrig. Was, wenn er sie heute Morgen geschluckt hat? Er könnte eine Vergiftung haben.

Ich greife nach meinem Handy, um den Notruf anzurufen. Meine Handflächen sind schweißnass, als ich wähle. Schuldgefühle brennen in mir, als ich erkläre, dass er vielleicht meine Antidepressiva genommen hat und ich weiß nicht, wie viele. Sie sagen, sie schicken einen Rettungswagen, und mein Herz hämmert. Ich zittere vor Angst am ganzen Körper. Das ist alles meine Schuld.

Ich blicke auf Charlie hinunter, der sich kaum regt. Ich habe nicht die geringste Ahnung, ob das an seiner Müdigkeit liegt oder an etwas weitaus Ernsterem, aber ich spüre instinktiv, dass ich versuchen sollte, ihn wachzuhalten. Ich ziehe seinen kleinen Körper in meine Arme und wiederhole wieder und wieder, dass alles gut wird.

Eine halbe Stunde später ist der Rettungswagen immer noch nicht da. Ich kann meiner Panik kaum noch Herr werden. Was, wenn er den gesamten Inhalt des Fläschchens geschluckt hat? Die Medikamente sind stark. Eine Überdosis könnte leicht einen Erwachsenen umbringen. Ich kann nicht länger warten. Charlie muss ins Krankenhaus. Ich würde ihn selbst hinfahren, aber ich kann nicht. Ich habe zu viel getrunken.

Ich rufe Richard an.

»Wie konntest du zulassen, dass so etwas passiert?«, brüllt er. Am liebsten würde ich mich zu einem Ball zusammenrollen, als seine Worte mich wie Schläge treffen.

»Es tut mir so leid.«

»Jetzt ist keine Zeit zum Streiten. Ich komme rüber.«

Er hängt ein, und fünfzehn Minuten später fährt er uns ins Krankenhaus.

Wir sitzen, einen schläfrigen Charlie zwischen uns, auf harten Plastikstühlen in der Notaufnahme. Wir haben ihn beide mehrmals gefragt, ob er die Tabletten geschluckt hat, aber er bleibt bei seinem Nein. Es scheint ihm ein bisschen besser zu gehen, er lehnt sich gegen mich und besteht darauf, Spiele auf meinem Smartphone zu spielen. Ich fahre mit der Hand durch seine Haare. Ich bin so glücklich, ihn zu haben. Wie konnte ich ihn so im Stich lassen. Mir ist schlecht vor Nervosität.

Wir werden bald von einer Krankenschwester auf unsere Dringlichkeit hin überprüft, müssen dann aber warten. Ein paar Stunden verstreichen träge. Anscheinend hat unser Fall nicht oberste Priorität, denke ich erleichtert. Meine Handflächen sind immer noch schweißnass, aber ich kann wieder ruhig atmen, und ich weiß, dass alles wahrscheinlich ein gutes Ende nehmen wird. Richard wartet, bis Charlie an ihn gekuschelt eingeschlafen ist, um mich dann auszufragen.

»Wie um alles in der Welt konnte das passieren?«, flüstert er mir über Charlies Kopf hinweg zu. Ich schrumpfe förmlich in dem Stuhl zusammen, als er mich finster mustert. Ich fühle mich so schuldig, weil ich diese einfache Frage nicht beantworten kann. Ich kann es nicht erklären, wie es passiert ist. Ich muss eine furchtbare Mutter sein. Sicher sollte jede Mum in der Lage sein, zu verhindern, dass ihr Sohn an ihre Medikamente herankommt. Jede Mum außer mir.

»Ich ... ich habe keine Ahnung, wie es dazu kommen konnte. Die Tabletten waren im Badezimmerschrank, wo sie immer stehen. Er muss seine Trittleiter benutzt haben, um sie sich zu holen.«

»Ich dachte, da käme er nicht ran.«

»Das dachte ich auch.«

»Bist du sicher, dass du sie nicht draußen stehen gelassen hast?«

»Ganz sicher. Ich stelle sie immer wieder zurück.«

»Aber du hast getrunken. Du könntest es vergessen haben.«

Könnte ich es wirklich vergessen haben? Könnte ich sie irgendwo stehen gelassen haben, wo Charlie sie gefunden hat?

»Das glaube ich nicht.«

»Du solltest sowieso nicht trinken, wenn du diese Pillen nimmst.«

»Du hast immer gesagt, ein Glas würde nicht schaden.«

»Es ist etwas anderes, wenn ich nicht dabei bin, nicht? Du bist alleine für Charlie verantwortlich.«

»Wessen Schuld ist das denn?«, murmle ich. Dann denke ich an Danielle und daran, wie sie beide gemeinsam mein Leben zerstört haben. Er ahnt nicht, dass ich über sie Bescheid weiß. Und auf keinen Fall kann ich es ihm offenbaren, denn ich bin mir gewiss, wenn er erfährt, dass sie bei mir in Therapie ist, würde er sich sofort dafür einsetzen, dass ich sie nicht länger behandeln darf. Ich frage mich, ob er von dem Baby weiß, das sie erwartet, und dass es von ihm sein könnte.

Richard geht über die Bemerkung hinweg. »Du musst dich zusammenreißen, Beth. Das ist der zweite ernste Vorfall mit Charlie, seit ich ausgezogen bin. Erst hat er versucht, aus dem Haus zu laufen, als du nicht aufgepasst hast. Jetzt könnte er deine Antidepressiva genommen haben. Deine Nachlässigkeit bringt ihn in Gefahr.«

Charlie regt sich in Richards Armen, und erneut wallen Schuldgefühle in mir auf. Hat Richard recht? Bin ich eine Gefahr für mein eigenes Kind?

SECHSUNDDREISSIG

DANIELLE

Peter holt das Huhn aus dem Ofen und fängt an, es aufzutischen. Heute Abend sind wir beide alleine, und er hat sich die Mühe gemacht, zu einer vernünftigen Zeit von der Arbeit zu Hause zu sein. Meine Mutter besucht eine Informationsveranstaltung über Erwachsenenbildung am hiesigen College, und Peter hat mir eine leichte Mahlzeit aus Huhn und Reis gekocht, von der ich hoffe, sie bei mir behalten zu können.

»Du wirkst entspannter, wenn deine Mum nicht in der Nähe ist«, bemerkt er, als er mir meinen Teller reicht.

»Das bin ich auch.« Ich liebe meine Mutter, aber es ist so lange her, seit sie ein Teil meines Lebens war, dass sie mir manchmal wie eine Fremde vorkommt. Ich bin noch nicht bereit, ihr zu mitzuteilen, dass ich schwanger bin, aber ich befürchte, dass sie es bereits erraten hat. Ich bin sicher, dass sie mitbekommt, wie ich mich jeden Morgen übergebe, und ihr kann nicht entgangen sein, dass ich Ringe unter den Augen habe und im Halbschlaf im Haus herumwandere.

»Ich wünschte, jemand hätte mir erklärt, wie schwierig eine Schwangerschaft sein würde«, seufze ich. Es ist schwer, mit dem Arbeitstempo im Büro mitzuhalten, während ich mich fühle, als würde ich jeden Moment vor Erschöpfung zusammenbrechen.

»Oh ja, ich hatte auch keine Ahnung. Mandy im Büro schien überhaupt keine Probleme damit zu haben. Sie hat sich nicht einen einzigen Tag freigenommen.«

»Ich weiß nicht, wie sie das gemacht hat.« Es ist acht Uhr abends. Normalerweise wäre ich immer noch im Büro, aber ich halte diese Belastung nicht mehr aus. Selbst dieses Gespräch erschöpft mich. Ich wäre lieber im Bett.

»Tut mir leid«, sagt Peter. »Das war unsensibel. Ich sehe ja, wie müde du bist.«

Ich starre das gegrillte Huhn an, schiebe es auf dem Teller herum. Ich habe vollkommen den Appetit verloren.

»Ich wollte mit dir sprechen«, sagt Peter. »Über das Baby.«

Ich erstarre. Er nimmt meine Hand, und ich wappne mich für das Schlimmste. Dass er sich von mir trennt. Mir verkündet, ich müsse das Kind alleine großziehen.

»Ich wollte sagen, dass es mir leidtut«, fährt er fort. »Dass ich daran gezweifelt habe, dass das Baby von mir ist. Selbst wenn ich dieser Meinung war, gab es keinen Grund, dich so zu behandeln.«

»Oh.« Erleichterung durchströmt mich. »Danke.«

»Ich kriege ja mit, wie schwierig das alles für dich war. Du weißt, dass ich mir Sorgen wegen deiner Wutausbrüche mache. Aber ich bin froh, dass wir eine Therapie machen und versuchen, uns damit auseinanderzusetzen. Ich denke, wir schaffen es. Ich denke, wir können dieses Baby zusammen haben. Ihm gute Eltern sein.«

Mein Herz jubelt. Das ist es, was ich mehr als alles andere auf der Welt hören wollte.

»Es ist so wichtig, dass das Kind einen Vater hat«, sage ich. »Ich stand meinem sehr nah, als ich aufwuchs.«

»War das so? Du sprichst nicht viel von ihm.«

Tränen brennen in meinen Augen. Ich erinnere mich

daran, wie er immer meine Hand hielt, als ich ein kleines Mädchen war, wie er mich auf der Schaukel angeschubst und mit mir geschmust hat, wenn ich weinte.

»Es war hart«, erwidere ich mit tränenerstickter Stimme. »In den Pflegefamilien musste ich mich zusammennehmen, um zu überleben. Also versuchte ich, nicht an ihn zu denken, versuchte zu vergessen.«

»Mir kam es immer so vor, als ob du dich mit deinen Eltern nicht gut verstanden hast.«

Ich seufze. »Nicht als ich ein Teenager war. Da wurden die Dinge kompliziert. Sie haben sich die ganze Zeit gestritten. Einmal hat meine Mutter alles Geschirr in der Küche zerdeppert. Jeden Teller. Jedes Glas.«

»Warum?« Seine Augen weiten sich geschockt.

»Ich bin nicht sicher. Ich glaube, es war wegen etwas, was mein Vater getan hat. Er hatte eine Affäre, aber das wusste ich damals noch nicht.« Ich erinnere mich, wie ich oben auf meinem Bett saß und versuchte, ein Buch zu lesen und den Krach des berstenden Geschirrs in der Küche zu ignorieren. Als ich mich nach unten schlich, um zu nachzusehen, ob mit Mum alles in Ordnung war, war der Küchenboden übersät mit funkelnden Glassplittern und Mums nackte Füße bluteten, weil sie sich geschnitten hatte. In rasender Wut nahm sie ein weiteres Glas aus dem Schrank und schleuderte es gegen die Wand. Ich rannte die Treppe wieder hoch, so schnell ich konnte.

»Das ist verrückt.«

»Ich weiß«, sage ich. »Ich glaube, sie musste ihrer Wut Luft machen. Am nächsten Morgen hatte sie alles zusammengefegt und tat so, als wäre sie wieder fröhlich und munter.«

»Wow«, macht Peter. Er runzelt die Stirn und streichelt meine Haare. »Kein Wunder, dass du manchmal wütend auf dich selbst bist. In einer solchen Umgebung aufzuwachsen kann nicht leicht gewesen sein.«

»War es auch nicht.«

Er legt erneut die Stirn in Falten. »Glaubst du, es ist sicher, sie in die Nähe des Babys zu lassen?«

»Natürlich. Das war bloß eine einmalige Sache.« Schon als ich die Worte ausspreche, klingen sie in meinen Ohren falsch, als wäre ich nicht sicher, dass ich sie selbst glaube.

Später liege ich im Bett, versuche zu schlafen und grüble über meine Mutter im Zimmer zwei Türen von mir entfernt nach. Ich lege eine Hand auf meinen Bauch, denke an das Baby und verspüre einen unerwarteten Schauer der Furcht. Wer ist meine Mutter wirklich? Die liebevolle Frau, die mich großgezogen hat und zu jeder Schulversammlung gekommen ist? Die Frau, die sich in einen Wutanfall hineingesteigert und alles kurz und klein geschlagen hat? Oder jemand ganz anderes? Das Gefängnis muss sie verändert haben, aber ich weiß nicht wie. Möchte ich sie so nah bei unserem Baby haben?

SIEBENUNDDREISSIG

BETH

Am nächsten Morgen nach unserem Klinikaufenthalt ist Charlie wieder munter. Als ich ihn wecke, lächelt er strahlend, und meine Angst von gestern scheint aus einem anderen Leben zu stammen, ein Produkt meiner Fantasie zu sein. Die Ärzte hatten zu unserer Erleichterung nichts feststellen können, sie hatten mich jedoch angewiesen, ihn die nächsten Stunden im Auge zu behalten. Die ganze Nacht schaute ich jede halbe Stunde nach ihm, weil ich ohnehin nicht schlafen konnte.

Ich scheuche ihn aus dem Bett, ziehe ihn an und öffne dann wie mit Autopiloten gesteuert das Badezimmerschränkchen und greife nach meinen Antidepressiva. Und starre ungläubig in den Schrank. Sie sind noch da. Ich schraube die Flasche auf und schüttle eine Tablette heraus. Ein Vorrat für ein paar Tage ist noch übrig.

Wo hat Charlie die andere Flasche her? Es muss eine alte, eine leere gewesen sein. Und dann kommt mir die Erkenntnis. Manchmal basteln wir, machen Roboter aus Pappkartons oder was immer wir zum Recyceln haben. Dafür muss er sich eine alte Pillenflasche genommen haben.

Abends zünde ich wie gewohnt die Kerze in meinem Therapieraum an, um zur Vorbereitung meiner Sitzung mit Danielle die Luft zu reinigen. Ich habe es geschafft, Richard zu verschweigen, dass ich sie kenne. Ich will nicht, dass er erfährt, dass eine Beziehung zwischen uns besteht, und mich daran hindert, sie weiterhin zu sehen.

Alles hat sich jetzt geändert. Ich will die Sitzung dazu nutzen, um sie seelisch zu zermürben. Ich will ihr weder helfen noch sie lenken, sondern sie für das bestrafen, was sie mir angetan hat. Ich kann es ihr nicht durchgehen lassen, dass sie mir Richard weggenommen hat.

Spannung knistert im Raum, als Danielle und Peter Platz nehmen. Bei der letzten Sitzung war er fest davon überzeugt, dass das Baby nicht von ihm ist. Es erschien mir nicht unwahrscheinlich, dass er Danielle vielleicht verlassen und ich ihn nie wiedersehen würde. Aber jetzt ist er hier, sitzt nervös auf dem Sofa und trommelt mit den Fingern auf der Lehne herum.

»Wie fühlen Sie sich, Danielle?«, frage ich, als sie auf das Sofa sinkt. Man sieht noch nichts von der Schwangerschaft, aber sie ist blass und hat Schatten unter den Augen.

»Müde. Ich scheine einfach nicht mehr die Energie zu haben, die ich früher hatte. Am liebsten würde ich mich immerzu hinlegen und schlafen.«

Ich lächle sie warm an. »Ich erinnere mich an dieses Gefühl. Ihr Körper bereitet Sie darauf vor, das Baby zu bekommen. Das ist der leichtere Teil. Sie werden wissen, was echte Erschöpfung ist, wenn es geboren ist und die ganze Nacht schreit.«

»Ich habe ihr gesagt, sie soll sich mehr Ruhe gönnen, aber sie arbeitet immer noch zu viel.« Ich höre einen Anflug von Besorgnis aus Peters Stimme heraus und frage mich, ob er seine Meinung über das Baby geändert hat.

»Hatten Sie Gelegenheit, über das zu reden, was wir letzte Woche besprochen haben?« Ich sehe Peter an, der mich verständnislos anstarrt. »Letzte Woche äußerten Sie die Befürchtung, das Kind könnte nicht von Ihnen sein«, führe ich näher aus.

Peter errötet. »Das hätte ich nie sagen sollen. Ich weiß, dass es mein Kind ist.« Er greift nach Danielles Hand und verflechtet seine Finger mit ihren. Eifersucht glüht in mir. Trotz allem liebt er sie immer noch.

»Woher wissen Sie das?« Ich möchte mehr herausfinden, herausbekommen, was sich seit letzter Woche geändert hat, aber meine Worte klingen zu herausfordernd, nicht sanft, nicht so, wie ich normalerweise bei meinen Sitzungen klinge.

»Wegen der Daten. Die Hebamme meint, es muss vor sieben Wochen gezeugt worden sein. Da waren wir schon wieder zusammen.« Er sieht Danielle an, ein Lächeln breitet sich auf seinem Gesicht aus.

Vor sieben Wochen. Ich rechne im Kopf zurück. Das war kurz bevor ich die Fotos von Danielle mit Richard erhalten habe. Ich versuche, eine entspannte Haltung einzunehmen, aber ich kann nicht verhindern, dass ich die Zähne zusammenbeiße. Ich falte die Hände und bohre die Nägel in meine Handfläche, so fest ich kann. Der Schmerz lenkt mich ab, und es gelingt mir, ruhig zu bleiben und Danielle nicht anzufallen.

Wenn einer von ihnen zu mir hochgeblickt hätte, würden sie merken, dass etwas nicht stimmt. Aber sie beachten mich nicht. Sie sind zu sehr damit beschäftigt, sich tief in die Augen zu schauen.

»Wir sind jetzt beide wegen des Babys ganz aufgeregt«, sagt Danielle. »Obwohl wir nicht viel Zeit hatten, darüber zu reden.«

»Es war schwer, den richtigen Moment zu finden. Ihre Mutter ist gekommen, um bei uns zu wohnen.«

»Ihre Mutter?« Ich versuche, mir meine Überraschung

nicht anmerken zu lassen. Danielle hatte in einer Sitzung geäußert, ihre Eltern wären beide tot. Ein Autounfall.

»Ja.« Danielles Blick kreuzt sich einen Moment lang mit meinem, als sie merkt, dass ihre Lüge in diesem Augenblick auffliegt. »Ich habe den Leuten immer erzählt, sie wäre tot. Aber in Wirklichkeit waren wir zerstritten.«

»Mir haben Sie auch erzählt, sie wäre tot«, sage ich sanft. »Sie hätten mir vertrauen sollen. Ich hätte es verstanden.« Es ist eine bedeutende Sache, deswegen zu lügen. Ich bin überzeugt, dass sie Peter wegen des Babys ebenfalls belügt. Ein Schauer des Unbehagens durchfährt mich. Normalerweise bin ich gut darin, Körpersprache zu deuten und zu durchschauen, wann Leute lügen. Aber mir war entgangen, dass Danielle nicht die Wahrheit über ihre Mutter gesagt hat. In welchen Punkten hat sie sonst noch gelogen? Plötzlich scheint es mir ein zu großer Zufall zu sein, dass sie mich als Therapeutin gewählt hat.

»Ich war nicht bereit, es Ihnen zu erzählen. Damals noch nicht«, erwidert Danielle ruhig. »Jetzt aber schon. Meine Mutter und ich versuchen, unsere Beziehung wieder aufzubauen.«

»Wie läuft das?«, frage ich. »Es kann nicht leicht sein.«

»Ganz gut so weit. Ich meine … es ist schwierig, dass sie nach so vielen Jahren wieder bei mir lebt. Und dass ich schwanger bin, führt dazu, dass ich über meine eigene Kindheit nachdenke. Wie viel ich vermisst habe, weil ich in Pflegefamilien aufgewachsen bin.«

»Okay.«

»Ich will nicht, dass das Baby das durchmacht, was ich durchgemacht habe. Ich möchte, dass es eine glückliche Familie hat.«

»Danielle hatte eine schwierige Kindheit. Ihre Mutter … hat oft die Beherrschung verloren«, sagt Peter.

»Sie wurde oft wütend?«

»Ja«, bestätigt Danielle. »Aber jetzt hat sie sich geändert. Und ganz so schlimm war sie nie.«

»Aber ich glaube, das ist der Grund für so viele deiner Probleme«, widerspricht Peter. »Es haben sich in dir so viele unterdrückte Gefühle aufgestaut, die sich in Wutanfällen entladen.«

Von seinem Scharfblick überrascht, blicke ich ihn an.

Danielle starrt zu Boden. »Ich möchte nicht so wütend werden«, gesteht sie. »Aber manchmal geht es mit mir durch.«

»Wissen Sie von psychischen Problemen in der Familie?«, frage ich behutsam. »Wenn Ihre Mutter damit zu kämpfen hatte, werden Sie wahrscheinlich auch betroffen sein. Selbst wenn es bisher noch nicht dazu gekommen ist – ein Baby zu haben ändert alles. Sie haben schon erwähnt, dass es bewirkt, dass Sie an Ihre eigene Kindheit zurückdenken. Manchmal graben Leute ihren ganzen Ballast aus der Vergangenheit aus, um dann feststellen zu müssen, dass sie damit nicht fertigwerden. Sie werden nicht schlafen können, und Ihre Hormone werden verrücktspielen. All Ihre Gefühle werden sich verstärken. Manchmal bewältigen Menschen in diesen extremen Stresssituationen mit einem schwierigen Hintergrund, wie Sie ihn haben, das alles nicht.« Ich beobachte ihr Gesicht, um zu sehen, ob ich einen Nerv getroffen, ihr Angst eingejagt habe.

»Wirklich?« Danielle sieht mich mit furchterfüllten Augen an.

»Keine Sorge.« Ich zwinge mich, nicht zu lächeln. Ich kann in ihren Augen lesen, dass sie mir immer noch vertraut, dass sie auf meine Hilfe hofft. »Hier können Sie über all Ihre Ängste sprechen. Hier sind Sie sicher.«

ACHTUNDDREISSIG

DANIELLE

Ich beende das Abendessen mit meiner Mutter und gebe mir Mühe, den üppigen Lammeintopf bei mir zu behalten, den sie gekocht hat, als Peter mit einem Türknallen nach Hause kommt. Mein Magen verkrampft sich vor Nervosität. Heute werden wir Mum von dem Baby erzählen. Ich denke daran, was sie gesagt hat – dass ich noch nicht bereit wäre, Kinder zu haben. Hoffentlich fällt ihre Reaktion nicht allzu heftig aus.

»Hi«, ruft Peter.

»Hier drin. Hast du gegessen? Mum hat Lammeintopf gekocht.«

»Ich habe schon gegessen, tut mir leid. Aber es riecht köstlich.«

»Es hat auch gut geschmeckt«, sage ich, obwohl ich nur ein paar Bissen hinunterbekommen habe.

»Ist alles in Ordnung?«, fragt meine Mutter, als sie bemerkt, wie viel auf meinem Teller übrig geblieben ist.

Peter setzt sich uns gegenüber und sieht mich mit hochgezogenen Brauen an. Ich nicke.

»Wir haben dir etwas zu erzählen«, sage ich. Meine Beine zittern unter dem Tisch.

Die Augen meiner Mutter schießen zwischen uns hin und her. »Ist wirklich alles in Ordnung?«

»Ja, ja, alles bestens. Es sind gute Neuigkeiten. Ich ... ich bin schwanger.«

Ich beobachte die sich auf ihrem Gesicht widerspiegelnden Emotionen. Erst Schock, dann Sorge, dann Freude.

»Wow«, sagt sie schließlich. »Herzlichen Glückwunsch.« Sie steht auf, und wir umarmen uns. Erleichterung durchströmt mich. Ich bin so froh, dass sie sich für mich freut.

»Meine Tochter. Bekommt ein Baby. Ich werde Großmutter.« Darüber muss ich lächeln, aber ich spüre, wie mir die Tränen in die Augen steigen. Ich wünschte, mein Vater wäre hier, dass er die Gelegenheit hätte, Großvater zu sein.

»Ja«, sagt Peter. »Anfangs war es ein ziemlicher Schock, aber jetzt sind wir begeistert.«

»Darauf möchte ich wetten.« Sie wendet sich zu mir. »Ist dir deswegen so oft schlecht? Ich dachte, du wärst krank.«

Ich lächle. »Nein, nur schwanger.«

»Weißt du, ob es ein Junge oder ein Mädchen wird?«

»Nein. Ich stehe noch ganz am Anfang. Zu früh, um das festzustellen.« Ich lächle erneut. Egal welches Geschlecht das Baby hat, meine Liebe zu ihm fühlt sich schon jetzt überwältigend an.

»Du wirst auf dich achten müssen, dafür sorgen, dass du ordentlich isst.«

»Im Moment esse ich, was immer ich bei mir behalten kann«, erwidere ich mit einem schiefen Grinsen.

»Das vergeht. Mir war entsetzlich übel, als ich dich erwartet habe, aber es wurde besser.«

»Wir müssen auch den Stress für sie so gering wie möglich halten«, sagt Peter.

»Ja, natürlich.« Sie wendet sich an mich. »Du solltest weniger arbeiten. Du verbringst zu viel Zeit im Büro.«

»Das sage ich ihr auch ständig.«

»Das ist ja so aufregend.« Meine Mutter grinst, als sie die Nachricht verarbeitet. »Kann ich irgendetwas tun, um zu helfen?«

»Ich glaube, noch nicht.« Ich lege eine Hand auf meinen Bauch, will das in mir wachsende Leben beschützen. Eine Unmenge konfuse Gefühle schwirrt in meinem Kopf. Ich hätte gern, dass meine Mutter die Art von Großmutter sein wird, wie einige Mütter meiner Freundinnen. Großmütter, die mit den Babys aushelfen, die so viel Zeit wie möglich mit ihren Enkeln verbringen möchten. Aber ich bin nicht sicher, ob ich ihr vertrauen kann.

»Du wirst vermutlich mehr Hilfe brauchen, wenn das Kind auf der Welt ist. Ich kann dein im Haus wohnender Babysitter sein.« Sie lächelt.

Peter sieht mich an. Der Gedanke, dass sie langfristig bleiben möchte, verursacht mir leichte Übelkeit. Ich hatte Peter den Eindruck vermittelt, meine Mutter würde nach Schweden zurückkehren, wenn ihr Aufenthalt hier endet.

»Wir werden einiges ändern müssen, wenn das Baby auf der Welt ist«, sagt er.

»Ja, natürlich. Das Haus kindersicher machen, solche Dinge eben. Ich kann es wirklich kaum erwarten, Großmutter zu werden.« Plötzlich klatscht sie in die Hände. »Eine solche Nachricht müssen wir feiern. Wir sollten Sekt trinken und auf das Baby anstoßen.«

»Gute Idee, Mum.« Das Haus bedrückt mich plötzlich. »Soll ich welchen besorgen?«

Sobald ich zur Tür heraus und an der frischen Luft bin, fühle ich mich besser. Mein Körper scheint im Moment ständig zu überhitzen, und die kalte Winterluft beruhigt mich. Ich verlasse langsam die Sackgasse, genieße die Erleichterung darüber, dass sich meine Mutter über das Baby freut.

Die Straße ist dunkel, die Straßenlaternen stehen weit voneinander entfernt. Als ich ein Auto passiere, das auf dem Bürgersteig direkt neben der Hecke parkt, beschleicht mich das Gefühl, dass jemand hinter mir ist. Ich drehe mich um, um mich zu vergewissern, entdecke aber nur jemanden auf der anderen Straßenseite. In der Dunkelheit ist die Person nur schattenhaft zu erkennen, die sich von der Ziegelmauer abhebt. Sie senkt den Kopf und bleibt stehen, um in ihren Taschen zu kramen. Ich höre das Klirren von Schlüsseln. Es scheint, jemand kommt gerade von der Arbeit nach Hause.

Ich setze meinen Weg fort, dabei wundere ich mich, warum meine Nackenhaare immer noch aufgestellt sind, als würde mein Körper spüren, dass etwas nicht stimmt. Ich überlege, ob es ein Symptom der Schwangerschaft ist, eine Art Mutterinstinkt. Eine übersteigerte Wahrnehmung und übersteigerte Wachsamkeit – mein Körper bereitet sich darauf vor, das Baby zu schützen.

Diese Empfindung kam in der letzten Zeit öfter vor. Wenn ich spätabends von der Arbeit komme, achte ich auf jede Person, die die Straße entlanggeht, schätze das von ihr ausgehende Risiko ab und versuche einzuordnen, ob sie eine Gefahr für mich darstellt. Für gewöhnlich gehe ich blind für alles um mich herum zur U-Bahn, aber neuerdings ängstige ich mich, wenn ich alleine bin. Ständig habe ich das Gefühl, jemand beobachte mich, aber das ist nicht der Fall. Alles Paranoia. Ich erinnere mich daran, was Beth über psychische Probleme in meiner Familie gesagt hat. Hoffentlich ist das hier nicht der Beginn von etwas weit Schlimmeren. Ich hoffe, dass dieses Gefühl, diese Furcht nachlässt, wenn meine Schwangerschaft fortschreitet und ich mich an die Vorstellung, ein Kind zu haben, gewöhne.

Ich denke an all die Menschen, denen ich im Rahmen meiner ehrenamtlichen Tätigkeit geholfen habe. Ich habe für Leute, die wegen Betrug, schwerer Körperverletzung und

Bandenverbrechen verurteilt wurden, Berufung eingelegt. Viele wurden danach freigesprochen. Was, wenn ihre Opfer Rache wollen? Was, wenn sie es auf mich, die Anwältin, abgesehen haben statt auf den Täter? Ich kann nicht fassen, dass ich bisher so unbedacht war, aber ist es möglich, dass da draußen jemand lauert, der mir etwas antun will?

Ich erschaudere, versuche, den Gedanken zu verdrängen, und bin froh, als ich die helle Beleuchtung des Supermarkts, die Reihe von Einkaufswagen draußen unter dem fluoreszierenden Licht und die herumwuselnden Menschen erblicke. Ich nehme mir einen Einkaufswagen, die automatischen Türen öffnen sich und ziehen mich in die Wärme. Es ist gut, Menschen um mich herum zu haben, auch wenn es nur Fremde sind, die die Supermarktgänge entlanggehen.

Um den Moment hinauszuzögern, in den ich wieder in die kalte Luft hinausmuss, beschließe ich, noch ein paar andere Sachen einzukaufen, wenn ich schon einmal hier bin. Ich versuche gerade Peters Lieblingsmüsli zu finden, als ich sie entdecke. Zumindest meine ich, dass sie es ist, ihr Einkaufswagen rollt am Ende des Ganges vorbei. Beth. Ich zucke zusammen, und mein Gesicht wird rot. Alles, was sie bei unserer letzten Sitzung geäußert hat, kommt zurück. Sie hat infrage gestellt, dass ich als Mutter zurechtkommen werde, hat mich verunsichert. Ich habe mich bemüht, nicht darüber nachzugrübeln, was sie über ihre Sorge um meine geistige Gesundheit erwähnt hat. Ich habe nicht damit gerechnet, sie hier zu sehen, an meine Bedenken erinnert zu werden. Nicht an dem Ort, wo ich nur kurz Milch oder einen Laib Brot kaufen wollte. Nicht an einem Ort, wo ich mich sicher fühle.

Ich warte ein paar Minuten, gebe vor, die Rückseite einer Schachtel Getreideflocken zu studieren, bevor ich weitergehe. Oben im Gang biege ich nach links ab, in die entgegengesetzte Richtung, die sie eingeschlagen hat. Die anderen Einkäufe können warten, es reicht, wenn ich den Alkohol besorge und mache, dass ich hier wegkomme. Ich finde den Gang mit dem Wein und suche den Sekt, als ich meine, sie aus dem Augenwinkel heraus erneut zu sehen. Ich blicke auf. Sie ist es. Sie schaut sich am Ende des Gangs um. Ich tue so, als würde ich mich auf die Weine konzentrieren. Sie verschwindet in einem anderen Gang. Hat sie mich gesehen? Und was tut sie hier? Ich denke daran, dass ich in der letzten Zeit das Gefühl hatte, beobachtet zu werden. Aber bestimmt projiziere ich meine Ängste nur auf sie. Sie hat mich noch nicht einmal gesehen.

Ich möchte endlich hier weg. Mir wird wieder heiß, und ich bin nicht sicher, ob es an den Nerven oder der Schwangerschaft oder beidem liegt. Ich lasse den Einkaufswagen stehen, senke den Kopf und stürze in die frische Luft hinaus. Draußen ringe ich nach Atem. Ich kann nicht glauben, dass ich so reagiere. Ich hätte einfach nur Hallo sagen sollen. Ich überlege, ob meine Hormone für meine Angstzustände verantwortlich sind oder ob mehr dahintersteckt. Mir fällt ein, dass ich gemeint habe, auf dem Weg zum Supermarkt beobachtet worden zu sein. Vielleicht bin ich deswegen so nervös. Was, wenn jemand mir gefolgt ist?

NEUNUNDDREISSIG

BETH

Ich stehe in der Ecke der Küche und trinke meinen Wein, während ich den Paaren zusehe, die durch mein Haus wandern und beiläufig über den Umstand hinweggehen, dass die Küche kurz vor Charlies Geburt renoviert worden ist.

»Wir könnten das alles herausreißen«, sagt ein hochgewachsener Mann zu seiner schwangeren Freundin, dabei deutet er auf die Küchenschränke, die ich selbst gestrichen habe, als das Geld knapp war. »Und diese Wand könnte man rausreißen, um einen offenen Raum zu haben.«

David, der Makler, taucht hinter ihnen auf. »Dieses Haus bietet so viel Potenzial«, meint er. »Sie können ihm Ihren eigenen Stempel aufdrücken.«

»Wir brauchen ein größeres Haus für das Kleine.« Der Mann glüht vor Stolz, als er seine Freundin bewundernd anblickt.

David zögert nicht. »Dieses hier ist ideal für eine Familie. Drei große Schlafzimmer oben. Der Verkäufer möchte die Immobilie schnell verkaufen. Er hat schon etwas anderes gefunden. Also würde er vielleicht erwägen, mit dem Preis herunterzugehen, wenn Sie interessiert sind.«

Ich trinke einen Schluck Wein, als ich beobachte, wie eine Frau meine Fotocollage an der Wand betrachtet. Sie hängt schon so lange da, dass ich sie gar nicht mehr wahrnehme. Richard und ich im Spanienurlaub, bevor wir Charlie hatten, Cocktails in der Sonne, wir liegen am Pool und stehen vor Kirchen und Museen. Sie starrt die Bilder so eindringlich an, dass ich zu ihr gehen und sie davor wegziehen möchte. Vielleicht hätte ich das Bild abnehmen sollen. Die Frau erwägt, das Haus kaufen, nicht mein ganzes Leben.

Neben mir wird eine Schranktür geöffnet wird. Ein Mann hält die Tür auf und gibt den Blick auf meine Reihen von Kristallgläsern frei.

Ich schlucke. »Was tun Sie da?«

Über die Störung verärgert, blickt er mich finster an. »Ich überprüfe alles auf Feuchtigkeit. Man weiß ja nie, was sich hinten in den Schränken versteckt.«

Die schwangere Frau kommt wieder herein und bittet mich, sie vorbeizulassen, damit sie die Wasserhähne in der Küche aufdrehen kann. »Ich will den Wasserdruck prüfen«, erklärt sie. Ich nicke. Irgendetwas an ihrem Verhalten und an ihrem energischen Wesen erinnert mich an Danielle. Bei dem Gedanken an sie erstarre ich. Ich betrachte sie nicht länger als meine Klientin, für mich ist sie die Frau, die mir Richard weggenommen hat. Heute Abend kommt sie zur Therapie. Ich umklammere mein Weinglas, bis meine Knöchel weiß hervortreten, während ich zusehe, wie Paare mein Haus besichtigen. Das ist alles ihre Schuld.

Später, als die Horden weg sind und Richard mit Charlie aus dem Park zurück ist, sitze ich in meinem Therapieraum Danielle und Peter gegenüber.

Danielle trägt wieder die Brosche, die aus Jade, die denen so ähnelt, die Richard mir geschenkt hat. Richard muss sie ihr ebenso zum Geschenk gemacht haben. Ich frage mich, warum sie die Brosche gerade jetzt trägt, da sie so verzweifelt versucht, ihre Beziehung mit Peter zu kitten. Vielleicht ist sie noch nicht ganz über Richard hinweg.

Danielle rutscht in dem Versuch, eine bequeme Position zu finden, auf dem Sofa herum. Sie fährt sich mit den Fingern durch die Haare.

»Sie wirken sehr beunruhigt«, sage ich.

»Das bin ich auch«, gibt sie zu. Ihre dunkelbraunen Augen bohren sich in meine.

»Letzte Woche sprachen wir über psychische Probleme.« Ich blicke vielsagend auf ihre auf ihrem Bauch ruhende Hand. »Es kommt sehr häufig vor, dass Kinder die Ängste ihrer Mütter erben. Vielleicht sollten wir das Thema in dieser Sitzung einmal ansprechen.«

»Sie meinen, das Baby könnte es von mir erben?«

»Ja. Sogar schon im Mutterleib. Ihr Stress verursacht dem Baby Stress. Und wenn das Kind heranwächst, werden auch Ihre Gene eine Rolle spielen. Psychische Probleme vererben sich in der Familie.«

Peter blickt zu mir herüber. »Wutausbrüche auch?«

»Wie meinen Sie das?«, frage ich.

»Ich habe es schon gesagt – Danielle wird wütend, wirklich wütend. Und ich weiß, dass ihre Mutter genauso war. Ich ... ich will nur nicht, dass das, was passiert ist, sich wiederholt.«

»Was ist denn passiert?«

»Das Feuer. Hat sie Ihnen von dem Feuer erzählt? Wie sie sich das Gesicht verbrannt hat?«

Danielle rutscht unbehaglich auf ihrem Sitz herum. Sie legt eine Hand auf Peters Bein, und ich bin nicht sicher, ob sie ihn beruhigen oder ihn am Weitersprechen hindern will.

»Ja«, erwidere ich und erinnere mich daran, dass ich, bevor ich ihn kennengelernt habe, in Betracht zog, Peter hätte das Feuer absichtlich ausgelöst, dass er gewalttätig sein könnte. Seit ich ihn kenne und die Dynamik zwischen den beiden verfolge, bin ich nicht mehr so sicher.

»Es war ein Unfall ...«, beginne ich.

»Ein Unfall?« Peter wirkt ungläubig, und ich bin leicht verwirrt. Gibt er zu, es mit Absicht getan zu haben?

»Sie haben gegrillt«, fahre ich fort.

Danielle mischt sich ein. »Bitte«, sagt sie. »Sprich nicht weiter. Wir wissen alle, was passiert ist. Ich möchte es nicht noch einmal durchleben.«

»Nein«, widerspricht Peter fest. Er legt jetzt seine Hand auf Danielles Hand und übernimmt damit wieder die Kontrolle. Dann sieht er mich an. »Ich möchte hören, was sie Ihnen geschildert hat. Ob sie die ganze Geschichte erzählt hat.«

Die ganze Geschichte? Heißt das, es gab irgendeinen Grund, das Feuer auszulösen, und er verdiene irgendwelche mildernden Umstände? Die Entschuldigungen, die Klienten manchmal für ihr eigenes Verhalten vorbringen, sind wirklich erstaunlich.

»Danielle – ich halte es für gut, das zu klären. Es scheint ein großes Problem in Ihrer Beziehung zu sein.« Ich werde plötzlich neugierig.

Sie berührt die Narben in ihrem Gesicht. »Es hat mein Leben verändert«, sagt sie düster. »Ihr beide wisst das. Lassen wir das Thema einfach ruhen.«

»Haben Sie und Peter je darüber geredet?«

Sie sehen sich an, und keiner von ihnen antwortet.

»Okay«, sage ich. »Wir wollen die Fakten rekapitulieren. Der Grill wollte nicht brennen, deshalb hat Peter Benzin darauf geschüttet, und alles geriet außer Kontrolle.«

Danielle schreit bei der Erinnerung auf.

Ich starre Peter an, beobachte seine Reaktion. Danielle hat mich auf den Gedanken gebracht, dass es nicht nur einfach ein Unfall war. Dass er die Beherrschung verloren hat.

»Das hast du ihr erzählt?« Er beugt sich zu Danielle, und sie wirkt plötzlich klein neben ihm. Ich habe bei ihm während unserer letzten Sitzung noch keine Anzeichen für ein aufbrausendes Temperament erkennen können, aber jetzt kommt seine Wut durch. Er wäre nicht der erste Mann, der ein Experte darin ist, sie zu verbergen. Ich habe gelernt, dass es die aalglatten Darsteller sind, auf die man aufpassen muss. Sie bleiben oft am längsten unentdeckt. Sie können ihre Partner hinter verschlossenen Türen misshandeln, ohne dass jemand Verdacht schöpft.

»Ich ...« Danielle wirkt völlig verängstigt.

»Peter«, sage ich scharf. »Ihre Körpersprache erscheint bedrohlich.«

Er blickt so überrascht zu mir auf, als hätte er vergessen, dass ich da bin, und rutscht dann wieder auf seine Seite des Sofas.

»Was ist los?«, frage ich ihn.

»Wie sie die Sache geschildert hat, stimmt vorne und hinten nicht.« Ich setze mich auf und beuge mich vor. Verwischt er nur seine Spuren? Vielleicht befürchtet er, dass ich ihn anzeige.

»Ich habe das Benzin nicht verschüttet«, sagt Peter. Er muss lügen. Er will seinen Fehler mir gegenüber nicht zugeben. Will nicht zugeben, dass er die Schuld an Danielles Narben trägt.

»Es war Danielle«, fährt er fort. Meine Augen werden groß, und ich starre ihn geschockt an; ich bin nicht imstande, meine übliche professionelle Miene zu wahren. »Sie war außer sich vor Wut. Wir hatten gerade wegen irgendeiner Kleinigkeit gestritten. Ob wir für die Gäste alles rechtzeitig fertigbekommen würden. Sie ist ausgerastet und hat sich den Benzinkanister gegriffen. Ich habe sie angeschrien, es nicht zu tun. Aber sie hat nicht gehört. Sie hat ihn auf das Feuer geworfen. Der Grill ist sofort in Flammen aufgegangen. Ihre Haare gerieten in Brand. Sie hat sich die Verletzungen selbst zugefügt.«

VIERZIG

DANIELLE

Ich arbeite noch spät, und das Büro ist leer. Ich bin als Einzige noch hier. Die Kombination aus den künstlichen Lichtern über mir und dem Summen meines Computers verursacht mir Kopfschmerzen, aber ich bin für heute Abend fast fertig. Ich schaue auf meinem Handy nach der Uhrzeit. Zehn Uhr. Ich bin total erschöpft. Ich habe, seit ich herausgefunden habe, dass ich schwanger bin, nicht mehr so lange gearbeitet, aber heute musste ich bleiben, um alles aufzuarbeiten.

Ich war früher immer diejenige, die als Letzte ging, die abschloss, das Licht ausmachte und dabei die Befriedigung eines Tages harter Arbeit empfand. Jetzt gehe ich eher um sieben nach Hause, nehme einen kleinen Abendsnack zu mir und schlafe dann Stunden am Stück.

Ich fahre meinen Computer herunter, suche meine Papiere zusammen, packe meinen schwarzen Rucksack und gehe an den leeren Konferenzräumen und unbesetzten Schreibtischen vorbei auf die Lichtschalter zu. Morgen wird dieses Büro wieder vor Leben summen. Aber im Moment ist es frei von Menschen und Unterhaltungen, von surrenden Druckern, den

Stimmen der Partner und der Glocke, die ertönt, wenn wir einen Prozess gewinnen.

Draußen vor dem Fenster erklingt heiseres Lachen. Ich zucke zusammen. Aber es werden nur Leute auf dem Rückweg vom Pub sein.

Es ist zu still hier drin.

Ich knipse sämtliche Lichter aus. Das Büro ist dunkel und düster, die Reihen leerer Schreibtische werfen Schatten auf den dunkelblauen Boden. Ohne das Summen der Computer ist es totenstill, nur das Geräusch des Verkehrs und die Stimmen draußen sind zu hören.

Meine Absätze klackern auf den Fliesen, als ich auf die Fahrstühle zusteuere, das Geräusch hallt durch das Büro. Ein flüchtiger, unwillkommener Gedanke geht mir durch den Kopf. Ich hätte bequeme Schuhe anziehen sollen. Mit diesen Absätzen kann ich nicht schnell weglaufen.

Meine Augen schießen von den Konferenzräumen zu den Hohlräumen unter jedem Schreibtisch. Mir ist nie zuvor aufgefallen, wie viele Versteckmöglichkeiten es in diesem Büro gibt. Unwillkürlich muss ich an einen Mandanten denken, den ich vor Kurzem verteidigt habe, weil man ihn beschuldigte, einen Kollegen in einem Konferenzraum tätlich angegriffen zu haben. Es war mir gelungen, ihn freizubekommen. Aus Mangel an Beweisen. Was, wenn er es getan hatte?

Ich erreiche die Lifttür, spüre zu meiner Erleichterung kaltes Metall an meiner Haut. Ich blicke mich ein letztes Mal im Büro um, dann drücke ich auf den Knopf für die Fahrstühle. Die Glocke ertönt, und die Tür des nächstgelegenen Fahrstuhls gleitet auf. Ich will gerade die Kabine betreten, als ich aus dem Augenwinkel heraus eine Bewegung wahrnehme. Als ich den Kopf drehe, sehe ich eine große schwarze Maschine. Ein Industriestaubsauger. Eine Frau in einem Overall und mit Kopfhörern schiebt ihn langsam aus einem der anderen Fahrstühle. Ich hätte es wissen müssen. Die Reinigungskräfte kommen jeden Abend um diese Zeit.

Ich nicke der Frau zu, aber sie hat mich nicht bemerkt, weil sie durch das abgelenkt ist, was auch immer aus ihren Kopfhörern dröhnt. In der Fahrstuhlkabine sehe ich zu, wie sich die Aufzugstüren langsam schließen, und atme erleichtert auf.

Dann sehe ich das Bild im Spiegel und schnappe nach Luft. Ich bin nicht alleine.

Der Mann lächelt. »Gehen Sie einmal früh nach Hause?« Er macht nur einen Scherz, der aber bedeutet, dass er mit meiner Routine vertraut ist. Ich kenne ihn von irgendwoher, vielleicht von einer Weihnachtsfeier oder Drinks nach der Arbeit. Er ist der Typ Mann, den ich anlächeln würde, wenn ich nachts in einem Fahrstuhl mit ihm alleine wäre. Wenn ich nicht so paranoid wäre.

Ich gebe keine Antwort und wünschte, der Fahrstuhl würde schneller fahren.

»Soll ich Sie zur Haltestelle begleiten?«, fragt der Mann. Wenn ich mich doch nur an seinen Namen erinnern könnte. Und woher weiß er, dass ich die U-Bahn nehme? Ich ermahne mich, mich zu beruhigen. Außer den Partnern der Kanzlei fährt jeder mit der U-Bahn. Sie sind die Einzigen, die Parkplätze haben.

»Nein, danke«, erwidere ich.

Als wir unten sind und das Gebäude verlassen, halte ich den Atem an, während ich darauf warte, dass er geht. Sowie er die Straße hinunterschlendert, mache ich kehrt und schlage die entgegensetzte Richtung ein, obwohl er Richtung U-Bahn geht. Ich laufe um den Block und nehme meinen ursprünglichen Weg, sobald ich sicher bin, dass er weg ist.

Jetzt ist niemand mehr zu sehen, und die Straßenlaternen verbreiten ein gespenstisches Licht. Ich beschleunige mein Tempo, die Augen fest nach vorne gerichtet, und achte im Augenwinkel auf Seitengassen, Hauseingänge und irgendwelche anderen Orte, von denen aus sich jemand auf mich stürzen könnte. Dabei beschließe ich, dicht bei den geparkten Autos zu bleiben.

Ich habe das Ende der Straße fast erreicht, als plötzlich die Scheinwerfer eines Wagens aufleuchten. Ich bekomme den Schreck meines Lebens.

Ich bin die Straße hochgelaufen auf das Auto zu, hatte aber niemanden bemerkt. Niemand war in das Auto ein- oder aus ihm ausgestiegen. Derjenige muss dort gesessen haben. Wartend. Aber worauf?

Ich will nicht näher herangehen. Mein ganzer Körper ist angespannt und auf der Hut. Ich bleibe reglos stehen und beobachte, wie das Auto aus der Parklücke heraus und dann an mir vorbeifährt.

Dann erkenne ich die Person auf dem Fahrersitz.

Beth.

EINUNDVIERZIG

BETH

Der Lavendelduft der Kerze erfüllt den Raum, als ich die Fotos aus dem Umschlag nehme, und sie ordentlich aufgereiht auf den Couchtisch lege. Danielle und Richard gehen nebeneinander die Straße entlang. Er umarmt sie. Die beiden küssen sich vor der Universität.

Ich habe mich sorgfältig in mein Lieblingskleid mit den blauen und weißen Streifen gekleidet und trage dazu die zarten tränenförmigen Silberohrringe, die Richard mir zu unserem fünften Jahrestag geschenkt hat. Ich will, dass Danielle mich wirklich wahrnimmt, dass sie erkennt, dass ich ein realer Mensch bin, nicht nur jemand, der ihr jede Woche zuhört, wenn sie über ihr Leben spricht. Dass ich auch ein Leben und Träume und Hoffnungen habe. Ich will, dass sie sieht, dass sie meine Beziehung zerstört und herzlos dafür gesorgt hat, dass mein Leben in Scherben liegt.

Die ganze Woche habe ich überlegt, wie ich sie am besten zur Rede stelle. Ich dachte daran, sie zu Hause aufzusuchen oder sie vor ihren Kollegen in Verlegenheit zu bringen. Aber hier, in diesem kleinen Raum, zusammen mit Peter, ist es perfekt. Ich kann es kaum erwarten, sein Gesicht zu sehen, wenn sein Blick auf die Fotos fällt. Und ich stelle mir den Ausdruck von Danielles Gesicht vor, die Art, wie sie vor Scham errötet.

Ich freue mich schon darauf, Peter zu sagen, dass ich nicht glaube, dass das Baby von ihm ist. Ich habe den Kurs nachgeschlagen, den Danielle bei Richard belegt hat. Das Timing kommt hin. Er hat sie ein paar Wochen, bevor sie das Kind ihrer Meinung nach empfangen hat, unterrichtet.

Charlie übernachtet heute bei Richard, also habe ich das Haus ganz für mich. Ich will nicht, dass er es mitbekommt, wenn sich die Situation aufheizt.

Um acht Uhr abends gehe ich im Flur auf und ab, warte ungeduldig darauf, dass sie eintreffen, und studiere mein Lächeln ein. Normalerweise sind sie pünktlich, daher fange ich an, nervös zu werden, als es zehn nach acht wird. Vielleicht kommen sie gar nicht. Ein Schauer der Enttäuschung überläuft mich.

Und dann klingelt es an der Tür.

Als ich zur Haustür gehe, betrachte ich mich im Garderobenspiegel und lächle meinem Spiegelbild zu. Ich bin bereit.

Ich sehe den Schatten hinter dem Milchglas, öffne die Tür und verziehe das Gesicht zu einem Lächeln.

Aber es erstirbt, als ich realisiere, wer da steht. Nur Peter, dessen kräftige Gestalt die Türöffnung ausfüllt.

»Wo ist Danielle?«, frage ich.

Seine Augen blitzen. »Sie kommt nicht. Sie kommt nie wieder hierher. Ich werde nicht zulassen, dass sie je wieder etwas mit Ihnen zu tun hat.«

Ich starre ihn geschockt an.

Er tritt über die Schwelle des Hauses, bevor ich reagieren kann, baut sich vor mir auf.

»Sie hat mir erzählt, dass Sie ihr gefolgt sind«, sagt er.

»Ich bin ihr nicht …«

»Sie hat Sie gesehen. In Ihrem Auto vor dem Büro. Sie hatte Angst.«

»Ich kam nur zufällig vorbei.«

»Was wollen Sie von ihr? Sind Sie besessen von ihr? Ist es das?«

»Nein … ich …« Kurz blitzt der Gedanke durch meinen Kopf, ihn aufzuklären, dass sie mir Richard weggenommen hat, ihn in den Therapieraum zu führen und ihm die Fotos zu zeigen. Aber ich bin überzeugt, dass er mir nicht glauben wird.

»Was für eine Therapeutin sind Sie eigentlich? Sie wissen, dass Danielle verletzlich ist. Sie ist schwanger. Warum tun Sie so etwas?«

»Ich … ich wollte ihr helfen. Ich wollte Ihnen beiden helfen.«

»Nein, das wollten Sie nicht. Ich durchschaue Sie. Die Fragen, die Sie stellen. Sie bringen sie dazu, an sich selbst zu zweifeln. Unterstellen ihr, sie hätte psychische Probleme wie ihre Mutter. Sie sind alles andere als gut für sie.«

Er mustert mich von Kopf bis Fuß, als wäre ich eine erbärmliche Jammergestalt. Sein Gesicht ist meinem so nah, dass sein Atem meine Wange streift. Ein Flashback taucht auf, als mein Freund, mit dem ich vor Nick zusammen war, mich gegen die Wand zu drücken und als Punchingball zu benutzen pflegte. Plötzlich wird mir bewusst, dass ich mit ihm allein im Haus bin. Ich blicke zur Tür, die er hinter sich geschlossen haben muss. Sie ist nur ein paar Schritte entfernt, aber da er mir den Weg versperrt, ist sie unerreichbar.

»Es tut mir leid, wenn Sie das so sehen«, erwidere ich rasch. »Aber ich glaube, es ist das Beste, wenn Sie jetzt gehen.«

Er rührt sich nicht von der Stelle. »Sie haben Probleme. Ernste Probleme.« Ich denke an mein Handy, das nebenan in der Küche liegt. Wenn ich es doch nur erreichen und Hilfe rufen könnte. Eine Träne rinnt an meiner Wange hinunter.

»Sie sind erbärmlich. Halten Sie sich von mir und Danielle fern, oder ich gehe zur Polizei. Betrachten Sie das als Warnung.« Und dann schlägt er mit der Hand gegen die Wand, stapft zur Tür und geht.

ZWEIUNDVIERZIG

DANIELLE

Auf der Rückfahrt von der Arbeit denke ich über Beth nach. Diese Woche habe ich sie nicht gesehen. Nicht in meinem Büro, nicht bei meinem Haus, nicht im Supermarkt. Immer wenn ich einen Schatten sehe oder jemanden hinter mir spüre, blicke ich über meine Schulter. Aber sie ist nicht da. Die Polizei hat nicht geholfen, als ich sie gerufen habe. Aber Peter hat es getan. Er ist zu ihr gegangen, und seitdem habe ich nichts mehr vor ihr gehört. Ich lächle. Mein Retter. Ich stelle mir vor, sein Baby zu haben, eine lächelnde, glückliche, dreiköpfige Familie. Alles geht bergauf. Ich hatte Beth dafür bezahlt, mir zu helfen, aber es war Peter, auf den ich mich die ganze Zeit verlassen konnte.

Als ich in meine Auffahrt einbiege, ist es schon elf Uhr nachts, und ich bezweifle, dass noch jemand wach ist. Ich hatte einen weiteren langen Arbeitstag und bin todmüde. Doch im Wohnzimmer brennt Licht. Ich hoffe, es ist Peter, nicht meine Mutter.

»Hi«, rufe ich versuchsweise, als ich die Tür öffne.

»Hallo.« Peter erscheint in der Tür zum Wohnzimmer.

»Wolltest du gerade ins Bett gehen?«, frage ich, als ich meine Schuhe ausziehe.

»Noch nicht. Wir müssen reden.«

»Geht es um Beth?« Ich gehe in die Küche und Peter folgt mir, ich gieße mir ein Glas Wasser ein. Ich glaube, Beth verfolgt mich nicht mehr. Ich sehe ihn an und registriere den sorgenvollen Ausdruck in seinen Augen. Weiß er etwas, was ich nicht weiß?

»Nein, es geht nicht um Beth …«

»Wenn es darum geht, dass ich zu viel arbeite, dann verspreche ich, dass ich mehr Zeit haben werde, wenn das Berufungsverfahren abgeschlossen ist. Du weißt, wie wichtig es ist, dass die Unschuld meines Mandanten bewiesen wird. Außer uns gibt es niemanden, der ihm helfen kann, er hat keinerlei Familie hier. Wenn das Verfahren vorbei ist, dann kann ich es etwas ruhiger angehen lassen. Dafür sorgen, dass ich fit für das Baby bin.« Ich lege eine Hand auf meinen Bauch.

»Das sagst du immer. Aber dann kommt immer ein neuer Fall. Mehr Arbeit. Ein weiteres Fehlurteil. Dazu deine hauptberufliche Anwaltstätigkeit. Du kannst so nicht weitermachen.«

Ich nicke. Ich weiß, dass er recht hat. »Können wir das ein andermal besprechen? Ich bin todmüde.«

»Darüber können wir später sprechen. Jetzt wollte ich mit dir über deine Mutter reden.«

»Was ist mit ihr?«

»Sie kann auf keine Frage eine klare Antwort geben. Ein bisschen so wie du. Ihr habt beide etwas zu verbergen.«

Ich schlucke. »Lass uns jetzt nicht streiten«, sage ich matt in der Hoffnung, wir können dieses Gespräch auf einen anderen Tag verschieben, wenn ich besser darauf vorbereitet bin.

»Wolltest du es mir überhaupt einmal sagen, Dani?«

»Dir was sagen?«

»Sie ist nicht die, von der du behauptest, sie wäre es. In der Post war ein Brief für sie. An Virginia Loughton adressiert.«

»Oh.« Mir wird schwindelig, kleine Punkte tanzen vor meinen Augen, und ich greife nach der Küchentheke, um mich abzustützen. Es kommt mir vor, als würden mich alle Probleme aus der Vergangenheit einholen, entschlossen, das Leben zu zerstören, das ich mir aufgebaut habe.

»Erst dachte ich, die Adresse wäre falsch. Ich habe ihn beiseitegelegt, um ihn später zurückzuschicken. Aber als ich wieder nach unten kam, war er geöffnet worden. Sie hat ihn gelesen.«

»Ich kann dir das erklären ...«

»Der Name kam mir bekannt vor, aber zuerst wusste ich nicht, warum. Doch dann erinnerte ich mich an den Fall. Es war während meiner Ausbildung. Stand in allen Zeitungen. Ich hatte bereits so ein Gefühl, ihr Gesicht von irgendwoher zu kennen, nahm aber an, dass es daran lag, dass sie deinen mir vertrauten Zügen ähnelt. Aber das stimmt nicht. Sie war nicht in Schweden, sondern im Gefängnis.«

Meine Hände umklammern die Arbeitsfläche. »Du hast recht«, sage ich. »Es tut mir leid.«

Peters Gesicht wird lang. »Aber du hast erzählt, sie hätte einen Nervenzusammenbruch gehabt und dich in eine Pflegefamilie gegeben. Du hast mir weisgemacht, ihr wärt zerstritten.«

»So gut wie. Wir waren zerstritten, weil sie im Gefängnis war.« Ich hatte mich seit Jahren vor diesem Moment gefürchtet, mich davor gefürchtet, dass er es herausfand. Aber ich hatte das Geheimnis so lange bewahrt, dass es jetzt eine Erleichterung darstellt, dass die Wahrheit endlich ans Licht kommt.

Peter geht auf und ab. »Also bist du Sophie Loughton. Wir sind seit sechs Jahren zusammen, und du hast nie daran gedacht, es mir anzuvertrauen?«

»Ich konnte es nicht. Ich hatte meinen Namen geändert, um das alles hinter mir zu lassen, der Fall hat solches Aufsehen erregt. Mein Name ist damals zur Presse durchgesickert, und die Journalisten versuchten noch Jahre später, mich zu finden –

jedes Mal, wenn sich der Tag jährte. Als wir anfingen, uns zu treffen, ahnte ich nicht, dass wir am Ende heiraten würden. Damals waren wir Kollegen, und ich wollte nicht, dass irgendjemand bei der Arbeit Bescheid wusste. Du weißt, wie das in der Kanzlei ist. Ein Zeichen von Schwäche und irgendwer nutzt das aus. Stell dir vor, was sie über mich gedacht hätten, wenn sie Kenntnis darüber gehabt hätten, dass meine Mutter im Gefängnis sitzt. Ich habe es auch meinen Freunden nie gebeichtet. Ich wollte nur vergessen. Es hinter mir lassen.«

Er starrt mich an. »Hast du eine Ahnung, was du angerichtet hast?«, sagt er. »Du lässt sie in unserem Haus wohnen. Sie ist gefährlich. Sie hat deinen Vater ermordet.«

DREIUNDVIERZIG

BETH

Als ich zu Hause eintreffe, nachdem ich Charlie in der Schule abgeliefert habe, schließe die Vordertür auf und spähe in das leere Haus. Es ist merkwürdig, wie etwas, das mir früher Trost gespendet hat, jetzt bewirkt, dass ich mich einsam fühle. Auf der Fußmatte liegt Post, und ich sehe sie lustlos durch. Ein Bankauszug. Werbung. Und ein offiziell aussehender Brief in einem braunen Umschlag. Ich erinnere mich daran, wie jemand mir die Fotos von Danielle und Richard in so einem braunen Umschlag zugesandt hat, und empfinde beim Anblick des unbekannten Briefes einen Anflug von Unbehagen. Dann wappne ich mich und betrachte den Umschlag näher. Die Adresse ist getippt, und der Brief ist zu dünn, um Fotos zu enthalten. Ich reiße ihn auf.

Als ich das Logo der Psychotherapeutenkammer, deren Mitglied ich bin, auf dem Briefkopf sehe, frage ich mich, ob irgendwas mit meiner Mitgliedschaft nicht stimmt.

Doch dann lese ich den Brief. Gegen mich läuft eine Untersuchung wegen Verletzung der beruflichen Sorgfaltspflicht. Ein Klient hat mich wegen unangemessenen Betragens angezeigt. Ich starre die Worte ungläubig an. Der Name des Klienten wird nicht erwähnt, aber aus den Anschuldigungen geht eindeutig hervor, um wen es sich handelt. Ich bin wegen Anbahnung einer Freundschaft zu einem weiblichen Klienten und wegen »Stalking« gemeldet worden. Es kann sich nur um Danielle und Peter handeln. Ich sehe meine Karriere, die ich so lange und mühsam aufgebaut habe, vor meinen Augen zerbröseln.

Ich sage meinen restlichen Klienten an diesem Tag ab. Es ist unmöglich, dass ich sie empfange, wenn dieses Damoklesschwert über mir hängt. Ich weiß nicht, was ich tun soll. Ich wünschte, Nick wäre hier, um mir zu raten. Ich wünschte, ich könnte nur einmal noch sein Gesicht sehen, und er würde mich halten und trösten. Ich gehe zum Sideboard hinüber, um sein Foto anzuschauen. Aber es ist nicht da. Es ist verschwunden. Jemand muss es genommen haben.

Ich denke an die Leute, die während des Besichtigungstermins durch mein Haus gestreift sind. Es muss einer von ihnen gewesen sein. Mein Herz schwillt vor Wut an, und mein Körper zittert. Wie konnten sie nur? Bilder sind alles, was mir von ihm geblieben ist.

Aber was hat es ohnehin für einen Sinn, mit Nicks Foto zu sprechen? Er ist fort, er kommt nie wieder. Ich wünschte, ich hätte jemanden, mit dem ich alles bereden könnte. Eine Freundin. Ich blicke zu meinem Telefon, denke an Genevieve, die beteuerte, sie wolle sich erneut mit mir treffen, und erwäge, sie anzurufen. Aber ich kann ihr nichts von den gegen mich erhobenen Beschwerden erzählen. Es würde ihr wieder ins Gedächtnis rufen, weshalb ich als Lehrerin gefeuert wurde. Sie würde bestimmt über mich urteilen, dass ich immer wieder dieselben Fehler mache. Meine Augen schwimmen in Tränen. In dieser Verfassung kann ich sie nicht anrufen. Stattdessen schicke ich ihr eine Textnachricht und schlage ein Treffen vor. Es wird mit guttun, jemanden zu treffen, selbst wenn ich es nicht fertigbringe, Genevieve zu gestehen, was wirklich in meinem Leben abläuft.

Ich tigere nervös auf und ab. Ich muss mit Richard sprechen, ihn aufklären, wer und was Danielle wirklich ist. Jemand, der nicht nur eine Affäre mit einem bereits gebundenen Mann hatte, sondern darüber hinaus noch jemand, der bereit ist, seine Therapeutin anzuzeigen. Die darauf abzielt, dass mir meine Zulassung entzogen wird.

Bislang habe ich Richard nicht offenbart, dass Danielle meine Klientin war, weil ich sie nicht mit der Nase darauf stoßen wollte, dass ich seine Lebensgefährtin war. Nicht, solange ich als ihre Therapeutin tätig war. Aber jetzt macht das keinen Unterschied mehr. Und es wird Zeit, dass Richard die Wahrheit erfährt.

Heute ist sein freier Tag. Ich finde seine neue Adresse in seinen E-Mails und fahre hinüber.

Er betätigt sofort den Summer; er klingt überrascht, dass ich es bin.

»Du hättest mir sagen sollen, dass du kommst«, meint er, als er mich in die Wohnung einlässt. »Ich hätte aufgeräumt.«

Aber abgesehen von einem Stapel korrigierter Arbeiten auf dem Sofa ist die Wohnung sauber und ordentlich. Es gibt kein Zeichen von Danielle. Aber das ist normal. Sie ist wieder mit Peter zusammen.

»Möchtest du etwas trinken?«, fragt er mich. »Tee? Kaffee?«

»Nein, danke.«

Er räumt seinen Laptop und den Papierstapel vom Sofa auf den Couchtisch. »Möchtest du dich setzen?«

Ich nehme Platz. »Nett zu sehen, wo du wohnst.«

»Es ist ein bisschen beengt, aber ich werde nicht mehr lange hier sein. Du hast vermutlich gehört, dass ich ein Angebot für das Haus habe? Bist du deswegen hergekommen?«

»Ich habe deine Freundin getroffen«, sage ich abrupt.

»Beth, ich habe dir doch gesagt, ich treffe mich mit niemandem. Es war nur eine Affäre.«

»Gut, in dem Fall habe ich die Frau getroffen, mit der du die Affäre hattest.«

»Das ist doch jetzt wohl kaum mehr von Belang, oder?«

»Sie ist schwanger, Richard.«

Jegliche Farbe weicht aus seinem Gesicht.

»Schwanger?«

»Ja. Sie hat es dir nicht gesagt, nicht? Sie behält das Kind. Sie will mit ihrem Mann zusammenbleiben und vorgeben, es wäre von ihm.«

»Woher weißt du das?«, fragt Richard drängend. »Wie hast du herausgefunden, wer sie war?«

»Ich habe diese Fotos mit der Post bekommen, weißt du noch? Von dir und ihr. Sie wurden vor der Universität aufgenommen. Daraus schloss ich, dass sie eine deiner Studentinnen gewesen sein musste. Und dann ist sie zu mir zur Therapie gekommen. Da hat sie über dich gesprochen. Danielle wollte Rat, was sie wegen deines Babys machen sollte.«

»Danielle?« Die Farbe kehrt in Richards Gesicht zurück. »Ich glaube, du bist etwas durcheinander. Ihr Name war nicht Danielle. Ich kenne noch nicht mal jemanden, der Danielle heißt.«

»Wie meinst du das? Sie war in deinem Kurs. Ich habe die Teilnehmerliste in deinem Aktenschrank gefunden.«

Richard schüttelt den Kopf. »Ich erinnere mich nicht, jemanden namens Danielle unterrichtet zu haben.«

»Es war erst vor ein paar Monaten. Du musst dich erinnern. Sie war in deinem ›Karriere als Berater‹-Kurs.«

Richard setzt sich neben mich auf das Sofa und berührt meinen Arm. »Ich weiß, dass du in der letzten Zeit gestresst warst. Aber ich erinnere mich wirklich nicht an sie. ›Karriere als Berater‹ ist nur ein Tageskurs. Ein billiger Schnupperkurs, um die Studenten dazu zu bringen, sich für die Intensiv-Kurse anzumelden. Viele Studenten tauchen gar nicht dort auf. Ich weiß nichts von einer Danielle. Und selbst wenn sie teilgenommen hat, könnte ich mich nicht unbedingt erinnern, nicht nach nur einem Tag.«

»Du würdest dich an sie erinnern«, behaupte ich ruhig. Was Richard sagt, sickert allmählich in mein Bewusstsein. »Sie hat böse Narben im Gesicht. Brandnarben. Sie stammen von einem Feuer.«

Richard schüttelt den Kopf. »Ich habe niemanden mit deutlich sichtbaren Narben im Gesicht unterrichtet. Du hast dich geirrt. Diese Danielle – ich habe keine Ahnung, wer sie ist.«

Mein Kopf schwirrt. Ich sinke in das Sofa und blicke ihm in die Augen. Um die Ränder liegen Sorgenfältchen. Ich glaube nicht, dass er lügt.

Mir wird übel. In diesem Fall habe ich umsonst versucht, Danielle Angst einzujagen; ich bin ihr umsonst gefolgt. Ich habe Danielle absolut Unrecht getan.

VIERUNDVIERZIG

DANIELLE

»Deine Mutter hat deinen Vater ermordet«, wiederholt Peter.

Mir wird bewusst, dass Peter nur Kenntnis darüber hat, was in der Presse stand. Die Zeitungen hatten sie als Monster dargestellt.

»Das hat sie nicht«, sage ich. »Sie hat es nicht getan. Sie konnte es nur vor Gericht nicht beweisen.«

»Wirklich? Du glaubst ihr?«

Ich gehe zu der Tür zum Flur und schließe sie. Mum ist oben. Ich möchte nicht, dass sie etwas mitbekommt.

»Ich weiß es. Ich kenne sie. Ich weiß, wie sie war. Sie hat leicht die Beherrschung verloren, aber sie hätte ihn nie töten können. Sie war nur zur falschen Zeit am falschen Ort.«

»Zur falschen Zeit am falschen Ort? Ihr Mann hat sie betrogen, und sie hat die Wohnung in Brand gesteckt, als er sich darin aufhielt. Das war Vorsatz, Dani. Das weißt du. Seine Leiche war danach vollkommen unkenntlich.«

Ich schüttle den Kopf. Die Erinnerungen an den Rauch durchfluten mich. »Du sprichst von meinem Vater.«

»Tut mir leid«, sagt Peter. »Du hast recht. Ich kann mir

nicht vorstellen, wie das war. Es muss schrecklich für dich gewesen sein.«

Ich denke an den dichten, beißenden Rauch, die hellen Flammen. Ich kann noch immer die Schreie hören. Die verzweifelten Schreie. Die Welt beginnt sich um mich zu drehen.

Peter packt meinen Arm. »Setz dich«, sagt er. »Du siehst blass aus.«

Ich sinke auf einen Esstischstuhl und denke an das Baby. Ich weiß, dass Stress schlecht für es ist.

»Sie hat es nicht getan.«

»Ich weiß, dass du das glauben willst, Dani. Aber wie kannst du das? Sie wurde vom Gericht verurteilt.«

»Es ist anders. Sie ist meine Mutter. Ich kenne sie. Ich glaube ihr.«

»Und du kennst unser Justizsystem. Es muss einen Haufen von Beweisen vorliegen, um jemanden wegen Mordes ins Gefängnis zu bringen. Es gibt viel mehr Kriminelle, die frei herumlaufen, als Unschuldige, die zu Unrecht verurteilt wurden.«

»Aber es gibt Menschen, die zu Unrecht verurteilt wurden, nicht wahr? Ich arbeite jeden Tag an ihren Fällen.«

»Ein paar. Nicht viele. Vielleicht trübt deine Arbeit dein Urteilsvermögen. Du siehst nur die Fälle, bei denen die Urteile infrage gestellt wurde.«

Ich starre auf den Esstisch, fühle mich geschlagen. »Ich arbeite wegen meiner Mutter an Berufungsfällen«, erkläre ich. »Weil sie zu Unrecht verurteilt wurde, aber nie in der Lage war, Berufung einzulegen. Ich konnte ihr nicht helfen. Ich war damals zu jung. Aber danach wollte ich Menschen wie ihr helfen.«

Peter sieht mich an und nimmt meine Hand. »Ich weiß, dass du sie für unschuldig hältst. Aber letztendlich ist sie eine verurteilte Mörderin.«

Ich spüre, wie Tränen mein Gesicht herunterrinnen, und versuche, meinen Emotionen Einhalt zu gebieten, dem Baby zuliebe ruhig zu bleiben. »Ich weiß, dass sie es nicht getan hat«, sage ich erneut.

»Das magst du ja glauben. Aber ich kann nicht zulassen, dass eine verurteilte Mörderin mit meinem Kind in einem Haus lebt. Sie muss gehen.«

FÜNFUNDVIERZIG

BETH

Hastig krame ich in meiner Handtasche nach meinen Schlüsseln, hole sie heraus und schließe rasch die Tür auf. An der Bushaltestelle ein Stück die Straße hinunter steht eine Frau, die eine dunkle Sonnenbrille und einen langen Wintermantel trägt und sich ihren Schal um das Gesicht gewickelt hat. Darunter sehe ich blonde Haare aufblitzen. Ich bin sicher, dass es Danielle ist. Ich bin sicher, dass sie mich beobachtet, dass sie versucht, mir so Angst einzujagen, wie ich es mit ihr gemacht habe.

Ich verschwinde schnell im Haus und schließe sofort die Tür hinter mir ab, etwas, was ich mir angewöhnt habe, seit Charlie aus dem Haus fortlief. Sobald ich im Haus bin, beruhige ich mich und mein Herzschlag normalisiert sich wieder. Vielleicht war es gar nicht Danielle. Vielleicht habe ich mir das eingebildet. Ich konnte noch nicht einmal das Gesicht der Frau sehen.

Ein schreckliches Déjà-vu-Gefühl überkommt mich. Ich werde zunehmend isolierter, genau wie schon einmal zuvor. Ich bringe Charlie zur Schule und hole ihn ab, verbringe aber den

Rest des Tages im Haus. Ich fühle mich wie damals, als ich als Lehrerin entlassen wurde, schäme mich für meine Fehler, möchte niemanden sehen. Ich komme mir vor, als wäre ich beurteilt und für unzureichend befunden worden, als würde etwas Grundlegendes mit mir nicht stimmen. Auch damals war ich fest davon überzeugt, dass mich jemand verfolgte und beobachtete. Aber alles spielte sich nur in meinem Kopf ab. Im Rückblick weiß ich heute, dass ich unter Wahnvorstellungen litt. Es war der Anfang meines Zusammenbruchs. Ist jetzt auch alles nur in meinem Kopf? Oder war es wirklich Danielle an der Bushaltestelle?

Gerade räume ich die Sachen vom Frühstück ab, als mein Festnetztelefon klingelt.

»Hallo?«

»Hi, ist dort Beth?«

»Am Apparat.« Ich erkenne die Stimme nicht. Eine entsetzliche Sekunde lang denke ich, es könnte jemand von Charlies Schule sein, der mir mitteilen will, dass er einen Unfall hatte. Aber ich habe die Nummer der Schule in meinem Telefon gespeichert. Ich hätte sie erkannt.

»Hi, Beth. Richard hat mich gebeten, mich mit Ihnen in Verbindung zu setzen. Mein Name ist Lisa. Ich bin vom Sozialdienst.«

»Oh«, entfährt es mir. Warum ruft sie mich an? Was hat Richard ihr erzählt?

»Ich möchte, dass Sie wissen, dass Sie nicht in Schwierigkeiten sind. Ich arbeite manchmal mit Richard zusammen, und es sind einige Befürchtungen aufgekommen, also habe ich angeboten, Sie anzurufen, um anzubieten, ob Sie irgendwie Unterstützung brauchen.«

»Was für Befürchtungen?« Mein Herz hämmert in meiner Brust, als ich daran denke, was in der letzten Zeit alles schiefgelaufen ist.

»Nun, Richard hat mir erzählt, dass Charlie Antidepressiva

in die Finger bekommen hat und Sie befürchteten, er hätte sie genommen.«

»Das hat er aber nicht. Es war alles in Ordnung.« Ein Knoten der Furcht bildet sich in meinem Magen. Ich bin wütend auf Richard, weil er den Sozialdienst verständigt hat, ohne vorher mit mir zu sprechen.

»Und dass es ihm gelungen ist, aus dem Haus zu entwischen.« Ich hatte Richard nicht erzählt, dass Charlie es geschafft hatte. Er muss geahnt haben, dass ich den Vorfall heruntergespielt habe.

»Ja. Seitdem schließe ich die Tür zwei Mal ab, wenn er im Haus ist. Es wird nicht wieder vorkommen.«

»Und er hatte blaue Flecken am Oberarm, die Sie sich nicht erklären können.«

»Ich glaube, er hatte in der Schule Ärger.«

»Nichts von dem wäre einzeln betrachtet ein Grund zur Sorge, aber Richard wollte nur, dass wir uns der Sache annehmen, ob Sie klarkommen, vor allem angesichts Ihrer früheren psychischen Probleme.«

Ich schlucke. Ich will nicht, dass der Sozialdienst etwas davon weiß, dass ich mich in die psychiatrische Klinik einliefern ließ. Was, wenn sie es gegen mich verwenden?

»Er meinte auch, die Lage wäre momentan generell schwierig. Sie hätten eine komplizierte Trennung hinter sich und würden umziehen.«

»*Seinetwegen*«, murmle ich wutentbrannt.

»Daher wollte ich nur anfragen, ob Sie mit Charlie irgendwelche Unterstützung brauchen.«

»Nein, Charlie geht es gut.«

»Okay, das klingt alles recht gut, Beth. Ich werde Ihnen die Nummern einiger lokaler Gruppen geben, die Ihnen vielleicht helfen können, wenn Sie Probleme haben.«

»Die brauche ich nicht«, erwidere ich empört.

»Wenn Sie sicher sind ...«

Vor Wut schäumend lege ich auf und rufe dann Richard an.

»Beth.« Seine Stimme klingt monoton, als wäre er nicht überrascht, von mir zu hören.

»Wie konntest du den Sozialdienst einschalten?«

»Das habe ich nicht. Sie haben mich angerufen. Es hat Beschwerden über dich gegeben. Es hieß, du würdest dich nicht richtig um Charlie kümmern. Lisa kennt mich, also hat sie mich zuerst verständigt, um der Sache auf den Grund zu gehen.«

Meine Gedanken überschlagen sich. Jemand hat mich angezeigt. Wer? Konnte es die Schule gewesen sein? Ich war dort vorstellig gewesen, um nachzuhaken, ob sie eine Ahnung hätten, ob Charlie von anderen schikaniert würde, ich hatte zugegeben, dass ich nicht wusste, wie er zu den blauen Flecken am Arm gekommen war. »Ich würde ihm nie etwas tun. Das weißt du.«

»Ja, das weiß ich. Ich habe mich für dich verbürgt. Aber sie mussten etwas tun, um der Beschwerde nachzugehen. Lisa sagte, sie würde dich anrufen, nur um sich zu vergewissern, dass alles in Ordnung ist. Ich habe ihr gesagt, ich würde mir Sorgen machen, wie du nach unserer Trennung zurechtkommst.«

»Herzlichen Dank, Richard.«

»Hör zu, ich *mache* mir Sorgen um dich, Beth. Du wirkst in der letzten Zeit nicht wie du selbst. Es erinnert mich an die Zeit, als du deinen Zusammenbruch hattest.«

Mir bleibt das Herz stehen. »Du hättest meine psychische Verfassung nicht erwähnen sollen. Sie werden es gegen mich verwenden. Und außerdem gehört das alles der Vergangenheit an.«

»Sieh mal, wir alle wollen das Beste für Charlie. Und wenn dir alles im Moment zu viel wird, muss ich das wissen. Ich kann Charlie jederzeit für ein paar Tage oder Wochen übernehmen, wenn du Zeit für dich brauchst.«

So sehr ich mir auch wünsche, dass mir jemand hilft, mich um Charlie zu kümmern, ich kann sein Angebot nicht annehmen. Er würde es als Geständnis werten, dass ich überfordert bin. »Bei mir ist alles in Ordnung.«

»Weißt du schon, wo du hinziehen wirst? Ich will den Hausverkauf in einem Monat abschließen. In der Kürze der Zeit, wirst du nichts zum Kaufen finden. Es wäre vielleicht das Beste, wenn du etwas mietest. Ich könnte dir bei der Suche helfen, wenn du möchtest. Vielleicht finden wir etwas in der Nähe meines Hauses. Ich habe gesehen, dass ein paar schöne Wohnungen mit zwei Schlafzimmern auf dem Markt sind.«

Ich schüttle den Kopf, fühle mich in einer ausweglosen Situation gefangen. »Was ist mit meinen Klienten? Wo soll ich sie in einer Wohnung empfangen?«

»Du musst zusehen, dass du irgendwo einen Raum zum Arbeiten mietest.«

»Stimmt.«

»Und vielleicht solltest du darüber nachdenken, die Zahl deiner Sitzungen herunterzuschrauben, wenn du dich gestresst fühlst. Andere zu therapieren könnte schwierig sein, wenn du selbst zu kämpfen hast.« Ich erinnere mich, dass Grace Ähnliches geäußert hat – dass es eine Herausforderung ist, Therapeutin zu sein, wenn man eigene Probleme hat. Sie hatte auch geraten, ich solle Danielle nicht mehr betreuen. Ich hätte auf sie hören sollen. Vielleicht ist es der Stress, der mich dazu gebracht hat, mich Danielle gegenüber so falsch zu verhalten. Ich kann kaum glauben, dass ich sie verfolgt habe, obwohl sie völlig unschuldig ist. Richard kannte sie noch nicht einmal. Ich bin mir meiner eigenen Gedanken so unsicher. Es ist mir nicht mehr möglich, die Wahrheit von Lügen zu unterscheiden. Und jetzt hat sich Danielle offiziell über mich beschwert. Vielleicht hat Richard recht. Vielleicht bekomme ich nicht alles geregelt. Aber das werde ich ihm gegenüber nicht zugeben.

»Ich habe nicht zu kämpfen.«

»Okay, gut, sag mir einfach, wenn du Hilfe bei irgendetwas brauchst. Und wie ich sagte, ich kann mich immer auch für längere Zeit um Charlie kümmern, wenn du eine Pause benötigst.«

Was, wenn Richard den Umstand, dass ich eine Pause von Charlie brauche, als Rechtfertigung dafür benutzt, das alleinige Sorgerecht für ihn zu beantragen? Ich male mir eine Zukunft ohne mein Haus, ohne Klienten und ohne meinen Sohn aus. Es ist unvorstellbar.

»Mach dir keine Gedanken um mich«, sage ich rasch. Dann hänge ich ein und breche in Tränen aus. Richard habe ich schon verloren. Ich kann es nicht riskieren, auch noch Charlie zu verlieren.

SECHSUNDVIERZIG

DANIELLE

Ich komme wie immer spät nach Hause. Wir sind in den letzten Zügen der Vorbereitung für die Berufung, und ich habe Mühe, meine ehrenamtliche mit meiner Arbeit in der Kanzlei in Einklang zu bringen, also musste ich länger im Büro bleiben, um alles zu schaffen. Peter ist heute Abend nach der Arbeit etwas trinken gegangen, er geht meiner Mutter aus dem Weg und meidet unser Heim wegen der angespannten, von unausgesprochenen Worten knisternden Atmosphäre. Ich weiß, dass Peter ihr nicht traut, dass er will, dass sie auszieht. Aber ich kann sie schwerlich dazu auffordern.

Meine Mutter sitzt mit einem Glas Rotwein im Wohnzimmer.

»Möchtest du etwas trinken?«, fragt sie.

Ich zögere. Ein Teil von mir möchte sich in mein Zimmer zurückziehen, alleine sein und jeglichen Konflikt vermeiden. Aber dann habe ich ein schlechtes Gewissen. Ich sollte Zeit mit ihr verbringen. »Gerne«, sage ich. »Ich hole mir ein Wasser.«

»Nein, du setzt dich. Ich mache das.« Sie geht in die Küche und kommt mit einem großen Glas zurück, das sie mir reicht, bevor sie sich neben mich setzt. Bald darauf unterhalten wir uns entspannt über meine Arbeit an dem Berufungsverfahren, und ich frage mich, ob es vielleicht doch möglich sein kann, verlorene Zeit wieder gutzumachen und unsere Beziehung zu kitten. Aber dann fällt mir ein, was Peter gesagt hat.

Mitten im Gespräch geht sie zum Kaminsims und betrachtet die Fotos. Bilder von mir und Peter, dazu die von ihr und Dad, die ich vor Kurzem dazugestellt habe. Eines von uns allen als Familie und die anderen Einzelaufnahmen von den beiden. Sie wirkt auf den Fotos nachdenklich, mein Vater dagegen glücklich.

Sie nimmt ein Foto von Dad in die Hand und studiert es. »Hier sieht er jung aus«, sagt sie.

»Es war kurz vor seinem Tod«, erwidere ich. »So jung war er nicht mehr.«

»Manchmal wünsche ich, ich könnte die Zeit auf ein Jahr vor seinem Tod zurückdrehen. Verhindern, was passiert ist.«

»Ja.« Ich kämpfe gegen die Tränen an. Ich habe so viele Jahre versucht, meine Erinnerungen zu verdrängen, zu vergessen.

»Ich bekomme die Geräusche immer noch nicht aus dem Kopf«, sagt sie leise. »Ich habe ihn schreien gehört. Bevor er starb.«

Ich schließe die Augen und kann nichts außer den Flammen im Fenster sehen. Eine Hitzewallung läuft über meinen Körper, und ich beginne zu schwitzen, als wäre ich jetzt in der Wohnung, bei ihm.

»Oh.« Mehr bringe ich nicht heraus.

»Ich habe versucht, in die Wohnung zu gelangen. Ihn zu retten. Ich wusste, dass er da drin war. Wir wollten uns dort treffen, um über unsere Ehe zu reden.«

Das hatte sie vor Gericht ausgesagt. Dass sie dort war, weil sie ihn treffen wollte.

»Es muss schrecklich gewesen sein.« Ich trinke einen Schluck Wasser, bemüht, mich von den Gefühlen abzulenken, die in mir aufsteigen.

»Als ich bei dem Gebäude ankam, stand die Wohnung schon in Flammen. Aber ich bin hineingegangen, um ihn zu retten. Ich habe ihn immer noch geliebt. Doch deswegen schlussfolgerten sie, ich hätte das Feuer gelegt. Ich war zur falschen Zeit am falschen Ort.«

»Ich weiß. Es tut mir leid, Mum.«

»Es war nicht deine Schuld.« Sie blickt auf das Foto. »Hier sieht er glücklich aus.«

Ich lächle. »Ja.« Es ist schön, sich so an ihn zu erinnern statt an all die Streitereien. Deswegen mag ich das Foto.

»Aber ich erinnere mich nicht, wann es aufgenommen wurde.« Mum runzelt die Stirn und betrachtet das Foto genauer. »Er trägt die Uhr, die ich ihm zu seinem letzten Geburtstag geschenkt habe. Sechs Monate, bevor er starb.« Sie trägt das Bild zu mir herüber. »Wo ist das?«, fragt sie. »Ich kann etwas in der Ferne erkennen. Ein Pier.«

»Ich bin nicht sicher …«, erwidere ich. Mein Herz schlägt schneller.

Sie begutachtet das Bild genau. »Oh ja. Das ist in Brighton.« Sie schaut mich an. »Wir sind in dem Jahr nicht nach Brighton gefahren.«

»Oh.«

»Du hast es von ihr, nicht wahr?«

»Von wem?«

»Von Beth.«

Ich erstarre. Woher weiß sie von Beth?

»Ich …«

»Ich habe dich mit ihr gesehen.«

»Wie meinst du das?«

»Ich habe dich beobachtet. Du warst in ihrem Haus.«

»Oh, ich …« Ich suche krampfhaft nach einer Erklärung.

»Ihr seid Freundinnen geworden, richtig? Du hast immer zu ihr aufgeblickt. Glaubst du, sie kann mich ersetzen? Ist das dein Plan? Deine Mutter zu ersetzen?«

SIEBENUNDVIERZIG

BETH

Nachdem ich Charlie an der Schule abgesetzt habe, gehe ich zu einem Café in der Nähe, wo ich mit Genevieve verabredet bin. In letzter Minute hätte ich beinahe abgesagt, weil ich unsicher war, ob ich das Treffen durchstehen würde. Denn momentan vergrabe ich mich im Haus und wage kaum, nach draußen zu gehen. Selbst kleine Aufgaben erscheinen mir unüberwindlich. Allein nur rauszugehen, um Milch einzukaufen, erfordert bereits eine enorme geistige Anstrengung, damit ich mich aufraffe. Ich realisiere, wie ich immer mehr ins Trudeln gerate. Ich kann mich noch gut daran erinnern, als ich mich genauso fühlte, als ich aufhörte, mich morgens anzuziehen und zu waschen. Mir schien es keinen Grund dafür zu geben. Mit geschlossenen Fenstern und heruntergelassenen Jalousien in meiner winzigen Wohnung eingeschlossen, war die Luft schal und übelriechend, während mein Verstand schwirrte.

So möchte ich nie wieder werden. Ich kann nie wieder so werden. Also schleppe ich mich zu dem Café, sehe Genevieve in der Schlange vor mir und ringe mir ein Lächeln ab. »Hallo.«

»Du siehst nicht gut aus«, sagt sie, nachdem wir einen freien Tisch gefunden haben. »Bist du okay?«

Ich rühre meinen Kaffee um und nicke. »Nur müde. Du weißt ja, wie das ist.«

»Wie alt, sagtest du, ist dein Sohn?«

»Vier.«

»Ich erinnere mich an diese Zeit. Nun ja, es ist alles ein bisschen verschwommen. Ich war ständig auf Trab.«

Ich nicke.

»Und du arbeitest auch noch. Das muss anstrengend sein.«

Ich starre in meinen Kaffee. *Nicht mehr lange. Nicht, wenn ich meine Zulassung verliere.*

»Bist du sicher, dass mit dir alles in Ordnung ist?«

»Ja.« Ich betupfe meine Augen mit der Serviette, denke an den Anruf vom Sozialdienst und die Notwendigkeit, eine Wohnung zu finden.

»Geht es um deinen Ex?«

Ich blicke zu ihr hoch, sehe die Besorgnis in ihren Augen und es ruft in mir wach, wie ich mich ihr immer anvertraute.

»Ich habe einfach nur das Gefühl, dass mir alles zu viel wird. Ich muss umziehen, weil Richard das Haus verkauft, in dem ich wohne. Und eine Klientin hat sich über mich beschwert. Es kommt zu einer Untersuchung.« Ich schlucke und bin über mich selbst erstaunt, wie ich doch so problemlos mit all dem herausrücke.

Sie streckt die Hand aus und berührt meinen Arm. »Es tut mir so leid.«

»Ich habe das Gefühl, dass ich ständig alles vermassle. Ich habe meinen Job als Lehrerin wegen einer Beschwerde verloren, und jetzt könnte genau das noch einmal passieren.«

»Ich hoffe wirklich, dass es nicht dazu kommt. Ich bin sicher, dass du eine großartige Therapeutin bist. Du warst schon immer ein Mensch, dem jeder vertraut.«

»Danke. Was du letztes Mal gesagt hast – dass ich eine gute Lehrerin war. Hast du das ehrlich gemeint?«

»Sonst hätte ich es nicht gesagt. Hör zu, ich wollte dich

wirklich nicht als Mitglied meines Teams verlieren. Aber du wolltest deinen Fehler nicht zugeben. Ich glaube, wenn du einfach erklärt hättest, warum du dich nicht an die übliche Prozedur gehalten hast, wärst du wahrscheinlich mit einer Verwarnung davongekommen. Aber das hast du nicht getan.«

Mein Umgang mit einer handgreiflichen Streitigkeit zwischen zwei Mädchen lag der damaligen Beschwerde zugrunde. Es war nach Schulschluss passiert, als ich Dienst hatte und die Kids zum Schulbus begleitete. Ich hätte mich an die Vorschriften halten und es melden müssen, aber das hatte ich nicht getan, weil ich die Mädchen gut kannte. Ich wusste, dass es eine einmalige Angelegenheit war, und ich wollte nicht, dass sie Schwierigkeiten bekamen. Als ich zu dem Streit befragt wurde, hatte ich das, was geschehen war, heruntergespielt und darauf bestanden, dass es nicht nötig gewesen war, es zu melden.

»Wenn ich damit herausgerückt wäre, warum ich den Streit nicht gemeldet hatte, dann hätte das nicht diese Konsequenzen gehabt?«

»Ich denke schon. Weil darauf die Untersuchung folgte, die dann zu deiner Entlassung führte. Dabei wurde ja festgestellt, dass du regelmäßig die Sicherheitsvorschriften ignoriert und dich selbst um die Angelegenheiten der Schüler gekümmert hast, ohne dich mit anderen Kollegen zu beraten.«

Ich seufze. Ich hatte nur getan, was ich für das Beste für meine Schüler hielt. Einige hatten zu Hause wirklich ernste Probleme, und sie kamen zu mir in mein Klassenzimmer, um mit mir über alles zu reden, während sie eigentlich anderen Unterricht hatten.

»Du hast unter vier Augen mit Schülern gesprochen, ohne jemandem zu informieren oder die Klassentür geöffnet zu lassen. Du hast zugelassen, dass Schüler Unterrichtsstunden versäumten, ohne das zu melden. Sie kamen sogar zu dir, anstatt zum Unterricht zu gehen. Du hast gegen sämtliche

Vorschriften verstoßen. Ich weiß, dass du das Herz auf dem rechten Fleck hast, dass diese Schüler dich wahrscheinlich gerade deswegen so schätzten, aber du hast wiederholt die Regeln nicht befolgt, und uns blieb keine andere Wahl, als dich aufzufordern, zu gehen und den Fall weiterzuleiten.«

Ich zucke zusammen, als ich an den Tag zurückdenke, als man mir eröffnete, dass ich gekündigt sei. Ich hatte nicht damit gerechnet, und es gab mir den Rest.

»Hör zu«, sagt sie. »Ich bin sicher, dass für dich alles gut endet. Versuch einfach, in allen Punkten ehrlich zu sein.«

Ich nicke. Einen Moment lang erwäge ich, meine Fehler einzugestehen und mich bei Danielle zu entschuldigen. Aber es scheint mir, alles ist schon zu weit fortgeschritten.

»Das Ganze schlägt mir wirklich auf die Gesundheit«, gebe ich zu. »Ich fühle mich, als würde ich denselben Weg gehen, den ich schon einmal ging, als würde ich den Verstand verlieren.«

»Du kommst mir ganz und gar nicht verrückt vor.«

»Ich entwickle dieselben Symptome. Paranoia, Wahnvorstellungen. Ich habe sogar angefangen zu glauben, dass mich jemand verfolgt. Genau das ist damals auch passiert. Nachdem ich meinen Job verloren habe, bildete ich mir ein, jemand stellt mir nach. Das war einer der Gründe, dass ich in der psychiatrischen Klinik landete. Aber niemand hat mich verfolgt. Das existierte alles nur in meinem Kopf.«

Sie berührt leicht mein Handgelenk. »Wie kommst du darauf, dass dir jetzt jemand folgt?«

»Ich habe eine Frau gesehen. Sie lungert bei meinem Haus herum und steht an der Bushaltestelle ein Stück die Straße hinunter, scheint aber nie den Bus zu nehmen.«

»Wieso glaubst du, dass sie dich beobachtet?«

»Ich weiß nicht, es ist nur so ein Gefühl. Wenn man die Augen eines anderen auf sich spürt. Man weiß es einfach, nicht? Oder vielleicht auch nicht. Vielleicht bilde ich es mir auch ein.«

»Bei uns haben oft Leute vor der Schule herumgehangen. Es war schwierig, etwas dagegen zu unternehmen, wenn sie sich nicht auf dem Schulgelände befanden, aber manchmal haben wir die Polizei verständigt. Meisten waren es Männer. Zwei wurden als Exhibitionisten verhaftet. Aber ab und zu gab es auch Frauen. Bei Frauen dauerte es immer länger, bis es uns auffiel, weil wir zuerst immer annahmen, dass es sich um eine Mutter handeln musste.«

»Oh.«

»Ich bin sicher, zu der Zeit, als du bei uns unterrichtet hast, war da auch eine Frau. Lungerte immer am Tor herum, wenn die Kids in die Busse stiegen.« Genevieve rührt abwesend in ihrem Kaffee.

»Ein zerstrittenes Elternteil?«, mutmaße ich. Wenn Richard jemals das alleinige Sorgerecht für Charlie bekommen würde, könnte ich mir vorstellen, genau das zu tun, mich vor den Schultoren herumtreiben und auf eine Chance lauern, um mit Charlie zu sprechen.

»Wir haben nie den Grund herausgefunden. Aber eines Tages tauchte sie plötzlich nicht mehr auf. Das muss ungefähr um die Zeit herum gewesen sein, als du an meiner Schule gearbeitet hast. Erinnerst du dich an sie?«

Ich schüttle den Kopf. »Nein. Die meisten Tage habe ich länger gearbeitet. Ich war nur am Tor, wenn die Kinder die Schule verließen und ich Busdienst hatte.«

Mit einem Mal hört Genevieve auf, in ihrem Kaffee herumzurühren.

»Wir haben nie erfahren, wer diesen Streit an der Bushaltestelle gemeldet hat«, sagt sie. »Es war wirklich merkwürdig. Dieser Zeuge gab einen falschen Namen an und beschrieb sich als ›besorgten Bürger‹. Behauptete, er hätte beobachtet, wie du den Streit beendet hast, nannte speziell deinen Namen und meinte, dein Verhalten würde ihm Sorgen machen. Du wärst grob mit den Mädchen umgegangen. Das erwies sich als aber falsch sowie wir mit den Mädchen gesprochen hatten. Damals vermuteten wir, es müsste ein Elternteil gewesen sein, das sich beschwert hat. Aber das traf nicht zu.«

Ich beuge mich mit wild klopfendem Herzen zu ihr. Immer bin ich davon ausgegangen, einer der anderen Schüler hätte mich gemeldet.

»Ich frage mich jetzt«, sagt Genevieve langsam, »ob es nicht die Frau war, die vor der Schule herumlungerte, die dich angezeigt hat. Ich habe die zwei Sachen nie in Zusammenhang gebracht, aber sie verschwand genau um die Zeit herum, als gegen dich ermittelt wurde.«

»Also …« Meine Gedanken überschlagen sich. »Willst du damit sagen, du glaubst, sie hätte mich beobachtet? Darauf gewartet, dass ich einen Fehler mache?«

»Damals nahmen wir an, sie stünde mit einem Schüler in Verbindung. Aber vielleicht bestand eine Verbindung zu dir. Vielleicht ist sie dir gefolgt. Und als du die Schule verlassen hast, brauchte sie sich dort nicht mehr herumdrücken. Vielleicht hat sie dich weiterhin verfolgt.«

»Du glaubst also nicht, dass ich mir etwas einbildete?« Ich kann kaum fassen, was sie da sagt. Als ich mich selbst in die Klinik einwies, war ich mir sicher, ich würde an Wahnvorstellungen leiden. Auch die Psychologen meinten, ich hätte mir den Verfolger eingebildet; er wäre nur ein Symptom meiner Paranoia gewesen.

»Ich weiß es nicht«, erwidert Genevieve kopfschüttelnd. »Ich sage nur, dass es möglich ist, dass du damals wirklich verfolgt wurdest.«

Ich nicke. Ein Angstschauer läuft mir über den Rücken. Denn wenn Genevieve recht hat und mir damals wirklich jemand gefolgt ist, was ist, wenn die betreffende Person mir jetzt wieder folgt?

ACHTUNDVIERZIG

DANIELLE

Ich sehe Mum an. Sie hält noch immer das Bild von Dad in den Händen. Ich bemerke die Wut in ihren Augen. Sie meint, ich wäre nach allem, was passiert ist, mit Beth befreundet.

»Ich kenne Beth«, gebe ich zu. »Aber ich bin nicht ihre Freundin.«

»Warum musst du überhaupt etwas mit ihr zu tun haben? Warum lebst du überhaupt in der Stadt, in der sie auch lebt?«

»Du weißt, wo sie wohnt?«

»Selbstverständlich weiß ich das. Konntest du dir nicht denken, dass es das Erste wäre, was ich tun würde, sobald ich draußen bin? Ich behalte sie im Auge.«

Ich erstarre. Beth zu beobachten ist das Letzte, was meine Mutter tun sollte.

»Sie war meine Therapeutin«, sage ich.

»Deine Therapeutin?« Meine Mutter lacht ungläubig.

»Ganz so ist das nicht. Ich habe sie als Therapeutin ausgesucht, weil ...«

»Hallo?« Peter kommt in die Küche, und wir verstummen beide. Ich sehe meine Mutter an, versuche ihr zu verdeutlichen, dass wir dieses Gespräch später zu Ende führen werden.

»Guter Tag bei der Arbeit?«, frage ich.

Im Augenwinkel kann ich meine Mutter auf und ab gehen sehen, spüre die Wut, die von ihr ausgeht und durch den Raum strömt.

»Ja, alles gut.« Er nickt zu meiner Mutter hinüber. »Ist mit ihr alles in Ordnung?«

»Sie ist okay. Wir haben uns nur unterhalten.«

»Hast du mit ihr darüber gesprochen, dass sie ausziehen muss?« Er sagt es absichtlich laut genug, dass sie es hören kann, aber sie ist so in ihre eigenen Gedanken versunken, dass sie es nicht mitbekommt.

Ich ziehe Peter in den Flur, außer Hörweite. »Noch nicht. Und ich weiß nicht, ob das momentan eine gute Idee ist. Sie braucht etwas Zeit, um wieder auf eigene Beinen zu kommen.«

»Sie hatte etwas Zeit. Ich fühle mich nicht wohl damit, dass sie hier wohnt.«

»Sie wird ausziehen, bevor das Baby zur Welt kommt. Dann wird sie so weit sein.«

»Es geht nicht darum, wann sie so weit ist. Es geht um uns. Unsere Zukunft: Ich kann hier nicht mit ihr leben.«

»Was macht ihr zwei denn hier im Flur?«, fragt meine Mutter ekelhaft süß. Sie sieht Peter an. »Danielle und ich waren mitten in einem Gespräch.« Ich muss ihr erklären, was es mit Beth auf sich hat, bevor Mum auf falsche Gedanken kommt.

Ich drehe mich zu Peter. »Ich muss mit ihr reden.«

Er seufzt. »Ich auch. Wir müssen alle reden. Virginia, ich weiß, wer du bist.«

Sie wird blass, greift nach der Wand und blickt mich dann mit furchterfüllten Augen an.

»Du hast es ihm erzählt? Ich dachte, du wolltest nicht, dass er es erfährt.«

»Er hat es selbst herausgefunden.«

Sie wendet sich an ihn. »Du hältst mich also für eine Mörderin?«

»Dir wurde der Prozess gemacht und du wurdest verurteilt.«

Ich funkle Peter böse an. Er weiß, dass sie keine Mörderin ist. Ich habe ihm nachdrücklich zu verstehen gegeben, dass sie unschuldig ist.

»Ich nehme an, du willst keine Schwiegermutter wie mich?« Ihr Gesicht ist jetzt ausdruckslos, doch ich spüre den unter der Oberfläche brodelnden Zorn.

»Ich denke, es ist das Beste, wenn du aus unserem Haus ausziehst und dir etwas Eigenes suchst.«

»Ich habe meine Strafe abgesessen.«

»Das ja. Aber das heißt nicht, dass ich dich in meinem Heim willkommen heißen muss.«

»Peter …«

»Nein, Dani. Es ist Zeit, dass du aufhörst, sie in Schutz zu nehmen. Sie ist deine Mutter, und du liebst sie, das verstehe ich. Aber ich sehe auch den schädlichen Einfluss, den sie auf dich ausübt, den sie schon in deiner Kindheit auf dich ausübte. Ich sehe deine Wut. Du musst dich von ihr befreien.«

Meine Mutter drängt sich im Flur an mir vorbei.

»Mum, wo willst du hin?«

Ich sehe die Tränen in ihren Augen, als sie die Treppe hochsteigt. »Ich gehe meine Sachen packen. Ich möchte dir nicht im Weg stehen, Sophie. Das ist das Letzte, was ich will. Ich werde noch heute Abend ausziehen.«

NEUNUNDVIERZIG

BETH

Als es an der Tür klingelt, spähe ich in der oberen Etage zwischen den Vorhängen hindurch und versuche zu erkennen, wer es ist. Ich habe eben Charlie ins Bett gebracht und erwarte Richard, möchte aber sicher sein, dass er es ist, bevor ich die Tür öffne. Ich habe über das nachgedacht, was Genevieve geäußert hat. In den letzten Tagen habe ich immer wieder dieselbe Person bemerkt. Ihre Kapuze ist immer hochgeschlagen, das Gesicht immer mit einem Schal bedeckt. Sie ist immer in meiner Nähe. An der Bushaltestelle ein Stück die Straße hinunter, in dem Geschäft in der Nähe von Charlies Schule. Ich nahm an, es wäre Danielle, aber jetzt bin ich da nicht mehr so sicher. Vielleicht ist es jemand anderes. Jemand aus der Vergangenheit.

Ich gehe nach unten, schließe die Tür auf und öffne sie.

»Hi«, sagt Richard. »Ist alles in Ordnung?«

»Sicher. Warum sollte es das nicht sein?« Ich denke daran, wie isoliert ich mich fühle und dass wegen meines Verhaltens gegenüber Danielle, meine Karriere zu Ende sein könnte.

»Es hat ewig gedauert, bis du an die Tür gekommen bist.«

Er steigt über den Stapel von Jacken und Schuhen im Flur hinweg und geht ins Haus.

»Ich habe einen Umzugstermin für dich«, sagt er.

»Wann?«

»Heute in zwei Wochen. Ende der Schulferien. Glaubst du, du kannst das schaffen?«

Panik wallt in mir auf. Ich hätte auf Häusersuche gehen und etwas finden sollen, wo ich leben kann, aber ich habe mir solche Sorgen wegen der Ermittlungen gemacht und war so überzeugt, verfolgt zu werden, dass ich daran kaum einen Gedanken verschwendet habe.

»Ich habe noch nichts Neues gefunden.«

»Ich vermutete das bereits. Ich habe etwas in meiner Nähe entdeckt, wo du vorübergehend wohnen könntest. Wenn du willst, kann ich dir die Bilder zeigen und die Kaution für dich und Charlie bezahlen.«

»Das musst du nicht tun.«

»Ich mache mir Sorgen um dich, Beth. Ich halte es für das Beste, wenn du in meiner Nähe wohnst. Nur für den Fall eines Falles.«

»Für welchen Fall?«

»Du bist im Moment verwundbar. Ich muss auf dich und Charlie aufpassen. Ich habe mich noch einmal mit Lisa vom Sozialdienst kurzgeschlossen. Sie sagte, ihr Team hätte noch mehr Post wegen Charlie bekommen, mehr Beweismaterial.«

»Was für Beweismaterial?«

»Das hat sie nicht näher erläutert. Sie sagte nur, sie würden es prüfen. Hast du irgendeine Ahnung, wer dich angezeigt haben könnte?«

Ich schüttle den Kopf. Zunächst war ich der Meinung, es wäre jemand von der Schule, aber in der letzten Zeit gab es nichts mehr zu beanstanden. Ich hatte Charlie jeden Tag pünktlich zur Schule gebracht, und es hat auch keine neuen Blutergüsse und blaue Flecke gegeben.

»Ich glaube, du brauchst mehr Unterstützung«, fährt Richard fort. »Wenn du näher bei mir wohnst, kann ich mehr helfen. Und wäre es nicht schön für Charlie, uns beide in der Nähe zu haben?«

Ich gebe mich seufzend geschlagen. Es scheint mir die beste Lösung zu sein. Richard wird die Kaution zahlen, und alles wird für mich geregelt werden. »Okay«, willige ich ein.

»Ausgezeichnet. Du bekommst auch ein bisschen Geld aus dem Hausverkauf. Auch wenn es auf meinen Namen läuft, überlasse ich dir einen Teil der Wertsteigerung. Nur damit du ein Startkapital hast.«

Ich bekomme Kopfschmerzen. Demnach zu urteilen, was ich recherchiert habe, steht mir sowieso ein Anteil zu, da ich einen materiellen Eigentumsanspruch auf das Haus habe. »Sollten wir das nicht durch Anwälte regeln lassen?«

»Ich glaube nicht, dass das nötig ist. Es würde uns ein Vermögen an Gebühren kosten. Wir stehen beide auf derselben Seite. Ich bin beim Sozialdienst für dich eingetreten. Ich habe auch nicht vor, um das alleinige Sorgerecht für Charlie zu kämpfen. Ich spiele fair mit dir, also spiel du bitte auch fair mit mir.«

Ich kann mir ohnehin keinen Anwalt leisten. Und ich will nicht, dass er wegen des Sorgerechts für Charlie seine Meinung ändert. »Also gut«, sage ich widerstrebend.

»Brauchst du Hilfe beim Packen?«

Er deutet auf die Unordnung, und ich denke an all die Erinnerungen, die ich mit diesem Haus verbinde und die ich noch einmal zurückholen möchte, bevor ich sie wegpacke.

»Ich würde es lieber alleine machen.«

Als Richard fort ist, sinke ich auf das Sofa und stelle Musik an. Er hat den Vertrag für den Hausverkauf dagelassen, damit ich ihn durchsehe, also weiß ich dann, für welchen Preis er das

Haus verkaufen wird und wann ich ausziehen muss. Der Vertrag ist noch nicht unterschrieben, die letzten Details fehlen noch, aber er rechnet damit, dass das in ein paar Tagen alles geklärt ist.

Ich greife danach. Meine Augen werden groß, als ich den Preis sehe. Es ist mehr Geld, als ich wahrscheinlich in meinem ganzen Leben zu Gesicht bekommen werde. Ich werde es mir nie leisten können, auch nur annähernd so schön zu wohnen wie jetzt. Ich werde wieder von den Launen von Vermietern abhängig sein und mich nie ganz sicher fühlen.

Ich drehe die Vertragsseite um und sehe die beiden Namen am unteren Rand.

Ich muss sie drei Mal lesen, bevor ich sicher bin, dass ich nicht unter Halluzinationen leide.

Richard Murray.

Danielle Brown.

Ich starre ungläubig darauf. Richard verkauft das Haus an Danielle.

FÜNFZIG

DANIELLE

Ich lasse das Bügeleisen über mein Shirt gleiten, vor und zurück, vor und zurück, bis der Stoff glatt und faltenfrei ist. Ich muss in dieser Woche vor Gericht auftreten und so gut wie möglich aussehen. Zum Glück scheint die schlimmste Morgenübelkeit vorbei zu sein, aber ich bin nicht sicher, wie gut ich mich den größten Teil des Tages auf den Beinen halten werde.

Ich versuche, meine Wut wegzubügeln, meine Gedanken zu glätten. Ich kann nicht glauben, dass Peter meine Mutter hinausgeworfen und sie das Haus ohne Theater verlassen hat. Ich bat sie, zu bleiben, aber sie wollte nichts davon hören. Ich weiß, dass es wegen Beth ist. Ich hatte keine Gelegenheit, ihr zu erklären, warum ich zu den Therapiesitzungen gegangen bin, dass es darum ging, näher an Beth heranzukommen, dass es einen guten Grund dafür gab. Jetzt hasst mich meine Mutter. Sie geht nicht an ihr Handy.

Das ist alles Peters Schuld. Er macht keinerlei Anstalten, zu verstehen, was passiert ist, hört mir nicht zu. Ich presse das Bügeleisen fester auf das Shirt, fahre damit unsanft über den Stoff. Ich kann nicht glauben, dass das alles wirklich passiert.

Nachdem ich so lange darauf gewartet habe, wieder mit meiner Mutter vereint zu sein, habe ich sie schon wieder verloren.

Von dem Bügeleisen steigt zischend Dampf auf, und als ich mein orangefarbenes Lieblingsshirt hochhalte, mein Glücksbringer, in dem ich immer meine Fälle gewinne, sehe ich einen dreieckigen Brandfleck in der Mitte.

Die Wut baut sich in mir auf, und einen Moment lang gibt es kein Entkommen davor, kein Ventil. Ohne nachzudenken, halte ich das Bügeleisen an mein Handgelenk, beiße vor Schmerz die Zähne zusammen und warte, bis mir der Geruch verbrannter Haut in die Nase steigt, bevor ich das Eisen wegziehe und die rohe Wunde freilege.

»Dani ... was ist passiert?« Aus heiterem Himmel steht Peter neben mir.

»Ein Unfall«, sage ich sanft, dabei beiße ich mir auf die Lippe, um den sengenden Schmerz an meinem Handgelenk zu ertragen.

»Wirklich? Mit dem Bügeleisen? Bist du abgerutscht?«

Ich starre auf die nässende Wunde hinunter. Es wird definitiv eine Narbe geben. Noch eine. Passend zu den anderen.

»Ja, meine Hand ist abgerutscht. Ich bin müde. Mein Shirt habe ich auch ruiniert.« Ich blicke auf den Brandfleck auf dem orangefarbenen Stoff.

»Vielleicht hättest du nicht bügeln sollen, wenn du so müde bist. Was, wenn du abgerutscht wärst und irgendwie das Baby verletzt hättest?«

»Ich würde dem Baby nie Schaden zufügen.« Ich starre ihn an. Ich habe zu viel gesagt, und ich kann in seinen Augen lesen, dass er weiß, dass es kein Unfall war.

»Ich hole ein paar antiseptische Tücher und Verbandszeug«, sagt er.

»Im Badezimmerschrank. Links.« Peter nickt und stürmt die Treppe hoch.

Ich weiß nicht, wie viel Verbandszeug ich noch habe. Das Leben war in der letzten Zeit stressig.

Peter setzt sich auf das Sofa und verbindet mein Handgelenk. Er geht so sanft vor, dass ich mich frage, warum ich ihn das nicht schon früher habe machen lassen, warum ich ihm bisher nicht offenbart habe, dass ich mich selbst verletze. Vielleicht hätte er es von Anfang an verstanden.

»Hast du Angst vor dem Berufungsprozess?«, fragt er. Die Illusion zerplatzt. Er versteht mich überhaupt nicht.

»Nein. Ich bin aufgeregt, weil du meine Mutter aus dem Haus geworfen hast.«

»Du verstehst doch sicher, warum?«

»Sie hat nichts, wo sie hingehen kann.«

»Ich habe ja auch nicht gesagt, dass sie sofort ausziehen soll. Das war ihre eigene Entscheidung.«

»Wie kannst du so herzlos sein?« Ich denke an Mum, ganz alleine, durch die Straßen wandernd. Sie verdient nichts von alledem.

»Ich begreife dich nicht. Sie hat deinen Vater umgebracht. Warum hasst du sie nicht?«

Ich spüre, wie sich die Emotionen erneut in mir aufbauen, in meinem Kopf schwirren und in meinem Magen herumkreisen. Ich sollte Peter die Wahrheit sagen. Wir werden zusammen ein Baby haben. Er muss wissen, was wirklich passiert ist.

»Sie hat ihn nicht umgebracht«, erwidere ich weich, dabei sehe ich Peter in die Augen. Was ich gleich als Nächstes sagen werde, könnte das Ende unserer Beziehung bedeuten. Aber ich kann das Geheimnis nicht länger für mich behalten. Es laugt mich aus, die Schuldgefühle fressen mich auf.

»Ich habe meinen Vater getötet.«

EINUNDFÜNFZIG

BETH

Ich starre die nebeneinander in dem Vertrag stehenden Namen an. Richard Murray. Danielle Brown. Er verkauft ihr das Haus. Warum? Mir steigt die Galle in die Kehle. Ich muss ihn falsch verstanden haben. Als Richard mir versicherte, er wisse nicht, wer Danielle sei, habe ich ihm geglaubt. Aber er muss mich angelogen haben. Haben sie vor, gemeinsam in das Haus einzuziehen, sobald sie mich losgeworden sind? Hat sich Danielle von Peter getrennt?

Ich rufe Richard an.

»Beth? Ich bin gerade erst nach Hause gekommen. Ist alles in Ordnung?«

»Ich habe den Vertrag gelesen. Warum verkaufst du das Haus an sie?«

»An wen?«

»An Danielle.«

»Danielle? Die Käuferin heißt Danielle, aber ich habe sie nie getroffen. Ich kenne sie nicht. Am Tag nach der Besichtigung hat sie für die gesamte Kaufsumme ein Barangebot abgegeben. Aber was sagst du da? Ist sie die Danielle, von der du letztens gesprochen hast?«

»Wie kannst du mich ständig anlügen, Richard? Danielle war meine Klientin. Und sie ist die Frau, mit der du geschlafen hast. Wollt ihr alle in mein Haus ziehen und hier euer Leben leben? Das Leben, das ich mit dir und Charlie hätte führen sollen?«

»Hör zu, ich habe dir doch gesagt, ich erinnere mich nicht an sie.«

»Sie war in deinem Kurs.« Ich stürme zum Aktenschrank und wühle darin nach der Kursteilnehmerliste. Da ist sie. Ich nehme sie heraus. Plötzlich wird mir schlecht. Was, wenn ich mir nur eingebildet habe, ihren Namen auf dem Papierbogen gesehen zu haben? Was, wenn das ein Symptom für meine Paranoia ist? Doch dann entdecke ich ihren Namen. In der Mitte des Bogens. Danielle Brown.

»Bist du sicher, dass es sich um dieselbe Person handelt? Es ist ein häufiger Name.«

»Sie ist zu mir zur Beratung gekommen. Und sie sieht wie die Frau auf den Fotos aus.«

»Es war nur eine Affäre, Beth. Das habe ich dir doch schon gesagt, und so oft wiederholt. Wenn es dich beruhigt, die Frau, mit der ich geschlafen habe, hieß Antonia.«

»Aber warum zeigen die Fotos dich und sie vor der Universität?«

Ich höre sein Seufzen im Telefon vibrieren. »Ja, Antonia war auch eine Studentin. Es tut mir leid, dass ich sie in einer Bar kennengelernt habe, war gelogen. Ich wollte dir nicht erzählen, dass sie eine Studentin war, weil ich dich nicht verletzen wollte. Weil wir uns auf ähnliche Weise kennengelernt haben, und ich wollte nicht, dass du dich ersetzt fühlst.«

»Nicht Danielle?« Meine Hand schließt sich fester um mein Handy. Noch eine seiner Studentinnen. Ich stelle ihn mir in der Bar vor, wie er mit ihr flirtet und sie dann in ein Hotel mitnimmt. So wie er es mit mir gemacht hat.

»Nein, nicht Danielle. Ich habe es dir doch gesagt. Ich erinnere mich nicht an diese Frau. Sie hat an dem Kurs vielleicht auch gar nicht teilgenommen. Wir haben immer ein paar Studenten, die bei den Tageskursen nicht auftauchen. Und du sagtest, sie hätte Narben im Gesicht, nicht? Daran würde ich mich garantiert erinnern, wenn ich sie kennen würde.«

Meine Gedanken kreisen immer noch um seinen Betrug. Eine andere Studentin. Es war eine andere Studentin, die er vor der Universität geküsst hat.

»Beth, bist du okay?«

»Ja, alles in Ordnung. So, ich muss Schluss machen.« Ich drücke die Taste, um das Gespräch zu beenden. Aber es ist gar nichts in Ordnung. Danielle mag vielleicht nicht mit Richard geschlafen haben, aber sie versucht ganz eindeutig, mich zu verletzen. Ich verliere wahrscheinlich meinen Job, weil sie mich wegen Fehlverhaltens angezeigt hat. Sie kauft mein Haus, nimmt mir und Charlie unser Heim weg. Mir läuft es eiskalt den Rücken runter, und ich denke daran, wie oft ich ihr bei den Therapiesitzungen gegenübergesessen und ihr in die Augen gesehen habe. Warum war sie wirklich bei den Sitzungen? Und was will sie von mir?

ZWEIUNDFÜNFZIG

DANIELLE

Peter starrt mich fassungslos an. »Wie meinst du das, du hast deinen Vater getötet?«

Ich blicke auf die Brandwunde an meinem Handgelenk. Ich möchte den Verband abreißen, um die Strafe zu ertragen, die ich verdiene.

»Ich habe das Feuer gelegt. In der Wohnung.«

»Aber alle Beweise deuteten auf deine Mutter hin.«

»Ich weiß. Sie war an diesem Tag dort, um meinen Vater zu treffen. Sie wollten über ihre Beziehung sprechen. Aber das wusste ich nicht. Ich war schlecht drauf, und ich ging zu der Wohnung, die wir im Zentrum von London besaßen, nur um aus dem Haus zu entkommen. Meine Eltern hatten mir gesagt, die Wohnung sei eine Investition, für mich, wenn ich älter sei. Die Idee war, dass ich nach der Universität dort wohnen sollte, und ich betrachtete sie schon als mein Eigentum.«

Ich schlucke bei der Erinnerung daran, wie aufgeregt ich war, sie endlich zu sehen. Mein Vater verbrachte dort monatelang jedes Wochenende, um sie zu renovieren und herzurichten. Er ließ uns in dem Glauben, er wolle sie uns erst zeigen, bis alles fertig sei. Ich glaubte wirklich, er würde das alles für mich tun.

»Aber als ich dort ankam, stellte ich fest, dass die Wohnung längst komplett renoviert war und jemand dort lebte. Ich begriff, dass mein Vater eine Affäre hatte, dass seine Geliebte in der Wohnung wohnte.« Ich balle die Fäuste, als ich mich an meine Wut, an die Ungerechtigkeit der ganzen Situation erinnere. »Die Polizei hat meine Mutter schon früh verhaftet und alle Beweise sprachen gegen sie. Dafür hat sie gesorgt. Um mich zu schützen.«

»Was genau ist denn passiert?«

Ich beginne zu zittern, sinke auf das Sofa und rufe mir ins Gedächtnis, wie angestrengt ich all die Jahre versucht habe, alles zu verdrängen.

»In der Wohnung gab es viele Kerzen. Sie – die andere Frau – schien sie zu lieben. Ich nahm an, es wäre niemand da. Also zündete ich eine an. Warum, weiß ich nicht. Vielleicht einfach nur, um mein Territorium zu markieren, um sie wissen zu lassen, dass ich da gewesen war. Ich versuchte zu verarbeiten, was sich hier abspielte, dass mein Vater eine Affäre hatte. Jedes Wochenende, wenn er uns weismachte, er würde die Wohnung renovieren, traf er sich in Wahrheit mit ihr. Ihre Bücher standen in den Regalen, auf dem Couchtisch lagen Zeitschriften, neben der Tür hingen Mäntel und standen Schuhe. Auch seine Sachen waren da. Seine Schuhe neben ihren, ein alter Mantel, den er zu Hause nie trug. Aber ein Teil von mir wollte immer noch nicht glauben, was ich da sah. Ich redete mir ein, er hätte sie einfach an jemanden vermietet, vielleicht an einen seiner Freunde. Dann ging ich ins Schlafzimmer. Ich sah ein Kondompäckchen auf dem Nachttisch und ein rotes Kleid an der Tür des Kleiderschranks. Mir wurde schlecht. Ich nahm die Kerze und warf sie mitten auf die Bettdecke. Ich hatte damit gerechnet, dass sie ausgehen würde, aber das Bett geriet in Brand. Dann breitete das Feuer sich aus. Ich sah regungslos zu. Ich hätte das Feuer löschen sollen. Aber aus irgendeinem Grund konnte ich es nicht. Ich sah nur zu.« Ich erinnere mich, wie ich beobachtete, wie sich die Flammen ausbreiteten und wie frei und glücklich ich mich fühlte. Nur einen Moment lang.

»Aber du hast ihn getötet …« Peter sieht mich an, als würde er mich überhaupt nicht kennen.

»Ich wollte es nicht.« Meine Stimme bricht, und ich presse die Hände gegen die Schläfen; ich zwinge mich, das Bild von den Flammen, die Schreie und den Rauchgeruch aus meinem Kopf zu verdrängen.

»Ich hatte keine Ahnung, dass er sich in der Wohnung aufhielt. Er war im Arbeitszimmer, dessen Tür geschlossenen war. Er musste Kopfhörer aufgehabt haben, denn er hatte mich nicht gehört. Als ich seine Schreie wahrnahm, brannte schon die ganze Wohnung, ich war im Flur, ein Stück von ihm entfernt.« Jetzt schluchze ich und wiege mich auf dem Sofa vor und zurück. Wie konnte ich nur einfach wegrennen? Warum hatte ich nicht versucht, ihn zu retten?

»Warum hast du es nicht zugegeben?«

»Ich war fünfzehn. Ich hatte Angst. Meine Mutter beharrte darauf, ich solle niemandem etwas sagen, sie würde mich decken. Sie traf in dem Moment an der Wohnung ein, in dem ich gerade geflohen war. Wir waren uns nicht begegnet, sie nahm den Fahrstuhl, und ich war auf der Treppe nach unten. Sie wollte sich mit Dad in der Wohnung treffen, um ein Gespräch über ihre Ehe zu führen, und fand sie brennend vor. Sie versuchte noch, ihn zu retten, kam aber nicht durch den Rauch. Leute aus dem Häuserblock sahen sie ins Freie rennen und sagten vor Gericht aus, dass sie es getan hätte.«

»Es war also ein Justizirrtum?«

»Sie hat es so aussehen lassen, weil sie nicht wollte, dass herauskam, dass ich es getan hatte. Ich konnte kaum damit leben.« Ich streiche mit den Fingern über die Narben an meinen Handgelenken. Das Ergebnis von Rasierklingen, Glasscherben, was immer ich finden konnte. Seit es passierte, habe ich mich bestraft.

»Damals habe ich nicht verstanden, warum sie mich gedeckt hat.« Ich blicke auf meinen Bauch hinunter, denke an das Leben in mir, denke daran, dass ich alles für mein Baby tun würde. »Aber jetzt verstehe ich es. Sie hat es getan, weil sie mich liebte. Ich schulde ihr so viel.«

DREIUNDFÜNFZIG
BETH

Ich bin im Wohnzimmer und packe Charlies Spielsachen in einen großen Koffer, dabei laufen mir die Tränen über die Wangen. Richard hat Charlie über die kurzen Ferien zu sich genommen, und ich verstaue unser Leben und Stück für Stück unsere Beziehung, zerlege sie langsam, stetig und lösche sie aus. Ich greife nach einem von Charlies Teddys. Den sollte ich wirklich entsorgen, es ist nicht so, als würde er ihn noch brauchen. Aber ich bringe es nicht über mich, die Erinnerungen wegzuwerfen.

Ich trinke einen weiteren Schluck Wein. Alleine räume ich in einem schmuddeligen weißen T-Shirt das Haus aus. Es ist mir gleichgültig, ob ich die ganze Flasche trinke. Ich lächle traurig, als ich mich frage, ob ich mir lieber von Richard hätte helfen lassen sollen, statt alles alleine zu machen. Aus den kleinen Lautsprechern dröhnt Nina Simone. Ich habe gehofft, die Musik würde meine Stimmung aufhellen, aber es funktioniert nicht. Stattdessen erfüllt mich Wehmut, bin in meinen Erinnerungen versunken.

Mit dem Spielzeug unten bin ich jetzt fertig. Vielleicht sollte ich die Spielsachen aus Charlies Zimmer in denselben

Koffer packen, dann habe ich alles beisammen, wenn wir in die neue Wohnung ziehen. Ich schleppe den Koffer nach oben, dann gehe ich zurück, um mein Glas Wein zu holen, nehme es mit in Charlies Zimmer und fange dann an, seine restlichen Spielsachen in den Koffer zu stopfen. Er ist schon fast voll. Sie werden nicht alle hineinpassen, ich werde den Rest in einem Karton verstauen müssen. Die Musik ist jetzt leise, und ich beschließe, wenn ich den Karton hole, die Minilautsprecher mit hochzunehmen.

Ich trinke einen weiteren Schluck Wein und gehe dann mit dem Glas in der Hand in den Flur. Als ich ein klickendes Geräusch höre, zögere ich oben auf der Treppe. Dann ertönt ein anderes Geräusch. Eine Art Schlurfen. Ich glaube, es kam aus meinem Therapieraum. Wahrscheinlich sind es nur die Äste des Baums, die das Fenster streifen, aber ich verspüre den Drang, das zu überprüfen. Ich öffne die Tür mit einer Hand und halte mein Glas in der anderen.

Dann schreie ich. Jemand ist in dem Raum.

Sie dreht sich um.

Danielle.

VIERUNDFÜNFZIG

DANIELLE

Ich warte darauf, dass Beth aufhört zu schreien und erkennt, dass ich es bin. Sie sieht aus, als wäre sie außer sich vor Angst, ist blass und ihre Knöchel treten weiß hervor, als sie ihr Weinglas umklammert. Allem Anschein nach, hat sie niemanden erwartet, denn sie hat die Haare zu einem unordentlichen Pferdeschwanz zurückgebunden und trägt ein fleckiges weißes T-Shirt mit dem Logo einer Marke, die ich nicht kenne.

»Hi«, sage ich fröhlich. »Tut mir leid, wenn ich Sie erschreckt habe. Ich dachte, es wäre niemand da.«

»Aber die Musik ...«

Sie hat recht. Die Musik, die unten spielt, ist ein Zeichen dafür, dass jemand zu Hause ist. »Ich dachte, Sie wären vielleicht ausgegangen und hätten sie angelassen. Ich habe gerufen, aber keine Antwort bekommen.«

Offensichtlich glaubt sie mir nicht. Sie wirkt nervös und hat scheinbar Angst vor mir.

»Warum ... warum sind Sie hier?«, fragt sie.

»Oh, sorry, ich nahm an, Sie wüssten Bescheid. Ich kaufe Ihr Haus. Der Makler hat mir ein Schlüsselset gegeben, damit ich alles ausmessen und überlegen kann, wo ich welche Möbel hinstelle.« Ich halte das Maßband mit einer Hand hoch.

»Das ist gerade kein günstiger Zeitpunkt«, gibt sie kurz zurück und tritt auf mich zu. Ihr Rotwein schwappt über den Glasrand, tropft auf den cremefarbenen Teppich und hinterlässt dunkle Flecken, aber sie scheint es nicht zu bemerken. Sie ist betrunken. »Niemand hat mich informiert, dass Sie kommen.« Ihre Augen scheinen hin und her zu wandern, als sie sorgfältig jedes Wort formt. »Der Makler hätte Ihnen den Schlüssel nicht geben dürfen. Ich ziehe in ein paar Tagen aus. Dann können Sie ausmessen.«

»Keine Sorge, ich bin ohnehin fast fertig. Ich wollte gerade gehen.«

»Warum kaufen Sie mein Haus? Sie haben nie erwähnt, dass Sie etwas anderes suchen.« Etwas selbstsicherer kommt sie noch näher. Sie scheint den Schock, mich hier vorzufinden, überwunden zu haben.

»Es liegt in der Nähe des Hauses, in dem ich aufgewachsen bin«, erwidere ich und beobachte, wie sie reagiert; ich will sehen, ob sie begreift, was hier vor sich geht, ob ihr klar wird, wer ich bin. »Und warum auch nicht? Es ist ein schönes Haus. Der perfekte Ort, um ein Kind aufwachsen zu lassen.«

Sie zuckt zusammen und rückt von mir ab. »Wie ich schon sagte, es ist ein ungünstiger Zeitpunkt. Könnten Sie also bitte gehen?«

Ich nicke. »Natürlich. Tut mir leid, dass ich gestört habe. Ich bin davon ausgegangen, dass der Makler Ihnen Bescheid gegeben hat.« Ich gehe zur Tür hinüber, als wollte ich gehen, gehe um Beth herum, und sie schwankt ein wenig, als ich sie streife. Ich umklammere den Schlüssel zu dem Raum in meiner Hand. Er fühlt sich solide in meinen Fingern an. Als ich die Tür erreiche, schlage ich sie zu, dann schiebe ich den Schlüssel in das Schlüsselloch, drehe ihn um und schließe uns beide in dem Raum ein.

FÜNFUNDFÜNFZIG

BETH

»Was tun Sie da?«, frage ich. Mir gefriert das Blut in den Adern. Als ich die Tür öffnete, war ich geschockt, Danielle hier zu sehen, aber auch erleichtert, dass es sich nicht um einen Eindringling handelte. Aber jetzt hat sie mich in diesem Zimmer eingeschlossen, und ich begreife, dass sie genau das ist. Ein Eindringling. In meinem Heim, in meinem Leben.

Mein eigener Schlüssel zu diesem Raum ist unten. Ich werde hier nicht herauskommen, wenn sie mich nicht herauslässt.

»Ich bin nicht nur zum Ausmessen gekommen«, sagt sie. »Ich habe Sie vermisst. Unsere Therapiesitzungen vermisst.«

»Wirklich?« Ich mustere sie misstrauisch und umfasse mein Glas fester. Ich bin verwirrt, das ergibt keinen Sinn. War sie es nicht, die mich bei der Kammer angeschwärzt hat?

»Ich dachte, wenn ich anrufe und um eine weitere Sitzung bitte, würden Sie das vielleicht ablehnen. Aber ich muss eine Weile mit Ihnen sprechen.«

Meine Haut prickelt vor Furcht. »Das müssen wir nicht jetzt machen. Warum verschieben wir es nicht auf ein anderes

Mal? Wir können eine Sitzung abhalten, wenn ich besser vorbereitet bin.« Wenn ich sie dazu überreden kann, die Tür aufzuschließen und das Haus zu verlassen, kann ich mir später überlegen, was ich wegen ihr unternehme. Im Moment bin ich zu benommen, um klar zu denken.

Sie schüttelt den Kopf. »Ich will jetzt mit jemandem sprechen. Und Sie sind die Einzige, der ich vertrauen kann.« Tränen fließen an ihren Wangen herab und einen Moment lang tut sie mir leid.

»Warum ich?«, frage ich.

»Ich vertraue Ihnen. Ich habe Ihnen immer vertraut.«

»Schauen Sie, schließen Sie einfach die Tür auf. Wir können für später einen Sitzungstermin vereinbaren. Ich verspreche es.«

»Bitte, Beth. Hören Sie mir zu. Ich hatte es in der letzten Zeit nicht leicht. Meine Mutter ist verschwunden, und ich weiß nicht, an wen ich mich wenden soll.«

»Ihre Mutter?« Ich erinnere mich, dass sie erwähnte, ihre Mutter wäre gekommen, um bei ihr zu leben. Sie waren zerstritten gewesen.

»Es hat mich an die alten Zeiten erinnert, als sie manchmal verschwand, wenn sie böse auf meinen Vater war. Aber sie ist immer wieder zurückgekommen.« Danielle lässt sich in den Sessel sinken, in dem ich normalerweise sitze. Mir wird bewusst, dass sie nirgendwo hingehen wird. Also setze ich mich ihr gegenüber auf das für meine Klienten bestimmte Sofa und versuche mich zu konzentrieren. Mein Blickfeld ist vom Alkohol getrübt. Jetzt sind unsere Rollen vertauscht. Es ist Danielle, die die Macht hat.

»Es erinnert Sie an Ihre Kindheit?« Ich bemühe mich, die Kontrolle über das Gespräch zu übernehmen, zwinge mich, in den Therapeutenmodus zu schalten, obwohl mein Verstand nur aus einem Haufen wirrer Gedanken besteht.

»Ja. Damals habe ich mich auch nach Hilfe gesehnt.«

»Hatten Sie damals jemanden, mit dem Sie reden konnten?«

»Nur einen einzigen Menschen.« Sie blickt mich scheu an.

»Eine Freundin?«

»Tja, zumindest dachte ich das. Aber sie war nicht wirklich eine. Sie war keine Schulfreundin. Eher eine besorgte Erwachsene. Jemand, der sich um mich kümmerte, auf mich aufpasste. Jemand, dem ich alles sagen konnte. Wissen Sie, ich war schon unglücklich, bevor mein Vater starb. Meine Eltern haben ständig gestritten, und ich brauchte jemanden, der mir half. Das hat sie getan. Sie hat mir einfach zugehört. So wie Sie jetzt.«

Irgendetwas regt sich in mir, eine lange zurückliegende Erinnerung. Bevor ich meinen Zusammenbruch hatte, lange davor. Aber ich bekomme sie nicht zu fassen.

»Ich bin so froh, dass Sie damals jemanden hatten«, sage ich, aber ich fühle mich extrem unbehaglich. Mein Magen brennt. Vielleicht bin ich betrunkener, als ich dachte. Vielleicht muss ich mich übergeben. Die vier Wände des Raums scheinen mich einzuengen, das Zimmer wird kleiner und kleiner. Schweiß strömt meinen Rücken hinunter. Die Intensität von Danielles Blick ist zu viel für mich. Ich versuche, tief durchzuatmen.

»Die mir geholfen hat, war eine Lehrerin«, sagt sie. Es verschlägt mir vollständig den Atem. »Eine Kunstlehrerin. Sie war nett zu mir.«

Jetzt kann ich mich kaum noch konzentrieren. Ich kann überhaupt kaum noch denken. *Sie* ist es.

»Sophie?«, frage ich.

»Ja«, nickt sie.

Ich starre sie an. Ich war die Lehrerin, von der sie spricht.

Sie fährt fort: »Als Peter und ich Eheprobleme hatten, sah ich Ihren Namen auf einer Liste von Therapeuten, die Eheberatung anbieten. Erst dachte ich, dass es unmöglich Sie sein könnten. Es muss viele Beth Evans' auf der Welt geben.«

Viele, denke ich. *Und deswegen hoffte ich, deine Mutter würde mich nie finden.*

»Aber dann kam ich zu der ersten Sitzung, und Sie waren es wirklich. Ich habe mich so gefreut.«

»Du hast dich gefreut?« Ich starre sie geschockt an.

»Natürlich. Sie waren so wichtig für mich, als ich ein Teenager war. Sie haben sich um mich gekümmert, als ich niemanden hatte. Sie haben sich immer Zeit genommen, mir zuzuhören. Ich wollte Ihnen danken.«

»Warum hast du das denn nicht gleich gesagt?«, erwidere ich verwirrt. Meine Gedanken überschlagen sich. Wollte sie sich wirklich nur bei mir bedanken? Heißt das, sie weiß nicht, was ich getan habe?

»Ich hätte Ihnen gleich am Anfang offenbaren sollen, wer ich bin. Nach dem Prozess habe ich meinen Namen geändert, also wusste niemand, wer ich wirklich war. Ich hoffte, Sie würden mich vielleicht wiedererkennen, wenn Sie mich sehen, aber das haben Sie nicht.«

»Deine Narben ...«, flüstere ich. »Damit konnte ich dich nicht erkennen.« Damals hatte sie lange dunkle Haare, ganz anders als der blonde Bob, den sie jetzt trägt.

»Ich hätte es Ihnen sagen sollen. Ihnen danken, dass Sie mir damals geholfen haben, und Sie bitten, mir jetzt zu helfen. Aber ich hatte Angst, Sie würden mich abweisen, sich weigern, mich zu therapieren. Und ich brauchte Hilfe.«

Ich stoße vernehmlich den Atem aus. Ich kann nicht klar denken. Mir gehen zu viele Dinge durch den Kopf, und der Alkohol wirbelt meine Gedanken durcheinander. Über sie, über ihren Vater. Alles. Vielleicht weiß sie wirklich nichts. Vielleicht wollte sie sich wirklich nur bedanken. Sie war damals fünfzehn, sie war in der Schule, als der Prozess gegen ihre Mutter stattfand. Aber sie musste gewusst haben, dass ihr Vater eine Affäre hatte. Das stand in der Zeitung. Sie konnte allerdings nicht wissen, dass er sie mit mir hatte.

Einen Moment lang denke ich an ihren Vater. Nick. Er war in mein Leben getreten, als ich ihn am dringendsten brauchte, und ich hatte mich nie so geliebt und akzeptiert gefühlt. Er hatte mich gerettet. Und dann wurde er mir genommen. Von seiner Frau bei lebendigem Leibe verbrannt worden.

SECHSUNDFÜNFZIG

DANIELLE

Ich hatte Beth einmal idealisiert. Sie war die Lehrerin, die jeder mochte. Damals muss sie in den Zwanzigern gewesen sein, sie hatte gerade ihr Examen als Lehrerin gemacht, und kam uns wie eine von uns vor. Wir nannten sie Beth statt Miss Evans, und sie hörte sich unsere Probleme an und veranstaltete nach der Schule »Gruppendrama«-Sitzungen, die uns einen Vorwand lieferten, über unsere Teenagerängste zu sprechen. Sie organisierte die wie eine Gruppentherapie, und wir saßen alle im Kreis. Ich merkte damals schon, dass sie die darin bestehende Macht, die Kontrolle, die Fähigkeit mochte, die Richtung zu beeinflussen, die unsere Leben nahmen. Wir blickten alle zu ihr auf, wollten wie sie sein. Im Rückblick begreife ich, wie verzweifelt auch sie sich wünschte, von uns gemocht zu werden.

Sie hatte Zeit für jeden, aber besonders für mich. Ich vertraute ihr an, was bei uns zu Hause los war, dass meine Eltern dauernd stritten, dass meine Mutter ständig wütend war. Sie beteuerte, wenn es schlimmer werden sollte, könnte ich bei ihr einziehen. Aber sie hatte das nie ernst gemeint.

Nachdem mein Vater gestorben und meine Mutter wegen

Mordes an ihm verhaftet worden war, hatte ich vor, sie in der Schule aufzusuchen. Ich musste dringender denn je mit ihr sprechen. Ich streifte durch die Gänge und suchte nach ihr, erfuhr dann aber, dass sie wegen Krankheit fehlte. Der für mich zuständige Sozialarbeiter riet mir, die Woche nach der Verhaftung meiner Mutter zu Hause zu bleiben, aber ich bestand darauf, zur Schule zu gehen. Ohne Mum konnte ich es daheim nicht ertragen, konnte mein neues Leben nicht aushalten.

Ich machte mir Sorgen um Beth, weil sie krank war. Echte Sorgen. Seit dem Tod meines Vaters hatte ich den Boden unter den Füßen verloren, und mich beschlich die irrationale Angst, sie könnte ernstlich erkrankt sein. Ich würde es nicht durchstehen, noch jemanden zu verlieren.

Als sie wieder gesund war und ich ihr auf dem Gang begegnete, war ich so erleichtert, dass ich sie an Ort und Stelle umarmte. Sie war der einzige Mensch, den ich nicht wegstoßen wollte. Ich brauchte sie.

Ich bemerkte, wie sie ihre Augen aufriss, sobald sie mich sah. Aber ich registrierte nicht, dass sie den Blick abwandte und versuchte, zur Seite zu treten, bis sich meine Arme fest um sie schlangen. Ich spürte, wie sich ihr Körper versteifte, und das machte mir Angst. Ich umfasste sie noch enger.

»Sophie«, sagte sie. »Sophie«, wiederholte sie drängend. »Du weißt, dass es in der Schule Vorschriften zu Körperkontakt gibt.«

Einen kurzen Moment lachte ich, meinte, sie würde scherzen. Schließlich war sie diejenige, die immer die Regeln übertrat, die bereit war, uns zu umarmen oder unser sorgfältig gestyltes Haar zu zerzausen.

Aber sie scherzte nicht. Ich spürte das an der Art, wie sie meine Arme von sich löste, sah es an ihrem ärgerlichen Stirnrunzeln.

Dunkle Ringe lagen unter ihren Augen, und sie sah aus, als

hätte sie geweint. Sie war nicht geschminkt. Das erste Mal, dass ich sie so sah.

Ich fragte mich einmal mehr, ob sie schwer krank war. Ob sie deswegen nicht in der Schule gewesen war. Verhielt sie sich deswegen mir gegenüber so kühl?

»Ich muss mit Ihnen reden«, sagte ich.

»Ich halte das für keine gute Idee.«

Ich nahm an, dass sie vielleicht noch nicht mitbekommen hatte, was mir zugestoßen war, dass sie nicht wusste, dass mein Vater gestorben war. Schließlich war sie länger krank gewesen. Sie hatte genau in der Zeit gefehlt, als es passierte.

Sie wandte sich ab, um zu gehen.

»Bitte.« Ich packte sie am Arm.

»Mach keine Szene«, zischte sie.

Andere Schüler starrten uns bereits neugierig an. Alle wussten, wer ich war. Das Mädchen, dessen Vater bei einem Brand ums Leben gekommen war. Das Mädchen, dessen Mutter wegen Mordes an ihm angeklagt war.

Ich hatte mich an ihre Blicke gewöhnt, aber Beth beunruhigten sie offensichtlich.

»Komm mit«, sagte sie und zog mich in ein leeres Klassenzimmer.

Wir standen uns gegenüber, und ich dachte an all die Male, wo ich mich ihr anvertraut und ihr Dinge gebeichtet hatte.

Ich stand kurz davor, mit der Bitte herauszuplatzen, ob ich jetzt zu ihr ziehen könnte, als sie anfing zu weinen.

»Es tut mir so leid, was mit deinem Vater passiert ist«, sagte sie. »So, so leid.«

Ich beobachtete fasziniert, wie ihr die Tränen über das Gesicht liefen. Ich selbst konnte nicht weinen. Ich fühlte mich betäubt, als würde ich in einer Art Paralleluniversum leben, als wäre alles nur ein Traum. Oder vielleicht war mein früheres Leben der Traum und dieser Albtraum die Realität.

»Danke«, erwiderte ich verblüfft. Mein Herz schwoll an. Ihr lag wirklich etwas an mir.

»Wie stehst du das durch?« Sie griff nach meiner Hand.

»Nicht gut. Ich weiß nicht, wo sie mich unterbringen werden. Im Moment ist meine Tante bei mir, aber sie sprechen von Pflegefamilien. Meine eigene Familie. Sie will mich nicht haben.« Ich starrte auf meine Füße, dachte an all die Ausflüchte meiner Verwandten, sie hätten zu viel zu tun.

Ich erwartete, dass sie darauf eingehen und äußern würde, ich müsste in keine Pflegefamilie, sondern könnte bei ihr einziehen. Dass sie das vorschlagen würde, was sie immer angeboten hatte, als ich ihr von den Streitereien meiner Eltern erzählte. Sie würde mich aufnehmen, mir helfen wollen.

Aber sie sagte nichts. Ich fragte mich, ob das an ihrem Gesundheitszustand lag.

»Kann ich bei Ihnen einziehen?«, platzte ich heraus. »So, wie wir es besprochen haben?«

Sie zog ihre Hand weg. »Nein, das kannst du nicht. Es tut mir leid.«

»Warum nicht?« Ich konnte kaum glauben, was sie sagte.

»Ich habe nicht genug Platz.«

»Aber den müssen Sie haben. Sie haben es mir doch schon früher angeboten.«

»Du verstehst nicht. Damals, nun ja ... ich habe damit gerechnet, in ein großes Haus zu ziehen, wo der Platz leicht für uns alle gereicht hätte.«

»Für uns alle?«

»Ja ...« Sie sah mich an, ihre Augen forschten in meinen. »Ich meine, auch für meinen Freund. Aber das hat nicht funktioniert.« Sie fing wieder an zu weinen, laute, wütende Schluchzer.

So hatte ich sie noch nie erlebt.

»Ich kann überall schlafen«, sagte ich. »Auf einem Sofa, egal wo.«

»Ich kann dich nicht einfach aufnehmen. Es tut mir leid, aber das kann ich nicht. Ich habe selbst genug Probleme. Familiärer Art. Und es ist nicht der richtige Zeitpunkt. Tut mir leid.«

Danach verschwand sie in der Personaltoilette. Ich stand draußen und lauschte ihrem Schluchzen. Ich hatte nicht geweint, als ich vom Tod meines Vaters erfuhr. Ich hatte nicht geweint, als meine Mutter verhaftet wurde. Aber jetzt kamen die Tränen, und ich konnte sie nicht zurückhalten.

SIEBENUNDFÜNFZIG

BETH

Ich starre Danielle an. Wenn sie wirklich Sophie ist, wie sie behauptet, dann war es ihre Mutter, die Nick ermordet hat, die Liebe meines Lebens.

»Deine Mutter ... ist Virginia?«, frage ich Danielle und entsinne mich, dass sie erzählte, ihre Mutter würde zu ihr ziehen. Sie kann doch nicht wirklich Virginia gemeint haben, oder?

»Ja. Und sie war fünfzehn Jahre im Gefängnis. Sie ist gerade erst entlassen worden.«

Ich starre sie geschockt an. Virginia ist Danielles Mutter und hat tatsächlich ihre gesamte Strafe abgesessen. Fünfzehn Jahre. Lebenslänglich. Das bedeutet nicht ein Leben lang. Für mich ist das mit Sicherheit eine zu kurze Strafe. Und jemand hätte mich informieren sollen, dass sie entlassen wird. Aber ich bin seit damals so oft umgezogen. Ich habe nie daran gedacht, den Bewährungshelfern meine aktuelle Adresse mitzuteilen.

»Und jetzt wohnt sie bei dir?«, frage ich mit zittriger Stimme. Mir wird übel vom aufkommenden Entsetzen. Die ganze Zeit lang war sie mir so nah.

»Das hat sie bis vor Kurzem getan.«

Mein ganzer Körper verkrampft sich. Vor Gericht behauptete Virginia, das Feuer wäre meine Schuld gewesen, es wäre nie dazu gekommen, wenn ich nicht mit ihrem Mann geschlafen hätte. Für alles, was passiert war, gab sie mir die Schuld.

Aber sie hatte nichts verstanden. Hatte nicht verstanden, wie sehr wir uns geliebt hatten. Nick und ich waren füreinander bestimmt.

»Es tut mir leid, was du damals alles durchgemacht hast«, sage ich in dem Versuch, die Spannung zu lockern, die den Raum erfüllt. »Es muss furchtbar schwer gewesen sein.«

»Ich wollte wirklich bei Ihnen einziehen«, sagt sie. »Warum haben Sie Nein gesagt?«

»Ich machte zu der Zeit selbst eine schwierige Phase durch.« Mehr kann ich ihr nicht offenbaren, ich kann sie nicht darüber aufklären, dass ich in der Wohnung lebte, die ausbrannte und in der ihr Vater umkam, dass ich die Frau war, mit der ihr Vater ein Verhältnis hatte. Dass ich sie ohne ihn nicht bei mir aufnehmen konnte.

»Inwiefern?«, fragt Danielle.

»Es … es war nur … ich bin müde. Ich möchte nicht darüber reden.«

»Weil dein Liebhaber gestorben ist?«, fragt sie. »Mein Vater.« Und dann sehe ich die in ihr lodernde Wut, die Wut, die die ganze Zeit dagewesen war.

»Du wusstest es?«

»Ich wusste es schon lange.«

ACHTUNDFÜNFZIG

DANIELLE

Zuerst hatte ich nicht vor, zu der Verhandlung gegen meine Mutter zu gehen. Ich wollte sie nicht auf der Anklagebank sehen, erdrückt von der Lage, in die sie sich gebracht hatte, des Mordes bezichtigt. Und ich wollte mich nicht an das Feuer erinnern. Ich wollte nicht an Dad denken, tot und in der Erde verscharrt. Ich wollte nicht daran denken, dass alles ganz anders hätte sein können.

Aber eines Tages ging ich statt zur Schule zum Gericht. Es überraschte mich, dass ich mich für einen Platz im Saal anstellen musste, wo ich dann zwischen zwei Fremden zusammengepfercht saß. Der Gerichtssaal wimmelte vor Journalisten und Jurastudenten mit Notebooks, die neben Schaulustigen saßen, angelockt vom Trauma anderer. Wer waren all diese Leute, die plötzlich das Recht hatten, alle Einzelheiten aus unserem Leben zu erfahren? Es machte mich krank, dass unser Leben öffentlich zur Schau gestellt wurde und jeder sich eine Meinung darüber bilden konnte.

Meine Mutter wirkte auf der Anklagebank klein, aber stoisch gefasst. Sie rührte sich nicht vom Fleck, als der Polizeibeamte, der als Erster am Ort des Geschehens eintraf, aussagte. Als er den Zustand des Leichnams meines Vaters beschrieb, konnte ich nicht verhindern, dass mir die Tränen über das Gesicht strömten. Ich wischte sie mit dem Handrücken weg und schniefte. Im Gerichtssaal herrschte Schweigen, alle hielten den Atem an, als sie der Aussage des Zeugen lauschten.

Meine Mutter reagierte nicht. Sie stand unter dem Einfluss von Antidepressiva, die ihre Gefühle erstickten. Sie starrte blicklos ins Leere, als würde sie sich nur die Nachrichten anhören. Selbst ich konnte sehen, dass sie schuldig wirkte, dass ihr Mangel an Emotionen vor Gericht keinen guten Eindruck machte. Welche Frau würde angesichts des Todes ihres Mannes keine Trauer empfinden? Von all den Leuten im Saal wussten nur sie und ich, wer das Feuer wirklich gelegt hatte. Ich wünschte so sehr, ich wäre an diesem Tag nicht in die Wohnung gegangen, und nichts von alldem wäre passiert. In diesem Augenblick wollte ich nur wieder mit ihr zu Hause sein und mir ihr Geschrei anhören, mein Zimmer in Ordnung zu bringen und die Spülmaschine auszuräumen.

Ich sah die Geschworenen an, von denen einige, bewegt von der Aussage des Polizeibeamten, die Köpfe schüttelten. Ich wollte einen Blick von meiner Mutter auffangen, ihr zu verstehen geben, dass sie bekümmerter aussehen, die Rolle der trauernden Witwe spielen musste. Sonst würde sie ins Gefängnis gehen müssen und ich würde ganz alleine dastehen. Aber sie blickte kein einziges Mal auf, registrierte nie, dass ich da war.

Und dann wurde die nächste Zeugin aufgerufen. Ich bekam den Namen nicht mit, ich war immer noch so mit dem beschäftigt, was der Polizeibeamte ausgesagt hatte. Es hatte keine Beweiskraft. Meine Mutter könnte freigesprochen werden. Mein Herz hämmerte vor Hoffnung. Meine Mutter könnte zu mir nach Hause kommen.

Doch dann sah ich sie in den Zeugenstand treten. Beth.

Sie leistete den Eid, während ich sie erschüttert anstarrte. Ihre Personalien wurden aufgenommen, und dann bombardierten die Anwälte sie mit der ersten Frage.

»Seit wann hatten Sie und Nicholas Loughton eine intime Beziehung?«

NEUNUNDFÜNFZIG

BETH

»Du wusstest von meiner Beziehung mit deinem Vater?«, hake ich verstört nach.

Sie nickt, wendet den Blick nicht einmal von mir ab. Ich sehe den Hass in ihren Augen.

»Du verstehst das doch, nicht wahr?«, versuche ich verzweifelt zu erklären. »Er war alles für mich. Wir haben uns geliebt. Und deine Mutter hat ihn umgebracht. Sie meinte, wenn sie ihn nicht haben könne, solle ihn auch sonst niemand haben.« Virginia war nicht für Nick bestimmt gewesen. Sie war nicht gut für ihn.

»So war das nicht. Es war ihre Wohnung, ihre und die meines Vaters. Sie hätte mir gehören sollen, wenn ich mit der Universität fertig war. Aber stattdessen hat er dich dort wohnen lassen. Seine Geliebte. Und die ganze Zeit hast du in der Schule meine Freundin gespielt.«

Sie weiß alles.

»Was ich getan habe, war einfach nur deinen Vater zu lieben. Du weißt, wie unglücklich deine Eltern waren. Du hast es mir ja selbst erzählt.«

Dass ihre Beziehung schon lange nicht mehr intakt war,

hatte Nick mir erzählt. Sie schliefen nicht mehr miteinander, und er wollte sich daraus lösen, um mit mir zusammen zu sein.

»Wenn du nicht versucht hättest, ihn meiner Mutter wegzunehmen, wäre er nicht tot.«

»Ihre Beziehung war so gut wie am Ende. Du weißt, wie deine Mutter war.« Nick hatte mir geschildert, was für ein Kontrollfreak sie war, wie sie nach seinem Versuch, mit ihr über mich zu sprechen, ihre gesamte Küche zerlegt hatte. Damals war ich überzeugt, ich könnte sie beide retten, Nick und Sophie. Dass wir alle glücklich miteinander leben könnten. Deswegen hatte ich Sophie angeboten, sie von ihrer Mutter wegzuholen und bei mir aufzunehmen.

»Das ist also deine Erklärung? Dass ihr euch geliebt habt?«

Danielle funkelt mich finster an, und mein Magen zieht sich zusammen, als ich verspüre, wie sehr ich Nick geliebt habe, wie sehr ich ihn noch immer liebe. Es fühlt sich an, als würde ein Stück meines Herzens für immer fehlen.

»Ja. Wir haben uns geliebt. Warum bist du hier, Sophie? Um dich auf irgendeine Art zu rächen?«

»Ich wollte nur reden. Wollte nur, dass du mir alles erklärst.«

»Da gibt es nichts zu erklären. Ich habe ihn geliebt. Ich wollte, dass wir alle zusammenleben. Du, Nick und ich.«

Danielle lacht ungläubig auf. »Das wäre nie passiert. Nicht nach eurer Affäre.«

»Nick hat nichts anderes getan, als sich um mich und dich zu kümmern. Er liebte dich. Deine Mutter war nicht die Richtige für ihn.« Sie hätte ihn gehen lassen sollen, um so beide aus ihrer zerstörerischen Beziehung zu befreien. Alles wäre gut geworden, wenn sie ihn nur hätte gehen lassen. Nick und ich hätten noch einmal von vorne anfangen können, Sophie hätte nicht mehr unter dem ewigen Streit ihrer Eltern gelitten, und Virginia hätte sich aus einer Beziehung gelöst, die sie ebenso unglücklich machte.

Danielle lacht. »Ich weiß nicht, wie du als Paartherapeutin arbeiten und jeden Tag dasitzen kannst und Leuten Ratschläge gibst, wie sie ihre Beziehungen kitten können, wenn du in Wahrheit Ehen zerstörst.«

»Was willst du von mir? Willst du mich bestrafen? Ist es das?«

»Etwas in der Art.«

»Du warst es, die sich über mich beschwert hat, nicht wahr?«

»Du hast es verdient. Du hast mich verfolgt. Aber du hast dich schon vorher nicht an die Vorschriften gehalten. Du hast, ohne zu zögern, die Chance genutzt, zu mir nach Hause zu kommen, um mir zu helfen, Peter zum Gehen aufzufordern, obwohl du wusstest, dass du damit gegen die Regeln verstößt.«

»Weil du mir leidgetan hast.« Sogar damals schon hat sie mich manipuliert. Es ist offensichtlich, dass ich darüber getäuscht wurde, was sich an diesem Abend zwischen ihr und Peter abgespielt hat. Als ich den beiden das nächste Mal begegnete, war sie schwanger und unsere Sitzung hatte sich ganz darauf konzentriert. »Was ist an diesem Abend passiert? Hast du Peter wirklich gebeten, zu gehen?«

Sie grinst selbstgefällig und trommelt mit den Fingern auf meinem Schreibtisch herum. »Nein. Er hat an diesem Tag bei einem Freund übernachtet.«

»Warum hast du mich dann angerufen?«

»Ich wollte ausloten, wie weit ich gehen muss, um dich dazu zu bringen, die Regeln zu brechen. Es stellte sich als sehr einfach heraus. Und ich wollte dich betrunken machen, um mehr über dein Leben in Erfahrung zu bringen. An diesem Abend habe ich viel herausgefunden. Über deine Beziehung zu Richard und dass du wahrscheinlich ausziehen musst.«

Ich erinnere mich an diesen Abend. Wie krank ich mich nach nur ein paar Gläsern Wein gefühlt hatte.

»Ich war gar nicht betrunken, nicht wahr? Du hast mir Drogen verabreicht.«

»Ich musste dich dazu bringen, die Kontrolle zu verlieren.«

»Warum?«

»Damit ich Fotos von dir als sinnlos Betrunkene machen konnte. Sie ließen sich alle gegen dich verwenden. Zu einer Klientin ins Haus zu gehen und sich zu betrinken macht keinen guten Eindruck, nicht?«

»Aber das ist doch gar nicht passiert.«

»Wir werden abwarten, was die Ermittler glauben, ja? Ich habe mein Tagebuch, um das zu untermauern, was ich aussagen werde. Ich führe dieses Tagebuch, das ich auf deinen Rat hin angefangen habe, seit unserer ersten Sitzung. Jeden Moment deiner Inkompetenz habe ich festgehalten. Wie du versucht hast, mir einzureden, ich würde keine gute Mutter abgeben. Wie du begonnen hast, mir zu folgen.«

Ich schrumpfe vor Scham förmlich auf meinem Sitz zusammen.

»Hattest du immer schon geplant, mich fertigzumachen? Von Anfang an?«

»Ich wollte, dass du alles verlierst. Dein Heim. Deine Familie. Deinen Job.«

»Meine Familie?«, flüstere ich. Mir fällt ein, was ich über sie und Richard glaubte, als sie mir erzählte, ihre Affäre hätte Kate Winslets Lächeln mit ihrem verglichen, so wie es Richard immer bei mir tat. Dass sie eine viktorianische Jadebrosche besaß, wie jene die Richard mir so gerne kaufte. Aber wie sollte sie all das über ihn herausgefunden haben? Sie hatte die Brosche das erste Mal getragen, bevor ich sie in ihrem Haus aufsuchte. »Hattest du eine Beziehung mit meinem Mann?«, frage ich.

Sie verzieht das Gesicht. »Nein. So tief würde ich nicht sinken. Noch nicht einmal, um dich zu verletzen. Aber ich habe dir die Fotos geschickt. Die von Richard mit seiner jüngeren

Freundin. Es war komisch. Ich hatte geplant, mit Richard Kontakt aufzunehmen, um so in Erfahrung zu bringen, was eure Beziehung zerstören könnte. Ich hatte mich sogar für einen seiner Kurse eingeschrieben, um mich mit ihm anzufreunden und herauszufinden, wie er tickt und wie ich an ihn herankomme. Aber ich musste mich gar nicht anstrengen. Er erledigte die Arbeit schon selbst. Als ich ihn beschattete, war es offensichtlich, dass er dich mit einer der Studentinnen betrog. Ich musste mich nur mit der Frau anfreunden, was mir nicht allzu schwerfiel, aber es dauerte ein paar Monate. Ich fand heraus, dass sie einmal in der Woche abends zu einem Pilateskurs ging, den ich dann auch belegte. Peter erzählte ich, ich müsste lange arbeiten. Antonia und ich begannen, nach dem Pilates etwas trinken zu gehen. Nach einer Weile vertraute sie mir das mit Richard an.«

Ich starre sie ungläubig an. Ich hatte Danielle bis dahin noch gar nicht kennengelernt, und sie hat sich diese ganze Mühe gemacht, alles über Richard herauszubekommen. Nur damit sie mir wehtun konnte.

»Ich verstehe, warum du mir die Fotos geschickt hast. Aber warum hast du bei der Therapie diese Brosche getragen?«

»Ich habe mit dir gespielt, Beth. Ich wollte, dass du glaubst, ich wäre vielleicht diejenige, mit der dein Partner schläft. Ich wollte, dass du an dir zweifelst, dass du dich fragst, ob du wieder verrückt wirst. Bevor ich zu dir in die Beratung kam, habe ich meine dunklen Haare blond gefärbt. Ich wollte wie sie aussehen. Es war meine Absicht, dass du denkst, Richard hätte vielleicht mit mir geschlafen.«

»Du bist diejenige, die verrückt ist«, sage ich. Langsam dämmert es mir, wie weit sie gegangen ist, um mich zu verletzen. Eine kalte Hand der Furcht legt sich um mein Herz. Sie will mich vernichten. Wie wird das enden?

»Ich habe alles sehr sorgfältig geplant.« Sie lächelt mich an, als würde sie erwarten, dass ich ihr gratuliere. Ich möchte sie dafür anschreien, dass sie mein Leben zerstört hat, aber ich muss anders an sie herangehen. Sie will gelobt werden.

»Ich habe nicht einmal Verdacht geschöpft«, sage ich. »Du hast mich komplett getäuscht.«

Sie lächelt selbstgefällig. »Du bist leicht zu täuschen.«

»Aber warum hast du Richard mit hineingezogen? Warum nicht nur auf mich abzielen?«

»Richard hat dich glücklich gemacht. Und du hast eine glückliche Familie nicht verdient. Es war so frustrierend, dass du ihm nach all der Mühe, die ich mir gegeben hatte, mich mit Antonia anzufreunden und die beiden heimlich zu fotografieren und dir die Fotos zu schicken, einfach verziehen hast. Also musste ich einen anderen Weg finden, dich zu treffen. Deswegen habe ich die Therapie angefangen. Ich musste möglichst nah an dich herankommen. Und an Charlie.«

Mir läuft ein Schauer über den Rücken. Charlie ist jetzt bei Richard. Zumindest glaube ich das. »Wie meinst du das, nah an Charlie herankommen?«

Und dann wird es mir mit einem Schlag bewusst. Die blauen Flecken auf Charlies Arm. Die waren erst aufgetaucht, nachdem sie ihn frierend auf der Straße gefunden hatte. »Hast du ihm etwas angetan? Als du ihn auf der Straße gefunden hast? Hast du ihm wehgetan, um mich zu verletzen?«

»Vielleicht ein bisschen. Aber nicht absichtlich, das gehörte nicht zum Plan. Es war schwierig, ihn wieder zum Haus zurückzubringen. Nachdem ich ihm ein Gefühl von Freiheit verschafft hatte, wollte er überhaupt nicht zu dir zurück. Wollte nur seinen Dad finden. Ich musste ihn ein bisschen mitzerren, damit er kooperiert.« Sie zuckt die Achseln. »Es kann ihm nicht sehr wehgetan haben. War keine große Sache.«

»Was meinst du mit einem Gefühl von Freiheit verschaffen?« Meine Augen werden groß, als mir die Wahrheit dämmert. »Hast du ihn aus dem Haus gelassen?« Ich erinnere mich, wie aufgeregt ich an diesem Abend war, wie ich mich beeilte, ans Telefon zu gehen.

Sie nickt. »Ich habe deine Festnetznummer angerufen, um dich abzulenken, damit du aus dem Weg warst. Dann musste ich ihm nur noch weismachen, dass sein Daddy draußen war und ihn sehen wollte. Es war ganz einfach. Er stürmte förmlich aus dem Haus. Er war draußen, als du das Gespräch beendet hattest, um dich von mir zu verabschieden.«

Meine Gedanken überschlagen sich. Deswegen hatte er also seinen Daddy gesucht. Danielle hatte ihm vorgelogen, Richard wäre draußen vor dem Haus.

Wut steigt in mir auf. Ich springe auf und stürze mich auf sie. »Wie konntest du das tun?« Aber ich nuschle die Worte, sie duckt sich weg, und ich lande mit einem dumpfen Aufprall auf dem Boden. »Er wäre fast überfahren worden. Weil du ihn hinausgelassen hast.«

Danielle schüttelt den Kopf. »Das habe ich erfunden. Nur um dir Angst einzujagen.«

»Aber warum? Warum hast du ihn überhaupt erst aus dem Haus gelassen?«

»Das gehörte zu meinem Aufbau von Beweisen gegen dich«, erwidert sie ruhig. »Beweise dafür, dass du eine unfähige Mutter bist. Wie die rezeptpflichtigen Tabletten, von denen du glaubtest, er hätte sie geschluckt.«

»Was?«

»Ich habe die Tablettenflasche unter Charlies Bett platziert. Als du sie endlich fandest und Charlie ins Krankenhaus musste – nun, das war ein weiterer Beweis für den Sozialdienst.«

»Den Sozialdienst? Du warst es, die mich angezeigt hat. Hast du Charlie deswegen die Tabletten untergeschoben? Damit er sie nimmt, krank wird und du mich beim Sozialdienst anschwärzen kannst? An Charlie hast du dabei überhaupt nicht gedacht?«

»Ihm ist nichts passiert, Beth. Die Flasche war leer. Es hat über eine Woche gedauert, bis du sie gefunden hast. Das Einzige, was Charlie zugestoßen ist, dass er dir weggenommen wurde. Und das wird gut für ihn sein. Er wird glücklicher sein, wenn er bei Richard lebt.«

Sie glaubt, dass Charlie mir weggenommen wurde, dass er deswegen die letzten paar Tage nicht im Haus war.

»Er lebt nicht bei Richard. Er ist nur über die Ferien bei seinem Vater.«

»Im Moment vielleicht. Aber ich bin sicher, du wirst bald feststellen, dass das ein Dauerzustand sein wird. Ich habe alles an den Sozialdienst weitergeleitet. Die Fotos von dir, betrunken bis zur Besinnungslosigkeit auf dem Sofa, nachdem du dich in meinem Haus hast volllaufen lassen. Eine Beschreibung in allen Einzelheiten, als du die Tür nicht abgeschlossen hast und er alleine auf die Straße hinauslaufen konnte. Informationen über die blauen Flecken auf seinem Arm. Darüber, dass Charlie fast deine verschreibungspflichtigen Tabletten geschluckt hätte. Sie werden ihn auf keinen Fall bei dir lassen.«

SECHZIG

DANIELLE

Beth geht erneut auf mich los und ich weiche ihr aus. Ich lächle über ihre Wut. Genau das war die ganze Zeit meine Absicht, und es tut gut, sie endlich an dem Punkt zu haben, an dem sie die Fassung verliert, zu sehen, wie sehr ich sie verletzt habe. Sie hat es verdient.

»Ich will, dass du gehst. Jetzt.« Sie steht mit hochrotem Gesicht vor mir, mit schwerer Zunge spricht sie die Worte und deutet auf die Tür.

»Nein. Ich bin noch nicht fertig.« Es gibt noch so viel mehr zu sagen, ihr so viel mehr zu erzählen. Ich habe jahrelang die Fäden ihres Lebens gezogen, habe alles manipuliert. Und sie hat es noch nicht einmal gemerkt.

»Wie meinst du das?«

»Kannst du dir das nicht denken, Beth? Oder bist du so dumm?« Ich genieße all das hier, aber nicht so sehr, wie ich es mir ausgemalt hatte. Ich hatte mir vorgestellt, es würde sie stärker beeindrucken, wenn sie glaubte, ich hätte mit Richard geschlafen, dass ich ihr den Sozialdienst auf den Hals gehetzt habe. Es hatte viel Mühe und Planung gekostet. Aber sie ist zu betrunken, um das ganze Ausmaß von all dem zu begreifen, wie clever ich wirklich war.

»Verschwinde aus meinem Haus«, wiederholt sie.

Ich schüttle den Kopf.

Sie spricht langsam, als hätte sie Mühe, die Worte zu formulieren. »Was hast du sonst noch getan? Hast du mich verfolgt?«

Ich lache. »So wie du mich verfolgt hast? Nein, das war ich nicht, wenigstens nicht in letzter Zeit. Es war meine Mutter.« Meine Mutter hatte zugegeben, dass sie Beth beobachte, seit sie aus dem Gefängnis entlassen wurde, und habe mich gesehen, als ich hierher zur Therapie kam.

»Ist sie der Grund dafür, dass du jetzt Rache willst? Tust du das alles für sie? Sie liebt dich noch nicht einmal. Das hat sie nie getan.«

Ich schrecke zurück. Das ist nicht wahr. Meine Mutter hat alles für mich geopfert. »Doch, das tut sie. Das hat sie immer getan.«

»Wie konnte sie deinen Vater umbringen, wenn sie dich liebt? Wie konnte sie dir das antun?« Beth schreit jetzt.

»Das hat sie nicht«, erwidere ich ruhig. Plötzlich scheint es im Raum keine Luft mehr zu geben, und ich habe das Gefühl, nicht mehr atmen zu können. Ich habe es laut gesagt. Die Wahrheit. Aber Beth hört nicht zu.

»Sie hat dich zu all dem angestiftet, nicht wahr? Sie ist ein furchtbarer Mensch, das war sie schon immer. Deswegen wollte dein Vater sie verlassen. Siehst du das denn nicht?«

»Sie hat mich nicht angestiftet. Das war ich alles selbst.« Ich hasse es, wie sie über meine Mutter redet. »Es fing an, lange bevor sie aus dem Gefängnis entlassen wurde.«

»Was fing an?«

»Wie hast du deinen Job als Lehrerin verloren, Beth?« Jetzt lächle ich, genieße wieder die Situation. »Ich denke, das hattest du verdient.«

»Es war ein Irrtum«, beginnt sie, hält dann inne und sieht mich mit Tränen in den Augen an. »Warst du das auch? Warst du eine der Zuschauerinnen, die den Streit gemeldet hat, was mich meinen Job kostete?«

Ich lächle. Jetzt begreift sie allmählich, fängt an zu verstehen. Nachdem ich nicht mehr in Pflegefamilien und an der Uni war, machte ich Beth ausfindig. Ich konnte nicht glauben, dass sie ihr Leben ganz normal weiterführte, dass sie immer noch unterrichtete. Ich hatte an der Universität Semesterferien, die lange vor Ende des Schuljahres begannen, hatte mir ein Zimmer in der Nähe ihrer neuen Schule gemietet und beobachtete sie, hing vor dem Schulgelände herum und hoffte, die anderen Lehrer würden mich für einen Elternteil halten.

Ich wollte ihr Leben in Stücke reißen, so wie sie es mit meinem getan hatte. Manipulierte sie ihre Schüler immer noch so wie damals mich? Erzählte sie ihnen, sie könnten ihr vertrauen, sie sollten ihr alles sagen? Sie hatte mir versprochen, sie würde mich beschützen, sich um mich kümmern. Aber die ganze Zeit interessierte sie sich nur für meinen Vater.

»Ich habe nicht viel tun müssen. Ich wusste ja schon, was für eine Art Lehrerin du warst. Die, die mit den Kids oft unter vier Augen sprach, die sie den Unterricht schwänzen und sie in ihrem Klassenzimmer sitzen ließ, die sich ihre Probleme anhörte und keine Grenzen kannte. Ich wusste, wenn ich eine Ermittlung gegen dich erreichen konnte, wäre deine Karriere zu Ende.«

Als ich beobachtete, wie Beth am Ende eines Schultags einen Streit zwischen zwei Mädchen schlichtete, erkannte ich meine Gelegenheit. Ich meldete, dass sie grob mit den Mädchen umgegangen war. Und das führte zu einem Haufen weiterer Fragen zu Beths Kompetenz als Lehrerin, so wie ich es vorhergesehen hatte.

»Das war sie dann ja auch«, sagt sie traurig. »Deinetwegen.« Ich sehe den unverhohlenen Hass in ihren Augen. Und einen

Moment lang frage ich mich, ob ich sie falsch eingeschätzt habe, ob sie vielleicht gewalttätig wird, ob dieser ganze Abend ganz und gar nicht nach Plan verläuft.

»Und dann hast du den Verstand verloren. Meintest, du würdest verfolgt werden, um dich dann selbst zu überzeugen, dass sich alles nur in deinem Kopf abspielte, dass da niemand war. Nur da war tatsächlich jemand.«

»Du bist mir gefolgt?«

»Ja«, bestätige ich stolz. »Es hat mir Spaß gemacht, dir Angst einzujagen. Dafür zu sorgen, dass du dich klein und allein fühlst. Du hast mich völlig mir selbst überlassen. Mein Vater tot. Meine Mutter im Gefängnis. Ich wie ein Gegenstand von Pflegefamilie zu Pflegefamilie gereicht. Alles wegen dir. All deine Versprechen waren nichts wert. Du sagtest, du würdest mich aufnehmen, wenn ich eine Pause von den ständigen Streitereien mit meiner Mutter bräuchte. Aber als ich dich am dringendsten brauchte, hast du mich im Stich gelassen. Weil du nie mich wolltest. Sondern meinen Vater.«

EINUNDSECHZIG

BETH

»Das stimmt nicht«, widerspreche ich. Mein Gesicht glüht. Tatsächlich hat sie zum Teil recht. Ich hatte mir uns zusammen als glückliche Familie vorgestellt. Ich war mit Sophie so gut ausgekommen. Und Nick und ich waren bis über beide Ohren verliebt. Unsere gemeinsame Zukunft hatte ich mir glücklich ausgemalt. Eine Familie, die ich nie hatte. Aber es sollte nicht sein. Wegen ihrer Mutter. Und sie verdiente es, deswegen im Gefängnis zu landen. Sie verdiente alles, was sie bekommen hatte. Jetzt ist sie aus dem Gefängnis heraus, frei, zu tun und zu lassen, was ihr beliebt. Aber Nick hatte die Todesstrafe erhalten.

»Warum hasst du mich so? Dein Vater hat mich geliebt, das weißt du.«

»Warum ich dich hasse?« Sie sieht mich ungläubig an. »Eure Affäre hat ihn umgebracht.«

»Deine Mutter hat ihn umgebracht. Das weißt du auch.«

Zuerst vermutete ich, das Feuer wäre ein Unfall gewesen, die Kerze wäre versehentlich umgestoßen worden. Erst später erfuhr ich, dass man Virginia wegen Mordes verhaftet hatte. Alle Beweise sprachen gegen sie.

»Wenn du sie nicht mit ihm betrogen hättest, wäre das alles nie passiert.«

»Es war also meine Schuld, dass deine Eltern unglücklich waren, ja? Meine Schuld, dass sie sich so feindselig gegenüberstanden? Du hast mir anvertraut, was du in diesem Haus durchgemacht hast. Wie unbeherrscht deine Mutter war.«

»Du bist so voreingenommen. Was wusstest du denn schon von ihrer Beziehung? Du hättest dich da heraushalten sollen. Aber stattdessen hast du mich und meinen Vater manipuliert.«

»Also hast du dich gerächt, indem du mich gestalkt hast? Sodass ich glaubte, verrückt zu werden?«

»Es war das, was du verdientest. Stell dir vor, wie sich meine Mutter gefühlt hat. Vor seiner Affäre war sie nicht ständig wütend. Mein Vater hat sie wahnsinnig gemacht. Du meinst, ihre Wut hätte meinen Vater dazu getrieben, eine Affäre zu beginnen, aber es war genau andersherum. Seine Affäre hat sie zu ihren Wutausbrüchen getrieben.«

Ich schüttle den Kopf. Das kann nicht zutreffen. »Nein … sie war kein angenehmer Mensch. Das weißt du.« Nick hatte immer deutlich gemacht, wie schwierig es war, mit seiner Frau zu leben; ihre Beziehung funktionierte schon lange nicht mehr.

»Das stimmt nicht. Sie war nur deinetwegen so unglücklich. Davor ging es ihr gut.«

Ich runzle die Stirn, als mich Verwirrung überkommt. Meinen Klienten rate ich immer, die Dinge nicht nur schwarz und weiß zu betrachten, denn in Beziehungen gibt es immer Nuancen. Meine Beziehung mit Nick hatte ich immer als perfekt empfunden, völlig sicher, wir würden immer noch zusammen sein, wenn er nicht gestorben wäre.

»Nichts von alledem ist meine Schuld«, sage ich. »Ich habe das Feuer nicht gelegt.«

»Niemand hätte es gelegt, wenn du nicht gewesen wärst. Mein Vater wäre nicht tot. Meine Mutter wäre nicht im Gefängnis gewesen. Du hast jede Strafe verdient, die ich dir zugedacht habe. Diese psychiatrische Klinik war der richtige Ort für dich. Ich hoffte, du würdest für immer dort versauern. Aber du hast dich wieder aufgerappelt. Eine Therapeutenbildung absolviert. Was für eine Ironie, dass jemand, der so viele Leben zerstört hat, sich einbildet, anderen helfen zu können.«

Ich erinnere mich an den Beginn meiner Ausbildung, wie sehr ich gehofft hatte, meinen Klienten wirklich helfen zu können. Es bedeutet mir so viel. »Ich war so tief gesunken. Ich weiß, wie es sich anfühlt, zu glauben, das Leben wäre nicht lebenswert«, sage ich weich. »Ich wurde Therapeutin, um Menschen zu helfen, denen es so ging wie mir.«

Sie lacht. »Alles dreht sich immer nur um dich, nicht wahr? Nie um das Leid, das du anderen Menschen zufügst. Und dann hast du Richard kennengelernt. Bekamst ein Kind. Du hattest alles. Die Familie, die du mir genommen hast, als ich noch ein Kind war. Und dann wollte ich selbst ein Kind. Aber ich konnte nicht mit der Vergangenheit abschließen. Konnte meinen Zorn nicht kontrollieren.«

»Egal was du mir antust, es bringt dir deinen Vater nicht zurück.«

Sie scheint mich nicht gehört zu haben.

»Die Eheberatung war nur ein Vorwand«, fährt sie fort. »Aber ich brauchte Hilfe. Ich erzählte Peter, ich würde zur Einzeltherapie gehen, um meine Wutanfälle in den Griff zu bekommen.« Kein Wunder, dass Peter zu den ersten paar Sitzungen nicht mitgekommen war. Das war nie vorgesehen.

»Du brauchst immer noch Hilfe«, sage ich sanft. Wenn sie das nur einsehen würde. Sie ist diejenige, die eine psychiatrische Behandlung braucht, nicht ich.

»Ich wusste, wenn ich andeute, dass Peter mich misshandelt, könnte ich dich damit ködern. In der Schule erzähltest du uns einmal, du hättest selbst schon mal einen gewalttätigen Partner gehabt. Einen, der dich verletzt hat.«

»Daran hast du dich erinnert?«

»Natürlich. Ich habe dich idealisiert, als ich in der Schule war. Ich habe bei jedem deiner Worte an deinen Lippen gehangen.«

Ich kann nicht glauben, wie weit sie gegangen ist, um mich in die Falle zu locken. »Also dienten diese ganzen Andeutungen auf Peters Gewalttätigkeit nur dazu, mich dazu zu bringen, eine Regel zu brechen und zu dir nach Hause zu kommen?«

Danielle nickt.

»Aber ich machte mir Sorgen, als du die Sitzungen absagtest. Ich befürchtete, ich hätte es vielleicht übertrieben. Aber alles ging gut. Weil du mir geglaubt hast, als ich log, ich hätte deine Nachrichten nicht bekommen. Du fühltest dich überrumpelt, als Peter mit mir und der Neuigkeit von dem Baby auftauchte.« Nachdenklich streicht sie über ihren Bauch. »Obwohl es für mich selbst überraschend kam. Eine glückliche Überraschung, versteht sich. Und eine günstige Gelegenheit deine Angst zu schüren, Richard könnte dich mit mir betrogen haben.«

»Du hast alles geplant.«

Sie lächelt. »Nicht alles. Du hast mir ziemlich in die Hände gespielt. Du hast mich gestalkt. Das habe ich nicht vorhergesehen. Es war in meiner Beweismittelsammlung ein zusätzlicher Bonus.«

»Was willst du von mir?«, frage ich verzweifelt.

Danielle lächelt erneut. »Alles, was du liebst. Aber ich fange mit deinem Zuhause an.«

»Warum kaufst du es? Willst du überhaupt hier leben?«

Sie wickelt ihre Haare um den Finger und runzelt die Stirn, als sie sich betont abfällig im Raum umsieht. »Nicht wirklich. Es ist nicht sehr hübsch, nicht wahr? Man müsste viel Arbeit hineinstecken. Nein, ich glaube nicht, dass ich mir die Mühe machen werde. Sobald du hier ausgezogen bist, kann ich die Transaktion rückgängig machen.«

»Also geht es nur darum, mich hier herauszubekommen?«

»Natürlich. Du hast meine gesamte Familie zerstört. Jetzt verlierst du auch alles. Dein Heim. Deinen Job. Richard. Charlie.«

»Du hast es zu weit getrieben«, sage ich zittrig. »Das bist doch in Wirklichkeit nicht du. Du warst immer so ein nettes Mädchen. Ganz und gar nicht wie deine Mutter.« Ich muss ihr jetzt schmeicheln, mich verstellen. Ich muss mich retten. »Du kannst deine Meldung beim Sozialdienst zurückziehen, sie anrufen und sagen, du hättest da etwas falsch verstanden. Dann verrate ich niemandem, was du getan hast.«

»Du glaubst, ich bin nicht wie meine Mutter?« Danielle steht auf und richtet sich zu ihrer vollen Größe auf. »Nun, vielleicht bin ich ihr ähnlicher, als du denkst.« Sie beugt sich über mich und flüstert: »Es war nicht sie, die die Wohnung in Brand gesteckt hat. Ich war es.«

ZWEIUNDSECHZIG

DANIELLE

Meine Worte sollten drohend klingen, aber meine Stimme schwankt, als die alten Schuldgefühle in mir aufwallen. Ich habe meinen Vater getötet. Mir ist schlecht vor Scham.

»Du warst es?«, fragt sie entgeistert. »Du hast das Feuer gelegt? Warum?« Ihr Gesicht läuft rot an, und sie rückt näher an mich heran. Ich fürchte, sie will mich schlagen, aber sie tut es nicht.

Ich bekomme die Worte kaum heraus. Ich bin wieder im Korridor des Wohnungsblocks, höre den Alarm, spüre den Rauch in meinen Lungen, dann renne ich, stürme die Treppe hinunter und in die frische Luft hinaus. Wenn Dad keine Affäre mit Beth gehabt hätte, hätte ich das Feuer nie gelegt. Er wäre heute noch am Leben.

»Ich wollte ihn verletzen. Ich sah ja den Beweis für eure Affäre. Er täuschte uns vor, er renoviere die Wohnung für mich, aber er tat alles nur für dich. Ich wollte die Wohnung niederbrennen. Es war alles deine Schuld.«

Alle Farbe ist aus Beths Gesicht gewichen. »Es war nicht meine Schuld. Du hast das Feuer gelegt, nicht ich.«

»Ich wollte ihn nicht umbringen.« Ich zittere vor Reue,

mein Körper krümmt sich. Ich sinke in den Sessel zurück. »Meine Mutter hat wegen mir all diese Jahre im Gefängnis verbracht. Wegen dir.« Ich wische mir mit dem Handrücken die Tränen vom Gesicht, als ich an Mum denke. Ich weiß noch nicht einmal, wo sie sich jetzt befindet. Seit Peter sie aufgefordert hat, zu gehen, und sie ausgezogen ist, habe ich nichts mehr von ihr gehört.

»Du hast das Feuer gelegt. Du hast deinen Vater in der Wohnung eingeschlossen.«

Ich fixiere sie mit starren Augen. Ich kann eine Uhr ticken und ein Auto auf der Straße hören. Klar denken kann ich nicht. »Nein. Ich wusste nicht, dass sich mein Vater dort aufhielt.« Wieder überkommen mich Schuldgefühle. Ich erinnere mich, dass ich meinte, Schreie gehört zu haben, als ich im Treppenhaus war. Aber ich redete mir immer ein, es mir eingebildet zu haben. Die Rauchmelder waren so laut, dass es schwierig war, andere Geräusche zu unterscheiden. Ich hatte die Sache abgetan und war weggelaufen. Ich hätte ihn retten können.

»Aber als du gegangen bist, hast du da die Wohnungstür abgeschlossen?«

»Nein!« Ich verstehe nicht, worauf sie hinauswill, warum sie das fragt. Warum hätte ich die Tür abschließen sollen? Die Wohnung brannte.

»Du bist nicht zu der Gerichtsverhandlung gegangen, oder?«

»Doch. Da habe ich ja von dir erfahren.«

»Aber du warst nicht die ganze Zeit dabei? Du hast nicht die ganze Beweisaufnahme gehört?«

»Nein.« Ich hole zittrig Atem, umklammere die Lehnen des Sessels. Nachdem ich Beth an diesem Tag im Gerichtssaal entdeckt hatte, bin ich dort nie wieder erschienen. Ich konnte mit meinen Schuldgefühlen nicht umgehen, konnte nicht mit ansehen, wie meine Mutter die endlosen Befragungen ertrug, nur um mich zu schützen.

»Das war ein Schlüsselbeweis im Verfahren. Jemand hatte deinen Vater in der Wohnung eingeschlossen. Es war einer der Gründe, weshalb die Geschworenen von der Schuld deiner Mutter überzeugt waren.«

Ich starre sie entsetzt an und überlege, warum sie das sagt, bin nicht imstande, Worte zu finden.

Aus dem Nirgendwo ertönt von unten ein Krachen. Ich zucke zusammen. Es klang, als wäre ein Fenster zerbrochen. Ich höre Schritte auf der Treppe, sehe Beth an, und sie gibt den Blick mit großen Augen zurück.

Dann beginnt sie zu schreien. »Wir sind hier drin! Hier drin! Sie hat mich eingeschlossen!«

Eine Sekunde später wird an die Zimmertür gehämmert und eine Stimme erklingt. »Ich weiß, dass du da drin bist, Beth. Und du auch, Sophie. Ich habe draußen dein Auto gesehen.«

Ich schließe die Tür auf und stehe meiner Mutter gegenüber.

DREIUNDSECHZIG

BETH

»Was für ein Bild der trauten Zweisamkeit«, sagt Virginia. »Ihr beide zusammen. Hast du eine Therapiesitzung, Sophie? Um über deine schreckliche Kindheit zu sprechen, die alles zerstört hat?« Sie wendet sich an mich. »Vermutlich hat sie dir erzählt, dass alles meine Schuld ist.«

»Wir haben nur geredet«, erwidere ich. Einen Moment zuvor war ich zuversichtlich, wer auch immer die Treppe hochkommt, würde mich retten. Aber jetzt rieche ich Benzin, sehe das Feuerzeug in Virginias Hand und erstarre.

»Beth hat nur die Wahrheit gesagt«, sagt Danielle mit Gift in der Stimme. Sie tritt näher zu ihrer Mutter. »Sie sagte, du hättest Dad in der Wohnung eingeschlossen. Du hättest ihn bei lebendigem Leib verbrennen lassen.«

Virginia lacht. »Das Feuer loderte ja schon, als ich dort ankam. Und es gibt nur einen Menschen, der es gelegt hat. Du. Und was hast du getan? Du bist weggelaufen. Du hast ihn sterben lassen.«

Danielle stolpert zurück, als wäre sie geschlagen worden. Totenblass im Gesicht legt sie eine Hand auf ihren Bauch. Ich denke an das Baby. Der Stress kann ihm nicht guttun. Mir ist schlecht vor Angst. Das Baby ist an nichts von alldem schuld.

»Ich wollte ihn nicht sterben lassen«, flüstert Danielle. »Ich wollte es wirklich nicht.«

Ich funkle Virginia böse an. »Es war deine Mutter, die ihn getötet hat«, sage ich. »Nicht du.«

Virginia schiebt mich beiseite und rückt näher an ihre Tochter heran. »Ich habe deinetwegen fünfzehn Jahre im Gefängnis verbracht. Weil ich dich liebe. Weil ich als deine Mutter bereit war, meine Freiheit für dich zu opfern.«

Danielle findet ihren Mut wieder. »Aber das stimmt nicht, nicht wahr? Du bist zu der Wohnung gekommen, als sie schon brannte. Du musst ihn schreien gehört haben. Und dann hast du, statt ihn zu retten, die Tür abgeschlossen. Dafür gesorgt, dass er nicht mehr lebend dort herauskommt.« Ich kann den Schmerz in Danielles Augen sehen, die in ihr Bewusstsein einsickernde Erkenntnis, dass ihre Mutter sie nach Strich und Faden betrogen hat. Ein Teil von mir empfindet Mitleid mit ihr.

»Ich habe versucht, ihn zu retten. Was mehr ist, als du getan hast. Du bist weggelaufen.«

»Du hast nicht versucht, ihm zu helfen. Du hast ihn eingeschlossen.«

»Aber warum sollte ich in eine brennende Wohnung gehen, wenn nicht, um ihm zu helfen?«

»Das hast du für die Gerichtsverhandlung erfunden.«

»Nein. Ich bin in diese Wohnung gegangen. Ich habe mein eigenes Leben riskiert, um ihn zu retten.«

Ich erinnere mich an den Prozess. Das war ihre Verteidigungsstrategie. Ihre Behauptung, sie hätte versucht, ihn zu retten. Die Geschworenen hatten ihr das nicht abgekauft, aber jetzt wirkt Danielle verunsichert.

Ich spüre Wut in mir brodeln. Diese Frau hat mir Nick weggenommen. »Die Geschworenen plädierten auf schuldig. Sie hat ihn getötet.«

»Aber warum ist sie in die Wohnung gegangen?«, fragt Danielle leise. Ihre Augen schießen von mir zu ihrer Mutter.

Ich denke an diesen Tag zurück. Nick wollte sich mit Virginia in der Wohnung treffen, um ihr zu mitzuteilen, dass es zwischen ihnen ein für alle Mal vorbei war. Ich sollte zur moralischen Unterstützung ebenfalls dabei sein, während er mit seiner Frau sprach. Aber ich verbrachte die Nacht davor bei einer Freundin und verpasste meinen Zug zurück nach London. Ich war nur fünfzehn Minuten zu spät, aber als ich eintraf, war die Feuerwehr schon vor Ort.

»Es ist so, wie ich sagte«, beharrt Virginia ruhig, dabei spielt sie mit dem Feuerzeug in ihrer Hand. »Ich bin hineingegangen, um deinen Vater zu retten. Ich hörte ihn schreien, mein Instinkt trieb mich dazu, ihm zu helfen. Er war mein Mann. Ich habe ihn geliebt.« Sie sieht mich wütend an. »Bevor *sie* daherkam, führten wir eine gute Ehe. Aber als ich durch die Tür kam und ihn sah …« Sie erschaudert. »Es war so heiß. Und er taumelte durch den Rauch auf mich zu. Der Rauch war so dicht, dass er nur als Schatten zu erkennen war. Ich griff nach ihm. Er stolperte orientierungslos herum. Ich trat auf ihn zu und packte seinen Arm. Ich musste ihn schnell ins Freie schaffen, ich konnte den Rauch schon in meinen Lungen spüren. Mir blieb nicht viel Zeit.«

Ich bin von Virginias Worten wie gelähmt. Wenn ich nicht wüsste, wer sie ist, wäre ich sicher gewesen, dass sie die Wahrheit sagt. Sie ist so überzeugend.

»Du hast ihn nicht ins Freie gebracht«, sagt Danielle.

»Als ich seinen Arm packte und ihn zur Tür zerrte, wirkte er verwirrt. Er sagte deinen Namen.« Sie sieht mich mit abgrundtiefem Hass an, und ich schrumpfe unter ihrem Blick zusammen. »Er hat nach dir gerufen. ›Beth‹ schrie er. Ich werde seine Worte nie vergessen. ›Beth, Gott sei Dank, dass du es bist. Ich liebe dich.‹ Und da ließ ich seinen Arm los und ging. Ich zog die Tür hinter mir zu, nahm meinen Schlüssel und schloss ab. In seinen letzten Momenten, als er ahnte, dass er sterben könnte, verschwendete er seine letzten Gedanken nur an dich.«

Ich sinke weinend auf den Boden, stelle mir Nick in seinen letzten Minuten vor, wie er nach mir greift. Und dann Virginia, die die Tür zuschlägt und ihn einschließt.

»Nick«, flüstere ich. Ich wünschte, ich wäre da gewesen. Ich wünschte, ich hätte ihn retten können. Wegen des verpassten Zuges kam ich zu spät. Aber mit seinen letzten Atemzügen kam mein Name über seine Lippen. Er hat mich wirklich geliebt.

Wieder schlägt eine Welle von Schuldgefühlen über mir zusammen. Wenn er mich nicht geliebt hätte, wenn er nicht meinen Namen statt ihrem gerufen hätte, dann wäre er noch am Leben.

»Du hast mir die Schuld aufgebürdet«, schreit Danielle jetzt ihre Mutter an. »Du hast mich all diese Jahre in dem Glauben gelassen, ich hätte ihn getötet. Und du wärst für mich ins Gefängnis gegangen.«

»Du hast das Feuer gelegt, Danielle. Du musst auch die Verantwortung dafür übernehmen.«

»Wie konntest du nur, Mum? Wie konntest du mich mit dieser Schuld leben lassen? Ich war noch ein Kind.«

Danielle kratzt ihren Arm, und ich sehe eine hässliche neue Brandwunde und ein Netz von alten Narben auf ihrem Handgelenk. Sie hat sich selbst bestraft, das sehe ich jetzt. Sie war von Selbsthass erfüllt, hat sich immer die Schuld gegeben. Aber in Wirklichkeit hat sie einen anderen Schuldigen gesucht. Mich. Wieder kann ich nicht umhin, Mitleid mit ihr zu empfinden. Doch dann rufe ich all das wach, was sie getan hat, um mir zu schaden.

»Ich konnte dir doch nicht sagen, dass ich deinen Vater getötet hatte, oder? Du hättest mir nie verziehen. Besser, du glaubtest, ich wäre für dich ins Gefängnis gegangen. Was hätte es genutzt, wenn du schlecht von mir denkst?«

Virginia betätigt das Feuerzeug, und ich zucke zusammen,

als die kleine Flamme erscheint. Der beißende Geruch nach Benzin steigt mir in die Nase. Ich spähe hinter ihr in den Flur und sehe eine dunkle Benzinspur sich auf den cremefarbenen Teppich ausbreiten.

»Warum bist du in meinem Haus?«, flüstere ich. Aber ich kenne die Antwort schon. Sie will es niederbrennen, mit mir darin. Sie hat ihren Mann bei lebendigem Leib verbrennen lassen, und jetzt will sie, dass ich den gleichen Weg gehe.

»Was glaubst du wohl? Nachdem ich fünfzehn Jahre im Gefängnis abgesessen habe, weil du mit meinem Mann geschlafen hast, komme ich heraus und stelle fest, dass du dich mit meiner Tochter befreundet hast. Die Tochter, an die ich fünfzehn Jahre lang jeden Tag gedacht habe; die Tochter, der ich endlich wieder eine Mutter sein wollte, was ich kaum erwarten konnte. Aber es war alles zu spät. Sie stand schon unter deinem Bann.«

»Aber du wärst nie wieder meine Mutter gewesen«, zischt Danielle. »Nicht nach dem, was du Vater angetan hast.«

»Das hättest du nie herausgefunden, wenn du sie nicht kennengelernt hättest.« Sie zeigt mit dem Finger in meine Richtung.

Danielles Blick huscht vom Feuerzeug und dann zum Benzin. »Ich bin nicht mit Beth befreundet, Mum«, beschwört sie eindringlich ihre Mutter. »Und war es auch nie.«

»Du wirst es jedenfalls nicht viel länger sein«, erwidert sie. »Sie hat meine Beziehung zu dir zerstört. Du warst alles, was ich noch hatte. Wenn ich dich nicht haben kann, dann kann sie es ganz bestimmt nicht. Weißt du, was ich mir all die Jahre im Gefängnis zusammenfantasiert habe? Nicht, dass Nick nicht gestorben wäre. Nein. Dass sie besser mit ihm gestorben wäre. Sie hat mich meine Freiheit gekostet.«

»Mum …« Danielle blickt von ihrer Mutter zu mir und dann wieder zurück. »Tu jetzt nichts Unüberlegtes. Du bist raus aus dem Gefängnis. Du willst doch nicht wieder da landen.« In mir flackert Hoffnung auf. Danielle will nicht, dass ich sterbe, auch wenn ihre Mutter das will.

»Nicht? Was habe ich denn hier schon? Ich dachte, ich käme heraus, um mit dir wiedervereint, wieder ein Teil deines Lebens zu sein, aber du hast mich aus deinem Haus gejagt. Was bleibt mir denn noch? Im Gefängnis hatte ich wenigstens ein Dach über dem Kopf. Ich hatte wenigstens Freundinnen. Menschen, denen ich vertrauen konnte. Nicht wie meine eigene Tochter, die noch nicht einmal will, dass ich bei ihr lebe.«

»Mum, so ist das nicht, das weißt du. Ich muss jetzt an das Baby denken.«

Virginia lächelt. Ihre Augen glitzern. »Du musst an das Baby denken und sofort hier verschwinden, bevor ich das Haus in Brand stecke.«

Ich beobachte, wie Danielle schützend eine Hand auf ihren Bauch legt, und stehe auf. Ich muss an Virginia vorbeikommen. Ich muss hier raus. Ich weiß, dass sie mich umbringen wird. Sie hat nichts mehr zu verlieren.

Danielle steuert auf die Treppe zu, ich folge ihr. Sowie sich eine Gelegenheit ergibt, muss ich darauf zurennen. Sowie Virginia abgelenkt ist.

Virginia wendet sich zu mir um und streckt eine Hand aus, um mich aufzuhalten. »Du nicht.« Ich dränge mich an ihrer Hand vorbei und laufe los, wobei mich Adrenalin durchflutet. Aber als mein Fuß auf den Teppich trifft, rutsche ich auf der Lache Benzin aus. Ich lande mit einem vernehmlichen Aufprall auf den Fußboden. Virginia lächelt über mir. Sie hebt einen Benzinkanister hoch und kippt den restlichen Inhalt über mich aus. Die Flüssigkeit durchtränkt meine Haare, mein Shirt, meine Jeans. Dann hält sie das Feuerzeug hoch und entzündet die Flamme.

»Bleib, wo du bist.«

»Mum …«, fleht Danielle.

Virginia lässt das Feuerzeug Richtung Boden sinken. »Verschwinde, Danielle, solange du noch kannst. Ich verliere die Geduld.«

Danielle stürmt die Treppe hinunter, und ich höre, wie die Vordertür zufällt, als sie das Haus verlässt. Ihre Mutter rührt sich nicht und beobachtet mich mit dem Feuerzeug in der Hand.

Ich fange an, mich aufzurichten, und löse die Hände von dem feuchten Boden. Meine Knie pochen.

»Beweg dich nicht, oder ich stecke deine Kleider in Brand«, befiehlt sie. »Du hast keine Chance.«

Sie blufft nicht. Ich sehe ihr an, dass sie ihre Drohung sofort in die Tat umsetzen würde.

Ich sinke wieder auf den Boden und verharre dort, als sie langsam rückwärts von mir abrückt und mich dabei die ganze Zeit im Auge behält.

»Wenn ich sehe, dass du dich von der Stelle rührst, lege ich das Feuer. Die Flammen werden auf dich zurasen. Es wird mir ein Vergnügen sein, dich verbrennen zu sehen.«

Ich bin wie erstarrt. Ich weiß, sobald sie unten den Fuß der Treppe erreicht, wird sie das Benzin in Brand setzen. Sie wird mich auf jeden Fall töten. Ich werde nicht an ihr vorbeikommen, bevor sie das Feuer entfachen wird. Meine einzige Chance besteht darin, in meinen Therapieraum zurückzugelangen. Dort ist kein Benzin. Ich kann die Tür schließen und hoffen, dass diese Barriere das Feuer lange genug aufhält, sodass ich aus dem Fenster flüchten kann.

Virginia ist jetzt fast am Fuß der Treppe angelangt. Ich muss handeln. Als ich mich aufrichte, sehe ich, dass sie mit dem Feuerzeug ein Stück Papier anzündet und es auf den benzingetränkten Teppich wirft. Flammen lecken an den Stufen, ich renne in den Therapieraum und schlage die Tür hinter mir zu.

Mein Herz pocht wie wild, mein Blickfeld verschwimmt. Ich versuche, mich auf meine Atmung zu konzentrieren, ruhig zu bleiben. Aber als ich einatme, schmecke ich nur Benzin. Als ich die Hand auf den Türknauf lege, kann ich schon die Hitze des Feuers spüren. Ich kann nicht entkommen. Ich sitze in der Falle. So wie Nick damals.

VIERUNDSECHZIG

DANIELLE

Ich stolpere ins Freie, meine Mutter hinter mir her.

Sie dreht sich zu mir und lächelt. »Beth bekommt endlich, was sie verdient.«

Ich schüttle den Kopf. Sosehr ich Beth auch verletzen wollte, das hier wollte ich nicht.

Dann blicke ich an dem Haus hoch. Von außen ist das Feuer noch nicht zu sehen. Vielleicht geht alles gut aus. Vielleicht kommt Beth dort heraus.

Ich muss die Feuerwehr rufen. Aber ich habe mein Handy nicht dabei. Es ist in meiner Handtasche im Haus.

»Gib mir dein Handy«, brülle ich meine Mutter an.

Sie schüttelt den Kopf. »Ich muss jetzt hier weg. Bevor sie kommen und mich festnehmen.«

»Gib mir dein Handy«, schreie ich.

Aber stattdessen breitet sie die Arme aus und umarmt mich kurz. »Ich liebe dich, Sophie«, flüstert sie mir ins Ohr.

Ich halte sie einen Moment länger fest, als ihr recht ist, und greife in dem Versuch, an ihr Handy zu kommen, in ihre Taschen. Sie windet sich in meinen Armen.

Sie hat ihr Handy nicht bei sich. Natürlich nicht. Sie hat

alles geplant. Sie will nicht, dass man mittels GPS ihr Handy ortet. Sie wird jetzt fliehen und untertauchen. Ich will sie nie wiedersehen.

Hinter mir ertönt das Geräusch berstenden Glases, als sich das Feuer durch das Haus frisst und eines der Fenster unten aus dem Rahmen springen lässt. Ich lasse meine Mutter los und drehe mich wieder um.

Ich muss etwas tun, um Beth da rauszuholen. Aber mir bleibt keine Zeit. Ich gerate in Panik, meine Atemzüge kommen abgehackt, als ich nach Luft schnappe. Ich sinke auf den betonierten Weg, erbreche Galle und denke an das in mir wachsende Baby und den Stress, unter dem es jetzt stehen muss.

Dann blicke ich mich zu meiner Mutter um, aber sie ist bereits verschwunden.

Doch jetzt kann ich Beth schreien hören. Ich erinnere mich an Dads Schreie und wie sie noch Jahre später in meinen Ohren widerhallten. Manchmal wache ich mitten in der Nacht auf und meine, sie immer noch zu hören.

Beth brüllt jetzt und hämmert gegen das obere Fenster.

Die Straße ist menschenleer, von außen ist durch die Fenster noch kein Feuer zu sehen, und es hat noch keine Aufmerksamkeit erregt. Ich blicke vom Haus zur Straße und wieder zurück. Ich erkenne, wie Beth mit dem Fensterriegel kämpft, um das Fenster aufzubekommen. Aber der Riegel scheint festzusitzen. Sie ist gefangen. Und es ist keine Zeit mehr.

Ich kann nicht tun, was ich letztes Mal getan habe. Ich kann nicht weglaufen. Ich muss sie retten.

Aber ich kann nicht ins Haus zurück. Es ist zu gefährlich. Ich kann mein Baby keinem Risiko aussetzen.

Beth hämmert immer noch verzweifelt gegen das Fenster. Die Flammen haben den Raum anscheinend noch nicht erreicht, aber das wird bald der Fall sein. Sie drängt sich mit dem ganzen Körper gegen das Fenster, versucht es, gewaltsam aufzustoßen.

Ich setze mich in Bewegung, bevor ich überhaupt einen klaren Gedanken fasse. Neben den Mülltonnen sehe ich einen leeren Terrakottablumentopf. Mit dem Topf in der Hand klettere ich unsicher auf den Baum vor dem Fenster und bete, dass ich nicht hinunterfalle. Ich gelange nicht nah an das Fenster heran, aber nah genug. Dann hole ich aus und schleudere den Blumentopf gegen die Scheibe.

Das Glas zerbricht, Beth zuckt zurück und stürzt zu Boden. Einen Moment fürchte ich, sie getroffen und außer Gefecht gesetzt zu haben. Wenn ja, wird sie dort drinnen sterben. Und diesmal wird es meine Schuld sein.

Ich beobachte das Fenster, hoffe inständig, dass sie am Fenster wieder auftaucht.

Ich wünschte nur, jemand würde vorbeikommen. Irgendjemand. Dann könnte er mir helfen.

Aber dann sehe ich ein Gesicht am Fenster. Erleichterung durchströmt mich, als Beth sich auf die Füße zieht. Sie klettert durch das zerbrochene Glas auf das Fensterbrett. Scherben durchbohren ihr weißes Shirt, Blutflecken breiten sich auf dem Stoff aus. In der Ferne höre ich Sirenen. Beth sitzt eine Sekunde schwankend auf dem Fensterbrett, und dann schlagen die Flammen in den Raum hinter ihr, und sie stößt sich ab und landet in einem Haufen Gartenabfälle unter ihr.

DANIELLE

Sechs Monate später

Ich blicke auf das Grab meines Vaters hinunter. Im Lauf der Jahre ist es mit Grün überwachsen und hat sich der Umgebung angepasst. Nicht so wie damals, als es funkelnagelneu war und sich von dem grasüberwucherten Friedhofsgelände abhob. Die Welt hat sich weitergedreht, doch er liegt immer noch hier unter der Erde. Er ruht jetzt eine längere Zeit in seinem Grab, als er sie mit mir verbracht hat.

Der ein paar Meter entfernte Baum ist gewachsen, seine Wurzeln werfen die Ränder der Gräber neben ihm auf, sodass die Steine schief auf den Grabstellen stehen. Ich gehe zu ihm und setze mich in seinen Schatten, spüre meinen angeschwollenen Bauch, das in mir tretende Baby. Das Baby, das mein Vater nie kennenlernen wird. Ich fühle die frische Luft auf meiner Haut, atme die Ruhe und den Frieden ein.

Heute ist ein sonniger Tag, den man mit anderen Menschen verbringen sollte. Peter hatte mir angeboten, mich hierher zu begleiten, aber ich wollte allein sein. Ich muss allein sein, bevor ich nach vorne schaue, versuche, meine eigene glückliche Familie zu gründen und meinem Baby alle Liebe dieser Welt zu schenken. Meine Mutter wird daran nicht teilhaben. Sie wird lange im Gefängnis sitzen. Ich habe nicht vor, sie zu besuchen.

Heute liegen keine Blumen auf dem Grab. Nicht wie in den vergangenen Jahren, als immer frische da waren. Ich wunderte mich immer, wer sie gebracht hatte. Ich vermutete, dass es vielleicht seine Schwester war. Oder doch Beth? Aber wer immer es war, er muss aufgegeben haben.

Ich löse das Band, das meine Blumen zusammenhält, stehe auf, gieße Wasser in die Vase auf dem Grab und arrangiere die Stiele sorgfältig darin.

Ein Auto biegt auf den Parkplatz des Friedhofs ein, und ich blicke auf. Eine Gestalt steigt aus. Braune, lockige Haare. Sie ist es. Beth.

BETH

Sie ist schon da. So wie ich gehofft habe. Jahrelang bin ich ihr aus dem Weg gegangen. Ich brachte meine Blumen immer einen Tag vor dem Jahrestag seines Todes zum Grab, um nicht mit ihr zusammenzutreffen. Aber das ist jetzt nicht mehr von Bedeutung. Sie weiß nun, wer ich bin.

Seit dem Brand in meinem Haus hat sie ihre Beschwerden bei der Kammer und beim Sozialdienst zurückgezogen. Sie hat sogar mit Richard gesprochen, um ihm alles zu erklären. Er wollte sie wegen ihres Verhaltens bei der Polizei anzeigen, aber ich überredete ihn, sie laufen zu lassen. Sie hat nicht viel weniger Dreck am Stecken als ich. Ich habe mich ihr gegenüber unprofessionell gezeigt, und ich bin ihr gefolgt. Inoffiziell sind wir zu einem Waffenstillstand gelangt.

Ich steige aus dem Auto und gehe zur Beifahrerseite, um meinen Stock und den Blumenstrauß herauszunehmen. Seit meinem Sturz aus dem Fenster während des Brandes bereitet mir das Laufen Schwierigkeiten, aber ich hoffe, ich muss den Stock nur vorübergehend benutzen und werde irgendwann wieder laufen, ohne zu hinken.

Ich überquere die Wiese zum Grab. Es ist ein sonniger Tag,

und ich spüre die Strahlen auf meinem Gesicht. Eine Sekunde lang stelle ich mir Nick neben mir vor, aber dann verdränge ich den Gedanken. So kann ich nicht weitermachen, ich kann nicht ständig an ihn denken. Ich muss mein eigenes Leben führen.

Ich humple auf sie zu. »Hi, Danielle.«

»Hi.« Sie sieht mich an, als würde sie damit rechnen, dass ich noch mehr sage. Seit dem Brand haben wir nicht mehr miteinander gesprochen. Doch stattdessen gehe ich zum Kopfende des Grabes, stelle meinen Stock ab und lege dann meine Blumen vor ihre. Danach bücke ich mich und küsse den kalten Stein.

»Es tut mir leid«, flüstert Danielle. »Alles.«

Ich nicke. »Möchtest du alleine sein?«

»Schon gut. Warst du das, die jedes Jahr vor dem Jahrestag Blumen hergebracht hat?«

»Ja«, erwidere ich ruhig.

»Du hast ihn geliebt, nicht wahr?«

Ich nicke. Es besteht kein Zweifel daran, dass ich ihn geliebt habe. Aber in den letzten sechs Monaten haben mich meine Erinnerungen an unsere Beziehung gepeinigt. Ich sehe sie nicht länger durch eine rosarote Brille, sondern habe angefangen, sie infrage zu stellen, zu überlegen, ob wirklich alles so perfekt war wie in meiner Erinnerung.

Nick hatte mir so viele Dinge erzählt, mir das Gefühl gegeben, etwas Besonderes zu sein. Aber ich war damals jung, hatte gerade meine Lehrerinnenausbildung abgeschlossen. Und das, was er schilderte, dass seine Frau herrschsüchtig war, dass sie nicht mehr mit ihm schlief, dass sie ein Problem mit Wutausbrüchen hatte ... nun, solche Dinge höre ich bei meinen Eheberatungssitzungen wieder und wieder. Dinge, die Männer ihren Geliebten so oft sagen, dass sie schon fast aus einem Drehbuch stammen könnten. Was, wenn nichts davon wahr war? Was, wenn Nick und ich einfach nur eine Affäre hatten, die dazu bestimmt war, zu Ende zu gehen?

»Hast du deine Mutter gesehen?«, frage ich Danielle.

Sie schüttelt den Kopf. »Ich möchte sie nie wiedersehen. Sie hat ihn umgebracht. Mit voller Absicht. Ich weiß nicht, wie sie das tun konnte. Und ich weiß nicht, wie sie mich glauben lassen konnte, ich hätte es getan.«

»Ich habe daran gedacht, sie zu besuchen«, sage ich.

»Oh.« Sie sieht mich neugierig an. »Warum?«

»Ich weiß es nicht. Ich nehme an, ich will einfach nur mit allem abschließen.« Aber das stimmt nicht. Was ich wirklich will, sind Antworten zu ihrer Beziehung mit Nick. Ich will wissen, ob ihre Ehe wirklich so schrecklich war oder ob er sie nur so hat erscheinen lassen, ob ihre Beziehung wirklich so unerträglich war, dass sich eine Trennung nicht vermeiden ließ. Ich will hören, dass er mich geliebt hat und nicht sie.

Danielle sieht mich an. »Ich glaube nicht, dass du bekommen wirst, was du willst.«

»Ich muss nur wissen, ob er mich geliebt hat.«

»Er hat deinen Namen gerufen, als er starb.«

Ich nicke. Das erscheint mir ungemein wichtig. Ich muss mich daran festhalten. »Glaubst du, er wollte wirklich mit mir zusammen sein?«

Danielle runzelt die Stirn. »Ist dir das so wichtig?«

»Ich habe ihn geliebt. Ich liebe ihn immer noch, glaube ich.«

»Aber du wirst nie erfahren, was er wirklich empfunden hat, oder? Keiner von uns wird das je erfahren. Er ist nicht hier, um Fragen zu beantworten.«

»Oh«, sage ich. Sie hat natürlich recht. Ich werde nie die Antworten bekommen, die ich will, nie wissen, wie es mit Nick und mir weitergegangen wäre. Diese mögliche Zukunft war mit Nick gestorben. Und ich kann mein Leben nicht in der Vergangenheit verbringen. Er ist tot, und ich lebe. Ich habe einen Sohn, und ich kann mir ein glückliches Leben aufbauen. Mein Glück hätte nie allein von Nicks Liebe abhängen dürfen.

Ich drehe mich zu Danielle. Ihr Bauch ist stark gerundet, das Baby wird bald da sein. Ihre Chance für einen Neuanfang.

Ich frage mich, ob sie die Art von tröstlicher Versicherung hören muss, die ich brauche. Ich kann in ihren Augen lesen, dass sie sich noch nicht ganz erholt hat, dass ein Teil von ihr sich immer die Schuld am Tod ihres Vaters geben wird.

»Nick hat ständig von dir gesprochen. Er hat dich so geliebt. Er wird auf das Baby aufpassen.«

Eine Träne rollt an ihrer Wange hinunter. Ich breite die Arme aus, und wir umarmen uns. So verharren wir eine Minute, bevor wir uns voneinander lösen.

»Wir haben jetzt unser Leben, das wir leben müssen«, sage ich. »Wir müssen nach vorne schauen.« Und zum ersten Mal spüre ich, dass ich bereit bin, genau das zu tun.

MEHR VON BOOKOUTURE DEUTSCHLAND

Für mehr Infos rund um Bookouture Deutschland und unsere Bücher melde dich für unseren Newsletter an:

deutschland.bookouture.com/subscribe/

Oder folge uns auf Social Media:

facebook.com/bookouturedeutschland
x.com/bookouturede
instagram.com/bookouturedeutschland

EIN BRIEF VON RUTH

Danke, dass ihr *Ich kenne dein Geheimnis* gelesen habt. Wenn es euch gefallen hat, wäre ich sehr dankbar, wenn ihr eine Bewertung schreiben würdet. Ich würde mich über eure Meinung freuen, und die sind auch für neue Leser:innen hilfreich, wenn sie eines meiner Bücher zum ersten Mal lesen.

Wenn ihr über meiner letzten Veröffentlichungen auf dem Laufenden bleiben möchtet, klickt den folgenden Link an. Eure E-Mail-Adresse wird nie weitergegeben werden, und ihr könnt alles jederzeit rückgängig machen.

deutschland.bookouture.com/subscribe/

Alle meine bisherigen Psychothriller drehen sich um Machtungleichgewicht und Verwundbarkeit, besonders in Beziehungen zwischen Frauen. In meinen ersten beiden Thrillern *The Mother's Mistake* und *The Woman Upstairs* erforschte ich die Verletzlichkeit junger Mütter und wie schwierig es sein kann, sich um Neugeborene zu kümmern, wenn man niemanden hat, dem man vertrauen kann.

Als meine eigenen Kinder die Babyjahre durchmachten, wollte ich meine Fiktion dazu nutzen, andere Beziehungen zu beleuchten, die für Menschen verletzlich sein können. Es gibt viele Verhältnisse mit Machtungleichgewichten, und ich glaube, eine der interessantesten ist die zwischen einem Therapeuten und seinem Klienten. Ein Mensch enthüllt einem Fremden, von dem er nichts weiß und der die ganze Macht zu haben scheint, seine innersten Gedanken. Aber ebenso kann der Therapeut verwundbar sein. Die therapeutische Arbeit kann sehr einsam sein – man behandelt einen Klienten nach dem anderen ohne den Austausch mit Kolleg:innen. Im Vereinigten Königreich führen viele Leute die Beratung bei sich zu Hause durch, und so geht der Therapeut das zusätzliche Risiko ein, einen Fremden in sein Haus zu lassen. Die Dynamik zwischen Therapeut und Klient bietet viele Möglichkeiten für eine dysfunktionale Beziehung, bei der jede Partei die andere manipulieren kann. Das bildet die Grundlage für die Idee für diese Geschichte.

Es hat mir wirklich Spaß gemacht, *Ich kenne dein Geheimnis* zu schreiben. Beth und Danielle sind mir beim Schreiben beide ans Herz gewachsen, und ich wollte, dass am Ende alles gut für sie ausgeht. Das tat es, aber nicht ohne einige schwierige Momente auf diesem Weg. Ich war froh, dass Beth Charlie behalten und Danielle mit der Gründung ihrer eigenen Familie eine neue Chance bekommen hat.

Ich freue mich immer, von meinen Leser:innen zu hören – ihr könnt euch auf meiner Facebookseite und über X/Twitter, Goodreads oder meiner Website mit mir in Verbindung setzen

Alles Gute

Ruth

facebook.com/rjhealdauthor

x.com/RJ_Heald

instagram.com/ruthheald

DANKSAGUNG

Wie immer muss mein Dank zuerst meinem Mann und meinen Kindern gelten, die es während der Hochs und Tiefs beim Schreiben dieses Buches mit mir ausgehalten haben. Sie haben alles mit mir durchgestanden. Ich möchte auch dem Rest meiner Familie für ihre anhaltende Unterstützung und Ermutigung danken.

Ohne meine wundervolle Redakteurin Christina Demosthenous, die unendlich verständnisvoll, enthusiastisch und diplomatisch ist, wäre dieses Buch nicht das, was es heute ist. Testleser:innen haben bei der Konzeption des Romans eine große Rolle gespielt, und ich möchte Ruth Jones, Charity Davies und Vikki McLean für ihr nützliches Feedback danken. Viele andere haben mir mit ihrem Wissen über das Unterrichten, Psychologie und das Gefängnissystem geholfen, und ich bin jedem von euch für eure Geduld mit meinen »raschen Fragen« dankbar. Mein spezieller Dank gilt Noelle Holten, die nicht nur unermüdlich als PR-Managerin bei Bookouture arbeitet, sondern sich stets Zeit genommen hat, meine vielen Fragen zu beantworten, was mir stundenlange Recherchen ersparte.

Schreiben kann eine einsame Tätigkeit sein, und ich weiß nicht, wo ich ohne die Unterstützung anderer Autoren wäre, die auf derselben Reise sind. Danke an Lesley Sanderson, Rona Halsall und Vikki Paris, die mir während der Hochs und Tiefs bis zur Veröffentlichung als freundliche Ansprechpartner zur Seite standen. Und ich danke den Autoren von dem Savvy Writer's Snug dafür, dass sie mich geistig gesund gehalten haben und mir so großzügig ihre Zeit schenkten, wenn ich Fragen hatte. Und natürlich die wunderbare Bookouture Author's Lounge, die von der erstaunlichen Kim Nash geleitet wird, die alle auf dem richtigen Weg hält.

Es war ein echtes Vergnügen, wieder mit dem Team von Bookouture zu arbeiten. So viel Arbeit spielt sich hinter den Kulissen ab, und ich möchte jedem Beteiligten danken, darunter auch meiner Marketingmanagerin Sarah Hardy, meiner Lektorin Laura Gerrard, meiner Korrektorin Jenny Page sowie den Teams für Daten, Marketing und Auslandsrechten. Ich danke Lauren Finger und Alex Holmes, die den Produktionsprozess für das Buch und das Hörbuch gemanagt haben, und Tamsin Kennard, die das Hörbuch gelesen hat.

Und besonderen Dank gilt meinen Leser:innen. Es ist wundervoll, zu wissen, dass meine Bücher da draußen in der Welt gelesen werden und Freude bereiten.

Printed in Poland
by Amazon Fulfillment
Poland Sp. z o.o., Wrocław

36765178R00192